Stefan Burban

Söldnertreue

SÖLDNERTREUE

STEFAN BURBAN

ATLANTIS

Eine Veröffentlichung des
Atlantis-Verlages, Stolberg
März 2015

Druck: Schaltungsdienst Lange, Berlin

Titelbild: Allan J. Stark
Umschlaggestaltung: Timo Kümmel
Lektorat und Satz: André Piotrowski

ISBN 978-3-86402-165-7

Besuchen Sie uns im Internet:
www.atlantis-verlag.de

Prolog

Die Rauchsäule wand sich träge am Horizont gen Himmel. Ein Schwarm Krähen zog seine Kreise und markierte den Ort des Gemetzels. Das verhieß nichts Gutes für das Schicksal des Varis-Dorfes.

Khan Logan, Stammeskönig des Schwarzbären-Clans der Moyri, trieb sein Pferd noch härter an. Die Wut ließ ihn alle Vorsicht vergessen. Er wusste, er würde zu spät kommen, um die Unschuldigen noch zu retten, aber nicht zu spät, um die Mörder zu bestrafen.

Die fünfzig Krieger in seiner Begleitung gehörten allesamt den Eisernen Schakalen an. Hartgesottene, kampferprobte Männer, die bereits seinem verblichenen Bruder als Eliteleibwachen gedient hatten. Nach dessen Niederlage hatte er versucht, sie aufzulösen, doch bis auf wenige Ausnahmen verweigerten sie dies. Es war das erste und einzige Mal, dass sie einen seiner Befehle verweigerten. Stattdessen schwörten sie ihm die Treue und gelobten, ihm bis in den Tod zu dienen.

Logan hatte keine Ahnung, wieso sie dies taten, bis ihm einer der Schakale erklärte, sie würden ihn dafür verehren, dass er die Moyri von Coyle Polloks Tyrannei befreit und zurück in die Steppe geführt hatte. Die Art und Weise, wie der Zweikampf zwischen Logan und Pollok geendet hatte, trug ein Übriges dazu bei, seine Legende innerhalb des Clans und der ganzen Moyri zu verbreiten. Insgeheim vermutete er, dass sie durch ihren Dienst an ihm einen Teil des Schadens wiedergutmachen wollten, den sie in Polloks Dienst angerichtet hatten. Wie dem auch sei, die Eisernen Schakale gehörten ihm – ob er es nun wollte oder nicht.

Nach den Ereignissen der letzten Jahre war er froh darüber.

Logan führte die Reitertruppe über die letzte Anhöhe vor dem Dorf. Er wusste, die Varis-Grenze lag bereits fast zehn Kilometer hinter ihm. Theoretisch beging er mit der Überschreitung einen kriegerischen Akt. Immerhin hatte er geschworen, kein Moyri würde je wieder in Varis-

Land einmarschieren. Angesichts der Umstände waren die Konsequenzen seiner Anwesenheit jedoch vernachlässigbar. Moyri standen bereits in kriegerischer Absicht auf Varis-Land.

Auf der Anhöhe angekommen, zügelte er sein Pferd und musterte den Ort des Geschehens mit grimmiger Miene. Das Dorf war geschleift worden. Die kleine Ortschaft bestand aus etwa drei Dutzend einfachen Hütten, die von einem Steinwall eingeschlossen wurden, in dem nur eine kleine Öffnung als Tor eingelassen war. Eine Todesfalle, aus der niemand entkam.

Soweit Logan dies überblicken konnte, brannte fast jedes Gebäude. Von seiner erhöhten Position aus, hörte er raues Lachen von ausnahmslos männlichen Stimmen. Logan runzelte wütend die Stirn. Die Plünderer waren bereits mit ihrer Siegesfeier fertig.

Sein Herz wurde zu Stein, als er realisierte, was dort unten geschah. Die Mörder waren noch hier, weil sie noch dabei waren, ihre Beute auf Packpferde zu verladen, aus keinem anderen Grund.

Blutrünstige Bestien!, fluchte er in Gedanken.

Er trieb sein Pferd erneut an und ritt in vollem Galopp in das Dorf. Seine Eisernen Schakale schwärmten links und rechts von ihm aus, sobald sie das Tor hinter sich hatten.

Aus einem Gebäude zu Logans Rechter torkelte ein Moyri, offensichtlich betrunken und die Arme voller Beutegut. Ein Eiserner Schakal zog eines seiner Schwerter und schlug dem Plünderer in vollem Galopp den Kopf ab. Sein Pferd wurde nicht einmal langsamer. Der kopflose Torso blieb noch einen Augenblick aufrecht stehen, bevor er zur Seite kippte.

Logan lächelte grimmig. Die Moyri kannten seine Befehle. Alle Clans kannten sie. Es war sein Wille, Frieden zu halten. Nun bezahlten jene, die dagegen verstießen, den Preis für ihre Torheit.

Logan führte seine Truppe auf den Dorfplatz, wo eine wilde Feier im Gange war. Die Plünderer waren bereits seit Stunden am Trinken. Er verfluchte sich selbst für ihr spätes Erscheinen.

Logan verdrängte die Wut; an ihre Stelle trat kalte, berechnende Entschlossenheit. Sein Pferd war noch nicht ganz zum Stehen gekommen, da sprang der ehemalige Kopfgeldjäger bereits ab, kam geschmeidig auf und zog seine beiden Kurzschwerter.

Die Plünderer erkannten durch den Alkoholschleier, der sich um ihre

Gehirne gelegt hatte, dass etwas nicht stimmte. Beschämend schwerfällig reagierten sie, zogen ihre Waffen und stellten sich den Angreifern.

Logan lächelte grimmig. Den ersten Plünderer fällte er mit einem einzigen Hieb. Der zweite Gegner, der sich ihm stellte, schlug mit einer doppelköpfigen Axt nach seinem Kopf, doch er wich behände aus und schlitzte dem Mann im Vorbeigehen die Kehle auf.

Die Eisernen Schakale wollten vor ihrem Herrn nicht zurückstecken und griffen die Plünderer ebenfalls an. Jeder der Schakale hatte in Dutzenden Schlachten gekämpft und Hunderte von Gegnern besiegt. Die Plünderer waren nichts weiter als Ähren, die von der Sense des Bauern gemäht wurden. Ein Plünderer ließ alles fallen, was er zusammengerafft hatte, sprang auf ein Pferd und preschte davon. Einer der Schakale reagierte blitzschnell, zog einen Bogen vom Sattel, legte an und schoss. Der Plünderer fiel kurz vor dem Tor aus dem Sattel. Der Pfeil zitterte genau zwischen den Schulterblättern.

Logan und die Eisernen Schakale gingen mit äußerster Entschlossenheit gegen ihre Gegner vor. Sie waren in keiner gnädigen Stimmung. Ehrbare Gegner hätten vielleicht Schonung erwarten können, doch hierbei handelte es sich lediglich um Schlächter.

Der Kampf dauerte keine fünf Minuten. Siebzehn Plünderer ergaben sich und legten die Waffen nieder, als sie erkannten, dass ihre einzige Hoffnung in der Unterwerfung lag. Die Eisernen Schakale führten sie in die Mitte des Dorfes, wo sie mit Argusaugen bewacht wurden. Einer der Plünderer verlor angesichts ihres zu erwartenden Schicksals die Nerven und versuchte zu fliehen, doch einer der Schakale schnitt ihm mit wenigen Sätzen den Weg ab und stieß ihm das Schwert so tief in den Rücken, dass die Spitze über dem Bauchnabel wieder zutage trat. Der Schakal drehte sich wortlos um und beachtete die Leiche am Boden nicht mehr, als er eine Kakerlake beachtet hätte, die er zerquetschte.

Logan säuberte seine Schwerter an der Kleidung einer Leiche. Es war einer der Plünderer. Der Mann trug ein Wappen am Fellumhang: einen blauen Speer auf schwarzem Grund.

Die Blauspeere.

Ein Clan, der nördlich von hier lebte und bereits vor Coyle Polloks Zeiten häufig in Konkurrenz zu den Schwarzbären getreten war. Dieses Wappen hier zu sehen, überraschte ihn nicht wirklich. Es gab nur wenige Clanführer und Stammeskönige, die es wagten, ihm offen zu trotzen. Der Stammeskönig der Blauspeere gehörte dazu. Angewidert riss er das Wappen ab.

Als er aufstand, ließ er den Blick über das Dorf schweifen. Kein Wunder, dass die Welt in den Moyri nur Ungeheuer und Wilde sahen. Die Plünderer hatten gehaust wie die Barbaren. Überall lagen Leichen. Viele waren verstümmelt, offensichtlich zu Tode gefoltert. Nur so zum Spaß.

Logan hatte sich in den letzten Jahren bemüht, die Moyri zum Frieden zu führen, und einige Clans hatten seine Initiative aufgenommen, mal mit mehr, in anderen Fällen mit weniger Begeisterung – und nun das!

Auf dem Dorfplatz selbst lagen die toten Körper einiger Frauen. Ihre Kleider waren zerrissen, die Körper zerschunden. Logan wandte von Scham erfüllt den Blick ab. Sie waren zu spät gekommen. Zu spät, um Leben zu retten – seine Augen fanden die überlebenden Plünderer –, aber nicht zu spät, um Gerechtigkeit zu üben.

Seine Eisernen Schakale machten ihm respektvoll Platz, als er näher trat und dem Anführer der Plünderer das Wappen unter die Nase hielt.

»Ihr seid Blauspeere.« Es war eine Anschuldigung, keine Frage.

Der Anführer der Plünderer wandte trotzig den Blick ab. Logan bemerkte jedoch, wie sich Schweiß auf der Stirn des Mannes bildete. Er war nicht so teilnahmslos, wie er vorgeben wollte.

»Ihr kennt meine Befehle«, hielt Logan ihm vor.

Der Kopf des Mannes zuckte hoch. »Wir folgen nur den Befehlen unseres Herrn. Die Blauspeere beugen sich vor niemandem.«

Logan lächelte kalt. »Dann werden die Blauspeere ihre Köpfe verlieren.«

Er wollte sich bereits umdrehen und seinen Kriegern den entsprechenden Befehl geben, als er etwas hörte. Ein leises Wimmern, das zu unterdrücktem Schluchzen wurde. Er steckte das Wappen in seine Tasche und ging dem Geräusch nach.

Es führte ihn zu einer am Boden liegenden Frau. Ein Speer hatte ihren Rücken durchschlagen. Logan kniete sich nieder, brach den Schaft des Speeres ab und drehte die Frau vorsichtig um. Unter ihr, begraben durch den eigenen Körper, lag ein Kind. Ein Mädchen. Es konnte nicht älter als fünf oder sechs Jahre alt sein. Die Spitze des Speeres hatte das Mädchen knapp verfehlt. Logan warf der Frau einen anerkennenden Blick zu. Sie war gestorben, als sie das Kind beschützte.

Behutsam nahm er die Kleine auf, wickelte sie in seinen Mantel ein und stand auf. Die Eisernen Schakale beobachteten ihren Herrn. In ihren Augen glänzte Ehrfurcht, die an Heldenverehrung grenzte.

Als Logan zurück zu seinem Pferd ging, trat einer seiner Krieger vor. »Herr? Was soll aus den Überlebenden werden?«

Logan musterte die am Boden knienden Männern ohne jegliches Mitleid. »Schlagt dem Anführer den Kopf ab und nehmt ihn mit.« Er stieg auf sein Pferd, ohne den Plünderern noch einen weiteren Blick zu gönnen. »Hängt den Rest.«

1

»Ha! Gewonnen!« Kilian lehnte sich triumphierend in seinem Stuhl zurück, während er mit beiden Händen seinen Gewinn über den mit Bierresten verunreinigten Tisch zu sich herüberzog.

Die Taverne stank nach Erbrochenem, menschlichen Exkrementen und Schweiß. Nach allen Maßstäben zivilisierter Menschen handelte es sich um eine billige Absteige, die man nur aufsuchte, wenn man entweder kein Geld besaß oder nirgendwo sonst willkommen war.

Auf Kilian und Silas traf beides zu.

Silas beobachtete gelangweilt, wie Kilian ein weiteres Mal die Würfel hob. »Ich spüre, jetzt habe ich eine Glückssträhne.«

»Findest du es wirklich sinnvoll weiterzuspielen, o großer und mächtiger Anführer.«

Kilian blickte ihn an, als hätte er den Verstand verloren. »Bist du blind? Siehst du nicht, was ich gerade gewonnen habe?«

»Ja, allerdings«, hielt Silas ihm süffisant entgegen. »Aber darf ich dich daran erinnern, dass es das erste Mal in den letzten drei Tagen war, dass du gewonnen hast. Dein Gewinn, auf den du gerade so stolz bist, deckt nicht einmal ansatzweise den Verlust, den du seit unserer Ankunft gemacht hast.«

»Du bist ein alter Miesepeter«, lachte Kilian.

»Nenn es, wie du willst, aber unser letztes Geld auch noch zu verspielen, halte ich – wie drücke ich mich jetzt nur taktvoll aus? – für total bescheuert.«

»Entspann dich mal, Silas. Hab auch mal etwas Spaß.«

»Oh, ich habe Spaß. Ich habe sogar sehr viel Spaß. Manchmal ist es jedoch sinnvoller, sich Arbeit zu suchen. Der letzte Auftrag ist Monate her. Im Moment würde ich sogar eine Arbeit als Karawanenwache annehmen.«

»Keine Sorge. Es wird sich was ergeben.«

»Ich mache mir aber Sorgen, sogar große Sorgen. Meine Mutter hat ihren Sohn schließlich nicht großgezogen, damit er des Hungertodes stirbt.«

»Wirst du schon nicht.«

»Glaubst du?«

»Weiß ich.«

»Ah, sind wir jetzt also schon unter die Wahrsager gegangen? Ich sehe gar keine Kristallkugel.«

»Dein Sarkasmus geht mir langsam auf die Nerven, mein Freund.« Entgegen seinen Worten lächelte Kilian.

»Ich bin da nicht ganz so zuversichtlich.«

Kilian beugte sich zu seinem Freund vor und senkte verschwörerisch die Stimme. »Weißt du, weshalb wir hier sind?«

»Weil man uns überall sonst rausgeworfen hat?«

»Ja ... Nein ...« Kilian überlegte. »Auch. Aber nicht nur. Sieht dich mal um. Was siehst du?«

Silas tat wie geheißen und antwortete schließlich: »Eine Menge Abschaum.«

»Du meinst, eine Menge Söldner.«

»Hab ich doch gesagt. Na und?«

»Diese Taverne ist ein beliebter Treffpunkt für Söldner in dieser Gegend. Früher oder später wird hier jemand reinkommen, eine Arbeit anbieten und er wird auf den ersten Blick erkennen, dass zwei erfahrene, kampferprobte und darüber hinaus auch noch gut aussehende Söldner wie wir eine Bereicherung für ihn sein werden.«

»Klingt ja nach einem tollen Plan«, ächzte Silas. »Und wann trifft dieser Glücksfall ein?«

»Früher oder später«, entgegnete Kilian leichthin.

Er schüttelte die Würfel mehrmals in der linken Hand, bevor er sie schwungvoll auf den Tisch knallte. »Schon wieder gewonnen«, schrie er triumphierend.

Silas beäugte Kilians Mitspieler misstrauisch. Die Knaben waren allesamt von der plötzlichen Glückssträhne des Söldners genervt, um nicht zu sagen, verwundert. Einer von ihnen, ein hünenhafter Kerl mit einer Augenklappe über der leeren rechten Augenhöhle, warf den zwei Würfeln immer wieder finstere Blicke zu. Es war nicht schwer zu erraten, was sie dachten. Sie fragten sich, ob Kilian wohl die Würfel irgendwie gegen gezinkte ausgetauscht hatte.

Silas hätte jetzt gerne gesagt, dass das unmöglich wäre, doch die Erfahrung sagte ihm etwas anderes. Mit derlei Spielereien hatte Kilian bereits des Öfteren ihre Reisekasse aufgefüllt. Hin und wieder bekamen die Leute, die er ausnahm, jedoch mit, dass etwas nicht mit rechten Dingen zuging, und dann konnte es recht unangenehm werden. Silas beäugte einen der Söldner, der zu Kilians Linker saß. Der Mann tastete verstohlen nach seinem Dolch.

»Wir sollten jetzt vielleicht verschwinden«, flüsterte Silas. »Solange wir noch können.«

»Bist du verrückt? Jetzt, da ich endlich gewinne?«

»Deine Spielkameraden werden langsam etwas misstrauisch.«

Kilian warf den anderen vier Mitspielern einen abschätzigen Blick zu, doch er tat die Bedrohlichkeit der Situation mit einem Achselzucken ab. »Was wollen die schon tun? Uns umbringen?«

»Genau das macht mir Sorgen, o großer und mächtiger Anführer. Lass uns verschwinden, und zwar schnell.«

Aus dem Augenwinkel bemerkte Silas, wie ein zweiter Mitspieler sein Schwert in der Scheide lockerte.

Doch bevor es zum Austausch von Gewalt kommen konnte, flog mit einem Mal die Tür auf und drei Männer stolzierten in den Raum. Sie gehörten eindeutig nicht hierher und genau das sicherte ihnen von Anfang an die Aufmerksamkeit aller.

Zwei der Männer trugen einfache Kleidung; die Scheiden, in denen ihre Schwerter stecken, wirkten jedoch abgenutzt, was darauf schließen ließ, dass sie häufig blankzogen. Die Griffe der Schwerter waren mit Leinen umwickelt. Dies saugte den Schweiß auf und sorgte für eine sicherere Hand beim Führen der Schwerter. Wenn sie ihre Waffen tatsächlich so oft zogen und noch am Leben waren, mussten sie gut sein. Sie bewegten sich mit der fließenden Eleganz erfahrener Kämpfer. Silas bemerkte, wie die zwei Jüngeren die Anwesenden sorgsam im Auge behielten. Oh ja, diese Männer waren in der Tat keine gewöhnlichen Söldner und definitiv weit besser als der hier vertretene Abschaum.

Der Dritte im Bunde war offenbar kein Söldner – wenn doch, zumindest kein billiger. Er trug eine Rüstung, wie keiner der Anwesenden sie sich leisten konnte, nicht einmal dann, wenn sie alles an Geld sparten, was sie in ihrem Leben verdienten.

Die drei bauten sich in der Mitte des Raumes auf. Der Mann in der Rüstung zog einen Stuhl zu sich heran und stellte sich darauf. Seine zwei Begleiter bauten sich rechts und links von ihm auf und behielten die versammelte Menge weiterhin wachsam im Auge.

»Mein Name ist Ciran Talbert. Hauptmann Ciran Talbert. Dies sind meine zwei Leutnants Iro Kald und Neroon Vos. Ich bin dabei, eine Söldnerarmee auszuheben, und suche nach Freiwilligen.«

Interessiertes Raunen ging durch den Raum, doch Ciran Talbert gebot mit erhobener Hand Ruhe. Die Söldner verstummten. Der Mann war es gewohnt, Befehle zu geben, und auch, diese augenblicklich ausgeführt zu sehen. Kilian zwinkerte Silas erfreut zu. Hier ergab sich tatsächlich eine Möglichkeit, Arbeit zu finden. Auf genau so etwas hatten sie gewartet.

»Nur damit ihr euch im Klaren darüber seid, mit wem ihr es zu tun habt«, fuhr Ciran fort. »Ich nehme nicht jeden auf. Aus diesem Haufen werde ich nicht mehr als zehn Männer rekrutieren.«

»Gegen wen geht es denn?«, fragte einer der Söldner.

»Ich kann euch nicht sagen, in wessen Auftrag ich diese Armee aufstelle oder gegen wen wir ziehen. Nur so viel: Diejenigen, die diesen Auftrag überleben, werden so viel Gold mit nach Hause bringen, dass sie nie wieder arbeiten müssen. Ihr könnt euch bequem zurücklehnen und im Luxus leben. Kauft euch ein Stück Land, ein Haus oder Frauen, wenn euch danach ist. Jeder, der rekrutiert wird, bekommt zehn Goldstücke pro Tag, einen Bonus nach Beendigung des Auftrags und darf an Beute behalten, was er tragen kann. Im Süden wartet reiche Beute auf jeden von uns.«

Silas beugte sich zu Kilian vor und senkte verschwörerisch die Stimme. »Wovon redet der Kerl da? Es ist doch nichts im Süden.«

Kilian überlegte fieberhaft. »Außer den Moyri.«

Silas kniff verwirrt die Augen zusammen. »Seit Logan vor vier Jahren die Clans zurück in die Steppe geführt hat, herrscht Frieden. Soweit bekannt ist, hat er sogar sein Versprechen eingelöst und die Horde wieder in die einzelnen Clans aufgespalten. Warum sollte jemand diesen Frieden beenden wollen?«

»Gute Frage. Aber das finden wir unterwegs raus.«

»Unter... Oh nein, du hast vor, dich anwerben zu lassen?!«

»Natürlich. Was hast du denn gedacht?«

»Du willst allen Ernstes gegen die Moyri kämpfen?«

»Red keinen Unsinn. Selbstverständlich nicht. Aber Logan ist unser Freund und er verdient es herauszufinden, was vor sich geht. Außerdem will ich wissen, wer so blöd ist, die Moyri herauszufordern.« Kilian zwinkerte. »Und ganz nebenbei verdienen wir auch noch ein hübsches Sümmchen.«

»Du meinst, Logan war unser Freund – vor vier Jahren. Du weißt nicht, ob er sich verändert hat. Die Steppe ist ein verdammt hartes Land. Und die Menschen, die dort leben, sind genauso hart. Vielleicht ist er nicht mehr derselbe Mensch wie früher.«

»Es gibt nur einen Weg, das herauszufinden, nicht wahr?«

Einer der Söldner sprach erneut Ciran Talbert an und zog damit auch Kilians und Silas' Aufmerksamkeit auf sich.

»Und wie triffst du deine Auswahl für diese Armee? Wie entscheidest du?«

»Ich bin sehr froh, dass du fragst«, erwiderte Ciran, stieg von seinem Stuhl und ging – seine zwei Leutnants im Kielwasser – zurück zur Tür. Kurz bevor er sie durchschritt, drehte er sich nochmal um und sagte: »Die ersten zehn, die es schaffen, durch die Tür zu kommen, werden rekrutiert.« Mit diesen Worten zog er die Tür hinter sich ins Schloss.

Im Schankraum der Taverne herrschte eisiges Schweigen. Die Männer waren noch dabei, das Gehörte zu verdauen. Doch es wurden bereits erste berechnende Blicke in die Runde geworfen.

»Oh, oh«, hauchte Silas und schon brach die Hölle los.

Alle gingen aufeinander los. Jeder kämpfte gegen jeden. Der Tisch, an dem Kilian gewürfelt hatte, wurde umgestoßen. Der Einäugige drosch mit seiner riesigen Faust einen der anderen Mitspieler nieder. Ein weiterer Söldner griff Kilian an. Dieser duckte sich unter einem wilden Schwinger und brachte selbst zwei wuchtige Schläge an – einen ins Gesicht, den anderen in die linke Niere. Blut spritzte aus der Nase des Mannes, er taumelte rücklings und verschwand im Getümmel.

»Mir nach!«, schrie Kilian über den Kampflärm hinweg.

Silas kroch unter zwei Tischen hindurch, um Kilian nicht zu verlieren.

Die Söldner in der Tavernen verloren inzwischen sämtliche Zurückhaltung. Der Wirt versuchte, der Situation Herr zu werden, um zumindest etwas von seiner Einrichtung zu retten, und bekam im Gegenzug ein Messer zwischen die Rippen.

Eine Hand packte Silas grob an der Schulter und wollte ihn ins Getümmel zurückreißen. Der Barde schlug reflexartig mit dem Ellbogen nach hinten. Er traf irgendetwas und schmerzerfülltes Grunzen belohnte seine Anstrengungen.

Kilian hatte unterdessen fast die Tür erreicht. Eine Gestalt trat in seinen Weg und schlug mit einem schartigen Schwert nach ihm.

Kilian wich geschickt aus und zog in einer fließenden Bewegung die eigene Klinge. Er lenkte das Schwert des anderen seitlich ab und schlug mit seinem Schwertgriff gegen den Kehlkopf des anderen. Der Mann keuchte, ließ seine Waffe fallen und hielt sich mit schmerzverzerrter Miene den geprellten Adamsapfel.

Silas bekam nur wenige Eindrücke vom Kampf ringsum mit, doch was er sah, genügte, ihm den Magen umzudrehen. Die Söldner schlachteten sich genüsslich gegenseitig ab. Moralische Bedenken spielten keinerlei Rolle.

Kilian stieß die Tür der Taverne auf, packte Silas am Kragen und bugsierte ihn grob hindurch, wobei er mit der anderen Hand einen Schwerthieb gegen den Kopf des Barden abwehrte. Silas landete unsanft im Staub vor der Schenke. Kilian folgte ihm deutlich eleganter. Mit einer Hand half er dem Barden wieder auf die Füße.

Hinter ihnen kamen weitere Gestalten aus der Taverne, einige bluteten, andere hatten Blut an den Waffen. Einer von ihnen war der Einäugige, mit dem Kilian gewürfelt hatte.

Ciran Talbert musterte sie der Reihe nach. Als sein Blick auf Silas fiel, verzog er abwertend den Mund. »Wir ziehen in den Krieg. Da kann ich keinen Barden gebrauchen.« Er musterte Kilian. Die Miene des Söldnerhauptmanns hellte sich sichtlich auf. »Aber du, du scheinst gutes Material zu sein. Du kannst mitkommen.«

Kilian klopfte Silas freundschaftlich auf die Schulter. »Uns gibt es nur im Doppelpack.«

Ciran zog überrascht eine Augenbraue hoch. »Ich biete dir Arbeit an und du wagst es, mir Bedingungen zu stellen?« Er stemmte beide

Arme in die Hüften und baute sich drohend vor dem Duo auf. »Warum sollte ich darauf eingehen?«

»Weil wir es wert sind, Hauptmann«, erklärte Kilian. »Ich bin ein hervorragender Kämpfer und mein Freund hier unterhält die Truppen. Eine Armee lebt nicht allein von Beute und Kampf. Silas hier kann jonglieren, singen und Geschichten erzählen. Außerdem kennt er sich mit Kräutern aus und kann die Verwundeten versorgen. Ihn mitzunehmen, wirst du nicht bereuen.«

Ciran musterte beide noch einen Moment mürrisch, dann fing er plötzlich brüllend zu lachen an. »Also schön. So viel Frechheit muss belohnt werden. Willkommen bei Talberts Marodeuren.«

Während Ciran Talbert an ihnen vorüberging, um die anderen neuen Mitglieder seiner Armee zu begrüßen, flüsterte Silas Kilian zu: »Ich kenne mich mit Kräutern aus? Seit wann kenne ich mich mit Kräutern aus?«

Kilian bückte sich und riss ein Büschel Gras aus, das er Silas in die Hand drückte. »Dann wird's Zeit, es zu lernen.«

2

Als Logan an der Spitze seiner Eisernen Schakale in sein Hauptlager galoppierte, wurde er bereits von einer jubelnden Menschenmenge erwartet.

Obwohl er es genoss, dass sein Volk ihn liebte, hatte er in solchen Momenten nur Augen für ein Gesicht, das bei seiner Rückkehr stets in der ersten Reihe zu finden war.

Logan sprang vom Pferd, umarmte Jesy herzlich und drückte ihr einen Kuss auf den Mund. Bei diesem Anblick wurde der Jubel der Menge ohrenbetäubend.

»Du hast mir gefehlt«, hauchte sie ihm ins Ohr.

»Du mir auch«, antwortete er lächelnd und strich ihr durch das dunkle Haar.

Er nahm sie in den Arm und wollte sie zu seiner Jurte führen, während sich die Menge langsam auflöste. Auf halbem Weg hielt sie ihn jedoch auf. »Das muss noch warten.«

Erneut zog er sie zu sich heran. »Ich weiß nicht, ob ich noch warten kann.«

Bei dieser eindeutigen Bemerkung, lächelte sie erneut. Zärtlich, aber bestimmt löste sie sich von ihm. »Es geht nicht anders. Du hast Besuch.«

Logan musterte sie eindringlich. »Freundlicher Besuch?«

»Wohl kaum.«

Er bemerkte, wie Beliak Eskal mit hinter dem Rücken verschränkten Händen hinter Jesy wartete. Der Mann war der Sohn des ehemaligen Anführers der Eisernen Schakale, Nari Eskal. Der Sohn glich dem Vater auf beunruhigende Art und Weise, erinnerte dessen Anblick Logan doch immer an den Mann, den er hatte töten müssen. Bei der Optik endete die Ähnlichkeit jedoch bereits. Wo Nari brutal und grausam gewesen war, da war Beliak sanft und mitfühlend. Trotzdem – oder möglicherweise auch gerade deswegen – gehörte Beliak zu den besten Kriegern des Clans.

Logan machte nie einen Hehl aus Naris Schicksal, das dieser unter Logans Schwert gefunden hatte. Überraschenderweise hatte Beliak ihm nie Vorwürfe gemacht oder Blutrache geschworen, wie es sein Recht – und seine Pflicht, wie immer noch viele ehemalige Anhänger Polloks fanden – als Sohn gewesen wäre. Offenbar war er als Vater so schlecht gewesen, wie er als Krieger blutrünstig gewesen war.

Stattdessen stellte Beliak seine Schwerter in Logans Dienst. Nun führte er die Eisernen Schakale unter Logans Banner. Im gesamten Schwarzbären-Clan gab es keinen treueren Anhänger Logans als diesen Mann. Er vertraute ihm bedingungslos.

Logan winkte einen seiner Schakale heran, der ein Bündel in den Armen trug. Als Jesy den Mantel zurückschlug, lugten zwei ängstliche Augen daraus hervor.

»Wer ist das?«, fragte sie und nahm das Kind von dem Krieger entgegen.

»Eine Überlebende. Wir haben sie vor drei Tagen aus einem zerstörten Varis-Dorf gerettet.«

Jesys Blick zuckte hoch. »Varis?!«

Logan nickte. »Kümmre dich bitte um sie.«

»Gern. Wie heißt sie denn?«

»Ich habe keine Ahnung. Bislang hat sie noch kein einziges Wort gesagt.«

»Hast du Hunger, Kleines?«, fragte Jesy das Mädchen. Sie bemühte sich, Freundlichkeit auszustrahlen, doch das kleine Mädchen blickte immer noch voller Angst und warf den Moyri-Soldaten ringsum immer wieder unsichere Blicke zu.

»Natürlich hast du Hunger«, beantwortete Jesy ihre eigene Frage. Sie setzte das Mädchen ab und führte sie in die Jurte. Bevor sie die Plane zurückschlug, schickte sie mehrere Dienerinnen davon, um Milch, Brot und etwas Wild für die Kleine zu holen.

Logan wandte sich schweren Herzens von Jesys Anblick ab und dem Anführer der Eisernen Schakale zu. »Also? Wer ist hier?«

»Rate«, forderte Beliak ihn leichthin auf.

»Ich musste gerade meine Frau fortschicken, die ich über eine Woche nicht mehr gesehen habe. Daher bin ich heute nicht für deine Späße aufgelegt. Nun sag schon.«

»Dys.«

Logan stieß ein ärgerliches Grunzen aus, das Beliak ein vergnügtes Glucksen entlockte. Dys Bollnar war der Stammeskönig der Blauspeere.

»Das ging ja schnell«, sagte Logan. »Wo ist er?«

Beliak nickte in Richtung einer einfachen Jurte am anderen Ende des Lagers. Logan nickte und bedeutete dem jungen Mann, ihn zu begleiten. Auf ihrem Weg, ließ Logan den Blick über das Lager schweifen. Es war das größte der Schwarzbären. Mehr als zwanzigtausend Menschen lebten hier. Der Clan verfügte noch über gut drei Dutzend weiterer – wenn auch kleinerer – Lager und Dutzende kleinerer Dörfer, die über ihr gesamtes Gebiet verstreut waren. Der Clan gedieh prächtig, woran nicht zuletzt Logans Friedensinitiative Anteil hatte.

»Wann traf er hier ein?«

»Gestern.«

»Schlechte Nachrichten verbreiten sich schnell, was?«

»Allerdings. Was glaubst du, was er hier will? Drohen oder abstreiten?«

»Ich gehe jede Wette ein, dass der feige kleine Mistkäfer alles abstreiten will.«

»Vermute ich auch.«

Logan ließ seinen kundigen Blick über das Lager und die Jurte seines Gastes schweifen, das abseits der anderen Behausungen stand.

»Gibt es einen bestimmten Grund, aus dem du ihn isoliert hast?«, frotzelte Logan, der seine Heiterkeit nur mit Mühe verbergen konnte.

»Aufgrund eurer ... freundschaftlichen Gefühle füreinander hielt ich es für besser, ihn und vor allem seine Leibwache etwas abseits einzuquartieren.«

Beliak sprach mit neutraler Miene, doch hinter der gelassenen Aura brodelte es. Wieder staunte Logan über den Scharfsinn seines Offiziers und die ruhige Art, mit der dieser solche Probleme anging. Andere hätten über die Feindschaft zwischen Logan und Dys vielleicht hinweggesehen, der Diplomatie den Vorzug gegeben und den anderen Stammeskönig in einer Jurte einquartiert, die der Logans näher lag. Etwas, das einem geehrten Gast zustand.

Beliak jedoch sah solche Dinge aus der pragmatischen Sicht eines Soldaten. Es bestand keine offizielle Feindschaft zwischen Schwarzbären und Blauspeeren, doch für ihn war Dys ein erklärter Feind, eine Gefahr für seinen Clan und seinen Stammeskönig. Und Gefahren mussten neutralisiert werden. Durch die Isolation des anderen Stammeskönigs und seiner Gefolgschaft war sichergestellt, dass jeder Bedrohung, die von ihnen ausging, schnell und entschieden begegnet werden konnte. Ganz zu schweigen, dass die Blauspeere nun weit weg von Logans Zelt schliefen, und dies wiederum ließ Beliak besser schlafen.

Vor dem Zelt hatten fünfzehn Krieger der Blauspeere Posten bezogen, die ihn alle – wie nicht anders zu erwarten – mit finsteren Blicke durchbohrten.

Aus den Augenwinkeln bemerkte Logan Bewegungen zwischen den anderen Zelten. Ein unmerkliches Lächeln umspielte Logans Mundwinkel. Beliaks Eiserne Schakale beobachteten jede Bewegung der Blauspeer-Krieger, bereit unverzüglich einzugreifen. Auf jeden Blauspeer kamen vier Schwarzbären. Auf der anderen Seite von Dys' Jurte patrouillierte eine Gruppe Reiter der Schwarzbären. Sie beobachteten jedoch nicht die Steppe, sondern nur ihre Gäste. Beliak ging kein Risiko ein. Logan machte sich allerdings keine Sorgen, dass seine Gäste etwas Dummes unternahmen. Nicht einmal die Blauspeere waren so vermessen, gegen die Schwarzbären anzutreten. Jedenfalls nicht, wenn sie nicht in der Übermacht waren. Die Schwarzbären waren ein mächtiger Clan, mit mächtigen Verbündeten. Ein Clankrieg zwischen den beiden Konkurrenten wäre kurz, brutal und das Ende vorhersehbar.

Vor dem Zelt wartete bereits eine kleine, gedrungen wirkende Gestalt. Logan lächelte, als er sie erkannte. Bei seinem Erscheinen, verbeugte sich die Gestalt tief. Unmengen an Ketten klimperten und berührten während der Verbeugung beinahe den Boden.

»Und was tust du hier, alte Krähe?«

Bei der Erwähnung ihres Spitznamens, erhob sich Crea, die Schamanin des Clans wieder. »Ich bin dort, wo mein Herr mich braucht«, erwiderte sie leichthin.

»Kommst du mit rein?«

Crea schüttelte energisch den Kopf. »In der Gegenwart von Blauspeeren bekomme ich Ausschlag.« Sie kicherte. Einige der Blauspeer-

Krieger warfen ihr verkniffene Blicke zu. »Aber vielleicht wünscht mein Herr meinen Rat, sobald er das Gespräch beendet hat.«

Logan nickte und gab seinem Begleiter ein Zeichen.

Beliak schlug das Fell, das als Tür diente, zurück und ließ Logan eintreten, bevor er sich selbst durch den engen Zugang quetschte.

Im Inneren herrschte eine beklemmende Hitze. Das Feuer musste bereits den halben Tag geschürt worden sein. Die Blauspeere liebten die Hitze. Es hieß, sie schürten die Feuer mit Absicht, um dadurch Visionen hervorzurufen.

Logan war nie ein Freund von Visionen gewesen. Er ging lieber mit offenen Augen durchs Leben und zog es vor, eigene Entscheidungen zu treffen, anstatt sich von mystischen Visionen lenken zu lassen. Die Blauspeere jedoch waren besessen von Mystizismus.

Am Feuer saß mit blankem Oberkörper ein Moyri, dessen Haupt kein Haar mehr zierte. Trotz seines hohen Alters hielt sich Dys Bollnar aufrechter als so mancher Krieger, der halb so viele Jahre zählte.

Bei Logans und Beliaks Eintreten öffnete der Mann die Augen und lächelte.

»Ich bin ein Gast in deinem Lager«, sprach er die rituelle Grußformel aus.

»Dann sei mein Gast und genieße Schutz und Annehmlichkeiten dieses Lagers«, antwortete Logan ernst.

Theoretisch war Dys bereits sein Gast, seit dieser das Lager betreten hatte, doch nur der Anführer eines Lagers – in diesem Fall Logan – konnte Gastfreundschaft gewähren.

Mit dem Austausch dieser Floskeln standen nun Dys und seine Gefolgschaft für die Dauer ihres Aufenthaltes unter Logans Schutz. Im Gegenzug verpflichteten sie sich, jegliche Feindschaft oder Antipathie gegenüber den Schwarzbären im Allgemeinen oder einer Person innerhalb des Lagers im Speziellen außen vor zu lassen. Dies war die einzig unveränderliche Regel, die niemals gebrochen werden durfte. Das Gastrecht war den Moyri heilig.

Logan kniete sich auf die andere Seite des Feuers und legte seinen Mantel ab. Dicke Schweißtropfen perlten von seiner Stirn. Beliak postierte sich in der Nähe der Tür, zwischen den Blauspeer-Kriegern und seinem Herrn.

»Du bist weit weg von zu Haus«, eröffnete Logan das Gespräch.

»Darf ein Clanführer nicht einem anderen einen freundschaftlichen Besuch abstatten? Außerdem führte mich mein Weg ohnehin in die Nähe deines Lagers.«

»Und wo führt dich dein Weg noch hin? Vielleicht ins Land der Varis?«

Dys warf Logan einen verdutzten Blick zu. »Varis-Land? Was sollte ich denn im Varis-Land?«

»Das frage ich dich.«

»Es ist verboten, nach Varis zu reisen – außer um Handel zu treiben, und die Blauspeere sind keine Händler.«

Logan unterdrückte einen ärgerlichen Laut. Der Kerl wand sich wie eine Schlange. Mit keinem Wort hatte er zugegeben, Angriffe auf die Varis befohlen zu haben – und mit keinem Wort, hatte er es abgestritten.

»Du kennst das Edikt, Dys. Nach dem letzten Krieg hat ein Konzil der Clanführer entschieden, nie wieder die Varis oder eines der anderen nördlichen Königreiche anzugreifen. Auch du hast zugestimmt.«

»Meine Zustimmung kam nicht ganz freiwillig, nicht wahr?«, hielt Dys entgegen. »Wer nicht zustimmen wollte, der wurde gezwungen.«

»Dieses Edikt ist zum Wohle aller. In der Vergangenheit ist genug Blut geflossen, das weißt du. Diese Vereinbarung soll helfen, den Krieg aus unserem Leben zu verbannen.«

»Dabei hast du eines vergessen«, zischte Dys mit plötzlich kaum beherrschter Wut, »die Blauspeere sind Krieger, doch ohne Krieg braucht man keine Krieger mehr. Also, was soll aus uns werden? Bauern? Sollen wir nach Süden ans Meer ziehen und Fischer werden?«

Logan wurde schmerzhaft bewusst, dass die Blauspeere zu den glühendsten Anhängern Coyle Polloks gehört hatten. Sie waren ihm bei seinem Kreuzzug gegen den Norden nur zu gern gefolgt. Eine Varis-Stadt, die von den Blauspeeren eingenommen wurde, hatte nicht mit Gnade oder Zurückhaltung rechnen dürfen. In einer schlimmen Zeit, gehörten sie zu den allerschlimmsten.

»Es wird keinen Krieg mit den Varis mehr geben, auch wenn du dir nichts sehnlicher wünscht.«

»Das entscheidest nicht du, Logan.«

»Du auch nicht, Dys.«

»Du bist nur so mutig, weil du den Großteil des Konzils hinter dir hast und deine Schwarzbären jeden einschüchtern, der aufbegehrt.«

»Die anderen Clans haben die Notwendigkeit von Frieden eingesehen. Zumindest die meisten von ihnen.« Logan seufzte. »Du gibst also zu, deine Krieger nach Norden geschickt zu haben, damit sie Dörfer brandschatzen.«

»Das habe ich nicht gesagt«, meinte Dys und lehnte sich zurück. »Ich bin ein loyaler Sohn der Moyri und handle entsprechend des Edikts.«

»Es zuzugeben, ist auch gar nicht notwendig.« Logan machte eine knappe Geste in Beliaks Richtung. Dieser zog sich aus der Jurte zurück, kam aber kurz darauf mit einem Tongefäß wieder. Der Anführer der Eisernen Schakale stellte es vor Dys ab und nahm seinen Posten hinter Logan erneut ein.

Dys bedachte das Gefäß mit misstrauischen Blicken.

»Nur zu«, forderte Logan ihn auf. »Mach es auf.«

Dys folgte der Aufforderung, doch Logan bemerkte ein leichtes Zittern seiner Finger, als er das Tuch zurückschlug. Seine Hand griff hinein. Als sie wieder zum Vorschein kam, hielt sie am Haarschopf den Kopf des Anführers der Moyri-Plünderer. Der Kopf war in Salz eingelegt, um ihn im Klima der Steppe haltbarer zu machen, doch es waren bereits erste Verfallserscheinungen sichtbar.

»Kein Verwandter, hoffe ich?«, fragte Logan provokant.

»Niemand, den ich kenne«, erwiderte Dys, doch seine Kiefermuskeln mahlten bei jedem Wort. »Wer ist das?«

»Ich hatte gehofft, dass du mir das sagen kannst.«

Dys öffnete den Mund, doch bevor er etwas erwidern konnte, zog Logan ein Stück Stoff aus der Tasche und warf es ihm vor die Füße. Es zeigte das Wappen der Blauspeere.

Mit einem Klacken schloss der andere Stammeskönig den Mund. Eine gefühlte Ewigkeit starrte er das Wappen an, das vor ihm lag.

»Leugnen ist wohl sinnlos geworden.«

»In der Tat«, herrschte Logan ihn an. »Was hast du dir nur dabei gedacht?«

Dys funkelte ihn kampflustig an. »Ich führe mein Volk auf den Weg der Ehre zurück. Den Weg, von dem wir nie hätten abkommen dürfen.«

»Deine verantwortungslose Handlungsweise gefährdet einen vierjährigen Frieden. Einen Frieden, den die Moyri aus Überzeugung und gutem Glauben geschlossen haben.«

»Haben wir das, Logan? Oder hast *du* lediglich deinen Willen durchgesetzt? Deinen Willen und deine Auffassung von Ehre.«

»Ich habe das Töten beendet.«

Dys schnaubte verächtlich. »Wir hatten sie, Logan. Sie lagen auf den Knien vor uns bei Erys. Nur noch ein Schlag wäre nötig gewesen und die Stadt wäre gefallen. Die Schlacht war entschieden.«

»Und dann? Hast du jemals einen Gedanken an die Zeit nach dem Sieg verschwendet. Keine Königreiche zum Erobern mehr. Keine Feinde zum Bekämpfen. Was wäre dann aus den Moyri geworden? Unser Volk hätte sich gegenseitig zerfleischt.«

»Es wird immer Königreiche zum Erobern und Feinde zum Bekämpfen geben. Notfalls wären wir über die Berge im Osten und Westen gezogen.«

»Du bist wahnsinnig«, lachte Logan verächtlich. »Unser Volk wäre in nicht enden wollenden Kriegen ausgeblutet.«

»Dein Bruder wusste, welcher Weg für die Moyri der richtige ist.«

»Mein Bruder war ein Narr. Und er war ein Tyrann, der die Moyri zur Befriedigung seiner eigenen Ambitionen benutzt hat. Wie viele unserer Leute sind in seinen Kriegen gestorben? Vor den Wällen der Städte, die er schleifen ließ, gefallen? Sag mir das, Dys.«

»Gesprochen wie ein echter Verräter«, höhnte Dys.

Logan sprang wutentbrannt auf und nur der Gedanke an das Gastrecht ließ ihn innehalten, bevor er etwas tun konnte, das ihm zwar nicht leidgetan, jedoch schwerwiegende Konsequenzen nach sich gezogen hätte. Die anderen Clans hätten ihm das nie verziehen. Nicht einmal seine Verbündeten. Im Extremfall hätte es sogar die Vernichtung der Schwarzbären nach sich ziehen können.

»Du nennst mich einen Verräter? Ausgerechnet du, der du gegen ein Edikt des Konzils handelst?«

»Ich bin mehr Moyri als du«, hielt ihm Dys entgegen.

Logan sah auf den anderen Moyri herunter und nahm seinen Mantel auf. »Das Konzil wird über dein Handeln entscheiden, Dys. Ich werde eines einberufen.«

»Tu, was du nicht lassen kannst, Logan.« Dys schien von der Aussicht, vor ein Konzil zitiert zu werden, nicht im Mindesten beeindruckt.

Logan verzog angewidert die Mundwinkel und machte sich bereit zu gehen. »Du kannst die Gastfreundschaft meines Lagers in Anspruch nehmen, solange du willst.«

»Ich werde morgen in aller Frühe aufbrechen«, erwiderte Dys mit einem vielsagenden Seitenblick auf den abgeschlagenen Kopf. »Aus irgendeinem Grund fühle ich mich hier nicht mehr willkommen.«

»Dann geh«, sagte Logan, bevor er das Zelt verließ, »aber du solltest dich baldmöglichst um das da kümmern.« Er deutete auf den Kopf. »In dieser Hitze wird er nicht mehr lange halten.«

3

Kilian war nicht leicht zu beeindrucken. Doch beim Anblick des Feldlagers, in das Ciran Talbert sie führte, stieß er erstaunt einen Pfiff aus.

Das Lager war organisiert und die hier versammelten Truppen in höchstem Maße diszipliniert. Es handelte sich hauptsächlich um Infanterie. Kilian sah im Ganzen vielleicht dreihundert Pferde. Die Tiere waren nur leicht gerüstet und ihr Einsatz schien eher auf Geschwindigkeit und Beweglichkeit ausgelegt zu sein, denn um feindliche Schlachtreihen zu durchbrechen.

Das Lager befand sich in einer kleinen Talsenke, war dadurch hervorragend vor neugierigen Augen geschützt. Auf den erhöhten Positionen rund um die Senke, bemerkte er Soldaten auf Posten. Alle fünfzig Schritt stand eine Doppelwache. Alle hatten Sichtkontakt zueinander, sodass es unmöglich war, alle Wachen lautlos und ohne Aufsehen zu erregen, auszuschalten.

Nach einer oberflächlichen Betrachtung ging Kilian von einer ungefähren Stärke von acht- bis neuntausend Mann aus. Falls Ciran Talbert mit dem Gedanken spielte, noch mehr Söldner anzuwerben, könnte ihr Stärke innerhalb der nächsten Wochen leicht auf weit mehr als zehntausend Mann ansteigen. Und Kilian erkannte auf den ersten Blick, dass an der ganzen Sache etwas faul war.

»Das sind zu wenig.«

»Was?«

Kilian warf seinem Kameraden einen kurzen Blick zu. »Es sind zu wenige. Soldaten, meine ich. Neuntausend Mann reichen nicht aus, um Krieg gegen die Moyri zu führen. Mit diesem Aufgebot wird man gerade mal mit ein paar der kleineren Clans fertig, aber nicht mit allen Moyri. Und Logan wird es gar nicht gefallen, dass jemand mit den kleineren Clans Streit anfängt. Sobald es also losgeht, kommt er ihnen mit den Schwarzbären zu Hilfe. Das überlebt diese Söldnerarmee nicht.«

»Vielleicht haben sie nur einige Überfälle gegen die kleineren Clans im Sinn und Talbert zieht die Armee zurück, sobald er genügend Beute gemacht hat.«

Kilian dachte über Silas' Worte nach, schüttelte dann jedoch nachdrücklich den Kopf.

»Kann ich mir nicht vorstellen. Zu viel Aufwand für so wenig Beute. Nein, hier wird durchaus ein größerer Feldzug geplant, doch mit so einer Truppe gegen die Moyri zu ziehen, ist Selbstmord.«

»Möglicherweise irrst du dich ja und es geht gar nicht gegen die Moyri. Irgendwo wird immer Krieg geführt. Die Stadtstaaten im Westen prügeln mal wieder auf sich ein. Eine Armee wie diese hier könnte dort eine Menge verdienen, von der zu erwartenden Beute mal ganz abgesehen.«

Kilian zog Silas Vermutung durchaus in Betracht – bis sie an einer Truppe vorüberkamen, die mit langen Speeren exerzierte und innerhalb kürzester Zeit mehrere Formationen einnahm. Eine dieser Formationen stach Kilian besonders ins Auge. Die Männer waren mit Rundschilden ausgerüstet, die Speere annähernd gut drei Meter lang. Die Männer stellten sich so dicht auf, dass sich ihre Schilde überlappten und die Speere einem Wald aus spitzen Dornen gleich aus dem Schildwall jedem Angreifer drohten.

»Weißt du, was das ist?«

Silas schüttelte nur mit offenem Mund den Kopf. Der Barde war offensichtlich ebenfalls zutiefst beeindruckt.

»Das ist eine Phalanx. Eine Formation, die vor allem gegen Kavallerie enorm wirkungsvoll ist. Und wer hat die beste leichte Kavallerie der Welt?«

»Die Moyri«, schloss Silas.

Kilian nickte. »Talbert drillt sie, um sich für den Kampf gegen das Steppenvolk zu wappnen. Seine Armee ist nicht groß genug, um es mit allen Clans aufzunehmen, vor allem, sobald sich Logan einmischt, aber er hat genug Leute, um richtig viel Schaden anzurichten, bevor er untergeht.«

»Talbert kommt mir nicht wie ein Verrückter vor.«

»Mir auch nicht«, bestätigte Kilian.

»Und was schließt du daraus?«

»Kann ich noch nicht sagen. Hier geht irgendetwas anderes vor. Etwas, das wir noch nicht erkennen. Ciran scheint nicht der Mann zu sein, der Selbstmord begehen will, und mit dieser Armee gegen die Moyri zu marschieren, wäre nichts anderes. Sie mögen zwar diszipliniert sein, aber das sind die Moyri auch.«

»Vor allem, wenn Logan sie führt. Der alte Haudegen weiß, wie man kämpft und wie man Truppen ins Feld führt.«

Noch während sie die Soldaten der Phalanx beobachteten, veränderte sich die Formation. Mehrere Soldaten in der Mitte gaben ihre Positionen auf. Die Ränder der Phalanx knickten ein und bogen sich nach innen. Innerhalb weniger Augenblicke, war die Phalanx verschwunden und an ihre Stelle trat etwas anderes.

»So was habe ich noch nie gesehen?«, hauchte Silas.

»Schildtrons«, bemerkte Kilian, die beiden Formationen immer noch betrachtend. Ein Schildtron war im Prinzip ebenfalls eine Phalanx. Nur bot sie dem Feind keine gerade Kampflinie, sondern es handelte sich um einen Kreis, aus dem sich die Soldaten in alle Richtungen verteidigen konnten. Die ideale Formation, wenn man als unterlegener Gegner ohne Deckung auf freiem Feld angegriffen wurde. Vor allem, wenn man es mit Kavallerie zu tun hatte. Die perfekte Formation, um es mit einer Moyri-Truppe aufzunehmen.

Kilians Gedanken wanderten in eine Zeit zurück, als seine Söldnertruppe erst gegen und schließlich Seite an Seite mit Logan gekämpft hatte. Kilian lief ein eisiger Schauder über den Rücken. Silas' Einwände waren durchaus berechtigt. Logan war ein furchtbarer Gegner. Er war schon nahezu unbesiegbar gewesen, als er nur für sich allein gestanden hatte. Nun stand die ganze Macht der Moyri in seinem Rücken. Und wie der Norden vor noch gar nicht allzu langer Zeit hatte feststellen müssen, schwemmten sie wie eine Flutwelle alles weg, sobald sie einmal entfesselt waren.

Ja, Ciran Talbert würde es auf die Dauer mit Logan nicht aufnehmen können, doch mit dieser Truppe konnte er die Steppe noch in Blut tränken, bevor er unterging.

Neroon Vos, der zweite Leutnant der Söldnerarmee, führte sie zu einigen Zelten und deutete wortlos hinein. Jedes der Zelte war für vier Mann ausgelegt. Wie alles andere auch waren die Zelte von guter – sogar von sehr guter – Qualität. Ungewöhnlich gut für eine Söldnerarmee. Entweder besaß Talbert eine ziemlich dicke Geldbörse oder er stellte die Armee im Auftrag für jemanden auf, der eine solche Börse sein Eigen nannte. Er vermutete Letzteres.

Kilian wollte Neroon darauf ansprechen, doch der Leutnant schien nicht an Gesprächen interessiert zu sein. Kaum hatte er ihnen ein Zelt zugewiesen, war er auch schon wieder weg.

»Und er hat sich nicht einmal verabschiedet«, meinte Silas spöttisch.

»Keine Sorge, den werden wir vermutlich noch öfter sehen, als uns lieb sein kann.«

»Wie meinst du das?«

»Talberts Leutnants sind dafür zuständig, uns zu schleifen und auszubilden. Glaub mir, Neroon werden wir noch verfluchen.«

»Mich muss niemand schleifen«, donnerte eine tiefe Stimme und eine bullige Gestalt drängte sich an ihnen vorbei ins Zelt. »Ich weiß schon alles, was ich wissen muss.« Es war der Einäugige, mit dem sie bereits in der Taverne aneinander geraten waren.

»Wie nett«, meinte Silas sarkastisch.

»Schön«, erklärte Kilian ebenso ungehalten in Richtung des Einäugigen, »ich werde dann Talbert mitteilen, dass du am gemeinsamen Training nicht teilnehmen wirst.«

»Ist mir scheißegal, was du machst«, wetterte der Kerl weiter.

»Ich bezweifle, dass du mit der Armee mitmarschieren wirst und etwas von der Beute siehst, wenn du dich so querstellst. Interessiert dich das vielleicht?«

Der Einäugige, plötzlich hellhörig geworden, drehte sich um und funkelte Kilian boshaft an. »Vielleicht mache ich doch mit«, erwiderte er schließlich kleinlaut und machte sich daran, sich eine der Schlafstellen im Zelt zu sichern.

Die Arroganz des Einäugigen reizte ihn über alle Maßen. Kilian überlegte ernsthaft, dem Kerl eine Lektion zu erteilen, jedoch waren sie hier, um etwas herauszufinden. Eine Schlägerei vom Zaun zu brechen, wäre dabei sicherlich nicht gerade förderlich. Außerdem überkam ihn so eine Ahnung, dass Talbert es gar nicht schätzte, wenn sich seine Leute prügelten. Alles im Lager deutete auf ein strenges Reglement in Bezug auf Disziplin und Ordnung hin. An der Art, wie ein Feldlager aussah, konnte man ablesen, was für eine Art Mensch der jeweilige Kommandeur war.

Wurde das Lager lasch geführt, waren die Männer ungepflegt, die Waffen nicht eingeölt und überall spürte man unterschwellige Aggression, die nur nach einem Ventil suchte. Wurde ein Lager jedoch gut geführt, traf das genaue Gegenteil zu. Der Einäugige musste sich noch schwer am Riemen reißen, ansonsten würde Talbert ihn sich mit an Sicherheit grenzender Wahrscheinlichkeit vorknöpfen.

Kilian entschied, dass es ihrer Sache nicht dienlich wäre, auf Konfrontationskurs zu gehen, daher bemühte er sich um eine etwas versöhnlichere Gangart.

»Mein Name ist Kilian, das ist Silas«, stellte er sie beide vor.

»Wen interessiert's?«

Kilian schluckte seinen Ärger herunter und zwang sich, seine zu Fäusten geballten Hände zu entspannen.

»Und du bist?«

»Nicht dein Freund, nicht dein Waffenbruder und schon gar nicht dein Kumpel.« Der Einäugige antwortete, ohne sich zu ihnen umzudrehen, stattdessen packte er eine Tasche mit wenigen Habseligkeiten auf seine Seite des Zelts aus und zog die Decke seiner Schlafstatt zurück.

An der Art und Weise, wie er das Tat, erkannte Kilian den erfahrenen Söldner. Der Einäugige machte das nicht zum ersten Mal.

»Mag sein, dass wir keine Freunde werden, aber gut möglich, dass ich irgendwann einmal entscheiden muss, ob ich dir das Leben rette ...« Kilian ließ den Satz vielsagend ausklingen. »Oder eben nicht«, fügte er dann noch verspätet hinzu.

Dieser Satz ließ den Einäugigen in seinem Tun innehalten. Er drehte sich betont langsam zu Kilian um und baute sich zu voller Größe vor ihm auf.

Kilian bemerkte, wie Silas vorsichtshalber auf Abstand ging. Für jeden zufälligen Beobachter musste es so wirken, als ließe der Barde seinen Kameraden allein, doch Kilian war sich sehr wohl darüber im Klaren, dass sich mindestens eine von Silas' Händen gerade um den Griff eines Dolches schlossen. Mit einer knappen Geste seiner Finger, die nur Silas bemerkte, bedeutete er dem Barden, nichts zu unternehmen.

Die nächsten Sekunden würden entscheidend sein. Entscheidend in dem Sinne, wie sie mit dem Einäugigen zukünftig auskommen würden. Falls Kilian zurückwich oder der Barde ihm half, würden sie keine Ruhe mehr vor dem Einäugigen haben. Er musste sich hier und jetzt Respekt verschaffen.

Der Einäugige kam drohend einen Schritt näher, bis er so dicht vor Kilian stand, dass ihm dessen Geruch nach Kautabak unangenehm in die Nase stieg. Der Einäugige musterte ihn einen endlos scheinenden Moment, bevor er schnaubte und die Nase rümpfte.

»Kelgan«, antwortete der Einäugige schlicht, drehte sich umgehend wieder um und widmete sich erneut der Aufgabe, seine Schlafstatt herzurichten.

»Sehr erfreut«, erwiderte Kilian mit einem erleichterten Seitenblick auf Silas, der einen Schwall Luft ausstieß und dabei beide Wangen aufblähte.

»Und ich bin Quan«, sagte ein weiterer Söldner, der die ganze Auseinandersetzung fasziniert betrachtet hatte und nun mit einem breiten Grinsen im Gesicht näher trat. Er hielt Kilian freundlich die Hand hin. »Ich ziehe mit euch in das Zelt. Ich glaube, mit euch wird es nicht langweilig.«

Ciran Talbert schlug den Stoff, der ihm als Tür diente, zurück und betrat sein eigenes Zelt. Es war das einzige des Lagers, das groß genug für einen Tisch, Stühle und sogar einen Badezuber war.

Das Zelt hatte ihn schon auf einem Dutzend Feldzüge begleitet, was man ihm auch ansah, doch er weigerte sich standhaft, sich ein neues zuzulegen. Er war der Meinung, dass ihm das Zelt Glück brachte, denn von allen Feldzügen war er ohne einen Kratzer zurückgekehrt. Inzwischen war er sehr wohlhabend. Eigentlich hätte er sich schon vor geraumer Zeit zur Ruhe setzen können, doch es war immer wieder der Ruf der Schlacht, die ihn zurück in sein blutiges Handwerk lockte. Er machte dies nicht mehr, um sich die Taschen mit Gold zu füllen – schon lange nicht mehr. Er machte es, weil es ihn erfüllte – und weil er es gut konnte.

Galledor, der Anführer der Leibwache, die er sich aufgebaut hatte, stand schweigsam und abwartend hinter ihm. Er kannte den Mann seit fast zwanzig Jahren. Er vertraute ihm wie sonst keinem. So schweigsam, wie er war, so gefährlich war er auch. Galledor kommandierte fünfzig Mann, die sich Ciran im Laufe der Zeit angeschlossen hatten. Diese fünfzig Mann dienten ihm als Leibwache. Es war äußerst ungewöhnlich für einen Söldnerhauptmann, eine eigene Leibwache zu unterhalten, doch Ciran war der Meinung, dass ihm nach all der Zeit, die er in diesem Geschäft nun überlebte, diese kleine Exzentrizität zustand. Jeden dieser fünfzig Männer kannte er seit vielen Jahren. Sie hatten für ihn gekämpft und ihr Blut für ihn vergossen. Die Aufnahme in seine Leibwache, hatte sich jeder von ihnen redlich verdient. Mal ganz davon abgesehen, dass die Aufnahme in seine Leibwache mit einem nicht geringen Zuwachs an Wohlstand verbunden war. Die Mitglieder seiner Wache hatten das Recht der ersten Beute und durften sich aussuchen, was immer sie wollten, bevor der Rest der Truppe die übrigen Beute unter sich aufteilte.

Mit einem müden Seufzen schnallte er die einfache Lederrüstung ab und legte sie auf einen Stuhl. Der Stuhl war mit feinen Schnitzereien verziert. Er meinte, sich zu erinnern, ihn während eines Feldzugs vor fünfzehn Jahren im Haus eines Adligen erbeutet zu haben.

Ciran ging zum Tisch, füllte eine Schüssel mit Wasser aus einer bereitstehenden Kanne und wusch sich Hände und Arme, bevor er mit beiden Händen Wasser schöpfte und es sich über den Kopf goss. Er genoss das herabfließende Wasser mit geschlossenen Augen.

»Ich nehme an, du warst erfolgreich«, sprach ihn unvermittelt jemand an. Ciran wirbelte reflexartig herum und griff nach seinem in der Scheide steckenden Schwert. In derselben Sekunde griff auch Galledor nach seiner Waffe. Der Mann war tatsächlich überrascht worden und das war nicht leicht. Als Ciran erkannte, wer sich mit ihm im Zelt befand, entspannte er sich, jedoch nicht, ohne seinen Gegenüber ungehalten anzufunkeln. Mit einem Wink schickte er Galledor hinaus. Dieser gehorchte nur widerwillig und warf dem anderen Mann im Zelt düstere Blicke zu.

»Du hast tagsüber nichts in meinem Zelt verloren, Gera«, sagte er zu dem Neuankömmling. »Ich dachte, das hätten wir geklärt.«

»Beruhige dich.« Der Mann hob beschwichtigend beide Hände. »Niemand hat mich gesehen.«

»Trotzdem wäre es mir lieber, du bliebst tagsüber in deinem eigenen Zelt.« Er drehte sich erneut um und fuhr damit fort, sich den Staub vom Körper zu waschen. »Wo nicht die Gefahr besteht, dass neugierige Augen dich sehen.«

»Falls es in deinem Lager so neugierige Augen gibt, steche ich sie gerne aus«, meinte der Mann lächelnd.

Ciran hatte bereits in vielen Schlachten gekämpft und war öfter, als ihm lieb war, knietief im Blut gewatet, doch die Beiläufigkeit, mit der sein Gast von der Verstümmelung anderer Menschen sprach, jagte ihm einen Schauder über den Rücken.

»Das wird wohl nicht notwendig sein. In diesem Lager habe ich die absolute Kontrolle. Nichts geschieht, ohne dass ich es wünsche.«

»Das ist gut, Ciran. Sogar sehr gut. Mein Auftraggeber wird sehr erfreut über deine ... Professionalität sein.«

Ciran schnaubte. »Da wir gerade von deinem Auftraggeber sprechen ...«

»Nein, ich werde dir nicht sagen, wer es ist«, erwiderte Gera leicht genervt. »Ich dachte, *dieses* Thema wäre bereits geklärt.«

Ciran griff sich ein Handtuch und trocknete sich ab, während er sich erneut zu seinem Gast umwandte. »Schon, aber es gefällt mir nicht, im Dunkeln gelassen zu werden.«

»Korrigiere mich, wenn ich mich irre, aber Söldner kämpfen für Geld. Spielt es da eine Rolle, wer die Befehle gibt? Ich bekomme meine Befehle von meinem Herrn und du von mir. Soweit es dich und deine Söldner betrifft, bin *ich* euer Auftraggeber. Dieses Arrangement muss reichen.«

»Es reicht mir eben nicht«, brauste Ciran wütend auf. »Dieses ganze heimliche Getue geht mir gehörig auf die Nerven. Du verlangst von mir, dass ich eine Armee in den Einflussbereich der größten Streitmacht dieser Welt führe, und weichst mir ständig aus, wenn es darum geht, Antworten zu geben. Ich wüsste schon gern, wer so sauer auf die Moyri ist, dass er ihnen den Krieg erklären will.«

»Da gäbe es einige Kandidaten, nicht wahr?«

»In der Tat, aber auf den ersten Blick fällt mir niemand ein, der so verrückt ist, das auch durchzuziehen.«

»Verrückt? Wenn mein Herr verrückt ist, was bist dann du, der diese Armee in seinem Namen führt?«

»Ich kenne seinen Namen nicht.«

»Du weißt, was ich meine.« Gera lächelte süffisant.

»Nun, ich muss genauso verrückt sein.«

»Mindestens«, gab Gera ihm recht.

»Wenn nicht die Aussicht auf Beute mich verlockt hätte ...«

»Die Aussicht auf Beute?«, unterbrach Gera ihn. »Denkst du wirklich, dass du deswegen hier bist?« Gera kicherte leise und deutete hinter sich auf das langsam zur Ruhe kommende Lager. Die Männer stellten sich bereits beim Verpflegungszelt an, um ihr Mittagessen in Empfang zu nehmen. »Die dort, die sind wegen Beute hier, mein Freund, aber nicht du. Du machst dir nur etwas vor, falls du etwas anderes denkst.«

Ciran lehnte sich entspannt gegen den Tisch und faltete die Arme vor der Brust. »Ach? Und weshalb bin ich hier? Das möchte ich jetzt gern von dir hören.«

»Wegen der Herausforderung, Ciran. Es ist die Herausforderung, die dich lockt.« Gera trat näher und seine Stimme nahm einen fast bewundernden Tonfall an. »Man stelle sich vor: Ein Söldnerhauptmann führt ein kleines, aber diszipliniertes Heer nach Süden ins Land der Moyri, um die Plünderer von einst herauszufordern. Falls es dir gelingt, lebend zurückzukehren und einen annehmbaren Teil deines Heeres dich begleitet, wirst du zur Legende. Das ist es, was dich reizt.«

Ciran zuckte mit keinem Muskel, doch der Stich seines Gastes traf einen Nerv. Reichtum, Macht, all diese Dinge interessierten ihn kein bisschen. Gold hatte er selbst genug. Macht innezuhaben, langweilte ihn. Ruhm jedoch stellte seine Achillesferse dar. Er träumte davon, der berühmteste Söldner aller Zeiten zu werden, und wenn ihm dieses Glanzstück gelang, war er am Ziel seiner Träume. Falls er zurückkehrte, würde er sich endlich zur Ruhe setzen, denn dann gab es nichts mehr zu erreichen.

Es beunruhigte ihn nicht wenig, dass sein Gast ihn derart beiläufig durchschaute. Ciran war es nicht gewohnt, auf diese Weise in die Ecke gedrängt zu werden. Das gefiel ihm kein bisschen.

»Du bist viel schlauer, als dir guttut«, blaffte er Gera an. Dieser lächelte jedoch angesichts der aufflammenden Aggressivität des Söldnerhauptmanns lediglich nachsichtig. Doch etwas in Cirans Haltung ließ ihn plötzlich vorsichtig werde, denn er wechselte unvermittelt das

Thema. Vielleicht war er zu der Meinung gelangt, zu weit gegangen zu sein.

»Ist gutes Material dabei?«, fragte Gera mit Blick auf das Heerlager.

»Sie werden ihren Beitrag leisten, ganz ohne Zweifel.«

»Ich vertraue deinem Urteil, Ciran. Wann wirst du sie über das Ziel des Feldzugs informieren?«

»In einer Stunde. Wenn die Männer gegessen haben. Dann sind ihre Bäuche voll und sie sind zufrieden. Sie werden unser Ziel viel leichter akzeptieren.«

»Klug«, kommentierte Gera.

»Freut mich, dass du mit meiner Zeitplanung einverstanden bist«, erwiderte Ciran bissig.

Sein Gast ließ sich dadurch jedoch nicht aus der Ruhe bringen. »Sarkasmus ist deiner nicht würdig, mein Freund.« Ein Lächeln begleitete seine Worte.

Ciran biss die Zähne zusammen, um nichts Unpassendes zu erwidern. *Ich bin nicht dein Freund*, dachte er, behielt den Gedanken jedoch wohlweislich für sich.

Der Kerl lächelte für seinen Geschmack viel zu häufig. Ciran misstraute Menschen, die häufig lächelten. Ihn überkam dabei immer das Gefühl, der andere mache sich über ihn lustig. In Geras Fall mochte das sogar stimmen.

»Viele werden davon ohnehin nicht allzu überrascht sein,« antwortete Ciran stattdessen. »Im Lager kursieren bereits Gerüchte und ich bin sicher, viele ahnen schon, wohin es geht.«

»Umso besser«, erwiderte Gera, »dann ...«

Ciran erfuhr nie, was Gera hatte sagen wollen, denn just in diesem Moment stürmte Iro Kald, sein erster Leutnant, durch den Eingang. Der junge Offizier öffnete den Mund, um etwas zu sagen, bemerkte jedoch im selben Augenblick Gera und schloss ihn wieder.

»Verzeihung, Hauptmann, ich dachte, Ihr wärt allein.«

»Ist schon gut, Iro. Bleib.« An Gera gewandt, fragte er: »Wir sind doch fertig, nicht wahr?!«

Sein Tonfall ließ keinen Zweifel daran, dass die einzig richtige Antwort auf diese Frage »Ja« lautete. Gera lächelte erneut, verbeugte sich vor Ciran und verließ das Zelt so geräuschlos, wie er es betreten hatte.

»Aber lass dich von niemandem sehen«, rief Ciran ihm noch hinterher, doch er war sich nicht sicher, ob der Mann ihn verstanden hatte – und falls er ihn verstanden hatte, ob er seiner Anweisung Folge leisten würde.

»Der Kerl ist mir unheimlich«, bemerkte Iro, als er Gera hinterhersah.

»Vergiss ihn«, antwortete Ciran, »er ist mein Problem, nicht deines. Ein notwendiges Übel, mehr nicht.«

»Trotzdem«, meinte Iro. »Der Kerl jagt mir Angst ein und das ist ein Gefühl, das mir normalerweise fremd ist.«

»Ja, ich weiß«, erwiderte Ciran. »Diese Wirkung hat er tatsächlich auf die Menschen.« Wohlweislich verheimlichte er, inwieweit sich Iros Gefühle ihren Auftraggeber betreffend mit den seinen deckten.

Kilian löffelte lustlos etwas, das offiziell als Suppe bezeichnet wurde. In Wirklichkeit handelte es sich um Wasser, in dem irgendwelche unidentifizierbaren Zutaten schwammen, die der Koch wohl wahllos hineingeworfen hatte.

Die Männer verteilten sich im Lager und fanden hier und da zu Grüppchen zusammen. Kilian und Silas blieben weitestgehend unter sich. Kelgan wollte ohnehin nichts mit ihnen zu tun haben und hatte sich ins Zelt zurückgezogen, kaum dass er sich einen Teller Suppe und ein Stück Brot gegriffen hatte. Das war Kilian eigentlich ganz recht. Mit dem grobschlächtigen Kerl wollte er an und für sich auch so wenig wie möglich zu tun haben. Die anderen Söldner im Lager waren teils vor Wochen, teils vor Monaten zur Armee gestoßen und betrachteten die Neuankömmlinge mit einer Mischung aus mildem Interesse und Misstrauen. Nur Quan, der mit ihrer Gruppe zur Armee gekommen war, suchte Kilian und Silas' Nähe.

Kilian hatte schnell gemerkt, dass jeder Söldner im Lager außer den langen Speeren auch noch seine eigenen Waffen mit sich führte. Die Bandbreite reichte von Dolchen, Schwertern, Bögen bis hin zu Äxten und Kriegshämmern. Kelgan führte überraschenderweise eine schlanke Klinge und zusätzlich ein Paar Kurzschwerter. Kilian hätte schwören können, dass er eher der Typ für eine Streitaxt war. Quan war ebenfalls Schwertkämpfer, doch er führte eine Waffe, wie Kilian sie noch nie gesehen hatte. Das Schwert war kunstvoll gearbeitet und mit goldenen Zeichen verziert. Die Parierstange war rund und die Klinge leicht gebogen.

Die Waffe war ebenso eindrucksvoll und einzigartig wie der Krieger, dem sie gehörte. Kilian hatte noch nie eine solche Hautfarbe gesehen, sie besaß einen leicht bronzenen Ton und seine Augen waren nicht rund wie in Kilians und Silas' Fall.

Speziell der Barde war von der exotischen Ausstrahlung des Schwertkämpfers sichtlich angetan. Mit einem Mal sah Quan auf und musterte Silas seinerseits.

»Frag!«

Silas merkte überrascht auf.

Quan lächelte. »Frag, wo ich herkomme. Genau das beschäftigt dich doch, oder?«

»Nun, schon. Jemanden wie dich habe ich noch nie gesehen.«

»Hätte mich auch gewundert«, erwiderte Quan und stopfte sich einen weiteren Löffel Suppe in den Mund. Seltsamerweise schien sie ihm zu schmecken.

»Also? Wo kommst du her?«

»Aus einem Land sehr, sehr weit im Osten. So weit entfernt, dass ihr mit Sicherheit noch nie davon gehört habt.«

»Wie ist es dort?«

»Wunderschön. Es ist dort sehr grün, das Wasser in den Flüssen ist kristallklar und die Berge sind so hoch, dass sie den Himmel berühren.«

»Du musst weit gereist sein, um in unsere Länder zu gelangen«, meinte Kilian.

»Oh ja, sehr weit.«

»Wenn es dort so schön ist, warum bist du weg?«

Quans gute Laune verschwand so plötzlich, dass Kilian verwirrt die Stirn runzelte. Der Mann schien plötzlich in sich gekehrt und nachdenklich, ja fast melancholisch.

»Ich bin dort weg, weil ich meine Heimat so liebe«, sagte er schließlich.

»Ich kann dir nicht ganz folgen«, bohrte Kilian weiter.

»Vor etwa sechs Jahren kam in meiner Heimat ein Mann an die Macht. Seine Name ist Kujan-Ji. Er ist ein grausamer Despot, der seine

Untertanen knechtet und versklavt. Eines Tages sagten die Menschen: Nein, wir wollen nie wieder Angst haben. Und sie erhoben sich. Es waren kaum Krieger unter ihnen. Es handelte sich um einfache Leute: Bauern, Handwerker, Händler.« Quan spuckte aus. »Sie wurden abgeschlachtet. Ohne Mitleid. Das war Kujan-Ji aber nicht genug. Er verurteilte die Familie eines jeden Aufständischen ebenfalls zum Tode. Mein Vater und mein Bruder fielen in der Schlacht. Einen Tag nach unserer Niederlage verlor ich meine Mutter und meine beiden Schwestern durch die Schwerter seiner Häscher. Es war eine ehrlose, grausame Tat. Ich selbst bin schwer verletzt vom Schlachtfeld geflohen.«

»Das ... das tut mir sehr leid«, sagte Silas in Ermangelung passenderer Worte.

»Deswegen hast du also deine Heimat verlassen«, mutmaßte Kilian. »Du bist auf der Flucht.«

»Nicht ganz«, erwiderte Quan. »Ich bin in eurem Land, um Geld zu verdienen. Wenn ich genug davon habe, hebe ich eine eigene Söldnerarmee aus und kehre in meine Heimat zurück. Ich werde Kujan-Jis Palast bis auf die Grundmauern niederbrennen und alle, die ihm dienen, dem Schwert übergeben. Ihn selbst werde ich zur Belustigung aller auf dem Scheiterhaufen verbrennen.«

Kilian schluckte schwer, als er die Rachepläne des anderen Söldners vernahm. Er tauschte mit Silas einen vorsichtigen Blick, den dieser mit hochgezogener Augenbraue erwiderte.

Der Barde hüstelte verlegen. »Nun, dann hast du ja noch einiges vor.«

Schlagartig kehrte die gute Laune auf die Miene Quans zurück und Kilian erkannte, was das Lächeln des anderen Söldners wirklich bedeutete. Er stellte seine gute Laune zur Schau, damit niemand sah, was wirklich in dem Mann vorging, was ihn wirklich bewegte. Der Mann war tieftraurig, wurde von den Geistern der Vergangenheit geplagt und erging sich in blutigen Rachefantasien. Eine gefährliche Kombination.

»Allerdings«, fuhr Quan gut gelaunt fort. »Ich schätze, in drei oder vier Jahren bin ich so weit. Sollte sich dieser Feldzug als so lukrativ erweisen, wie Talbert versprochen hat, bin ich meinem Ziel schon ein großes Stück näher.«

Kilian nahm einen weiteren Löffel mit Suppe, damit er einen Vorwand hatte, nicht darauf antworten zu müssen. Ein Gong schallte durch das Lager. Kilian spürte die Vibration sogar noch in seinen Zähnen. Er blickte sich verwirrt um. Überall beendeten Söldner ihre Mahlzeit, legten das Essgeschirr beiseite und strebten dem Mittelpunkt des Lagers zu.

Silas stieß ihn an, woraufhin Kilian nur die Achseln zuckte und der Menschenmenge folgte. Die Söldner versammelten sich um ein Fass, auf dem Ciran Talbert stand, die zwei Leutnants an seiner Seite.

Ciran Talbert wartete, bis sich alle versammelt hatten und die Männer gespannt lauschten, was denn nun folgen würde.

»Meine Freunde«, begann der Söldnerhauptmann. »Viele von euch sind bereits seit geraumer Zeit unter uns, andere sind gerade erst angekommen, aber euch alle wird eine Frage brennend interessieren: Worin besteht der Zweck dieser Armee?«

Der Söldnerhauptmann holte tief Luft, bevor er fortfuhr: »Ich weiß, dass bereits Gerüchte über unser Ziel kursieren, aber ich war nie ein großer Freund von Lagergerüchten, daher will ich euch reinen Wein einschenken. Wir ziehen ins Land der Moyri und lassen sie für das büßen, was sie den nördlichen Königreichen während ihrer Invasion angetan haben. Wir werden das Land der Moyri mit Blut tränken.«

4

Einer Schlange gleich zog sich die Hauptmacht des Schwarzbären-Clans durch die karge, unwirtliche Landschaft. Logan ritt an der Spitze, umgeben von dreihundert Eisernen Schakalen. Das Gros aus Logans Hauptlager begleitete ihn. Die Menschenansammlung umfasste gut und gerne fünfzehntausend Menschen, wobei bei Weitem nicht alle Krieger waren. Zahlreiche Familien begleiteten Logan zum Ort, an dem das Konzil der Clans stattfinden sollte. Die Übrigen waren zurückgeblieben, um die Herden zu hüten.

Logan hatte gezögert, so viele Unbewaffnete an den Ort der Versammlung mitzunehmen. Theoretisch herrschte Waffenstillstand unter den Clans für die Dauer des Konzils und jeder Clan brachte Frauen und Kinder mit. So war es Brauch, seit die Moyri existierten. Die Anwesenheit von Frauen und Kindern aller Clans sollte den Waffenstillstand durchsetzen und alle daran erinnern, dass jeder der Clans viel zu verlieren hatte, falls einer die Waffenruhe brach. Trotzdem machten Sorgen Logan den ganzen Weg über zu schaffen. Dieses Konzil war anders. Eine bedrückende Aura lag über der Steppe. Die Gerüchte sprachen von Krieg. Krieg unter den Clans. Etwas, das er unbedingt verhindern wollte.

Er hatte das Konzil einberufen, um über einen der ihren zu richten, und es war gut möglich, dass die Dinge aus dem Ruder liefen. Dys Bollnar hatte viele Verbündete unter den anderen Clans, die nicht tatenlos danebenstehen würden, während Logan anklagend mit dem Finger auf den Blauspeer-Anführer zeigte. Es wäre Logan tatsächlich lieber gewesen, die Alten, die Frauen und Kinder irgendwo zurückzulassen, wo sie in Sicherheit wären, während er den Frieden unter den Clans wiederherstellte. Insgeheim bezweifelte er, dass es noch während des Konzils zur Gewalt kommen würde. Nicht einmal Dys würde so weit gehen, den Frieden des Konzils zu brechen. Anderenfalls würden sogar seine Verbündeten gegen ihn zu Felde ziehen, um ihre Ehre wiederherzustellen. Etwas, das der Clan der Blauspeere niemals überleben würde.

Er drehte sich im Sattel um. Die Jurte, in der sich Jesy und das gerettete Varis-Mädchen aufhielten, wurde von zwölf Pferden getragen – und sie war von seinen treuesten Eisernen Schakalen umringt. Jesy war so sicher, wie es nur möglich war. Und doch hätte er sie lieber nicht in diese Schlangengrube mitgenommen. Er lächelte wehmütig, als er sich ausmalte, wie seine sonst so zurückhaltende Gemahlin ihn zusammengestaucht hätte, falls er auch nur vorgeschlagen hätte, sie zurückzulassen.

»Mein Khan ist guter Laune, wie ich sehe«, sprach ihn jemand von unten an. Als er sich der Person zuwandte, verzog ein spöttisches Lächeln seine Lippen. Die gedrungene, verwitterte Gestalt Creas, seiner Schamanin, ritt neben ihm auf einem Tier, das nur sehr wohlwollend betrachtet als Pferd durchging. Das Tier war potthässlich. Zu klein, zu untersetzt für seine geringe Größe und viel zu unverschämt für Logans Geschmack. Es biss nach jedem, der sich unvorsichtigerweise in seine Nähe begab – bis auf Crea. Für ein Volk, das so stolz auf seine Pferdezucht war wie die Moyri, stellte dieses Pferd natürlich eine Beleidigung fürs Auge dar, doch Crea wollte sich partout nicht davon trennen.

An Creas Seite ritten einige ihrer begabtesten Schüler. Sie nannte sie liebevoll ihre Akolythen. Es handelte sich natürlich ausnahmslos um Schwarzbären, doch Logan war sich nicht ganz sicher, wem ihre Loyalität galt, Crea oder ihm. Eigentlich war es einerlei, denn Creas Loyalität stand felsenfest. Sie würde weder ihren Khan noch ihren Clan jemals verraten. An ihrer Seite ritt ihr ranghöchster Akolyth, Giled, ein schweigsamer Bursche von fünfundzwanzig Jahren. Logan hatte noch nie erlebt, dass der junge Mann mehr als zwei Sätze hintereinander gesagt hatte. Crea jedoch hielt viel von ihm, weshalb Logan geneigt war, ihn positiv zu beurteilen.

»Wann lässt du diese Missgeburt eigentlich endlich schlachten?«, erwiderte er, ohne auf ihre Bemerkung einzugehen. In gespielter Entrüstung tätschelte sie den Hals ihres Pferdes und sagte: »Hör einfach nicht hin. Er ist nur neidisch auf dein gutes Aussehen.«

Die Reaktion des Tieres bestand darin, nach Logans Schlachtross zu schnappen, das daraufhin gereizt einen Schritt zur Seite tänzelte.

Das erfahrene Schlachtross geriet keineswegs in Panik, wollte jedoch ein wenig Abstand zwischen sich und die streitlustige Missgeburt bringen. Das Tier beäugte Creas Pferd weiterhin argwöhnisch.

»Halt ja dieses Vieh fern von mir«, wies Logan seine Schamanin zurecht, doch sein Lächeln strafte die strengen Worte Lügen.

Crea schmunzelte. »Mein Pferd ist wie ich: alt, zäh und widerspenstig. Warum sollte ich mich von etwas trennen, das mir so ähnlich ist?«

»Weil mir *eine* von eurer Sorte reicht.«

Crea gab einen unbestimmten Grunzlaut von sich, doch in ihren Augen blitzte der Schalk. Logan hätte es nie offen zugegeben, doch er liebte diese Wortgefechte mit seiner Schamanin. Und er hegte den leisen Verdacht, dass es ihr ebenso erging.

»Darf ich dich was fragen, mein Junge?«, fragte Crea plötzlich ungewohnt ernst.

»Natürlich.«

»Was versprichst du dir davon?«

»Vom Konzil?«

Sie nickte.

»Die Blauspeere müssen in ihre Schranken gewiesen werden. Es führt kein Weg daran vorbei. Falls ich das persönlich übernehme, gibt es einen Clan-Krieg. Das Konzil ist die einzige Möglichkeit, die Angelegenheit friedlich beizulegen.«

»Mag sein, aber das Konzil bietet ganz eigene Fallstricke.«

Logan wusste, worauf Crea anspielte. Seit Coyle Polloks Tod waren die Moyri keine einheitliche Nation mehr. Die Horde war in ihre ursprünglichen Clans aufgespalten worden und diese waren in ihre angestammten Gebiete zurückgekehrt. Jeder Stammeskönig der Moyri verfolgte nun eigene Ziele, scharte eigene Verbündete um sich und schloss mit anderen Clans eigene Bündnisse für oder gegen andere Clans. Ein falscher Schritt, ein falsches Wort oder auch nur eine falsch verstandene Geste konnten eine Generationen andauernde Blutfehde oder einen Krieg zwischen einzelnen Clans oder Bündnissen auslösen.

Das Ergebnis war ein wirres Parkett, auf dem Verrat und Täuschung an der Tagesordnung waren. Intrigenspielchen zwischen den einzelnen Fraktionen, die sich aus dem Chaos nach Polloks Tod herauskristallisiert hatten, führten immer wieder zu erheblichen Spannungen.

Es gab Stammeskönige, die würden, ohne zu zögern, gegen andere Clans marschieren, wenn sie denn militärisch stark genug wären. Dys Bollnar war einer von ihnen. Innerhalb weniger Jahre hatte er eine Allianz aus dreizehn Clans formiert, zu denen auch die Blutkobras, die Moyri von den flüsternden Steinen und die Moyri aus dem Sandmeer gehörten. Allesamt Loyalisten, die fanatisch loyal zu Coyle Pollok gehalten und ihm bereitwillig in die Eroberung der nördlichen Königreiche gefolgt waren. Dys wusste genau, welche Knöpfe er drücken und an wen er sich wenden musste, um Clans auf seine Seite zu ziehen. Was ihm an Mut und Ehre fehlte, machte er mit Verschlagenheit und Bosheit wieder wett.

Das Einzige, was ihn noch halbwegs in Schach hielt, war die Allianz, die Logan als Gegenpol erschaffen hatte. Zu ihnen gehörten die Wolfshunde, die Rabenschnäbel, die Schwarzen Geister und die Hüter der Nacht. Logan war sich allerdings nur zu bewusst, dass sich einige seiner Verbündeten lediglich deshalb in sein Lager verirrt hatten, aus Angst, es allein mit Dys Bollnars Allianz aufnehmen zu müssen. Realistisch betrachtet, hielt seine Koalition nur deshalb, weil sie Dys und seine Verbündeten mehr hassten als einander – oder Logan. Es war ein unwillkommener und frustrierender Gedanke, aber leider zutreffend.

Es gab etwa dreißig weitere Moyri-Clans, die sich einzeln behaupteten oder zu diversen anderen Bündnissen zusammengeschlossen hatten. Doch sie waren politisch kaum von Bedeutung. Es waren Dys' und Logans Lager, die die wahre Macht der Moyri verkörperten.

Zu Logans Allianz zählten derzeit achtzehn Clans. Militärisch waren sie Dys etwa fünf zu eins überlegen. Aus diesem Grund hielt sich Logans Widersacher noch wohlweislich zurück. Die Götter mochten ihnen beistehen, falls Dys je die Stärke erlangte, gegen die anderen Clans loszuschlagen.

Logan schauderte.

Ein Bürgerkrieg unter den Moyri konnte für alle nur schlecht sein. Die Steppe würde sich mit Blut tränken und jeder Clan müsste sich im Endeffekt für eine Seite entscheiden oder untergehen. Nicht wenige würden sich vermutlich auf Dys' Seite schlagen. Nicht zuletzt deshalb, weil sie wussten, dass Logan ihre Clans niemals gänzlich auslöschen würde. Dys kannte eine solche Zurückhaltung nicht. Er würde alles tun, solange es seinen Zwecken dienlich wäre. Der Tod von Frauen und Kindern würde ihn nicht mehr kümmern als das Erschlagen einer lästigen Fliege.

»Ich habe keine Wahl, Crea«, nahm Logan des Gesprächsfaden wieder auf. »Die Angriffe der Blauspeere müssen aufhören.«

»Es sind nicht nur die Blauspeere, die die Grenze nach Norden überqueren.«

Logan drehte sich halb im Sattel herum und sah auf seine Schamanin herab. Seine Augen verengten sich zu Schlitzen. »Woher weißt du das?«

Crea zuckte lediglich mit den Achseln. »Eine Frau wie ich hat so ihre Möglichkeiten.«

»Und das sagst du mir erst jetzt?«

»Wie du schon sagtest, du hast ohnehin nicht viele Möglichkeiten.«

Logan seufzte. »Ich wünschte, es wäre anders.«

Creas Blick verschleierte sich und sie sah leicht verlegen zur Seite. »Es gibt Stimmen, die sagen, du solltest gegen Dys und seine Verbündeten zu Felde ziehen. Sofort. Solange du sicher sein kannst zu gewinnen.«

Logans Kopf fuhr herum. »Und einen Bürgerkrieg vom Zaun brechen? Wir haben einen blutigen Krieg geführt, um die Invasion der nördlichen Königreiche zu beenden. Ich führe garantiert keinen weiteren Krieg, wenn es nicht unbedingt sein muss.«

»Dys ist ein fleißiges Bienchen. Er summt hierhin, summt dorthin, und wo immer er hinsummt, sammelt er Verbündete. Gewonnen mit Versprechungen, Bestechungen und Drohungen. Irgendwann wird er stark genug sein. Stärker als du. Vielleicht haben die Stimmen, die den Krieg jetzt fordern, recht. Vielleicht solltest du ihn vernichten, solange du überlegen bist. Jetzt hast du noch die Chance, ihm mit deinen Kriegern Einhalt zu gebieten. In einem Jahr oder in zweien könnte das anders sein.«

»Das meinst du nicht ernst?! Ich würde unzählige Clans in sein Lager treiben. Wir könnten genau den Krieg heraufbeschwören, den wir eigentlich verhindern wollen. Und selbst, wenn ich gewinne, wird der Preis so hoch sein, dass der Sieg selbst bedeutungslos wird.«

»Und wenn Dys dich eines Tages überwindet, ist das erst recht schlecht: für die Moyri, die Stadtstaaten im Westen und die Königreiche im Norden.«

»Es wird keinen Krieg geben, Crea. Nicht, wenn ich es verhindern kann.«

»Mein Junge, wenn es doch nur immer so einfach wäre.«

»Ich bin sicher, dass mir viele Clans im Konzil zustimmen werden, vor allem viele der Unentschlossenen. Unsere Verluste im Krieg waren gigantisch und es gibt Clans, die sich noch immer nicht gänzlich davon erholt haben. Ich kann mir nicht vorstellen, dass sie schon den nächsten wollen. Das ist unser Ansatzpunkt. Genau dort treffen wir Dys und bringen eine Saite in den anderen Stammeskönigen zum Klingen, die sie aufhorchen lassen wird.«

»Glaubst du wirklich, du dringst zu ihnen durch?«

»Ich muss es versuchen, Crea, ich muss es versuchen. Falls ich scheitere, wird es am Ende vielleicht keine Moyri mehr geben.«

Ein Reiter preschte über die Anhöhe voraus. Logan erkannte ihn als Teil ihrer Vorhut. Beliak Eskal löste sich aus dem Pulk Eiserner Schakale, die Logan umgaben, und ritt dem Mann entgegen.

Die beiden Krieger wechselten einige Worte, bevor der Krieger umdrehte und den Weg zurückritt, den er gekommen war. Beliak indessen gesellte sich zu Logan, um Bericht zu erstatten.

»Wir haben das Konzil fast erreicht. Ich schätze, wir sind noch vor Einbruch der Nacht dort.«

»Gut«, nickte Logan zufrieden. Als Beliak keine Anstalten machte, sich bei den Schakalen einzureihen, hob Logan eine Augenbraue in die Höhe. »Ist noch was?«

Beliak streckte sich erst in seinem Sattel, bevor er antwortete. »Die meisten Clans haben sich bereits versammelt. Dys ist jedoch noch nicht da.«

»Das wundert mich nicht. Wenn er noch nicht hier ist, dann halten ihn bestimmt seine Ränkespiele davon ab.« Logan spuckte angewidert aus. »Zweifellos ist er dabei, sein Gift zu verspritzen. Miese, kleine Schlange, die er ist.«

Der Anführer seiner Eisernen Schakale nickte wortlos.

Logan überlegte. Als er eine Entscheidung getroffen hatte, sprach er weiter. »Beliak, du führst ein Vorauskommando an den Ort des Konzils und bereitest unser Lager vor. Und hisse das Banner der Schwarzbären, damit jeder es sehen kann.«

Beliak nickte grimmig, nickte und trieb sein Pferd an. Crea sah ihm amüsiert hinterher.

»Ein wenig protzig, findest du nicht? Das sieht dir gar nicht ähnlich.«

»Manchmal ist ein wenig Pomp nötig, um andere an ihren Platz zu erinnern. Die Clans sollen wissen, dass die Schwarzbären kommen. Sie sollen wissen, dass *ich* komme. Und wenn Dys eintrifft, soll er sich ruhig in die Hosen scheißen, sobald er mein Banner sieht.«

Der Ort des Konzils war eine karge Ebene, die sich erstreckte, so weit das Auge reichte. Die Clans schlugen ihre Lager im Kreis auf, wodurch die Ebene wirkte wie ein Meer aus Zelten. In der Mitte der Ebene stand ein einzelnes großes Zelt, in dem die Versammlung abgehalten wurde.

Als einem der mächtigsten Clans gebührte den Schwarzbären einer der Logenplätze. Ihr Lager wurde auf einer Anhöhe errichtet, inmitten einer alten Burgruine. Die Trutzburg musste einst gewaltig gewesen sein. Ihre Schießscharten, Türme, Katapulte und Skorpione hatten jedem Angreifer gedroht.

Wer so mächtig gewesen war, diese uneinnehmbar scheinende Festung zu schleifen, war nicht bekannt. Als die Moyri kamen, um dieses Land in Besitz zu nehmen, war die Burg bereits verlassen, die Steine verwittert und Sandstürme peitschten durch verlassene Mauern und Hallen, in denen vielleicht einst Könige speisten.

Logan war froh, dass es diese Festung gab. Obwohl nur noch einige Mauern des äußeren Walls und zwei halbverfallene Türme von ihrer einstigen Macht zeugten, bot sie doch einen gewissen Schutz. Logan ließ die noch vorhandenen Wehrgänge mit Bogenschützen absichern und stellte an allen Mauerbreschen Wachposten auf. Sie waren zwar hier, um Frieden zu machen, doch das bedeutete nicht, dass er sich blauäugig auf die friedlichen Absichten der anderen Clans verließ. Vor allem nicht auf die der Blauspeere.

Beliak hatte ganze Arbeit geleistet. Von jeder Mauer und jedem Turm baumelte das Banner der Schwarzbären. Alle zehn Minuten ließ er Fanfarenstöße erschallen, damit alle wussten, dass nun Khan Logan, Bezwinger Coyle Polloks eingetroffen war. Bei Einbruch der Nacht würde er Beliak ermahnen müssen, die Fanfarenstöße einzustellen, ansonsten würde keiner von ihnen heute sonderlich viel Schlaf erhalten.

Logan schlenderte zu einer der Breschen und ließ seinen Blick über die Ebene wandern. Ein Meer aus Zelten breitete sich vor ihm aus. Verständnislos schüttelte er den Kopf. Der Anblick erinnerte ihn daran, was er zu erwarten hatte. Sogar die Wahl des Lagerplatzes stellte einen Machtkampf dar. Die größeren, einflussreicheren Clans hatten ihre Zelte näher zur Mitte des Versammlungsortes aufgebaut, die kleineren Clans mussten sich mit den entfernteren begnügen. Egal, was die Moyri auch taten, es lief immer auf einen Konkurrenzkampf hinaus.

Es dauerte nicht lange und Beliak Eskal gesellte sich zu ihm. Der Krieger verharrte respektvoll zwei Schritte hinter seinem Khan, bis dieser ihn durch ein Nicken zur Kenntnis nahm. Erst dann begann er zu sprechen.

»Die Wachen sind aufgestellt, mein Khan. Die Frauen und Hirten schlagen noch die letzten Zelte auf, aber sie dürften vor Einbruch der Nacht fertig sein.«

»Das wäre hilfreich«, schmunzelte Logan, doch er wurde schnell wieder ernst und deutete auf die Unmengen von Zelten, die sich vor ihnen ausbreiteten.

»Sag mir, Beliak, was siehst du?«

Logan bemerkte aus dem Augenwinkel, wie Beliak ihm einen verunsicherten Blick zuwarf. »Die versammelten Moyri-Clans.« Er räusperte sich. »Mit Verlaub, mein Khan, was siehst du?«

»Eine Schlangengrube«, erwiderte Logan ehrlich. »Einen Ort, der einen Menschen umbringen kann, falls er auch nur einen falschen Schritt macht. Einen Ort, der die Moyri ins Chaos stürzen könnte, falls *ich* einen falschen Schritt mache.«

Beliak lächelte verhalten. »Dann mach keinen falschen Schritt.«

Logans Mundwinkel zogen sich angesichts dieser einfachen Logik amüsiert nach oben. »Ich beneide dich für deinen einfachen Blick auf die Welt. Du siehst alles in Schwarz oder Weiß.« Sein Lächeln schwand erneut. »Ich befürchte leider, die Welt ist nicht so einfach gestrickt.«

Beliak zuckte mit den Achseln. »Es ist nicht die Welt, die kompliziert ist, es sind die Menschen, die sie kompliziert machen. Ihr Streben nach Macht, ihr Streben nach Reichtum, Intrigen, Paktieren, das Schließen von Bündnissen und das Verraten derselben, das sollte nicht die Welt der Moyri sein.«

»Und was sollte dann die Welt der Moyri beherrschen?«

»Einfach nur zu leben und das Leben, das die Götter uns geschenkt haben, zu genießen. Früher sah unsere Welt anders aus, nicht wahr? Wir lebten, wir tranken, wir liebten, wir arbeiteten. Wenn wir hungrig waren, jagten wir, wenn uns ein Feind bedrohte, vernichteten wir ihn. Doch diese Intrigenspielchen sind ein Vermächtnis Coyle Polloks. All dies hat *er* uns geschenkt.« Beliak gelang das Kunststück, das Wort *geschenkt* wie etwas Obszönes klingen zu lassen.

»Du würdest gern wieder zu den alten Werten zurückkehren, nicht wahr?«

»Oh ja, das wäre schön. Ich befürchte nur, dass diese Werte für uns verloren sind. Für immer.«

»Vielleicht für die Clans an sich, Beliak, aber nicht für einzelne Menschen.« Logan drehte sich erstmals um und musterte den Anführer seiner Eisernen Schakale eingehend. »Du bist der beste Beweis. Solange Moyri wie du diese Werte leben, sind sie lebendig. Ihr inspiriert andere, sie ebenfalls zu leben.«

»Zu viel der Ehre, mein Khan.«

»Ganz und gar nicht. Nimm zum Beispiel nur die Eisernen Schakale. Unter meinem Bruder waren sie eine blutrünstige und grausame Truppe, die nur *seinem* düsteren Willen diente, und dieser Wille zwang sie, furchtbare Gräueltaten zu begehen. Und nun? Nun würden sie ihre Leben geben, um unschuldige Menschen zu schützen. Es ist dein Beispiel, das sie hierzu veranlasst. Genau diese Mentalität wünsche ich mir für alle Moyri.«

»Du maßt mir eine zu große Bedeutung bei. Ich glaube eher, sie folgen *deinem* Beispiel. Warst du es nicht, der den Krieg mit einem einzigen Schwerthieb beendet hat?«

»Nun, einer war es nicht, soweit ich mich erinnere. Ich befürchte, die Barden haben in diesem Punkt ihrer künstlerischen Freiheit Ausdruck verliehen.«

»Ob es einer war oder tausend, spielt keine Rolle. Du hast deinen Bruder getötet, um uns allen den Frieden zu bringen.«

Logan schnaubte. »Schöner Friede. Dys' Abschaum überschreitet jeden Tag die Grenze, um Dörfer zu plündern und zu brandschatzen. Ich kann mir nicht vorstellen, dass eine Antwort der nördlichen Königreiche noch lange auf sich warten lassen wird. Es sieht ihnen nicht ähnlich, so etwas lange hinzunehmen. Genau genommen, wundere ich mich, warum noch keine Antwort erfolgt ist.«

»Du glaubst, sie werden gegen uns in den Krieg ziehen?«

»Würden wir das nicht tun an ihrer Stelle?«

Beliak dachte über die Worte seines Khans nach, schließlich seufzte er. »Vermutlich.«

»Alles, was wir erreicht haben, steht auf dem Spiel. Jemand muss Dys Einhalt gebieten.«

»Dann gebiete ihm Einhalt«, forderte Beliak gleichmütig.

Erneut zwang Beliaks einfache Logik ein Schmunzeln auf Logans Gesicht, doch bevor er antworten konnte, deutete der Anführer seiner Eisernen Schakale auf den Fuß des Hügels.

Logan folgte dem Wink mit den Augen. Ein Reiter preschte vom Zelt des Konzils herüber, sein Pferd wirbelte den Staub auf, sodass der Reiter eine Spur hinter sich herzog. Er wollte eindeutig zu den Schwarzbären.

Logan trat vor die verfallenen Mauern, den treuen Beliak hinter sich wissend, und erwartete den Reiter. Wenn der Mann es so eilig hatte, musste es wichtig sein.

Schon bald erkannte Logan, dass der Mann eine Standarte in den Händen hielt. Zwei ineinander verschlungene schwarze Schlangen vor einer weißen Raute. Das universelle Zeichen des Waffenstillstands.

Der Mann zügelte sein Pferd, als er Logan vor der Mauerbresche stehen sah, und verneigte sich, so tief es ihm im Sattel möglich war. Absteigen durfte er nicht, da Logan ihn nicht dazu aufgefordert hatte. Das Gastrecht verlangte diese Form der Etikette und Logan hatte nicht im Geringsten die Absicht, den Mann absteigen zu lassen. Dass ihn so früh ein Bote des Konzils aufsuchte, bedeutete mit Sicherheit nichts Gutes.

»Khan Logan«, begrüßte der Reiter ihn, »das Konzil heißt dich und die Deinen willkommen. Man hofft, ihr hattet eine angenehme und ruhige Reise.«

»Sie war angemessen«, erwiderte Logan knapp. »Welche Nachricht bringst du mir?«

»Man wünscht dich zu sehen.«

»Sofort?«

»Wenn es dir genehm ist?«

Der Tonfall des Mannes war neutral, doch angesichts seiner Worte zischte Beliak wütend. Die Aufforderung wurde als Bitte vorgebracht, war jedoch eigentlich ein Befehl und dieses Verhalten grenzte schon an eine Beleidigung – oder eine offene Kampfansage. Einen der einflussreichsten Stammeskönige auf diese Art nur wenige Stunden nach seinem Eintreffen ins Zelt des Konzils zu befehlen, war äußerst ungewöhnlich. Logans Rang erlaubte es ihm eigentlich, die versammelten Stammeskönige noch etwas warten zu lassen und das Zelt des Konzils als einer der Letzten aufzusuchen. Offenbar wollte man ihm diese Höflichkeit nicht zugestehen. Logan erwog für einen Moment die Möglichkeit, die Einladung tatsächlich auszuschlagen, was ebenfalls einer schweren Beleidigung gleichgekommen wäre. Er wurde lieber für unhöflich gehalten denn für schwach. Doch die pure Neugier zwang ihn dazu, schließlich hölzern zu nicken. »Sag deinen Herren, dass ich komme.«

Der Reiter nickte, jedoch nicht ohne ein Funkeln der Genugtuung in den Augen. Der Mann wendete sein Pferd und ritt den Weg zurück, den er gekommen war, diesmal jedoch deutlich entspannter.

Als der Reiter außer Hörweite war, stürmte Beliak eilig an Logans Seite. »Das ist ungeheuerlich. Willst du das wirklich tun?«

»Ja. Dys leistet offenbar bereits ganze Arbeit. Ich will wissen, was man schon so früh von mir will. Lass mein Pferd holen.«

»Wie du wünschst. Aber ich sorge auch für eine angemessene Eskorte.«

Als Beliak davoneilte, hob Logan die Hand und sein erster Impuls bestand darin, den Mann zurückzurufen. Er besann sich jedoch eines Besseren. Vielleicht war ein Akt der Stärke genau das, was die Mitglieder des Konzils jetzt nötig hatten, und eine Eskorte von Eisernen Schakalen mochte diesem Zweck durchaus dienen.

Es erinnerte die Stammeskönige daran, wer er war, dass die Schakale früher Coyle Pollok gedient hatten und jetzt ihm dienten – und es erinnerte sie daran, über welche Macht er gebot.

Beliak kam zurück und führte sowohl sein eigenes als auch Logans Pferd am Zügel. Er nahm das Tier von Beliak entgegen, und als er aufstieg, formierten sich zweihundert Eiserne Schakale um ihren Khan.

Jesy war nahe daran zu verzweifeln. Sie saß in ihrer und Logans Jurte, das gerettete Varis-Kind vor sich. Die Kleine hatte in den Wochen, die sie jetzt bei den Schwarzbären war, noch kein Wort gesagt. Immer noch waren ihre Augen groß vor Angst, wenn Logan oder einer der anderen Krieger das Zelt betraten. Jesy konnte ihr das nicht übel nehmen, nach allem, was Moyri in ihrem Heimatdorf getan hatten. Sie selbst war einmal in Moyri-Gefangenschaft gewesen, eine Sklavin der Launen ihres Herrn Coyle Pollok ausgeliefert. Sie mochte sich gar nicht ausmalen, was die Kleine gesehen und gehört hatte.

Das waren jedoch nicht Jesys einzige Sorgen. Das Mädchen aß nur wenig und trank noch weniger. In der Steppe konnte dies tödlich enden. Vor allem der Durst konnte die Kleine genauso sicher umbringen wie ein Speer oder ein Schwert. Nur hin und wieder, wenn der Durst übermächtig wurde, nippte sie an einem Becher. Gerade genug, damit sie nicht verdurstete. Dieses Glück würde jedoch nicht ewig anhalten. Das Gesicht des Mädchens war bereits blass und eingefallen. Ihr fehlte eine anständige Mahlzeit und vor allem Flüssigkeit.

Sie stellte dem Kind ein weiteres Mal einen Becher Wasser hin, ihre Stirn von Sorgenfalten zerfurcht. Sie würde nicht zulassen, dass das Kind erst vor Plünderern gerettet wurde, nur um zu guter Letzt in ihrem Zelt am Durst zu sterben.

Das Mädchen wich vor dem Becher jedoch angstvoll zurück. Das Mädchen hatte zweifelsohne Furcht. Sie rechnet jederzeit damit, dass sie mit der Nahrung oder dem Wasser Gift aufnahm. Jesy warf dem Mädchen einen verzweifelten Blick zu. »Du musst etwas trinken, Kind. Das Wasser ist gut. Sieh her.« Jesy nahm einen Schluck aus dem Becher und stellte ihn erneut vor dem Mädchen hin. Das Kind sah sie nur aus großen Augen an und schüttelte schließlich den Kopf. Sie traute der Sache immer noch nicht, obwohl Jesy gerade aus dem Becher getrunken hatte. Jesy seufzte. Verängstigte Kinder entwickelten ihre eigene Logik.

Hinter ihr wurde die Zeltplane zurückgeworfen und eine Gestalt trat ein. Jesy nahm den Geruch verschiedener Kräuter wahr und wusste, auch ohne hinzusehen, sofort, um wen es sich handelte.

»Ich weiß nicht mehr, was ich noch tun soll, Crea.«

»Sie isst und trinkt immer noch nicht anständig, was?«

»Nein.«

»Stures, kleines Ding«, murmelte Crea und setzte sich im Schneidersitz neben Jesy. Zu Jesys grenzenloser Überraschung, griff sich Crea ein Stück Fleisch, stopfte es sich in den Mund und begann, genüsslich darauf herumzukauen.

»Dein Mann hat das Lager soeben verlassen«, sprach sie mit vollem Mund ungerührt weiter und beachtete das Kind neben ihr gar nicht.

»Und wohin?«

»Keine Ahnung. Muss was Wichtiges gewesen sein. Seine Eskorte war ziemlich ... beeindruckend.« Sie stieß ein gackerndes Lächeln aus. Ihre Hand griff nach einem weiteren Fleischstück, das den Weg des ersten ging.

»Eskorte? Er wird sich doch nicht in Gefahr befinden?«, fragte Jesy besorgt.

»Du kennst doch Logan«, meinte Crea gut gelaunt. »Der befindet sich immer in Gefahr.« Ihr Tonfall wurde merklich ernster. »Doch einige Gefahren sind schlimmer als andere und können nicht mit dem Schwert bekämpft werden.« Sie seufzte. »Nein, ich denke nicht, dass du dir derzeit um sein Leben Sorgen machen musst. Es gilt das Friedensrecht für die Dauer des Waffenstillstands. Kein Clan würde es wagen, dies zu verletzen.«

Crea fischte sich ein weiteres Fleischstück vom Teller. Unvermittelt knurrte der Magen des Mädchens so laut, dass es im ganzen Zelt zu hören war. Das Mädchen kroch langsam näher und mit einer blitzschnellen Bewegung griff es sich einen Brocken Fleisch und steckte es sich in den Mund. Schon nach wenigen Sekunden war das Zelt erfüllt von genüsslichem Schmatzen.

Jesy musterte erst das Varis-Kind, dann Crea erstaunt. Die alte Schamanin schmunzelte nur und zwinkerte ihr zu. Jesy lächelte verhalten. »Das hatte ich jetzt nicht erwartet.«

»Ein hungriges Kind wird essen, wenn es dafür bereit ist. Vor allem, wenn es Angst hat.«

Jesy nickte. Ihr Lächeln schwand jedoch plötzlich und wurde ersetzt durch einen Ausdruck des Entsetzens. Sie sprang auf und stürmte aus dem Zelt. Crea bedeutete Jesys Dienerin, die gehorsam in einer Ecke saß, über das Kind zu wachen, und folgte Logans Ehefrau eilig. Sie fand diese hinter dem Zelt, wo sie sich würgend übergab.

Crea wartete mitfühlend, und als Jesy fertig war, reichte sie ihr ein Tuch, mit dem sie sich das Gesicht abwischen konnte.

»Danke«, sagte Jesy leise und wandte den Blick ab. »Tut mir leid, dass du das miterleben musstest.«

Crea zuckte die Achseln. »Du bist nicht die erste Frau, die ich in so einer Situation sehe.« Sie musterte Jesy eindringlich. »Wie weit bist du?«

Jesy sah erschrocken auf.

Crea lächelte lediglich nachsichtig. »Wie gesagt, du bist nicht die erste Frau, die ich in dieser Situation sehe. Also? Wie weit?«

»Ich weiß es seit etwa zwei Monaten.«

»Weiß er es?«

»Nein.« Jesy schüttelte energisch den Kopf. »Und er darf es nicht erfahren. Noch nicht.«

»Er hat ein Recht darauf.«

»Aber im Moment gehen ihm zu viele Dinge durch den Kopf. Zu viele Sorgen, zu viele Gefahren. Ich will nicht, dass er im falschen Moment abgelenkt ist. Ich werde es ihm sagen, aber zu einem Zeitpunkt meiner Wahl. Versprich mir, dass du es ihm nicht sagst. Versprich es mir!«

Crea überlegte und nickte schließlich. »Na schön. Ich halte es zwar für falsch, aber ich respektiere deinen Wunsch. Du willst ihn nicht damit ablenken, aber Männer verändern sich, wenn sie wissen, dass sie Vater werden. Er wird noch härter für den Frieden kämpfen, wenn er von seinem Nachwuchs erfährt.«

»Das Risiko kann ich nicht eingehen, Crea. Ich würde es mir nie verzeihen, falls er im falschen Moment abgelenkt wird.« Ihr Blick wanderte in Richtung der gewaltigen Zeltstadt, die sich vor ihnen ausbreitete. »Und wenn er sich im Moment etwas nicht leisten kann, dann ist es eine Ablenkung.«

Logan zügelte sein Pferd. Zwei Krieger der Blutkobras standen vor dem Eingang zum Zelt des Konzils auf Posten, ein Clan aus Dys Bollnars Allianz. Das war ungewöhnlich. Die Clans wechselten sich damit ab, Wachen für das Konzil abzustellen. Jeder kam einmal an die Reihe. Die Blutkobras waren jedoch noch längst nicht dran. Dys Bollnars Allianz gewann offenbar an Einfluss. Das war überaus besorgniserregend.

Bei seinem Anblick packten die Blutkobras ihre Speere fester, sie sagten jedoch kein Wort. Seine Eisernen Schakale musterten die Krieger der Blutkobras mit einem Ausdruck, der zwischen Vorsicht und Verachtung schwang. Ihre Hände tasteten vorsichtig nach den Schwertgriffen. Sie würden jeder Bedrohung ihres Khans schnell, entschlossen und endgültig begegnen, so viel war sicher. Logan musterte die grimmigen Mienen der Blutkobra-Krieger und ein harter Ausdruck schlich sich in sein Gesicht. Das fing ja gut an.

Eigentlich hätte ihn jemand begrüßen und zum Absitzen auffordern müssen, doch außer den beiden Wachen war niemand zu sehen. Eine weitere beabsichtigte Unhöflichkeit. So manch einer mochte dies sogar als Beleidigung werten.

Da sich offenbar niemand um so etwas wie Etikette und Höflichkeit zu scheren schien, entschied Logan, dies ähnlich zu halten. Nun war er über die Anwesenheit der zweihundert Eisernen Schakale froh. Eine Machtdemonstration mochte genau das sein, was das Konzil nun benötigte.

Beliak stieg ebenfalls ab und nahm Logans Zügel. Die beiden wechselten einen vielsagenden Blick und Beliak nickte kaum merklich. Er würde die Blutkobras und jeden anderen, der sich dem Zelt nähern würde, im Auge behalten. Der Anführer der Eisernen Schakale gab ein verstohlenes Zeichen und mehrere Schakale wechselten ihre Position. Sie verteilten sich, um im Bedarfsfall möglichst schnell die Wachen überwältigen und ihren Herrn beschützen zu können.

Logan drehte sich ohne ein weiteres Wort um und näherte sich dem Zelt. Die beiden Blutkobras warfen ihm misstrauische Blicke zu, machten jedoch keine Anstalten, ihn aufzuhalten. Er behielt die beiden aus den Augenwinkeln so lange im Auge, wie es ihm möglich war.

Im Inneren des Zelts war es relativ kühl, was einen angenehmen Kontrast zur Hitze außerhalb darstellte. Das Innere des Zeltes glich einem Amphitheater, mit seinen im Kreis angeordneten Bänken. Die Bänke erhoben sich drei Reihen in die Höhe, sodass auch die hintersten Reihen einen ungehinderten Blick auf den Mittelpunkt des Zeltes hatten, wo immer derjenige stand, der das Wort führte.

Seine Augen benötigten einen Augenblick, um sich an das Dämmerlicht zu gewöhnen. Mehrere Öllampen, die mit Fett betrieben wurden, das von geschlachteten Tieren stammte, stellten die einzigen Lichtquellen dar.

Nur vier Personen befanden sich außer ihm im Zelt. Marak Koll stand ihm am nächsten, der Anführer der Blutkobras. Der Mann war sogar für einen Moyri groß. Er überragte sogar Logan noch um Haupteslänge, war dabei jedoch hager und knochig. Unter den Moyri gab es ein Sprichwort: Wende keiner Blutkobra den Rücken zu. Sie galten als verschlagen und hinterhältig. Sogar untereinander. Marak war für einen Clanführer relativ jung. Sein Vater und seine drei ältesten Brüder waren während des Feldzugs gegen die Varis gestorben. Es hieß, nicht alle seien in den Kämpfen gefallen. Seit er die Führung der Blutkobras übernommen hatte, waren seine zwei jüngeren Brüder ihrem Vater ins Jenseits gefolgt. Unfälle hieß es. Logan hatte dies nie geglaubt. Entweder wurde Maraks Familie vom Pech verfolgt oder der junge Stammeskönig war entschlossen, die Führung des Clans zu behalten. Offenbar schien es ihm ein geringer Preis, dafür zur Waise und zum Einzelkind zu werden.

Neben ihm stand Walon Rar, der die Moyri von den flüsternden Steinen anführte. Ein kleiner, aufgrund seiner Muskelmasse untersetzt wirkender Mann, der den Zenit seines Lebens bereits überschritten hatte. Sein Haar war nicht mehr grau, sondern schon weiß. Beides waren glühende Anhänger Dys Bollnars. Die Blutkobras besaßen einen Hang zur Gewalt, der ihresgleichen suchte. Sie standen zu den Schwarzbären zwar nicht in Konkurrenz, da sich ihr Gebiet zu weit entfernt befand, sie empfanden jedoch für Logans Clan auch keine Sympathie. Die Moyri von den flüsternden Steinen gehörten nicht zu den größten Clans, wohl aber zu den skrupellosesten. Bündnisse zählen für sie nur etwas, solange sie sich auszahlten, anschließend hatten sie keinerlei Bedenken, auch Freunde zu verraten. Sie hatten bereits Clans wegen Weidegründen bis hin zur fast völligen Auslöschung dezimiert, was ihnen innerhalb der Moyri einen gewissen Ruf eingebracht hatte. Man durfte sie keinesfalls unterschätzen.

Beim dritten anwesenden Clanführer stahl sich ein Lächeln auf Logans Gesicht. Es handelte sich um Noran Kort, den Stammeskönig der Wolfshunde. Ein Clan aus Logans Allianz. Die Wolfshunde gehörten zu den wenigen, die Coyle Pollok unter Zwang gefolgt waren, um der

Vernichtung zu entgehen. Es handelte sich bei ihnen um erfahrene und kampferprobte Krieger, die ihre Künste jedoch am liebsten einsetzten, um ihre eigenen Gebiete zu verteidigen, nicht, um andere zu erobern. Noran Kort war deutlich jünger als Logan. Er hatte die Führung des Clans vor zehn Jahren nach dem Tod seines Vaters in der Schlacht übernommen. Seine stechend blauen Augen standen in deutlichem Kontrast zu seiner gebräunten Haut und den dunklen Haaren.

Der vierte im Bunde war niemand Geringeres als Erin Tan, Anführer der Nachtgeister. Der Stammeskönig war alt, was besonders beeindruckend war, da die Moyri in einem Teil der Welt lebten, in dem man schnell alterte und für gewöhnlich kein reifes Alter erreichte. Seine Haut wirkte blass, die Haare waren schneeweiß, doch Erin Tans Augen blickten klar und intelligent. Die Nachtgeister waren neben den Schwarzbären und den Blauspeeren einer der größten Clans und für Logan noch immer ein Mysterium. Die Nachtgeister gehörten keiner Allianz an. Das machte sie jedoch nicht angreifbar oder schwach – wie man vielleicht erwarten sollte –, ganz im Gegenteil: Mit Erin Tans Clan legte sich niemand an, und das aus gutem Grund. Sie waren zwar nicht direkt kriegerisch, doch wer sie herausforderte, weckte eine gefährliche Bestie mit unzähligen Klauen und Reißzähnen. Sie waren Pollok ebenfalls in dessen Eroberungskrieg gefolgt, niemand wusste allerdings, ob dies aus freien Stücken geschehen war oder nicht. Sie hielten sich aus dem Streit zwischen den Schwarzbären und Dys Bollnars Blauspeeren sorgsam heraus.

Jedenfalls für gewöhnlich.

Logan runzelte besorgt die Stirn. Erin Tans Anwesenheit in diesem Zelt legte nahe, dass die Nachtgeister vielleicht kurz davorstanden, Partei zu ergreifen. Dadurch könnten sie zum Zünglein an der Waage in diesem Konflikt werden.

Erin Tan war kein Freund der Schwarzbären, allerdings auch kein Freund der Blauspeere, was das betraf. Logan wäre eigentlich durchaus bereit, sich mit der Neutralität der Nachtgeister abzufinden. Es war die denkbar bessere Alternative als eine Nachtgeisterarmee aufseiten der Blauspeere.

Außer ihnen war kein anderer Clanführer anwesend. Die Moyri bestanden aus Dutzenden von Clans, doch hier war – von der Abwesenheit

Dys Bollnars einmal abgesehen – die wahre Macht der Moyri versammelt. Diese Unterredung dürfte recht interessant werden.

Bei Logans Eintreten grinste Noran Kort über das ganze Gesicht und die beiden Freunde umarmten sich herzlich. Logan bemerkte, wie Marak und Walon die Augen verdrehten und sich einen spöttischen Blick zuwarfen. Logan beschloss, sie zu ignorieren.

»Es ist viel zu lange her, mein Freund«, begrüßte er Noran, nachdem sich dieser endlich von ihm löste.

»Allerdings. Viel zu lange. Wie geht es Jesy?«

»Sehr gut, danke. Ich werde sie von dir grüßen.«

»Tu das«, nickte Noran.

»Wie ergreifend«, ergriff Walon großspurig das Wort, »aber können wir vielleicht endlich zum Thema kommen?«

»Ganz meine Meinung«, stimmte Marak zu. »Bei so viel Rührseligkeit wird einem ja schlecht.«

»Benimm dich«, wies Erin ihn zurecht. Der Mann mochte alt sein, aber seine Stimme war fest und duldete keinen Widerspruch. Außerdem besaß er die einzigartige Gabe, dass sich jeder Mensch fühlte, als würde er seinem besonders strengen Vater gegenüberstehen.

»Ich bitte um Vergebung«, murmelte Marak. Logan knurrte. Maraks Tonfall hatte nichts Bedauerndes an sich. Der Mann war ein Lügner und auf Streit aus. Er spürte dies genau.

Logan sah sich im Zelt um.

»Eine solche Versammlung während des Konzils ist sehr ungewöhnlich«, begann Logan, während er die beiden Anhänger Dys' weiterhin ignorierte.

»Ich weiß und ich bitte wegen der Art deiner Einladung um Entschuldigung«, antwortete Erin, »doch es war notwendig.«

»Da bin ich aber mal gespannt«, meinte Logan, suchte sich einen Platz und setzte sich. »Nun?«

Erin seufzte tief, bevor er schließlich zu sprechen begann. »Logan, gibt es denn keinen Weg, die Differenzen zwischen dir und Dys friedlich beizulegen? Ein Konzil einzuberufen, erscheint mir ein klein wenig ... extrem.«

»Zu extrem, wenn der Frieden auf dem Spiel steht?«, hielt Logan dagegen.

»Ha«, lachte Noran Kort auf und setzte sich an die Seite seines Freundes. »Genau dasselbe hab ich ihnen auch gesagt.«

»Logan«, fuhr Erin beinahe sanft fort, »Dys' Verbündete sind wenig begeistert davon, ihre Territorien zu verlassen, um sich dieser leidigen Angelegenheit zu widmen. Selbst die Clans, die eurem Streit mehr oder weniger neutral gegenüberstehen, sind ungehalten. Sogar die, deren Meinung eher in deine Richtung tendiert. Du solltest dir dieses eine Mal überlegen, ob du nicht lieber klein beigeben willst. Vielleicht ist es dir nicht ganz klar, aber du hast eine ganze Menge Staub aufgewirbelt.«

»Oh, das ist mir durchaus klar. Ich sah jedoch keine andere Möglichkeit. Willst du wissen, wo ich war, bevor ich dieses Konzil einberief?« Er wartete gar nicht auf eine Antwort Erins, sondern sprach ungerührt weiter. »Ich habe Blauspeere verfolgt, die Varis-Dörfer an der Grenze geplündert und gebrandschatzt haben. Und Überlebende unter den Dorfbewohnern gehörten nicht zu ihren Überlegungen.«

»Natürlich ist das eine Tragödie.« Erin schlug den Blick nieder, doch Logan hatte den Verdacht, der Mann hielt lediglich die Auswirkungen der Überfälle für eine Tragödie, nicht die Tat an sich. »Aber meinst du wirklich, dass ausgerechnet ein Konzil nötig ist, um diese Unstimmigkeiten zu klären?«

»Er meint damit, du sollst dich gefälligst nicht so aufspielen, du alter Sack!«, giftete ihn Marak plötzlich an.

»Marak«, wies Erin den aufgebrachten Stammeskönig warnend zurecht.

»Ist schon gut, Erin, lass ihn reden. Ich höre mir gern an, was er zu sagen hat.«

Erin trat einen Schritt zurück und überließ Marak das Feld.

»Du nimmst dir zu viel heraus, Logan«, wetterte Marak weiter. »Du bist nur ein einzelner Stammeskönig, nicht mehr wert als einer von uns.«

»Und nicht weniger«, korrigierte Noran, während er den Stammeskönig der Blutkobras mit düsterer Miene musterte.

»Von mir aus«, winkte Marak gelangweilt ab. »Auf jeden Fall hat Logan uns nichts vorzuschreiben.«

»Ich schreibe euch gar nichts vor – solange ihr die Grenze nach Norden nicht überschreitet. Innerhalb eures Territoriums könnt ihr tun und lassen, was ihr wollt, doch ich werde nicht gestatten, dass dieses sinnlose Morden weitergeht.«

»Wie bitte, du wirst es nicht gestatten?« Marak schoss die Zornesröte in den Kopf.

»Ganz recht«, erwiderte Logan, von Maraks Wut unbeeindruckt. Walon, der Anführer der Moyri von den flüsternden Steinen, legte seinem aufgebrachten Kameraden die Hand auf die Schulter. Tatsächlich schien sich Marak dadurch leicht zu beruhigen. Logan notierte diese Beobachtung in Gedanken. Dass Walon auf den jungen Marak einen solchen Einfluss besaß, war ihm gar nicht bewusst gewesen.

»Was mein ungestümer Freund hier zu sagen versucht, wir sind ein freies, souveränes Volk. Einige von uns sind Bauern, andere Fischer und wiederum andere sind Krieger – und Krieger ziehen in den Kampf.«

»Dann sollten sich die Krieger auch Gegner suchen, die sich wehren können.« Logans Tonfall nahm an Intensität zu, sein stechender Blick fixierte erst Marak, dann auch Walon. »Ich kann mir nicht vorstellen, dass es eine Herausforderung ist, wehrlose Dorfbewohner abzuschlachten.« Logan spie angewidert aus. »Nur Feiglinge handeln so.«

Falls überhaupt möglich, bekam Maraks Gesicht eine noch ungesundere Gesichtsfarbe. Walon schob sich wohlweislich zwischen den Anführer der Blutkobras und Logan, da er keine handgreifliche Konfrontation zwischen den beiden provozieren wollte.

»Ein paar Varis-Bauern«, nahm Walon den Gesprächsfaden wieder auf. »Wen kümmern die schon?«

»Sie kümmern mich.« Logans Tonfall forderte Walon auf, ihm doch zu widersprechen, doch stattdessen antwortete Erin.

»Logan, du kannst nicht jedem Clan vorschreiben, wie er zu leben oder was er zu tun hat. Nimm doch bitte Vernunft an.«

»Oh, ich bin vernünftig. Ich bin sogar überaus vernünftig.« Sein Blick wanderte von einem zum anderen. »Bin ich denn der Einzige, der genug vom Krieg hat? Sind denn alle hier so versessen aufs Kämpfen? Bevor ich hierher kam, war ich gezwungen, den Schauplatz eines Massakers zu besuchen. Die einzige Überlebende ist ein kleines Mädchen. Ist es das, was ihr wollt? Ströme von Blut, die durch die Steppe fließen?«

»Es würde wohl eher das Blut der nördlichen Königreiche sein«, beharrte Marak. »Nicht Moyri-Blut.«

Logan sprang auf, so schnell, dass Marak erschrocken zusammenzuckte. »Dummer Narr! Glaubst du denn, es würden keine Moyri fallen?« Logan spie erneut aus. »Ihr alle seid so versessen aufs Kämpfen. Habt ihr vergessen, wie viele Zelte nach dem letzten Krieg leer blieben?«

Erin schüttelte bekümmert den Kopf. »Ich bin keineswegs auf Krieg aus, Logan, aber ich befürchte, viele Clans sehen in deiner Einmischung in ihre Angelegenheiten eine Bedrohung. *Das* ist hier der springende Punkt.«

»Du redest von Souveränität und Nichteinmischung? Die Blauspeere, die das Massaker angerichtet haben, durchquerten Schwarzbären-Land, um die Dörfer der Varis zu erreichen. Wo war da dein Beharren auf Unabhängigkeit? Unsere territoriale Hoheit wurde verletzt.«

Erin schluckte und wandte den Blick unter Logans erbarmungslosen Augen ab. Dieser Pfeil hatte sein Ziel offenbar getroffen. Erin konnte nicht einerseits von der Unabhängigkeit der einzelnen Clans schwafeln und andererseits das Verletzten des Schwarzbären-Territoriums abtun. Nun saß er in der Zwickmühle, die er sich selbst geschaffen hatte. Doch Logan ließ ihm ohnehin keine Zeit, um zu reagieren.

»Unter Coyle Polloks Führung waren wir stark«, entgegnete Walon. »Unter Coyle Polloks Führung nahmen wir einfach, was unser ist. Unsere Feinde erzitterten bereits, wenn sie nur unsere Namen hörten. Und unter Coyle Polloks Führung gab es keine Sicherheit für die Feinde der Moyri. Weder die Varis noch die Stadtstaaten oder eines der anderen Königreiche konnte auf Gnade hoffen. Mit welchem Recht verbietest du uns, unsere Feinde anzugreifen? Und die Varis waren, sind und bleiben unsere Feinde. Coyle Polloks Traum ...«

»Coyle Pollok ist tot«, fuhr Logan ihn an, »und sein Traum starb mit ihm.« Bei diesem Ausbruch huschte ein Ausdruck der Verachtung über Walons Gesicht, doch Logan war zu wütend, um sich auch nur einen Deut darum zu scheren. Er war in Rage und er gedachte nicht, jetzt zurückzustecken, nicht vor diesen Kriegstreibern.

»Die Schwarzbären werden das zukünftig nicht mehr hinnehmen«, fuhr er fort. »Wer in Frieden unser Land betritt, der ist in Frieden willkommen. Doch wer unser Land nur zur Durchreise benutzt, um die Dörfer im Norden zu erreichen, mit dem werden wir umzugehen wissen.«

Erin Blick zuckte hoch, Walon erbleichte und Marak wich sogar einen Schritt zurück. »Das ... das ist eine Kriegserklärung«, stotterte er. Logan sah sich unter den versammelten Stammeskönigen um. Selbst Noran wirkte schockiert.

»Es ist nur eine Warnung. Nehmt sie besser ernst«, bellte Logan, drehte sich um und verließ wutentbrannt das Zelt.

Er war schon auf halbem Weg zu seinem Pferd, als ihn eine entschlossene Hand am Arm zurückhielt. Immer noch wütend, wirbelte Logan herum. Er kniff die Augen im hellen Sonnenlicht zusammen. Seine Augen tränten durch den plötzlichen Wechsel von dunkel zu hell, doch er erkannte trotzdem Erin Tan.

»Logan, war das jetzt wirklich nötig?«, meinte der alte Stammeskönig mit mühsam unterdrücktem Zorn. »Mit so einem Verhalten schaffst du dir keine Freunde.«

Unter Erins Zurechtweisung, verpuffte Logans Wut und er fühlte sich nur noch unendlich müde. »Ich will doch nur, dass es nie wieder so eine Tragödie gibt wie die Invasion der Königreiche.«

Der Ausdruck auf Erins Gesicht wurde weicher. »Ich kann dich gut verstehen, Logan, ganz ehrlich, aber das ist der falsche Weg. Wenn du Dys und seine Verbündeten so unter Druck setzt, gibst du ihnen vielleicht den Vorwand, den sie brauchen, um gegen dich loszuschlagen. Oder schlimmer noch: Sie glauben vielleicht, sie hätten gar keine andere Wahl. Deine unnachgiebige Haltung könnte ihnen unter den Unentschlossenen Sympathien und vielleicht sogar offene Unterstützer einbringen. Ist es das, was du willst?«

»Nein, natürlich nicht.«

»Dann lass ab vom Konzil. Solange Dys noch nicht eingetroffen ist, kann die Versammlung noch immer abgesagt werden. Sobald er eintrifft, ist dies nicht mehr möglich. Erlaube den Clans, in ihre Territorien zurückzukehren. Lass Gras über die Sache wachsen. Niemand hat etwas dagegen, wenn du Blauspeere aufhängst, die du auf deinem Land stellst. Seien wir mal ehrlich, die wird keiner vermissen. Doch einen der einflussreichsten Clans dermaßen zu brüskieren ...« Erin ließ den Satz vielsagend ausklingen und schüttelte den Kopf. »Willst du denn einen Bürgerkrieg vom Zaun brechen?«

»Falls es einen Bürgerkrieg geben sollte, werde sicher nicht ich den ersten Schlag führen, aber du kannst sicher sein, dass ich mein Volk schützen werde.«

Erin schüttelte abermals den Kopf. »Junge, dein Weg wird uns noch alle ins Verderben stürzen. Du bist einfach zu stur.«

Logan musterte den alten Stammeskönig eindringlich und überlegte sich gut, wie er darauf antworten sollte. Als er es schließlich tat, war seine Stimme bar jeder Emotion. »Und, wenn ich es nicht tue? Wenn ich nicht so stur wäre? Glaubst du, Dys und seine Speichellecker würden aufhören? Einfach ihre Schwerter einmotten und nach Hause zurückkehren?«

Logan und Erin lieferten sich mehrere Momente ein Duell mit den Augen, bevor der Anführer der Nachtgeister den Blick niederschlug. »Nein«, gab er zu. »Ganz sicher nicht.«

»Meine Sturheit ist also die einzige Chance für den Frieden.«

Ein Krieger trat zu den beiden Stammeskönigen. Er trug die Farben der Nachtgeister. Er verbeugte sich respektvoll vor seinem Clanführer und flüsterte ihm etwas ins Ohr, bevor er sich zurückzog.

Erin seufzte. »Es ist ohnehin zu spät. Dys ist eingetroffen. Und er hat *sehr* viele Blauspeere dabei.«

5

Dys Bollnars bloßer Körper glänzte vor Schweiß. In seinem Zelt herrschte eine drückende Hitze. Nicht weniger als vier Kohlebecken waren um den Stammeskönig der Blauspeere verteilt und erfüllten die Jurte mit heißem Dampf. Verschiedene Kräuter, die in den Kohlebecken brannten, verströmten teils würzige, teils betörende Düfte.

Dys hielt sich nur mit Mühe aufrecht. Die Drogen, die in den Kohlebecken verbrannten, vernebelten seinen Geist und erschwerten ihm das Atmen. Trotzdem hörte er nicht auf. Was er tat, empfand er als seine Pflicht. Mehr noch: Für ihn, war es eine Ehre.

Die Blauspeere waren in gewissem Sinn eine Kuriosität unter den Moyri-Clans. Sie gehörten zu den letzten Mystikern. Sie setzten ihre Körper Hitze und Schmerz aus und suchten auf diese Weise nach Visionen. Visionen der Vergangenheit, der Gegenwart und der Zukunft. Viele von ihnen glaubten daran, dass ihre Ahnen in den Visionen zu ihnen sprachen. Und Dys Bollnar war der mächtigste von ihnen. Daher verfügte er als einziger Stammeskönig auch über keinen Schamanen, denn er war sein eigener Schamane.

Die Hitze in seinem Zelt war schier unerträglich. Dicke Schweißtropfen perlten von seiner Haut, sammelten sich in Falten auf seinem Gesicht. Vor dem Ritual hatte er sich selbst mit einer Peitsche gegeißelt. Die Striemen hoben sich tiefrot von seiner blassen Haut ab. Das Salz seines Schweißes brannte in den frischen Wunden. Auch dieser Schmerz gehörte zum Ritual. Er hatte dies schon oft durchgeführt. Sein Rücken war durchzogen von unzähligen Narben. Manchmal spürte er den Schmerz kaum noch.

Dys wiegte sich im Schneidersitz langsam vor und zurück, während er immer wieder denselben Singsang wiederholte. In diesem Zustand dämmerte er bereits die letzten drei Tage vor sich hin. Drei Tage, in denen er nichts gegessen und nur sehr wenig getrunken hatte. Gerade genug, dass er nicht die Besinnung verlor. Seine Sklaven hatten seine Jurte den ganzen Weg bis zur Stätte des Konzils tragen müssen, um das Ritual nicht zu unterbrechen. Er stand ganz dicht vor seinem Ziel. Er wusste es. Er spürte es.

Unendlich langsam begann er, geistig abzudriften. Unmerklich zuerst, doch dann wurde er sich dessen bewusst. Die Umgebung begann zu verschwimmen. Die Zeltwände, die ihn umgaben, schimmerten erst transparent, dann verschwanden sie völlig. An ihre Stelle trat dichter Qualm.

Dys kniff die Augen zusammen, in dem Versuch, etwas zu erkennen. Gestalten bewegten sich jenseits seines Sichtfeldes, durch die Nebelschwaden kaum zu entdecken. Einige waren Menschen, andere unzweifelhaft nicht. Tierisches Knurren unterbrach seine Konzentration, ein Knurren, wie er es noch nie zuvor gehört hatte.

Eine Gestalt schälte sich vor ihm unvermittelt aus den Nebelschwaden. Sie kam wie aus weiter Ferne auf ihn zu. Doch erst, als sie fast vor ihm stand und sich ihm gegenüber niederließ, vermochte er, die Gestalt zu erkennen.

»Es ist schön, dich zu sehen, alter Freund«, sagte Coyle Pollok lächelnd.

Crea wälzte sich in unruhigem Schlaf hin und her. Ihre Hände verkrampften sich in die Felle, die ihr als Decke dienten. Plötzlich schreckte sie mit angstgeweiteten Augen von ihrer Lagerstatt hoch. Jeder Muskel in ihrem Körper war angespannt. Eilig schälte sie sich aus ihren Fellen und stürmte ins Freie. Sie fühlte sich seltsam schwach auf den Beinen, als wäre jedes bisschen Kraft aus ihrem Leib gesogen worden.

Ihr hagerer Körper fröstelte in der kalten Nachtluft.

Ihr Blick suchte die Zelte ab, die sich auf der Ebene ausbreiteten. Bei einem bestimmten Zelt blieb ihr Blick haften. Sie biss sich in die Unterlippe. Ein Blutstropfen trat hervor. Sie spürte jedoch weder Blut noch Schmerz.

Irgendetwas war geschehen, etwas Furchtbares, etwas wider die Natur.

»Oh, Dys, du alter, dummer Narr«, flüsterte sie. »Was hast du nun wieder angestellt?«

»Herr.« Dys Bollnars Augen glänzten vor Verehrung, einer Verehrung, die bis an Fanatismus grenzte.

»Du siehst gut aus«, meinte Coyle Pollok gut gelaunt.

»Du ... nun ... du siehst auch gut aus, Herr«, erwiderte Dys, unschlüssig, was er sagen sollte. Coyle Polloks Haut wirkte eingefallen und hatte die Farbe von Kalk angenommen. Das einzig Lebendige an ihm waren seine Augen.

Coyle Pollok lachte mit heiserer Stimme. »Du warst schon immer ein schlechter Lügner, mein Freund. Das ist einer der Gründe, weshalb ich dich so mag. Das und deine Skrupellosigkeit.« Coyle Pollok sah ihn durchdringend an. »Wie sagt man so schön? Ich bin nur noch ein Schatten meiner selbst, aber das hat der Tod wohl so an sich.« Wieder dieses heisere Lachen. Bei dem Laut lief es Dys eiskalt den Rücken hinunter.

»Du hast also meine Botschaften erhalten«, meinte Coyle Pollok mit einem schiefen Grinsen auf den Lippen.

»Ja, Herr. Das habe ich. Als euer Bote zu mir kam und sagte, er hätte mit euch im Schattenreich Verbindung aufgenommen, wollte ich es zunächst nicht glauben. Beinahe hätte ich ihn vierteilen lassen für diese Lüge.«

»Wie gut, dass du es nicht getan hast.« Pollok kicherte. »Es hätte vieles komplizierter gemacht.« Doch die Heiterkeit verflog so schnell, wie sie gekommen war. »Wie weit sind wir?«

»Alles verläuft genau nach Plan, Herr. Logan hat noch immer keine Ahnung.«

»Ausgezeichnet«, kommentierte Pollok. »Das ist wirklich ausgezeichnet, Dys. Und wann holst du mich hier endlich raus?«

»Schon sehr bald, Herr«, entgegnete Dys. »Schon bald wandelst du wieder unter den Lebenden. Und Logan wird für seinen Verrat mit Blut bezahlen. Er und alle, die ihm folgen.«

6

Das Söldnerheer hatte bereits vor fünf Tagen die Grenze zum Moyri-Territorium überschritten. Und praktisch von diesem Moment an bemerkte Kilian eine subtile Änderung im Verhalten sowohl Ciran Talberts als auch der übrigen Söldner. Es war nichts, was man als Nervosität bezeichnen konnte, eher so etwas wie gesunde Wachsamkeit.

Sie marschierten hauptsächlich nachts und ruhten am Tag. Im ersten Augenblick vermutete Kilian, es läge an der glühenden Hitze, die die Steppe tagsüber heimsuchte. Am dritten Tag erkannte Kilian, dass dies nur einen Teil der Wahrheit stellte. Nachts war die Gefahr, entdeckt zu werden, wesentlich geringer. So benutzte Ciran für seinen Vormarsch geschickt jede Deckungsmöglichkeit, die sich ihm bot. Derzeit marschierten sie den gewundenen Weg eines Wadis entlang. Ein ausgetrocknetes Flussbett, in dem schon lange kein Wasser mehr geflossen war. Auf den Steilhängen über ihnen patrouillierten Cirans Reiter und achteten auf jede Bewegung. Mit jedem Tag, der verging, stieg die Gefahr, auf Moyri zu stoßen.

Und noch etwas fiel Kilian auf. Im Gegensatz zu jeder Armee, in der Kilian je gedient hatte, verfügte diese nicht über einen Tross. Einer Armee folgten normalerweise eine ganze Menschenmenge. Familien von Soldaten, Händler und natürlich die unvermeidlichen Dirnen. Soldaten benötigten auf ihrem Marsch selbstverständlich ein wenig Zerstreuung. Ein Soldat, der nach dem Aufbau des Lagers zu viel Zeit zum Nachdenken hatte, machte Dummheiten und nicht selten Ärger. Aus diesem Grund waren gerade Dirnen bei Kommandeuren gern gesehen. Doch Ciran Talberts Armee verfügte über nichts dergleichen, was Kilian ernste Sorgen bereitete.

Quan erwies sich als recht angenehmer und lustiger Reisegefährte. Er verfügte über einen schier unerschöpflichen Vorrat an Geschichten über seine Heimat und seine lange Reise, die ihn schließlich in Ciran Talberts

Armee geführt hatte. Kilian wusste nicht so recht, ob er auch nur die Hälfte davon glauben sollte, doch die Geschichten waren trotzdem sehr unterhaltsam. Der einäugige Söldner Kelgan blieb weitestgehend allein. Er aß allein, er marschierte allein, und wenn es möglich gewesen wäre, hätte er auch sicher allein geschlafen. Kilian war dies eigentlich ganz recht. Der Kerl war ein Killer. Kilian hatte in der Vergangenheit bereits an der Seite von Söldnern wie ihm gekämpft und aus bitterer Erfahrung gelernt, sie zu meiden. Andere Menschen – auch Kameraden – interessierten sie nicht. Nur blanke Münze zählte für sie. Und sie gingen buchstäblich über Leichen, um sie zu bekommen. Dabei kümmerte es sie nicht, ob es sich dabei um Feinde oder Freunde handelte. Kelgan musste definitiv im Auge behalten werden.

Doch abgesehen von Kelgan waren die meisten Söldner kameradschaftlich und nahmen die beiden Neuankömmlinge gern in ihre Mitte auf. Vor allem mit zwei Söldnern hatten sich Kilian und Silas rasch angefreundet. Die beiden Zwillinge Ekart und Peren stammten aus einem der Stadtstaaten im Westen. Aus Illiandros, meinte Kilian, sich zu erinnern. Während des Moyri-Krieges hatten sie in der dortigen Armee gekämpft und nach dem Fall der Stadt hatten sie sich mit einigen Dutzend weiteren Überlebenden in die Wälder geschlagen und dort als Freischärler gegen die Besatzungstruppen gekämpft. Kilian wusste nicht sehr viel über diese Phase des Krieges, da dies vor dem Einmarsch der Moyri ins Königreich Varis gewesen war, doch nach allem, was ihm zu Ohren gekommen war, hatten die Freischärler der Stadtstaaten den Besatzern das Leben ordentlich schwer gemacht. Seit dem Ende des Krieges reisten die Zwillinge nun als Söldner durchs Land. Diesen Feldzug betrachteten sie nur als gerecht. Ihre bevorzugten Waffen waren Bögen und Schwerter.

Ein weiterer interessanter Reisegenosse war Melitan. Er stammte – wie Kilian und Silas – aus Varis. Melitan schien eigentlich gar nicht der typische Söldner zu sein. Sein Körperbau war zu untersetzt und er hatte O-Beine. Doch jeder, der ihn deswegen unterschätzte, wurde schnell eines Besseren belehrt, sobald Melitan im Sattel saß. Er führte nämlich Ciran Talberts Kavallerie und vom Sattel eines Pferdes war er jedem anderen Krieger der Armee überlegen. Wie bei Kavallerie allgemein üblich, kämpfte er entweder mit Speer oder einem schlanken, handlichen

Schwert, einer leicht verkleinerten Version der Klingen, die Krieger zu Fuß bevorzugten. Alles in allem waren sie ein bunt zusammengewürfelter Haufen, doch bei näherem Hinsehen brachte jeder eigene Stärken mit, um die Schwächen seiner Kameraden auszugleichen, was Cirans Armee zu einer kleinen, aber enorm schlagkräftigen Truppe machte. Gut geführt konnten sie ordentlich Schaden anrichten.

Kilian verdrehte zum wiederholten Mal die Augen, als die Zwillinge mit Melitan über das Pro und Kontra von Infanterie gegenüber einem entschlossenen Kavallerieangriff diskutierten. Dasselbe Gespräch führten sie bereits seit Tagen und er konnte es schon nicht mehr hören.

Silas gesellte sich gut gelaunt zu ihm. Das Wadi war in tiefe Schwärze getaucht, nur erhellt von einigen Fackeln und dem Sternenhimmel, der sich über ihnen ausbreitete.

»Geht mir auch so«, erklärte Silas frei heraus.

»Was?«

»Diese leidige Diskussion der drei da hinten. Ich kann es auch nicht mehr hören.«

Kilian schmunzelte. »Vor allem ist die Diskussion völlig überflüssig. Disziplinierte Kavallerie hat gegen disziplinierte Infanterie, die auch weiß, was sie tut, keine Chance.«

»Ach?«, meinte plötzlich eine gespielt streitlustige Stimme hinter ihnen. »Dann will der Herr Fachmann sich jetzt wohl auch ins Gespräch einbringen? Ich bin schon sehr gespannt auf deine Meinung.«

Kilian drehte sich zu Melitan um, der seinen Rappen am Zügel führte. »Kavallerie kann nicht gegen Infanterie bestehen, die mit Speeren ausgerüstet ist. Das weiß doch jedes Kind. Nicht ohne eigene Infanterie, die ihr den Weg frei räumt.«

»Das ist doch Blödsinn«, beharrte Melitan ein wenig gekränkt. »Berittene Bogenschützen dünnen die feindlichen Linien aus und schwere Reiterei durchbricht sie dann. Ganz einfach.«

»Einfach nennst du das? Schon möglich, dass das funktioniert, aber wie viele Reiter würdest du dabei verlieren?«

»Einige«, gab Melitan achselzuckend zu. »Es kann aber nun mal keinen Sieg ohne Verluste geben«, fügte der Reiter grinsend hinzu.

»Wie feinfühlig«, gab Kilian heiter zurück. »Ob das deine Leute auch so sehen, wenn sie eine Moyri-Linie durchbrechen müssen?«

»Kann sein, kann aber auch nicht sein. Das merken wir schon früh genug.«

»Du freust dich wohl darauf?«, fragte Kilian den Kavalleristen.

»Du nicht? Nach allem, was sie uns angetan haben?«

Die Aussage erinnerte Kilian daran, dass niemand hier wusste, auf welcher Seite Silas und er während des Krieges gestanden hatten. Und wenn es nach ihm ging, musste es auch niemand erfahren.

»Es sind nicht alle schlecht«, wich er geschickt einer klaren Antwort aus.

»Das glaube ich erst, wenn ich es sehe.«

»Immerhin haben sie den Krieg beendet.«

»*Ein* Moyri hat den Krieg beendet, und soweit ich weiß, hat der den Großteil seines Lebens nicht bei seinem Volk gelebt. Daraus würde ich nicht unbedingt schließen, dass es gute Moyri gibt. Meiner Ansicht nach ist nur ein toter Moyri ein guter Moyri.«

Kilian dachte angestrengt über diese Aussage nach, die an Klarheit nicht zu überbieten war. In gewissem Sinne konnte er sie nachvollziehen. Die Moyri hatten bei ihrem Marsch nach Norden viel Unheil angerichtet. Sie hatten Leben genommen und Leben zerstört, auf vielfältige Weise.

Und doch war er der Meinung, dass das Leben zu kurz war, um es mit Hass oder dem Wunsch nach Vergeltung zu füllen. Viel zu kurz.

»Sieh dir dieses Heer an«, fuhr Melitan fort, als hätte er Kilians Gedanken gelesen. »Die meisten dieser Männer sind nicht wegen der Gier nach Beute hier. Fast alle haben in der einen oder anderen Armee gegen die Moyri gekämpft und sie sehen diesen Feldzug als – wie beschreibe ich es am besten? – ausgleichende Gerechtigkeit an.«

»Dir dürfte aber klar sein, dass wir gegen eine gut ausgerüstete, disziplinierte Moyri-Truppe keinerlei Chancen haben.«

Melitan zuckte unbekümmert mit den Schultern. »Ciran sagt, wir würden keiner großen Streitmacht begegnen, sondern es nur mit kleinen, schlecht verteidigten Dörfern zu tun bekommen.«

Kilian zog fragend eine Augenbraue hoch. »Und du glaubst ihm?«

»Ja, warum denn auch nicht? Es ist schließlich Ciran Talbert. Du kennst den Ruf des Mannes. Ich kann mir beim besten Willen nicht vorstellen, dass er uns in eine Katastrophe führt.«

»Jedenfalls nicht absichtlich, aber ein Feind tut nur selten, was von ihm erwartet wird. Talbert kann nicht voraussehen, was die Moyri tun oder eben nicht tun werden.«

»Ciran meinte, das Gros der Moyri wäre tiefer in den Süden gewandert. Hat er mir persönlich versichert. Die halten dort wohl so etwas wie eine Versammlung ab. Das Grenzgebiet wird jetzt sehr schlecht verteidigt.«

Kilian blieb schlagartig stehen und zwang Melitan dadurch, ebenfalls stehen zu bleiben. Sein Pferd wieherte nervös, da es den plötzlichen Stimmungswechsel zwischen den Männern wahrnahm.

»Woher weiß Talbert das alles?«

Melitan zuckte erneut die Schultern. »Keine Ahnung, aber er klang sehr sicher.«

Kilian setzte seinen Weg beunruhigt fort. Falls Ciran Talberts Worte der Wahrheit entsprachen, dann demonstrierte er ein beeindruckendes Hintergrundwissen über die Vorgänge im Moyri-Land. Kilian fragte sich, woher dieses Wissen wohl stammen mochte.

Unterdrückter Tumult brach am Kopf des Söldnerheeres aus. Ein Raunen ging durch die Soldaten, gefolgt von Handzeichen, die sich von der Spitze bis zum Ende der Kolonne wie eine Welle fortpflanzten. Das Heer kam schwerfällig zum Stehen.

»Irgendetwas ist vorgefallen«, meinte Melitan, schwang sich behände in den Sattel und ritt zur Spitze der Kolonne, wo sich Ciran mit seinen Offizieren beriet.

Die Männer bewegten sich unruhig in der frischen Nachtluft, damit ihre Muskeln nicht auskühlten. Kilian hätte jetzt zu gern dort vorne Mäuschen gespielt und gelauscht, was den Anführer des Söldnerheeres so beschäftigte.

Nach einigen Minuten gesellte sich Silas zu ihm.

»Die Späher haben etwas entdeckt.«

Kilian machte sich gar nicht erst die Mühe, den Barden zu fragen, woher er dies wusste. Silas hatte bereits in der Vergangenheit demonstriert, dass er immer und überall an Informationen kommen konnte. Dies mochte möglicherweise zum Teil daran liegen, dass er in einer Menschenmenge zu einer anonymen Gestalt wurde, auf die niemand achtete.

»Und was?«, fragte Kilian.

»Ein Moyri-Dorf. Talbert überlegt, ob er es angreifen soll. Es wird nicht viel Beute bringen, wird aber eine gute Übung für die grünen Rekruten sein.«

Kilian knirschte mit den Zähnen. »Welcher Clan?«

»Keine Ahnung, aber das spielt auch keine Rolle. Wenn wir das Dorf zerstören, dürften die Moyri recht angepisst reagieren.«

»Bitte, nicht angreifen!«, flüsterte Kilian beschwörend. Er wusste, jeder Tropfen Moyri-Blut, den die Armee vergoss, käme für sie alle einem Todesurteil gleich.

Bewegung kam in die Truppen an der Spitze. Reitertrupps schwärmten aus und Infanterie begann damit, die Wände des Wadis zu erklettern.

»Oh nein!«

»Die Entscheidung ist getroffen«, meinte Silas betroffen.

»Bist du ein religiöser Mensch, Silas?«

»Eigentlich nicht.«

»Ist ein guter Moment, um damit anzufangen.«

Das Dorf versteckte sich in einer kleinen Senke. Es zählte vielleicht dreißig oder vierzig der für die Moyri charakteristischen Rundzelte. Kilian schätzte, dass vielleicht drei-, im Höchstfall vierhundert Personen das Lager bewohnten. Er bezweifelte jedoch, dass sich in dem Lager mehr als hundert Krieger befanden, dafür war es einfach nicht groß genug. In der Nähe grasten einige Herden Schafe, Ziegen und Pferde.

Ciran Talbert hatte für den Angriff fünfhundert Mann aufgeboten, die von Melitan angeführt wurden. Der Reiteroffizier schien ganz erpicht auf den Angriff. Kilian mochte den Knaben an und für sich, doch in diesem Augenblick hätte er ihm am liebsten die Fresse poliert. Man sehnte sich kein Gemetzel an Frauen und Kindern herbei, nicht wenn man die eigene Seele nicht verlieren wollte. Kilian hatte den Mann regelrecht beschwatzen müssen, damit dieser Silas und ihm erlaubte, den Angriffstrupp zu begleiten.

Silas war von dieser Idee ganz und gar nicht angetan, doch Kilian hoffte, dass sie vielleicht das Schlimmste würden verhindern können, wenn der Kampf erst einmal begann. Er hatte nicht die geringste Vorstellung, wie er dies zuwege bringen sollte, doch *dass* er etwas tun musste, stand außer Frage.

Ihre Augen hatten sich bereits an die Dunkelheit gewöhnt. Sie waren imstande, die Wachen am Rande des Lagers zu erkennen sowie die Menschen, die sich um die Lagerfeuer drängten.

Melitan schickte etwa hundert Mann in westlicher und genauso viele in östlicher Richtung.

Der Mann war gut und wollte kein Risiko eingehen. Das Lager einzukesseln, war die beste Methode, damit niemand mit dem Leben davonkam. Der einäugige Söldner Kelgan sowie die Zwillinge Ekart und Peren waren ebenfalls mit von der Partie. Die Gesichter der Zwillinge waren bar jeder Emotion, doch Kelgan leckte sich immer wieder genüsslich über die Lippen und in seinem gesunden Auge lag ein unheilvolles Glitzern.

Auf Melitans Zeichen hin erhoben sich mehrere Bogenschützen aus ihren Verstecken. Sie zogen geschmeidig die Sehnen ihrer Waffen zurück. Pfeile sirrten. Männer sanken getroffen zu Boden. Kilian schüttelte bedauernd den Kopf. Die Wachen waren ausgeschaltet, und das völlig lautlos. Er hatte gehofft, wenigstens einer würde Alarm schlagen können. Das Lager dort unten könnte sich in keinem Fall gegen die Söldner behaupten. Ein Sieg vonseiten der Moyri war undenkbar. Der Alarm hätte jedoch vielleicht einigen der Frauen und Kindern das Leben retten können. In der Dunkelheit hätten sie vielleicht in der Wildnis untertauchen können. Ciran Talberts Söldner waren jedoch leider viel zu gut.

Die Söldner krochen aus ihren Verstecken, erhoben sich im Dunst des aufziehenden Morgens. Schwaches Licht brandete am Horizont auf. Noch höchstens eine Stunde bis Tagesanbruch.

Die Söldner beschleunigten ihren Gang, bewegten sich mit tödlicher Zielstrebigkeit auf das Dorf zu. Kilian rannte fast, um den Anschluss nicht zu verlieren.

Melitan hob seinen Schwertarm und ließ ihn dann wie eine Sense herabsausen. Der Befehl zum Angriff.

Fünfhundert Kehlen schrien. Die Dorfbewohner bemerkten nun endlich, was vor sich ging. Wer konnte, griff sich Schwert oder Axt, Speer oder Hammer. Doch es war längst zu spät.

Die Söldner fielen mit brutaler Gewalt über das wehrlose Dorf her. Kelgan schlug sich seinen Weg durch mehrere Moyri-Krieger, die sich dem Hünen in den Weg stellten. Schon nach dem ersten Streich waren Kelgans Schwerter bis zu den Handknöcheln mit Blut beschmiert. Der Krieger schien wie in Rage zu kämpfen. Dabei lachte er lauthals. Das Gemetzel machte ihm Spaß. Kilian wurde regelrecht übel von so viel Blutdurst.

Die Söldner drangen von allen Seiten in das Dorf ein. Kilian blieb neben einem der Lagerfeuer stehen, sah sich mit schreckensgeweiteten Augen um. Nur undeutlich war er sich Silas' Gegenwart hinter ihm bewusst.

»Ihr Götter steht uns bei!«, flüsterte der Barde.

Kilian hätte gern etwas gesagt, doch ihm fehlten die Worte angesichts des Blutbades, das sich vor seinen Augen abspielte. Falls die Götter sie tatsächlich gerade beobachteten, wandten sie vor Scham mit Sicherheit ihr Antlitz ab. Die Söldner kannten keinerlei Gnade. Sie schlachteten Männer, Frauen und Kinder mit gleicher Teilnahmslosigkeit ab. Für sie waren es nur Ziele, die zerstört werden mussten.

Aus einem der Zelte zu seiner Linken eilte eine Frau, die ihre Arme schützend um drei Kinder ausgebreitet hatte. Ein Söldner stürmte mit fanatischem Funkeln in seinen Augen auf sie zu. Kilian wusste, er musste etwas tun, doch seine Gliedmaßen verweigerten ihm den Dienst. Er hatte schon viele Schlachten erlebt, jedoch noch nie so etwas.

Doch wo Kilian zögerte, da handelte Silas. Der Barde reagierte blitzschnell. Mit zwei Sätzen sprang er hinter den Söldner und stieß ihm gekonnt das Messer zwischen zwei Rippen in die Seite. Der Mann röchelte, als die Klinge sein Herz perforierte und er an seinem eigenen Blut erstickte.

In diesem Moment fand Kilian seine Kraft wieder. Er sprang Silas zur Seite und gemeinsam fingen sie den Söldner auf. Er sah sich hektisch um, doch alle waren so in ihrem Blutrausch gefangen, dass niemand Silas' Mord an dem Mann, der eigentlich an ihrer Seite kämpfte, bemerkt hatte.

»Lauf!«, schrie Silas der Frau zu, die die beiden Söldner nur aus großen Augen anstarrte.

»Lauf!«, schrie der Barde erneut und deutete in südlicher Richtung.

Nachdem das Lager inzwischen gefallen war, kümmerte sich kaum noch jemand darum, den Kessel um das Lager aufrechtzuerhalten. Silas packte die Frau am Arm und stieß sie in die angegebene Richtung. Endlich verstand sie, griff sich die Kinder und eilte in die Nacht davon. Bereits nach wenigen Metern war sie verschwunden.

Gemeinsam schafften sie den toten Söldner in das Zelt, aus dem die Frau gestürmt war, anschließend zog Kilian einen brennenden Scheit aus dem Lagerfeuer und zündete die Felle an, die das Zelt bedeckten. Zu guter Letzt warf er den brennenden Scheit in die Jurte.

»Gut gemacht«, lobt er Silas, der atemlos nickte. »Du sagtest, wir sollten etwas tun, und das schien mir angemessen.«

»Ich weiß nicht, was in mich gefahren ist. Ich ... ich konnte mich nicht ...«

Silas legte seinem Freund mitfühlend die Hand auf die Schulter. »Schon gut. Ich verstehe.«

Das Lager stand inzwischen in hellen Flammen. Die Kämpfe flauten langsam ab. Kilian bezweifelte, dass es sehr viele Überlebende unter den Moyri gab.

Kilian bückte sich und hob ein Feldzeichen, das Teil einer Standarte gewesen war, vom Boden auf. Er begutachtete es und reichte es wortlos an Silas weiter. Beim Anblick des Wappens keuchte dieser auf.

»Das ist ein Schwarzbären-Lager.«

Kilian nickte. »Gerade in dem Moment, in dem ich der Meinung war, es könnte nicht mehr schlimmer kommen. Das hier dürfte Logan wohl nicht gefallen.«

Der Kampf war erst eine gute Stunde vorbei. Die Sonne kroch langsam über den Horizont und die Söldner machten sich an die Bestandsaufnahme. Die Moyri hatten sich tapfer gewehrt und gut vierzig Söldner waren ins Jenseits geschickt worden. Sie wurden in nicht gekennzeichneten Gräbern am Rand des zerstörten Moyri-Lagers beigesetzt.

Ciran Talbert gesellte sich zu ihnen, um den Schauplatz des nächtlichen Kampfes persönlich zu begutachten. Er schnalzte zufrieden mit dem Lippen.

Kelgan kam – immer noch blutverschmiert – aus einem der Zelte, allerlei nutzlosen Tand in den Händen. »Das Gold! Wo zum Teufel ist das versprochene Gold? Diese armen Bettler hatten nichts, was die Mühe wert war.« Der Söldner schrie nun fast.

Kilian schürzte missbilligend die Lippen. So ein Idiot. Er hatte tatsächlich den Versprechungen von Gold und Beute geglaubt. Kilian musterte die Gesichter ringsum. Kelgan schien da beileibe nicht der Einzige zu sein.

Moyri hatten in ihren Steppen jedoch keine Verwendung für Gold. Reichtum bemaß sich bei ihnen in der Größe ihrer Herden oder der Qualität ihrer Waffen. Gold, Silber und Edelsteine würde man hier vergebens suchen. Es entsprach den Tatsachen, dass die Moyri-Horde bei ihrer Invasion viel Beute gemacht hatte, doch Logan hatte bei seinem Rückzug das meiste zurückgegeben, um den Wiederaufbau der einstmals besiegten Königreiche zu unterstützen und deren Wunsch nach Rache zu besänftigen. Es war seine Absicht gewesen, zukünftige Kriege damit zu vermeiden.

Kilian ließ den Blick über das Lager schweifen. Nun, das war ihm wohl nicht gelungen.

Ciran Talbert beachtete den wutentbrannten Söldner nicht mehr, als dieser eine lästige Fliege beachtet hätte.

»Der Feldzug ist noch lang«, war seine lapidare Antwort. »Es wird andere Dörfer geben. Lohnendere Dörfer.«

»Soll das heißen, eine Nacht Arbeit für nichts? Ich will bezahlt werden, verdammt noch mal!«

»Seht mal, was ich gerade gefunden habe«, platzte unvermittelt ein Söldner in die Runde. Er zerrte ein junges Mädchen am Arm und stieß sie vor Ciran Talbert und Kelgan grob zu Boden. Es war eine Moyri.

»Hat sich versteckt, die Kleine.«

Das Mädchen war zwanzig Jahre alt, vielleicht fünfundzwanzig. Lange schwarze Haare umrahmten zwar kein schönes, aber doch ein recht hübsches Gesicht. Ihre dunklen Augen sprühten Feuer und sie musterte die versammelten Söldner kampflustig.

»Du willst eine Belohnung?«, fragte Ciran Talbert gelangweilt. »Da hast du sie und jetzt lass mich in Ruhe.«

Kelgan musterte das Mädchen eine Weile. Das Funkeln seiner Augen ließ nur wenige Zweifel an seinen Gedanken zu. Er ließ den Tand in seinen Armen fallen, der plötzlich uninteressant geworden war.

»Besser als nichts«, sagte er und fing sogleich an, seine Hose zu öffnen.

»Kilian, wir müssen etwas tun«, zischte Silas.

»Kannst du mir auch sagen, was?«

»Sollen wir jetzt auch noch bei einer Vergewaltigung tatenlos zusehen? Sollen wir wirklich so tief sinken? Das mache ich nicht mit und dafür habe ich mich dir auch nicht angeschlossen. Und ich weiß, du siehst das genauso.«

»Dann sag mir, was ich machen soll? Soll ich mich gegen Talbert und das ganze Heer stellen?«

Kelgan grinste das Mädchen anzüglich an.

»Wenn du mich anrührst, schneide ich dir deine Eier ab«, giftete sie ihn an. Sie zeigte nicht die geringste Furcht. Kilian musste zugeben, dass ihr Verhalten ihm imponierte.

Kelgan packte sie an den Haaren und zerrte sie auf die Beine. Was er nicht sah, war den Stein, den sich das Mädchen vom Boden schnappte. Bevor der Söldner reagieren konnte, schlug sie mit katzenhafter Eleganz zu.

Der Stein traf Kelgan an der Stirn über seinem gesunden Auge. Der Mann ächzte, die Haut platzte sofort auf und Blut lief ihm übers Gesicht. Kelgan stolperte einen Schritt rückwärts. Keine gute Idee angesichts seiner Hose, die um seine Knöchel flatterte. Der Söldner stolperte und landete auf seinem Hintern, was heftiges Gelächter unter den Söldner auslöste. Das Gelächter erstarb jedoch auf der Stelle, als sich Kelgan schwer atmend erhob und in die Runde funkelte. Die Söldner wussten, es fehlte nicht viel und der Einäugige würde erneut Blut vergießen, nur diesmal würde es das Blut seiner Kameraden sein.

»Mieses Dreckstück!«, wetterte Kelgan, während er sich darum bemühte, die Reste seiner zerschlagenen Würde einzusammeln. Als er wieder stand, holte das Moyri-Mädchen erneut mit dem Stein aus, doch diesmal war Kelgan vorbereitet. Er blockte den Schlag mit dem bulligen Unterarm ab und schlug ihr brutal ins Gesicht. Kilian zuckte unwillkürlich zusammen, als das Mädchen zu Boden stürzte und benommen liegen blieb.

Kilian nutzte die Gelegenheit, die Gesichter der anderen Söldner zu betrachten. Nicht alle waren mit dem einverstanden, dessen Zeuge sie gerade wurden. Viele wandten sogar den Blick ab oder entfernten sich ganz aus der Runde.

Kelgan zog ein Messer, riss den Kopf der Moyri an den Haaren hoch und hielt ihr die Klinge unter das rechte Auge. Ihre Oberlippe war aufgeplatzt und Blut lief ihr über das Kinn.

»Dich werde ich jetzt ein wenig Respekt lehren, meine Schöne«, keifte der einäugige Söldner. Seine Stimme troff vor Vorfreude. Der Kerl war ein Sadist, das hatte Kilian von Anfang an gewusst.

»Du wirst noch lernen, wo dein Platz ist«, fuhr Kelgan ungerührt fort. Sogar Ciran Talbert verzog bei dem zu erwartenden Schauspiel angewidert das Gesicht, machte jedoch keine Anstalten einzuschreiten.

Kilian hatte nicht unbedingt einen Plan, das konnte man beim besten Willen nicht behaupten, doch er musste eingreifen. Er *musste* einfach. Silas hatte recht. Sie konnten nicht einfach tatenlos hier herumstehen. Ob sie wollten oder nicht. Ihre Wahl hatten sie bereits getroffen, als sie vergangene Nacht einigen Moyri zur Flucht verholfen und dabei einen ihrer eigenen Leute geopfert hatten.

Kelgan zog die Lider des linken Auges seiner Gefangenen zurück und setzte die Klinge unterhalb des Augapfels an. Kilian trat ohne eine vernünftige Vorstellung, was er tun sollte, in den Kreis und packte Kelgans Hand mit seiner. Der Söldner blickte verwirrt auf.

Kilian nutzte diesen Augenblick, zerrte Kelgans Hand mit dem Messer ein paar Zentimeter von dem Auge weg und schlug dem Söldner mit aller Kraft ins Gesicht. Die Nase des Mannes brach mit hörbarem Knacken. Das Messer entglitt seinen kraftlos gewordenen Fingern und er stürzte mit glasigem Blick hintenüber, während er das eigene Gesicht mit den Fingern bedeckte, in dem vergeblichen Versuch, das hervorsprudelnde Blut aufzufangen.

Die versammelten Söldner blickten schockiert abwechselnd von Kelgan zu Kilian und wieder zurück. Auf einigen Gesichtern zeigten sich verhaltene Anzeichen von Amüsement.

»Ich beanspruche diese Gefangene für mich«, erklärte er mit mehr Selbstvertrauen, als er wirklich fühlte. Es gab keine Gesetze – weder geschrieben noch ungeschrieben –, die seinen Anspruch unterstützen. Normalerweise fiel dem Sieger die Beute zu und Talbert hatte das Mädchen Kelgan zugesprochen.

Talbert kam plötzlich neugierig näher und stellte die Frage, vor der sich Kilian am meisten fürchtete. »Mit welchem Recht? Das Mädchen gehört Kelgan.« Er musterte den am Boden liegenden und blutenden Söldner lächelnd. »Auch wenn der im Moment wohl weniger mit ihr anfangen kann.« Die Bemerkung rief Gekicher unter den Söldner hervor, die der Auseinandersetzung gebannt folgten.

»Ich habe Kelgan besiegt.« Er deutete auf den am Boden kauernden Söldner. »Damit gehört sie mir.«

Talbert schmunzelte verschmitzt. »Ich bezweifle, dass Kelgan das genauso sehen wird.« Er streifte den blutenden Mann mit einem weiteren beiläufigen Blick. »Falls er heute noch auf die Beine kommt.«

Die letzte Bemerkung löste nun unter dem Umstehenden schadenfrohes Gelächter aus.

»Kelgan kann auf absehbare Zeit wohl nicht mehr viel mit ihr anfangen«, meinte Kilian betont locker. »Jedenfalls nicht, solange seine Nase blutet.«

Erneutes Gelächter brandete auf.

»Und du schon?« Talbert lächelte, doch das Lächeln erreichte seine Augen nicht und Kilian erkannte, dass alles von seinen nächsten Worten abhing.

»Wir haben alle heute Nacht gekämpft. Warum sollte nur der da Anspruch auf Beute haben?«

»Und warum solltest du allein die Frau haben?«

»Ich bin der Einzige, der Kelgan niedergeschlagen hat.« Kilian lächelte. »Dem Sieger die Beute.«

Talbert musterte Kilian einen endlos scheinenden Augenblick. Aus dem Augenwinkel entdeckte er Silas, der sich in seine Richtung schob, die Hände in den Tiefen seines Gewandes verborgen. Kilian konnte sich schon vorstellen, was die Hände des Barden umklammert hielten. Der Barde mochte manchmal nerven, oft sogar sehr nerven, doch er war eine treue Seele und würde Kilian, ohne zu zögern, beistehen, sollte es zum Kampf kommen. Auch dann, wenn sie einer ganzen Armee gegenüberstanden. Kilian bemerkte, wie sich Galledor ebenfalls näher schob, um Ciran im Notfall beizustehen. Kilian mochte den Mann nicht besonders, hatte jedoch gehörigen Respekt vor dessen kämpferischen Fähigkeiten. Falls die Situation eskalierte, würde es recht unschön werden.

Talbert trat einen Schritt näher. Die Haare an Kilians Nacken richteten sich schlagartig auf. Der Söldner spürte den brennenden Blick des Hauptmanns auf sich ruhen. Dessen Augen schienen bis in seine Seele zu blicken.

Unvermittelt brach der Anführer der Söldnerarmee in schallendes Gelächter aus. Schlagartig wich jegliche Anspannung aus den Söldnern. Als wäre ein Damm gebrochen, stimmten viele der Söldner ebenfalls mit ein.

»Du hast vollkommen recht, Kilian. Vollkommen recht. Nimm sie. Sie gehört dir. Ich schenke sie dir. Pass nur auf, dass sie nicht abhaut. Wir können uns keine Störungen leisten. Nimm eines der kleineren Zelte, wenn du mit ihr ungestört sein willst.« Talbert deutete auf Kelgan, der sich langsam in die Höhe stemmte. »Ist wohl besser, du bringst sie nicht in eurem Zelt unter. Der da könnte darauf etwas verstimmt reagieren.«

»Ja, Hauptmann«, erwiderte Kilian ziemlich erleichtert. »Danke, Hauptmann.«

Silas eilte mit einer Decke herbei, wickelte sie um die Schultern des Mädchens und führte sie aus dem Kreis. Kilian folgte den beiden mit immer noch wackligen Knien.

Das war haarscharf, dachte er mit nicht wenig Verwunderung über sich selbst.

Verdammter Logan. Ich habe zu viel Zeit in seiner Gesellschaft verbracht.

7

Ohne Hast betrat Logan das Zelt des Konzils. Auf den Bänken hatten sich alle Stammeskönige der Moyri-Clans versammelt und erwarteten seine Ankunft. Eine Aura gespannter Erwartung lag über der Versammlung.

Verstohlen nahm Logan Blickkontakt mit Noran Kort auf. Der befreundete Stammeskönig saß gleich rechts des Eingangs in einem Bereich, der von mehreren von Logans Verbündeten in Beschlag genommen wurde. Noran schüttelte andeutungsweise den Kopf. Logan verstand die Geste nur allzu gut. Die allgemeine Stimmung stand gegen ihn und es würden viele Stammeskönige auf Konfrontationskurs gehen. Nicht nur Verbündete von Dys, sondern auch bisher neutrale Clanführer. Nicht, weil sie Dys und seine Art so sehr liebten, sondern, weil sie Logans Einmischung in etwas, das sie als souveräne Domäne eines jeden Clans ansahen, missbilligten. Es würde nicht einfach sein, sie davon zu überzeugen, Dys für sein Handeln in die Schranken zu weisen.

Beliak und zwanzig Eiserne Schakale warteten außerhalb des Zelts, genauso wie die Leibwachen der anderen Clanführer. Bewaffnete Wachen wurden hier nicht geduldet. Auch die Clanführer waren unbewaffnet. Schwerter, Kriegsdolche oder auch nur kleine Messer mitzubringen, war streng verboten und stand unter Strafe. Kein Clanführer stand über diesem Gesetz. Für die Dauer des Konzils galt Waffenstillstand. Ein heiliges Edikt, das von keinem Clan gebrochen wurde – gleich unter welchen Umständen. Die Zuwiderhandlung hätte den Zorn der vereinigten Moyri auf den betroffenen Clan gelenkt und dieser wäre ohne Mitleid oder Zögern ausgelöscht worden.

Logan atmete tief ein. Er nutzte diese Pause, um die Stimmung der einzelnen Stammeskönige einzuschätzen. Einige begrüßten ihn mit kaum wahrnehmbarem, aber freundlichen Nicken, andere offen feindselig.

Wie zu erwarten, hatte Dys seine Clique treuer Anhänger um sich geschart, als könnten sie ihn vor dem Zorn Logans oder der übrigen Stammeskönige abschotten. Ein fataler Irrtum, wie Logan gedachte, ihm vor Augen zu führen.

Logan hatte bewusst auf eine ähnlich kindische Zurschaustellung von Trotz verzichtet. Einige Mitglieder seiner eigenen Allianz saßen im ganzen Zelt verstreut. Wie zufällig hatten sie sich Plätze neben Stammeskönigen ausgesucht, die dem Zwist noch unentschlossen gegenüberstanden. Im geeigneten Moment würden sie gewisse Worte in geneigte Ohren flüstern und dadurch vielleicht den einen oder anderen neutralen Clan in ihre Arme führen. Sie konnten weiß Gott jede Unterstützung gebrauchen. Dys wurde stärker und stärker. Mindestens zwei Clans, die vor wenigen Monaten noch neutral gewesen waren, bekannten sich nun offen zu Dys. Bei einem war sich Logan sicher gewesen, er würde sich auf seine Seite schlagen.

Die Sandnattern. Ben Kat, der Stammeskönig der Sandnattern, wich Logans Blick schuldbewusst aus. Innerlich schüttelte Logan betroffen den Kopf. Ben Kat war ein guter Mann, der sich nur schwerlich mit Dys Bollnars Machenschaften und seiner Ideologie eines Volkes, das durch Krieg stark wurde, abfand. Man musste ihn durch Zwang und Drohungen in Bollnars Allianz gezwungen haben. Die Sandnattern hatten ihre Glanzzeiten lange hinter sich und ihr Gebiet befand sich genau zwischen den Blauspeeren und den Blutkobras. Keine beneidenswerte Situation.

Logan hätte den Mann am liebsten verdammt, doch er brachte es nicht über sich. Ben Kat war nicht freiwillig zu Dys übergetreten. Er runzelte die Stirn. Vielleicht war es möglich, die Sandnattern wieder aus Bollnars Allianz zu lösen, falls man ihnen einen adäquaten Ausweg aus der Misere bot. Ihnen den Schutz der Schwarzbären anzubieten, mochte vielleicht ein solcher Ausweg sein.

Logan begab sich in den runden Gesprächskreis, der die Mitte des Zeltes ausfüllte. Die Stammeskönige verfolgten jede seiner Bewegungen. Logan hatte keine Eile und verfolgte auch einen bestimmten Zweck dadurch. Er wollte sie daran erinnern, dass er hier war, weil er sie alle hatte rufen lassen, und dass er nicht als Bittsteller kam.

Als er die Mitte des Zeltes erreicht hatte, breitete er die Arme aus und begann zu sprechen: »Meine Brüder. Viel zu lange ist es her, dass ich einige von euch gesehen und gesprochen habe. Ich heiße euch alle willkommen zu diesem Konzil. Ein Konzil, wie es noch keines gab zu Lebzeiten eines der Anwesenden. Ich habe euch zusammengerufen, um über einen der Unseren zu richten. Ein furchtbares Verbrechen wurde verübt.« Er zögerte. »Nein ... es war nicht nur *ein* Verbrechen. Eine Vielzahl von Verbrechen. Dörfer wurden geplündert. Frauen und Kinder in die Sklaverei verschleppt und Leben wurden genommen. Viele Leben.«

»Varis-Leben!«, schrie einer von Dys' Anhängern und sprang wutentbrannt auf. »Was kümmert uns dieser Abschaum?«

Erin Tan, der als der mächtigste der neutralen Fürsten den Vorsitz innehatte, strafte den Mann mit einem vernichtenden Blick. Der Clanführer wand sich unter dem unbarmherzigen Ausdruck in Erin Tans Augen und setzte sich schließlich wieder.

Logan nickte. »Ja, es sind Varis-Leben, die verloren gingen. Aber ist das wirklich so wichtig?« Er sah sich in der Runde um, forderte mit seinem Blick jeden auf, ihm doch zu widersprechen. »Alles Leben ist wichtig. Vor vier Jahren haben sich die Moyri verpflichtet, den Frieden zu wahren. Unsere Ehre gebietet, dieses Versprechen zu halten.«

»Ehre liegt im Sieg, nicht in leeren Worten.« Leise gesprochen, drang die vorgebrachte Aussage doch in jeden Winkel des Zelts. Schweigen breitete sich aus. Wut brandete in heißen Wogen durch Logans Körper, doch er ließ sich durch kein Muskelzucken seine Gemütslage ansehen.

Erin Tan wandte sich dem Sprecher zu. »Dys Bollnar hat noch keine Erlaubnis erhalten, das Wort zu ergreifen.«

Dys stand auf und schlenderte den Weg zum Gesprächskreis hinab. Als er neben Logan zum Stehen kam, verbeugte er sich tief vor Erin Tan, jedoch lag keinerlei Ehrbezeugung oder Reue in dieser Geste. Tatsächlich wirkte sie über alle Maßen spöttisch.

»Ich bitte um Vergebung, Erin, doch es muss mir gestattet sein, auf diese Anschuldigung zu antworten.«

»Du wirst noch deine Gelegenheit zur Rechtfertigung bekommen, Dys«, erwiderte Erin gepresst, »doch zu einem Zeitpunkt, den *ich* entscheide.«

»Lasst ihn sprechen!«, schrie einer der Fürsten aus Dys' Lager. Es war derselbe, den Erin wenige Minuten zuvor zum Schweigen gebracht hatte. Weitere Stimmen wurden laut, die eine Stellungnahme Dys' forderten. Nicht alle gehörten zu seinem Lager. Es waren nicht wenige eigentlich neutrale Stammeskönige dabei, wie Logan beunruhigt feststellte. Die Clanführer unter Logans Banner hielten dagegen, das Ergebnis war wüstes Geschrei, in dem man kaum sein eigenes Wort verstehen konnte.

Erin Tan warf Logan einen ratlosen Blick zu. Dieser zuckte lediglich mit den Schultern.

Erin Tan hob gebietend die Hände. Langsam kehrte Ruhe ein.

»Dann soll Dys sprechen. Wir sind schon alle gespannt auf seine Worte.« Der Clanführer der Blauspeere öffnete den Mund, doch bevor er auch nur eine Silbe hervorbringen konnte, hob Erin Tan erneut die Hand. »Aber sei dir im Klaren darüber, dass jeder Clanführer, der vor das Konzil zitiert wird, hier wahr und vorbehaltlos sprechen muss, Dys. Vergiss das nicht.«

Dys Bollnar runzelte die Stirn, ebenso verwirrt wie wütend, während sich Logan ein amüsiertes Schmunzeln verkniff. Erin Tan mochte weder für die Schwarzbären noch für die Blauspeere eine besondere Liebe hegen, doch er traute Dys ebenso wenig über den Weg, wie Logan dies tat. Nun, das war zumindest ein Anfang.

Dys verneigte sich erneut vor dem alten Clanführer, allerdings handelte es sich streng genommen lediglich um ein knappes Nicken und seine Augen schossen Blitze in Erin Tans Richtung ab. Der Clanführer der Nachtgeister hatte Dys seinen großspurigen Auftritt versaut.

»Meine Freunde«, begann Dys, »einst waren wir Krieger. Die Steppe erzitterte unter den Hufen unserer Pferde und unsere Feinde verkrochen sich furchtsam in dunkle Winkel, sobald auch nur der Name Moyri geflüstert wurde. Was wir wollten, nahmen wir uns, sei es Land, Gold oder Frauen. Eine große Zeit. Eine ruhmreiche Zeit. Die Blauspeere und ihre Verbündeten erinnern sich noch gut an jene Zeit. Eine Zeit, in der wir vom großen Coyle Pollok geführt wurden. Wir sind Krieger, keine Bauern, keine Ziegenhirten, keine Schafzüchter oder Fischer. Mit unseren Taten ehren wir unseren gefallenen Anführer. Wir beschreiten den Weg, den er für uns vorgesehen hat, indem wir unseren Feinden blutige Wunden schlagen, wie wir es schon früher getan haben.«

»Manchmal waren es auch die Moyri, die blutige Wunden davontrugen«, fiel Logan ihm ungehalten ins Wort. Er suchte die Blicke der versammelten Stammeskönige. »Habt ihr denn die Schrecken des Krieges bereits vergessen? Es ist noch nicht lange her. Wie viele Zelte blieben leer nach den endlosen Schlachten gegen die Nordländer? Wie viele Frauen betrauerten Ehemänner und Söhne, die nie wieder nach Hause zurückkehrten? Wie viel Blut färbte den Boden rot, auf dem Coyle Pollok seinen Traum mit rücksichtsloser Grausamkeit verfolgte?«

Zustimmendes Nicken antwortete ihm, überraschenderweise sogar aus Dys' eigenem Lager. Dieser fing die Veränderung in der allgemeinen Stimmung sofort auf und drängte sich erneut in den Vordergrund. »Und doch waren die Moyri in jener Zeit so mächtig wie nie zuvor. Ihre Ländereien erstreckten sich von Horizont zu Horizont. Und wir waren eins.«

»Aber zu welchem Preis? Ströme von Blut können niemals Macht rechtfertigen. Unzählige Tote schrien nach Frieden. Die Lebenden hungerten und litten, während Tag für Tag Tausende abgeschlachtet wurden und das Metzeln kein Ende nehmen wollte.«

Dys wirbelte wutentbrannt herum und deutete anklagend mit dem Finger auf Logan. »Das Schlachten wäre beendet worden, wenn du nicht zum Verräter am eigenen Volk geworden wärst. Nur noch ein Schlag wäre nötig gewesen. Erys lag bereits offen vor uns. Der Sieg war zum Greifen nahe. Doch dann hast du, Logan Verräterbastard, unseren geliebten Anführer ermordet und hast das, was unser größter Triumph hätte werden sollen, in unsere bitterste Niederlage verwandelt.«

Bei dem Beinamen, den Dys ihm so beiläufig verabreichte, tastete Logan an die Stelle, an der normalerweise seine Kurzschwerter hingen, doch mit eiserner Entschlossenheit bezähmte er seine Wut.

»Was wäre denn gewesen, wenn Pollok Erys genommen hätte?«, fragte Logan provozierend, doch er fuhr fort, bevor Dys auf die Frage antworten konnte. »Ich sage dir, was passiert wäre. Es hätte nichts mehr zu erobern gegeben. Die Moyri hätten sich gegeneinander gewandt. Ein Bürgerkrieg wäre ausgebrochen, der die Welt zerrissen hätte. Das wäre passiert. Glaubst du, die Moyri hätten das Blutvergießen so einfach abstellen können, nur weil es keine Feinde zum Bekämpfen mehr gab?« Logan schüttelte bekümmert den Kopf. »Oh, Dys. Du und deine Anhänger, ihr lebt immer noch im Gestern. Ich versuche, die Moyri ins Morgen zu führen. Einem Morgen, in dem sie friedlich mit anderen Völkern koexistieren.«

»Eine Zukunft der Schwachen«, höhnte Dys abfällig.

»Du Narr«, hielt Logan dagegen. »Der Wunsch nach Frieden ist kein Zeichen von Schwäche. Es ist das größte Zeichen von Stärke. Die Schwerter beiseitezulegen und alte Ressentiments abzulegen, erfordert größeren Mut, als sich einer Schlacht zu stellen. Das wollen du und deinesgleichen nur nicht einsehen.«

»Gesprochen wie der Mörder, der du bist. Ich weiß, wie Coyle Pollok starb. Ich weiß, was du getan hast.«

Diese Anschuldigung traf Logan mit beinahe körperliche Kraft, sodass er einen Schritt zurückwich. »Wovon zum Teufel redest du?«

»Polloks Tod war keine ehrenhafte Tat. Du hast ihm das Schwert in den Rücken gestoßen, als er dich als Bruder willkommen hieß.«

Logan riss die Augen auf. »Das ist eine dreckige Lüge. Pollok starb während eines Zweikampfes, wie die Kampfetikette der Moyri es vorschreibt.«

»Lügner!«, stieß Dys hervor und spuckte vor Logan aus.

»Es waren über hundert Eiserne Schakale anwesend, die den Zweikampf bezeugen können.«

»Verräter allesamt. Sie schlugen sich auf deine Seite, als Polloks Körper noch nicht kalt war.«

»Es entsprach der Moyri-Sitte.«

»Schande über dich, Logan, und Schande über alle, die dir folgen, Verräterbastard.«

»Das reicht jetzt, Dys!«, herrschte Erin Tan den Anführer der Blauspeere an, bevor er sich an Logan wandte. »Hast du etwas zu diesen Anschuldigungen vorzubringen?«

»Da gibt es nichts vorzubringen. Diese Vorwürfe entbehren jeder Grundlage. Ich würde nie einem Gegner ein Schwert in den Rücken stoßen. Wer mich kennt, weiß das. Pollok starb in einem ehrlichen Kampf. Mehr noch, sein Speichellecker Ephraim hat versucht, *mich* hinterrücks zu töten.«

»Nehmen deine durchschaubaren Lügen denn gar kein Ende? Hast du kein Ehrgefühl?«

»Ich habe mir nichts vorzuwerfen, Dys. Du kannst es glauben oder nicht, das ist mir einerlei.«

»Ich ziehe es vor, es nicht zu glauben. Ich habe Informationen aus zuverlässiger Quelle.«

»Was für eine Quelle?«

»Eine, die dabei war.«

»Blödsinn! Jeden, der dabei war und noch lebt, beschuldigst du des Verrats.«

»Du weißt eben nicht alles, Logan.« Dys' Lippen verzogen sich zu einem höhnischen Grinsen.

Erin Tan räusperte sich. »Ich befürchte, das Ganze hat so keinen Wert. Vielleicht sollten wir die Versammlung auf morgen oder übermorgen vertagen, damit sich die Gemüter wieder abkühlen können. Logan?«

Logan nickte abgehackt, ließ dabei Dys' Gesicht keine Sekunde aus den Augen.

»Dys?«

Auch Dys nickte, doch sein Blick verhieß für die Zukunft nichts Gutes.

Erin Tan nickte erleichtert. »Dann vertagten wir das Konzil auf morgen. Wir treten zur selben Zeit wieder zusammen. Ihr dürft nun gehen.«

Logan drehte sich wortlos um und verließ das Zelt, während sich die Stammeskönige der Moyri erhoben und den Ausgängen zustrebten. Logans Körper zitterte vor Wut, als er in die Sonne hinaustrat. Sie hatte den Zenit bereits überschritten.

Er hatte Pollok in einem fairen Kampf besiegt. Und es war Ephraim gewesen, der die Kampfetikette gebrochen hatte. Niemand bei klarem Verstand würde *ihm* ernsthaft einen Mord unterstellen.

Und doch war Dys sehr bestimmt und von den eigenen Worten überzeugt gewesen. Logan hätte es bemerkt, wenn es sich lediglich um einen politischen Winkelzug gehandelt hätte. Wie kam der Kerl nur auf so eine absurde Idee?

Beliak Eskal begrüßte seinen Stammeskönig und reichte ihm die Zügel seines Hengstes.

»Es lief wohl nicht allzu gut?«

Logan schüttelte den Kopf. »Nicht wirklich, nein.«

Beliak schmunzelte in dem Versuch, seinen Herrn aufzuheitern. »War nicht zu überhören.«

Aus dem Stand schwang sich Logan in den Sattel, ohne die Steigbügel zu benutzen. »Dys hat sich als sehr hartnäckig erwiesen und er hat gewisse ... Vorwürfe vorgebracht.«

Beliak runzelte fragend die Stirn. »Vorwürfe?«

Logan überlegte, schließlich stieß er dem Pferd die Hacken leicht in die Seiten, um es anzutreiben. Das Tier trabte gehorsam an. »Komm, Beliak. Ich muss dringend mit Crea sprechen.«

Mit jedem Mal fielen Dys die Beschwörungsformeln leichter. Mit jedem Mal erreichte er den gewünschten Zustand leichter, in dem er seinen Herrn im Schattenreich erreichen konnte.

Das Zelt füllte sich in der gewohnten Weise mit Qualm und Rauch und plötzlich saß ihm Coyle Pollok gegenüber.

»Nun, Dys? Wie ist es gelaufen?«

»Ganz so, wie Ihr es erwartet habt. Er hat den Mord an Euch abgestritten, mein Herr.«

Coyle Pollok lachte laut auf. »Natürlich hat er das. Es hätte mich gewundert, wenn er es zugegeben hätte.«

»Ich würde ihm am liebsten bei lebendigem Leib das Herz herausschneiden, aber vorher würde ich ihn dabei zusehen lassen, wie seiner Varis-Hure die Haut abgezogen wird.«

Coyle Pollok lächelte. »Diese Gelegenheit wirst du vielleicht sogar erhalten. Es wird Zeit, unser Pläne etwas zu beschleunigen.«

8

Jesy wich dem Schwerthieb geschickt aus, holte mit der linken Hand aus und versetzte ihrem Gegner einen wuchtigen Hieb gegen das Kinn. Der mit eisernen Ringen verstärkte Handschuh, den sie trug, verursachte beim Aufprall einen dumpfen Laut. Der Krieger grunzte, jedoch mehr vor Überraschung denn vor Schmerz.

Der Krieger wich einen Schritt zurück, um sich zu sammeln, doch Jesy erkannte den Rückzug als das, was er in Wirklichkeit war: eine Falle.

Noch in der Rückwärtsbewegung befindlich, schlug der Mann mit seinem Schwert blitzschnell zu und verfehlte ihre rechte Wange nur um Haaresbreite. Sie wich behände nach links aus. Ihr Schwert kam schwungvoll in einer geraden Aufwärtsbewegung hoch und zielte auf die Leistengegend ihres Kontrahenten. Dieser setzte den rechten Fuß zurück und ihr Schwert ging ins Leere. Gleichzeitig stieß er seine Klinge in einer Parade nach vorn, der Jesy nur ausweichen konnte, indem sie sich rücklings fallen ließ. Ihr Gegner sah seine Chance gekommen und setzte zum Todesstoß an. Doch Jesy nutzte ihren Schwung, rollte sich nach hinten ab und kam geschmeidig wieder auf die Beine.

Bevor sie in der Lage war, ihr Gleichgewicht wiederzufinden, war jedoch wieder ihr Gegner über ihr, der seinen Vorteil nicht aufgeben wollte. Sie parierte zwei Hiebe. Beim zweiten konnte sie sogar einen weiteren Schlag mit ihrem Handschuh gegen seine Niere anbringen. Dies hielt jedoch ihren Gegner nicht davon ab, sie mit der Schulter zu rammen und zu Boden zu stoßen. Der Aufprall trieb all ihren Sauerstoff aus der Lunge. Jesy japste nach Luft. Der Krieger stand über ihr, das Schwert drohend erhoben.

»Das reicht!«, ordnete eine befehlsgewohnte Stimme an. Der Krieger zog sich augenblicklich zurück und senkte gehorsam das Übungsschwert aus Holz.

Beliak trat lächelnd näher und half Jesy auf die Beine. »Meine Herrin ist schon sehr viel besser geworden.«

»Aber immer noch nicht gut genug«, meinte Jesy selbstkritisch.

Beliaks Lächeln verbreiterte sich angesichts ihres an sich selbst gerichteten Tadels. »Ihr habt gerade knappe fünf Minuten gegen einen Eisernen Schakal bestanden. Die meisten Krieger könnten sich glücklich schätzen, würden sie so lange durchhalten. Meine Herrin ist wirklich *sehr* gut.«

Logan trat aus der Jurte, die er sich mit Jesy teilte, und bemerkte seine Gemahlin und Beliak beim Training. Gut gelaunt trat er hinzu.

»Nun? Wie macht sich meine Liebste?«, fragte er an Beliak gewandt.

»Hervorragend«, erwiderte dieser.

»Geht so«, fügte Jesy hinzu.

»Sie geht zu hart mit sich ins Gericht«, fügte Beliak hinzu. »Bald kann sie alle Eisernen Schakale besiegen.«

»Schön wär's«, lachte Jesy.

Ein Reiter der Schwarzbären preschte ins Lager, sprang von seinem Pferd ab und flüsterte Logan etwas ins Ohr. Die Miene des Schwarzbären-Khans verdüsterte sich mit jedem Wort. Als der Bote geendet hatte, schickte Logan ihn mit einer ungeduldigen Bewegung weg.

»Fahrt mit dem Training fort«, befahl er Beliak. »Mir ist wohler zumute, wenn sich Jesy im Notfall verteidigen kann.«

»Schlechte Nachrichten?«, fragte Beliak, dem die veränderte Stimmung seines Clanführers nicht entgangen war.

»Es ist Dys. Einige Clans, die mit ihm sympathisieren, ziehen Truppen zusammen.«

»Ist es ernst?«

Logan zuckte mit den Achseln. »Vielleicht nur das übliche Imponiergehabe, aber wir sollten trotzdem auf alles vorbereitet sein.«

Beliak nickte, hob Jesys Übungsschwert vom Boden auf und gab es ihr zurück.

Das Zeltdorf, das vor Kilians Augen niederbrannte, gehörte zu dem sehr kleinen Clan der Sternenjäger. Die Armee befand sich jetzt seit gut zehn Tagen auf Moyri-Gebiet. In dieser Zeit hatten sie drei Dörfer niedergebrannt. Kilian und Silas hatten seit dem ersten Angriff an keinem weiteren mehr teilgenommen, da Ciran Talbert immer andere Truppenteile für den Sturm einteilte.

Kilian hatte zunächst eine bewusste Entscheidung gegen Silas und ihn vermutet, in dem Glauben, jemand hätte den Mord an dem Söldner während des ersten Überfalls bemerkt. Doch Silas erkannte ziemlich schnell, worauf es Talbert tatsächlich ankam. Er schickte immer die unerfahrenen Soldaten vor, damit seine Söldner an Erfahrung gewannen und er sich ein Bild von jedem Einzelnen machen konnte.

Dies verdammte Kilian und Silas zur Untätigkeit. Es blieb ihnen nichts anderes übrig, als von Weitem dem Schlachten zuzusehen, ohne helfend aufseiten der Moyri eingreifen zu können. Es war schlichtweg frustrierend.

Die Soldaten, die von ihren siegreichen Schlachten zurückkehrten, erzählten regelmäßig Geschichten der Kämpfe. Kilian schnaubte. Als ob der Kampf gegen Frauen und Kinder eine Herausforderung darstellen würde. Darüber hinaus berichteten sie auch, dass sie nie Überlebende zurückließen. Natürlich konnte es sich dabei um reine Prahlerei handeln, doch Kilian glaubte nicht so recht daran. Talberts Armee wurde immer besser. Immer effizienter. Immer tödlicher. Es würde der Zeitpunkt kommen, da wären sie auch für eine kampferprobte Moyri-Streitmacht eine ernste Herausforderung – und dieser Zeitpunkt rückte beständig näher.

Sobald sich die beiden Söldner unbeobachtet fühlten, diskutierten sie immer wieder ihre prekäre Lage. Die Dörfer, die sie niederbrannten, und die Herden, die sie plünderten, wurden kaum verteidigt. Dass bei so viel vergossenem Blut eine Reaktion der Hauptmacht der Moyri bisher ausgeblieben war, beunruhigte sie beide. Es schien fast so, als wären die Moyri abgelenkt. Der Zeitpunkt war äußerst verdächtig. Kilian hatte noch nie an Zufälle geglaubt, an solche schon gar nicht.

Er zerrte grob an dem Seil, das seine Hand mit dem gefangenen Moyri-Mädchen verband. Seit ihrer Gefangennahme hatte sie kein Wort gesagt. Sie trottete nur einen Fuß vor den anderen setzend hinter ihm her. Nur hin und wieder – sobald sie sich unbeobachtet fühlte – zuckte ihr stolzer Blick hoch und durchbohrte Kilians Rücken mit Blicken, die ihn sofort zu Asche verbrannt hätten, wäre sie zu derartigen Dingen in der Lage gewesen.

In unregelmäßigen Abständen blieb sie absichtlich zurück und zwang ihn dazu, das Seil anzuziehen. Er war sich sicher, dass es lediglich Ausdruck ihres Trotzes war. Er behandelte sie nicht gern schlecht, doch solange sie marschierten, musste er vor seinen Söldnerkameraden den Anschein wahren.

Ciran Talberts Rat Folge leistend, hatte er sich mit dem Mädchen zusammen eines der kleineren Zelte genommen, während Silas im Zelt mit Quan und den anderen verblieb. Er wusste sehr genau, was die anderen dachten, was er tat, sobald er sich mit seiner Gefangenen in das Zelt zurückzog, doch er hatte sie nicht angerührt – und würde es auch nicht tun. Schließlich hatte er sie nicht vor dem Bastard Kelgan gerettet, um sich selbst an ihr zu vergreifen. Ihrer Mimik nach zu urteilen, rechnete sie jedoch jedes Mal damit, wenn das Lager aufgeschlagen wurde.

Das Dorf der Sternenjäger blieb mit jedem ihrer Schritte weiter hinter ihnen zurück. Das Feuer war am nächtlichen Horizont weithin sichtbar. Zum wiederholten Mal fragte er sich, warum es den Moyri in der Umgebung nicht auffiel. Wo zum Teufel steckten die Kerle?

Erin Tan hob beschwichtigend beide Hände über den Kopf, in dem vergeblichen Versuch, Ruhe in das Zelt zu bringen. Logan schlug innerlich den Kopf schüttelnd die Hände über dem Kopf zusammen.

»Beruhigt euch!«, schrie Erin Tan immer wieder. »Seid still! Man versteht ja sein eigenes Wort nicht mehr.«

Die Clanführer beider großer Allianzen standen sich kampflustig gegenüber und überschütteten sich mit Geschrei, Vorwürfen und Beleidigungen. Ironischerweise nannten sich beide Seiten gegenseitig *Mörder*.

Dys' Anhänger in Logans Richtung, weil Dys ihm immer noch den Mord an Coyle Pollok vorwarf, und in die Gegenrichtung, weil Dys und seine Verbündeten die Nordländer umbrachten und ganz offen zugaben, dass sie damit auch nicht aufhören würden.

Die neutralen Stammeskönige saßen dazwischen und beobachteten das Treiben mit einem nicht geringen Anteil von Amüsement. Logan konnte es ihnen nicht verübeln. Wäre er einer von ihnen gewesen, hätte er die brüllenden und anklagenden Anführer wohl ebenfalls ausgelacht – und zwar die beider Seiten.

Langsam kehrte Ruhe in die Versammlung ein, doch wohl eher, weil sich alle Beteiligten heiser gebrüllt hatten und wieder zu Kräften kommen wollten.

Erin Tan lehnte sich erschöpft auf seinem Platz zurück.

»Das ist besser«, erklärte er. »Auf diese Weise kommen wir nicht weiter.«

»Dys nennt mich einen Mörder«, ergriff Logan das Wort. »Wie wäre es, wenn er uns einfach seine Quelle präsentiert. Ich würde mich gern meinem Ankläger Auge in Auge stellen.«

»Was dich betrifft, bin *ich* dein Ankläger«, giftete Dys zurück.

»Diese angebliche Quelle existiert doch gar nicht«, hielt Logan dagegen. »Du hast sie erfunden, um von deinen eigenen Verbrechen abzulenken. Ist es nicht so, Dys?«

»Und welche Verbrechen wären das? Den Moyri ihre Stärke und ihre Größe zurückzugeben?«

»Ich rede von Mord an Frauen und Kindern. Ich rede von niedergebrannten Dörfern. Ich rede von einem Land, in dem die Geißel des Krieges heraufbeschwört wird. Eine Geißel, die nur Narren sich herbeisehnen.«

Bei dem Wort Narren sprangen mehrere von Dys' Anhängern auf, auf eine ungeduldige Geste ihres Anführers hin setzten sie sich jedoch gleich wieder. Eines musste man Dys lassen, er hatte seine Leute gut im Griff.

Oder besser gesagt, gut dressiert, dachte Logan mit bitterer Heiterkeit.

»Du nennst uns Narren, Logan?«, höhnte Dys gelassen. »Was für ein Narr stellt sich einem Sturm entgegen?«

»Sprich deutlich. Von was für einem Sturm sprichst du?«

»Ein Sturm, unter dem die Steppe erzittern wird. Ein Sturm, der die alte Ordnung wiederherstellen wird. Ein Sturm, der alle hinwegfegen wird, die sich ihm entgegenstellen.« Dys' Lippen verzogen sich einem grausamen Lächeln. Schweigen breitete sich im Zelt aus. Selbst Dys' Verbündete schienen von diesem offenen Geständnis überrumpelt.

Logan fühlte Grauen und Wut in sich aufsteigen, bezwang jedoch den Drang, seine Hände um die Kehle seines Kontrahenten zu legen und das Leben aus ihm zu quetschen.

»Wer bist du, Dys, dass du uns mit Krieg und Tod drohst?«

Im ersten Moment machte Dys den Anschein, darauf antworten zu wollen, doch dann lachte er lediglich.

Logan knirschte vor Wut mit den Zähnen, doch bevor er etwas erwidern konnte, stürmte ein Herold in den Raum. Zielstrebig steuerte er einen der Clanführer an und flüsterte ihm etwas ins Ohr. Aus dem Gesicht des Mannes wich jede Farbe. Es handelte sich um den Stammeskönig der Aasjäger. Dieser Clan gehörte zu den neutralen.

Der Mann sprang auf und sagte in Erin Tans Richtung: »Eines meiner Dörfer wurde zerstört.« Er deutete anklagend in Logans Richtung. »Und zwar von deinen heißgeliebten Varis. Eine Armee hat die Grenze überquert und brandschatzt und mordet, während wir hier reden und reden.«

Betäubtes Schweigen antwortete dieser Neuigkeit, gefolgt von Dutzenden durcheinanderschreienden Stimmen. Bemerkungen wie »Verfluchte Varis« und »Tod den Nordländern« wurden laut.

Eine Stimme erhob sich über die anderen. Sie gehörte Dys. »Da? Seht ihr es nun endlich? Während sich Logan bemüht, seine schützende Hand über die Nordländer zu halten, planen sie unsere Vernichtung. Seht ihr es endlich?«

Logan versuchte vergeblich, sich Gehör zu verschaffen. Ebenso wie Erin Tan. Alle Clanführer waren außer sich. Sie sorgten sich um ihre Dörfer, besonders die Clans, deren Gebiete nahe der Nordgrenzen lagen. Mehrere der Stammeskönige riefen Herolde zu sich und schickten sie mit dem Befehl weg, Kundschafter auszuschicken, um das Befinden ihrer Leute zu klären. Andere Stammeskönige befahlen, ihre Truppen zu versammeln. Wiederum andere plädierten für ein sofortiges Ende des Konzils, damit sich jeder Clan um seine Leute kümmern konnte. Die Situation drohte zu eskalieren. Und in diesem Chaos saß Dys ungerührt auf seinem Platz. Obwohl die meisten Anwesenden den alten Kriegsherrn mindestens um Haupteslänge überragten, schien er die Situation zu dominieren.

Und er grinste Logan triumphierend über das ganze Gesicht an. Es gab nichts, was Logan zu diesem Zeitpunkt tun konnte – und beide wussten es.

»Du solltest etwas essen«, meinte Kilian zu dem Moyri-Mädchen und reichte ihr einen Teller mit Fleisch und Brot. Sie betrachtete das angebotene Essen jedoch naserümpfend.

Er lächelte nachsichtig. »Ist nicht das beste Essen, ich weiß, aber etwas Besseres kann ich dir nicht anbieten.«

Wie sich die Moyri überhaupt auf den Beinen hielt, blieb ihm ein Rätsel. Die Moyri waren schon immer genügsam und hart gewesen, doch was das junge Ding da tat, grenzte schon an Selbstfolter. Wenn sie trank, dann nur einige wenige Schlucke. Wenn sie aß, dann nur einen oder zwei Bissen. Entweder wollte sie ihm nicht die Genugtuung lassen, sie essen zu sehen, oder sie befürchtete, in dem Essen könnte sich etwas befinden, das dort nicht hingehörte. Drogen vielleicht, um sie gefügsam zu machen.

Silas schlug die Zeltplane zurück, betrat den engen Unterschlupf und schloss die Öffnung hinter sich wieder. Nächtlicher Frost drang hinter ihm ins Zelt ein und jagte einen Schauer über Kilians Rücken. Entgegen seiner Gewohnheit hatte Ciran zwei Tage und eine Nacht durchmarschieren lassen, um möglichst viel Raum zwischen die Armee und den Schauplatz des letzten Überfalls zu bringen. Die Söldner waren am Ende ihrer Kräfte und würden nun diese Nacht und mindestens den darauffolgenden Tag lagern. Frühestens in der nächsten Nacht würden sie ihren Marsch wieder aufnehmen.

Silas sah vielsagend von Kilian zu dem Moyri-Mädchen. Ihm genügten wenige Sekunden, um die Situation zu überblicken.

»Sie isst immer noch nicht, was?«

Kilian nickte.

»Und spricht auch nicht?«

»Jepp!«

»Sie wird uns noch umfallen, wenn sie so weitermacht.«

»Sag das nicht mir, sag das ihr.«

»Vielleicht sollte ich ihr etwas vorsingen?«, sagte Silas mit verträumter Stimme.

»Wir wollen, dass sie isst und ihr nicht vollends den Appetit verderben.«

Silas lächelte verschmitzt. »Du bist immer so zuvorkommend zu mir, Kilian.«

»Wozu hat man Freunde?«, lächelte Kilian zurück, wurde jedoch schnell wieder ernst. »Ich habe ihr versucht klarzumachen, dass sie unbesorgt essen kann. Sie hat nicht reagiert.«

»Sie hat Angst«, meinte Silas.

»Möglich.«

»Ich habe keine Angst vor euch«, meinte das Mädchen plötzlich und warf stolz ihre Haare zurück.

»Oh, es spricht«, sagte Silas und ihm blitzte der Schalk in den Augen.

»Iss endlich, Mädchen«, beharrte Kilian. »Silas hat recht. Du wirst uns noch umfallen.«

Sie beäugte das Essen misstrauisch. »Wann tut ihr es endlich?«, fragte sie schließlich. »Bringt es einfach hinter euch.«

Kilian und Silas wechselten einen verwirrten Blick.

»Was tun?«, fragten beide unisono.

»Das wisst ihr genau. Bringt es einfach hinter euch.«

Kilian presste die Lippen aufeinander, als er verstand. »Silas, mein Freund, ich befürchte, unser Gast hat eine völlig falsche Meinung über uns.«

»Scheint mir auch so«, erwiderte der Barde. An das Mädchen gewandt sagte er: »Wenn wir das hätten tun wollen, hätten wir es wohl schon längst getan. Du brauchst dir keine Sorgen zu machen. Du bist bei uns in Sicherheit.«

»Warum hast du dann um mich gekämpft?«, fragte sie Kilian.

»Damit diese Bestie Kelgan nicht über dich herfällt. Ich dachte, das wäre inzwischen klar geworden.«

»Ich traue euch nicht.«

»Kann ich dir nicht verübeln, Mädchen, aber du solltest trotzdem essen«, erklärte Kilian.

»Sieh es mal so«, meinte Silas, »du musst bei Kräften bleiben, wenn du uns umbringen und fliehen willst.«

Diese Äußerung zauberte sogar ein Lächeln auf ihr Gesicht. Zögernd nahm sie ein Stück Fleisch und biss davon ab.

»Na also, geht doch.« Kilian lehnte sich zufrieden zurück.

Mit jedem Bissen wurde sie mutiger und riss sich sogar ein Stück Brot ab. Während sie aß, widmete sich Kilian dem Barden.

»Hast du etwas herausgefunden?«

Silas schüttelte bedauernd den Kopf. »Nicht viel. Niemand weiß etwas Genaues. Weder, wo unser endgültiges Ziel liegt, noch, wer unser Auftraggeber ist. Er hält sich tagsüber immer bedeckt und wohnt in einem Zelt, das von Cirans Leibwache beschützt wird. Es liegt gleich neben dem Zelt des Hauptmanns. Wenn wir nachts marschieren, reitet er mit Ciran an der Spitze, ebenfalls umgeben von Cirans Leibwache. Selbst Melitan hat noch nie mit ihm gesprochen und ihn nur von Weitem gesehen.«

»Er wohnt gleich neben Cirans Zelt, sagst du?«

Silas nickte.

»Dann sollte ich vielleicht mal unserem Hauptmann einen Besuch abstatten.«

Silas' Blick flackerte vor Besorgnis. »Bist du sicher, dass das klug ist? Cirans Leibwache versteht keinen Spaß. Und Galledor kann dich nicht leiden.«

»Aber nur, weil er mich nicht richtig kennt«, grinste Kilian.

Silas seufzte. »Du bist viel zu sorglos.«

»Mag sein, aber es wird Zeit für ein paar Antworten.«

»Soll ich mitkommen?«

Kilian schüttelte den Kopf. »Je weniger sich dem Risiko aussetzen, desto besser sind unsere Chancen. Bleib hier und achte darauf, dass unser Gast ausreichend isst.«

Mit diesen Worten schlüpfte Kilian aus dem Zelt. Aufgrund der allgegenwärtigen Gefahr, auf Moyri zu treffen, gab es nur wenige Lagerfeuer, die darüber hinaus klein gehalten wurden. In der Steppe sah man Feuer schon von Weitem. Die meisten Söldner verfluchten die Notwendigkeit von kleinen Lagerfeuern, doch Kilian kam es zugute. Das Lager war in tiefe Dunkelheit getaucht, in der man kaum drei Schritte weit sehen konnte. Die Männer an den Lagerfeuern unterhielten sich gedämpft oder nahmen schweigend ein letztes Nachtmahl ein.

Einem Schatten gleich, huschte Kilian zwischen den Zelten hindurch. Geschickt umging er die aufgestellten Wachen, die selbst nur Schemen waren, die sich lediglich unwesentlich von der umgebenden Dunkelheit abhoben.

Nach etwa zwanzig Minuten erreichte Kilian Cirans Zelt. Es war das größte des Lagers und befand sich in dessen Mitte. Die Männer seiner Leibwache umgaben es wie ein schützender Schild. Ihre blanken Brustpanzer waren mit Ruß beschmiert, damit sie kein Mondlicht reflektierten.

Als Menschen hielt Kilian nicht wirklich viel von ihnen. Sie hielten sich von den übrigen Söldnern fern, nahmen weder an Würfelspielen noch am üblichen Lagerleben teil. Kilian hatte die Befürchtung, sie hielten sich für etwas Besseres. Wie er nun erkannte, traf das auch zu. Die Kerle waren gut – und ihr Anführer Galledor verstand sein Handwerk.

Allein vier Krieger flankierten den Eingang, im Abstand von vier Schritten stand eine Doppelwache. Die einzelnen Wachen hielten zu jedem Zeitpunkt Sichtkontakt zueinander. Auf jeder Seite des Zeltes stand eine Fackel. Sie verbreiteten gerade genug Licht, um den Umkreis des Zeltes zu erhellen.

Kilian fluchte im Stillen. Sich an Cirans Zelt oder das seines Gastes anzuschleichen, war schlichtweg unmöglich. Er wollte sich schon umdrehen und die Aktion als Fehlschlag einordnen, als die Zeltplane zurückgeworfen wurde und Ciran in die Nacht hinaustrat – und er war nicht allein.

Kilian schluckte.

Der Mann in seiner Begleitung war eindeutig ein Moyri. Kilian zog sich tiefer in die Schatten eines Zeltes zurück und spitzte die Ohren.

»Warum so ein langes Gesicht, Ciran?«, begann der Fremde gut gelaunt. »Es läuft doch alles großartig.«

Ciran schnaubte.

Die gute Laune des Moyri schwand zusehends. »Red schon. Was stört dich? Dass so viele Unbewaffnete ihr Leben lassen? Vergiss nicht, es sind Moyri. Deine Feinde. Du solltest froh über deren Tod sein.«

»Das macht mir nichts, Gera. Derlei Gewissensbisse habe ich schon vor langer Zeit abgelegt.«

Aufgrund der sorglosen Art, wie Ciran über den Tod von Frauen und Kindern sprach, spürte Kilian einen Kloß der Verachtung im Hals aufsteigen. Trotzdem zwang er sich, weiter zuzuhören.

»Und was stört dich dann?«

»Du hast mir Reichtümer versprochen. Gold, Silber, Edelsteine. Wo ist das alles? Meine Leute werden langsam unruhig. Mit jedem Angriff wird es schwerer, sie zu beschwichtigen. Wenn wir nicht bald einen lohnenden Treffer landen ...«

»Sei unbesorgt«, beruhigte der Mann namens Gera ihn. »Die wirklich lohnenden Ziele sind alle im Landesinneren. Es wird noch genug zu plündern geben. Ich verspreche es. Nur Geduld.«

»Das sagst du so einfach. Du musst nicht jeden Tag vor ein paar Tausend Söldner treten und ihnen erklären, dass sie schon wieder leer ausgehen.«

»Wir waren uns einig, dass es nicht einfach werden würde – zu Anfang. Und mein Herr hat dich gut entlohnt, um diese Strafaktion zu führen. Deine Leute werden ihren Lohn auch noch erhalten. Es dauert nur ein wenig länger als erwartet.«

Kilian stutzte. Das war hochinteressant. Ciran hatte bereits seinen Lohn erhalten. Das war nicht weiter ungewöhnlich. Die Anführer von Söldnertruppen erhielten ihren Lohn häufig im Voraus von ihren Auftraggebern. Vieles davon ging drauf, um einen Feldzug überhaupt erst beginnen zu können. Für den Kauf von Pferden, Lebensmitteln und Waffen. Viel interessanter allerdings war, dass Ciran der Armee leere Versprechungen machte und offenbar gar nicht wusste, wie er sie einhalten sollte. Alles, was er diesbezüglich vorzuweisen hatte, war das Wort dieses Moyri, den er seinen Truppen leider nicht präsentieren konnte, da dieser es vorzog, im Verborgenen zu bleiben. Aus gutem Grund, wie Kilian fand, denn viele innerhalb der Armee würden es äußerst befremdlich finden, von einem Moyri für einen Feldzug gegen die Moyri angeheuert zu werden.

»Du machst es dir viel zu einfach.«

Gera lachte. »Und du zu schwer. Bisher ist der Auftrag doch denkbar simpel.«

Ciran wirbelte zu Gera herum. Selbst in den diffusen Lichtverhältnissen konnte Kilian die Wut erkennen, die das Gesicht des Söldnerhauptmanns verzerrte und im Fackelschein zur albtraumhaften Fratze mutieren ließ. »Halte mich nicht für einen Dummkopf, Gera!«

Der Moyri wich vorsichtig zwei Schritte zurück. »Ich weiß nicht, wovon du redest.«

»Du spielt dein eigenes Spiel. Genauso wie dein anonymer Auftraggeber.«

Gera hob beschwichtigen die Hände. »Ciran, ich versichere dir ...«

»Spar dir das.«

Gera ließ die Hände langsam sinken, verzichtete jedoch auf schnelle Bewegungen, da er sich der Aufmerksamkeit von Cirans Leibwache schmerzlich bewusst war. »Wenn du dessen so sicher bist, warum hast du den Auftrag überhaupt angenommen?« Ein schmales Lächeln umspielte die Lippen Geras.

Ciran brachte seine Miene unter Kontrolle und setzte eine neutrale Maske auf. »Du wärst der erste Auftraggeber, der nicht sein eigenes Süppchen kocht. Solange deine Ziele nicht mit meinen kollidieren, soll mir das recht sein. Doch vergiss nicht, dass meine Leute an erster Stelle für mich stehen. Falls du uns hintergehst und für deine eigenen undurchsichtigen Pläne oder die deines Herrn opfern willst, dann schneide ich dir eigenhändig die Kehle durch. Vergiss das nicht.«

»Das wird sicherlich nicht nötig sein«, erwiderte Gera immer noch lächelnd, doch im Widerschein der Fackeln glitzerten dicke Schweißperlen auf seiner Stirn.

»Ich wollte das nur geklärt haben, Gera. Über deine Rolle in diesem Stück bin ich mir immer noch nicht so ganz im Klaren.«

»Meine Rolle ist einfach: Geldgeber und Sprachrohr meines Herrn.«

»Und das ist alles?«

»Das ist alles«, bestätigte Gera.

»Und darüber hinaus verfolgst du keine Pläne? Oder dein Herr und Meister?«

Gera kicherte leise. »Das habe ich nicht gesagt. Unsere Pläne kollidieren jedoch nicht mit denen deiner Leute oder deinen.«

»Das hoffe ich. Das hoffe ich sehr. Um deinetwillen.«

Das Lächeln schwand etwas aus Geras Miene, doch er versuchte, es durch eine leichte Verbeugung zu kaschieren.

Hochinteressant. Ciran traute dem Kerl ebenfalls nicht über den Weg. Vielleicht ließe sich irgendwie ein Keil zwischen die beiden treiben. Der Zusicherung, Geras Pläne würden nicht mit denen der Söldner kollidieren, glaubte Kilian keinen Augenblick. Und wenn er Ciran auch nur halbwegs richtig einschätzte, dieser auch nicht.

»Hey, wer ist da?«, schrie unvermittelt einer der Leibwächter. Kilian zuckte zusammen. Im ersten Moment hoffte er, nicht gemeint zu sein, doch die nächsten Worte des Wachpostens zerschlugen diese Hoffnung. »Du da, neben dem Zelt. Was machst du da?«

Nun war er sich sicher, dass der Wachposten ihn meinte. Eilig zog er sich in die Schatten zurück. Weitere Leibwächter strömten aus Cirans Zelt, allen voran Galledor – und er sah direkt in Kilians Richtung. Sogar auf diese Entfernung erkannte er die Überraschung auf dem narbigen Gesicht des Kriegers.

Kilian bezwang den Schrecken, der von ihm Besitz ergriffen hatte, drehte sich um und rannte zwischen den Zelten davon. Er duckte sich, um seine Größe und Gestalt zu verschleiern. Möglicherweise hatte ihn Galledor gar nicht erkannt, doch sein Bauchgefühl sagte ihm etwas anderes. Der Mann hatte ihn direkt angesehen – und ihn erkannt. Er hatte es in den Augen des Schwertkämpfers gesehen.

Tumult erfasste das Lager, ausgehend von Cirans Zelt. In diesem Moment würde seine Leibwache ausschwärmen, um ihn gefangen zu nehmen. Sie würden ihn erst befragen und mit sehr viel Glück würden sie ihm anschließend einfach kurzerhand den Kopf abschlagen. Die Alternative wäre sehr viel schlimmer. Kilian hatte gehört, Ciran habe mal einen Verräter mit Honig einreiben und neben einem Nest Feuerameisen bis zum Hals eingraben lassen. Dieses Schicksal wünschte er nicht einmal seinem schlimmsten Feind.

Söldner taumelten schlaftrunken aus ihren Zelten. Sie waren kaum wach und trugen oftmals nicht viel am Leib, doch die meisten von ihnen waren bereits bewaffnet, da sie mit einem Angriff rechneten.

Nach einer gefühlten Ewigkeit erreichte Kilian das Zelt, das er mit seiner Gefangenen teilte. Er stürzte durch das Leinentuch, das den Eingang verbarg. Silas und die Moyri sahen gleichzeitig und beide nicht minder verstört drein. Wäre die Situation nicht so ernst gewesen, er hätte beinahe gelacht.

»Was ist?«, fragte Silas alarmiert.

»Silas! Geh in dein Zelt sofort. Sie dürfen dich nicht hier bei mir erwischen.«

»Kilian? Was hast du nun wieder angestellt?«

»Eine Dummheit.«

»Das glaub ich dir sofort.«

»Silas! Keine Diskussion jetzt! Verschwinde!«

»Ist es wirklich so ernst?«, fragte das Mädchen besorgt.

»Ja«, erwiderte Kilian. »Sie werden mich vermutlich umbringen.« Er sah betreten zu Boden. »Tut mir leid, aber ich werde dich nicht mehr beschützen können.«

Das Mädchen dachte für einen Augenblick nach, schließlich sah sie Silas entschlossen an. »Geh! Sofort!«

Silas wechselte mit Kilian einen verwirrten Blick, kam der Aufforderung jedoch nach kurzem Zögern nach.

»Komm her«, wies sie Kilian an, der wortlos gehorchte, allein schon aus dem Grund, weil er wissen wollte, was sie vorhatte.

Das Mädchen zog ihr Hemd aus, warf es in die Ecke und schlüpfte unter zwei Felle, die ihr als Decke dienten. Ohne Zögern zupfte sie an Kilians Wams. Als er erkannte, was sie zu tun gedachte, half er ihr, wobei er sich bemühte, ihre wohlgeformten Brüste zu ignorieren, die bei jeder Bewegung vor seinen Augen tanzten.

Als er sein Wams endlich abgestreift hatte, gesellte er sich zur ihr unter die Felle. Er zögerte erneut, doch das Mädchen zog ihn zu sich heran und legte seine Arme um sich.

Genau in diesem Moment wurde das Leinentuch zurückgeworfen und Galledor stand im Zelt, dicht gefolgt von Ciran und zwei weiteren Kriegern aus seiner Leibwache.

Das Moyri-Mädchen blickte erschrocken und mit großen Augen auf. Kilian ebenfalls. Den Schrecken musste er noch nicht einmal spielen, da er erwartete, jeden Augenblick ein Schwert in die Eingeweide gestoßen zu bekommen.

»Kilian?«, fragte Ciran.

»Hauptmann?«, fragte Kilian zurück.

»Die Frage mag sicherlich etwas naiv klingen, aber was tust du gerade?«

Kilian sah das Moyri-Mädchen an, das ihre Blöße mit den Fellen bedeckte, bevor er erneut Ciran anfunkelte. »Wonach sieht es denn aus?«

Ciran musterte ihn mit undeutbarer Miene, bevor er sich der Moyri zuwandte. »Sag mir die Wahrheit, Mädchen. War er die ganze Nacht bei dir?«

Die Moyri sah unschlüssig von einem zum anderen und gab vor, ängstlich zu sein. Kilian bewunderte ihre schauspielerische Darstellung. Vielleicht war auch nicht alles von ihrer Angst gespielt.

Schließlich nickte sie. »Ja, war er. Das Schwein besteigt mich bei jeder Gelegenheit.«

Ciran zögerte und brach dann in schallendes Gelächter aus. »Na dann wollen wir euch mal nicht weiter stören.«

»Die kleine Schlampe lügt«, fuhr Galledor auf. »Ich habe ihn erkannt. Er war es. Ganz sicher.«

»Beruhige dich, Galledor«, beschwichtigte Ciran den Führer seiner Leibwache. »Du hast dich geirrt. Es ist Nacht. Das kommt vor. Reden wir nicht mehr darüber.«

»Aber er *war* es!«

»Glaubst du etwa, die Moyri würde den Mann schützen, der sie gegen ihren Willen nimmt? Kann ich mir beim besten Willen nicht vorstellen.« Ciran verlor langsam die Geduld mit Galledor. In versöhnlicherem Tonfall fuhr er fort: »Es ist Nacht und wir sind alle erschöpft. Lass es gut sein, Galledor. Das hätte jedem passieren können.«

»Aber Ciran ...«

»Kein Wort mehr darüber. Die Sache ist erledigt.« Ciran stapfte aus dem Zelt. Notgedrungen folgte Galledor ihm, jedoch nicht, ohne Kilian vorher noch einen mörderischen Blick zuzuwerfen.

Kilian wartete noch einen Moment – einen langen Moment –, ehe er sich gestattete, erleichtert aufzuatmen.

»Vielen Dank, Mädchen. Das war knapp.«

»Ich dachte schon, er würde uns nicht glauben.«

»Deine Vorstellung war sehr überzeugend. Apropos ... wieso eigentlich?«

»Wieso ich dich gerettet habe? Wenn du nicht mehr bist, was würde dann wohl aus mir werden unter dieser Horde Barbaren?«

»Gutes Argument.« Mit einem Auge musterte er verstohlen ihren immer noch halb nackten Körper.

»Bilde dir keine Schwachheiten ein«, gab sie als Antwort auf seine unausgesprochene Frage zurück. »Das war nur, damit sie dich nicht in kleine Stücke schneiden. Gib mir gefälligst meine Sachen zurück.«

Mit einem enttäuschten Seufzer, der allerdings von einem Lächeln begleitet wurde, reichte er ihr ihre Kleider zurück. Er drehte sich sogar von ihr weg, als sie sich wieder anzog. Sie quittierte es mit dankbarem Lächeln. Sie wusste, er hätte sich auch anders verhalten können.

»Übrigens«, sagte sie, nachdem sie angezogen war, »mein Name ist Arianna.«

9

Logan hatte wirklich gehofft, es mit einer Falschmeldung oder einem weiteren von Dys' Ablenkungsmanövern zu tun zu haben. Doch tatsächlich schienen die Nachrichten der Wahrheit zu entsprechen. Und die Nachrichten wurden schlechter und schlechter. Man munkelte bereits von mehreren Tausend Toten.

Eine Söldnerarmee hatte von Norden her die Grenze ins Moyri-Land überquert und mehrere Dörfer zerstört. Suchtrupps waren losgeschickt worden, doch man fand nur äußerst selten Überlebende, die sich hatten in die Wildnis retten können. Eines der Dörfer gehörte zu Logans Schwarzbären.

Crea saß neben ihm im Zelt des Konzils. Ihre sonst so starke Aura wirkte eingefallen und kränklich. In dem überfallenen Dorf hatte ihre ganze Familie gelebt. Logan verfluchte sich selbst im Stillen. Er gab sich selbst die Schuld. Das Konzil hatte die Clans und das Gros ihrer Kräfte hierher geführt, während Dörfer und Herden schutzlos zurückblieben. Doch wer hätte mit so einem Angriff rechnen können? Die Nordländer hatten sich noch längst nicht vom Krieg gegen die Clans erholt und jeder hatte vermutet, dies würde in absehbarer Zeit auch nicht der Fall sein. Ein fataler Irrtum. Doch eine Söldnerarmee nach Süden zu entsenden, daran war nicht gedacht worden. Zu abwegig schien dieser Gedanke, denn jede Mission in dieser Richtung würde den Clans zwar kurzfristig Schaden zufügen, doch hätte auch zwangsläufig die Vernichtung der feindlichen Streitmacht zur Folge, sobald sich die Moyri dieser Bedrohung mit ganzer Kraft widmeten. Wer auch immer diese Armee führte, war entweder sehr von sich überzeugt oder sehr dumm – oder beides. Eine gefährliche Kombination.

Die Kundschafter der meisten anderen Clans waren inzwischen ebenfalls zurückgekehrt. Auch sie brachten äußerst schlechte Nachrichten mit. Nicht nur die Schwarzbären, die Aasjäger und die Sternenjäger hatten Opfer zu beklagen. Auch die Dörfer anderer Clans waren überfallen und niedergebrannt worden. Der Feind machte offenbar keinerlei Unterschiede zwischen Mann, Frau und Kind. Ein sinnloses Gemetzel.

Aus zusammengekniffenen Augen musterte Logan die versammelten Stammeskönige. In dem Zelt gärte es gefährlich. Viele Stimmen forderten Blut für Blut. Die Seele des Moyri-Volkes schrie nach Rache. Aus dem Gewirr an Stimmen erhob sich eine, triumphierend und siegesgewiss.

»Da hast du deinen Frieden, Logan. Den Frieden, den deine Nordländer uns bescheren.« Dys' höhnische Stimme übertönte alle anderen.

»Wir wissen nicht genau, was hier vor sich geht?«, hielt Logan dagegen.

»Ist das nicht offensichtlich? Die Nordländer wollen uns vernichten. Also sage ich: Vernichten wir sie doch zuerst.«

»Uns vernichten?« Logan stand langsam auf und drehte sich im Kreis, um alle Stammeskönige in die Diskussion einzubeziehen. »Unsere Kundschafter melden, dass die feindliche Armee vielleicht zehntausend Schwerter zählt. Sie kommen also mit zehntausend Mann, um das ganze Moyri-Volk auszulöschen? Du machst dich lächerlich, Dys.«

Der Stammeskönig der Blauspeere winkte ab. »Ob zehn oder zehntausend, das spielt keine Rolle. Sie sind in unser Land eingefallen. Sie kommen als Invasoren und Eroberer, haben Frauen und Kinder abgeschlachtet. Ihr Blut fordert Vergeltung. Noch nie hat ein Aggressor das Land der Moyri wieder lebend verlassen. Soll dies das erste Mal sein?« Seine Stimme gewann mit jedem Wort an Intensität. Dutzende von Stimmen schrien durcheinander, doch die einhellige Meinung war klar: nein.

»Deine Varis-Freunde haben den Tod gebracht.«

»Findest du das nicht etwas selbstgefällig, Dys? Immerhin hast du zuerst Varisblut vergossen.«

Dys wirkte für einen Moment aus dem Konzept gebracht und selbst einige der Stammeskönige machten einen nachdenklichen Eindruck. Der Verdacht stand im Raum, dass Dys die tödliche Reaktion überhaupt erst provoziert hatte. Dann jedoch fing sich der machthungrige Clanführer wieder.

»Du verdrehst die Tatsachen so, wie es dir in den Kram passt.«

Logan verzog angewidert den Mund. Das typische Argument eines Menschen, der selbst danach trachtete, die Tatsachen zu verdrehen.

»Tatsache ist«, fuhr Dys fort, »die Varis sind hier und wir müssen reagieren. Egal, wie der Krieg begonnen hat.«

Logan merkte auf. »Krieg? Du sprichst bereits von Krieg, Dys? Findest du das nicht selbst etwas übertrieben? Es sind lediglich zehntausend Soldaten.«

»Weißt du denn, ob es nicht nur eine Vorhut ist? Vielleicht folgen diesen zehntausend hunderttausend weitere?«

Dys spielte mit der Furcht der Menschen, das konnte er gut. Logan bemerkte auf so manchem Gesicht Stirnrunzeln. Vor den inneren Augen der Stammeskönige spielten sich furchtbare Szenen ab.

Eine Invasion der Nordländer.

Brennende Dörfer.

Gepanzerte Soldaten, die sich wie eine Flut in die Steppe ergossen.

Erschlagene Frauen und Kinder, deren Blut den Boden tränkte.

»Wir müssen handeln«, spann Dys den Faden weiter. »Wir müssen sie vernichten. Kommen sie nicht zurück, werden sich die Nordländer ihre nächsten Schritte gut überlegen.«

»Gebiete dem Einhalt, Logan«, flüsterte Crea ihm zu. »Das ist doch Wahnsinn.« Ihre brüchige Stimme enthielt nur einen Teil ihrer früheren Kraft, doch das ließ die Botschaft in ihren Worten nur umso bedeutender erscheinen.

»Und wie?«, flüsterte er zurück. »Sag mir wie. Ich kann es nicht mehr aufhalten. Sie fordern Rache und Blut und ich kann es ihnen nicht einmal verdenken.«

»Falls es zum Kampf gegen dieses Nordländerheer kommt, hilft das nur einem: Dys.«

»Wie könnte ihm das helfen?«

»Ich weiß es nicht, aber er drängt auf eine Lösung, die auf Schwertern und Speeren basiert. Das macht mich stutzig. Er würde das nicht tun, wenn es ihm nicht irgendwie nutzen würde.«

Die Stammeskönige schrien erneut durcheinander. Erin Tan versuchte, Herr der Lage zu werden. Vergeblich. Dys' Anhänger betätigten sich als Agitatoren und heizten die ohnehin schon gefährliche Stimmung zusätzlich an.

»Also gut!«, schrie Logan in einer plötzlich aufwallenden Eingebung. »Dann soll es so sein. Ich führe den Kriegstrupp gegen die Söldner an.«

Schlagartig kehrte Ruhe in das Konzil ein. Die Menge starrte wie gebannt in Logans Richtung. Sogar Dys, der über die Entwicklung ganz und gar nicht erfreut war.

»Wie war das?«, fragte Erin Tan.

»Ihr habt schon richtig verstanden. Ich führe den Kriegstrupp gegen das feindliche Heer an.«

»Logan, was tust du?«, flüsterte Crea.

»Das Einzige, was ich noch tun kann«, wisperte er. »Ich übernehme die Kontrolle. Wenn ich den Kriegstrupp anführe, kann ich vielleicht genügend Einfluss ausüben, um das Schlimmste zu verhindern.«

»Du spielt ein gefährliches Spiel, mein Freund.«

»Glaub mir, Crea, das ist mir nur zu bewusst.«

»Was bezweckst du damit, Logan?«, fragte Dys über die Köpfe der anderen Stammeskönige hinweg. »Ist das ein Trick?«

»Es ist kein Trick. Ihr wollt Rache? Ich gebe euch Rache. Wählt eure besten Kämpfer aus, die mich und die Eisernen Schakale begleiten werden. Wir werden uns diese Armee ansehen und die Toten rächen.«

Die Stammeskönige strömten begeistert ins Freie. Mit drei Ausnahmen: Dys, der gleichzeitig verstört und wütend wirkte, da ihm die Situation entglitten war. Erin Tan, der Logan nachdenklich musterte. Und Logan selbst, der mit Dys unnachgiebige Blicke austauschte.

10

Sie legten im Gewaltmarsch große Entfernungen innerhalb der Steppe zurück. Ihr beachtliches Tempo ließ Männer und Tiere gleichermaßen an ihre Grenzen stoßen.

Seit dem letzten Angriff war bereits fast eine Woche vergangen, doch die Männer waren zu erschöpft, um darüber zu murren oder auch nur allzu sehr ins Grübeln zu geraten. Kilian überlegte, ob dies vielleicht sogar Cirans Absicht war. Bei seinem nächtlichen Lauschangriff hatte er erfahren, dass der Söldnerhauptmann keine Ahnung hatte, wie er seine Versprechungen einhalten sollte. Gut möglich, dass er seine Leute auf diese Art beschäftigen wollte, damit sie nicht allzu sehr über Beute nachdachten.

Diesen Gedanken verwarf er jedoch sofort wieder. Es ergab einfach keinen Sinn. Er konnte seine Armee nicht ewig marschieren lassen. Kilian vermutete eher, dass der Söldner eine spezielle Absicht mit seinem Handeln verfolgte, eine, die noch nicht erkennbar war.

Auch sein geheimnisvoller Auftraggeber Gera machte Kilian große Sorgen. Ein Moyri, der sich gegen seinesgleichen stellte? Das war ein Widerspruch in sich selbst.

Das Verhältnis zwischen ihm und Arianna hingegen hatte sich merklich verbessert. Seit in ihr die Erkenntnis reifte, dass sie sich nicht in unmittelbarer Gefahr befand und weder Kilian noch Silas die Absicht hatten, sie zu missbrauchen, hatte sie sich den beiden Söldnern geöffnet. In der Öffentlichkeit spielte sie noch immer die Gefangene und Sklavin. Sobald sie jedoch unter sich waren, entpuppte sie sich als intelligente und scharfsinnige Gesprächspartnerin.

»Halt den Kopf unten«, wies er sie an, während er grob am Seil zog, das seine Hand mit ihrem Halsband verband. Hin und wieder vergaß sie sich und blickte die anderen Söldner einen Tick zu stolz an, nicht wie eine Frau, deren Willen gebrochen wurde. In solchen Momenten musste er sie an ihren offiziellen Status erinnern. Sollte jemand auch nur den Hauch eines Verdachts hegen, wären ihrer beider Leben verwirkt, Silas' vermutlich auch, und sei es nur aus dem Grund, um sicherzugehen, dass er mit Kilian und Arianna nicht unter einer Decke steckte.

»Entschuldige bitte«, nuschelte sie durch aufeinandergepresste Lippen, während sie demütig den Kopf senkte.

»Du musst vorsichtiger sein«, wisperte er verstohlen, sobald er sicher war, dass niemand zuhörte.

»Ich habe nur nachgedacht und mich dadurch etwas vergessen.«

»Nachgedacht?«, fragte Kilian und sah sich verstohlen aus den Augenwinkeln um, doch es war weiterhin keiner der Söldner in Hörweite.

»Über deine Beobachtungen. Dieser Gera geht mir nicht mehr aus dem Kopf.«

»Sagt dir der Name denn etwas?«

Sie schüttelte den Kopf. »Ich überlege nur, zu welchem Clan er gehören könnte.«

»Und?«

»Mir fällt dazu einfach nichts ein. Nicht einmal die Blutkobras würden die Moyri verraten und denen ist schon unter normalen Umständen nicht zu trauen.«

»Zu irgendjemandem muss er gehören.«

»Vielleicht einer der Ausgestoßenen.«

»Kein Ausgestoßener hat so viel Geld, um eine ganze Söldnerarmee anzuheuern. Falls es so ist, handelt er aber nicht allein. Ich glaube eher, er ist so was wie ein Mittelsmann.«

»Dann kann es kein Ausgestoßener sein. Die bleiben in der Regel allein – falls sie lange genug überleben. Jeder aufrechte Clankrieger würde sie sofort töten.«

Silas schlenderte wie zufällig vorbei und fiel neben Arianna in gleichmäßigen Trott. Kilian fiel auf, dass er dabei ihre Gefangene mit dem eigenen Körper vor den Blicken der Söldner verbarg.

»Ihr solltet vorsichtiger sein, ihr erntet schon neugierige Blicke«, sagte er.

»Bist du sicher?«

Silas deutete mit dem Kinn in die entgegengesetzte Richtung. Dort marschierte eine Gruppe Söldner, zu denen auch die Zwillinge Ekart und Peren sowie der einäugige Söldner Kelgan gehörten. Alle sahen mehr oder weniger unverhohlen in ihre Richtung, wobei das Augenmerk der Zwillinge eher Ariannas Beinen galt. Nur Kelgans Blick wich keine Sekunde von Kilian. Er bezweifelte, dass Einauge, wie er den Mann insgeheim nannte, Verdacht geschöpft hatte. Vielmehr vermutete Kilian, Einauge gab sich Rachefantasien hin, weil dieser den Kampf um Arianna verloren hatte. Trotzdem wollte er lieber kein Risiko eingehen und bedeutete Arianna mit einer knappen Handbewegung, besser zu schweigen.

Es war noch ein langer Marsch und es gab auch so schon genügend Fallen, in die sie tappen konnten.

Logan lehnte sich in seinem Sattel nach vorne und beschattete seine Augen mit der rechten Hand. Wer auch immer diese Armee führte, er war gut. Er benutzte die natürliche Deckung, die die Steppe bot, um seinen Vormarsch zu verschleiern. Und das war nicht leicht. Der Weg, den dessen Armee einschlug, war allerdings nicht zu übersehen – sofern man wusste, wonach man zu suchen hatte.

Logans Kundschafter hatten die Spuren des feindlichen Heeres in einem Wadi gefunden, der sich durch die halbe Steppe zog. In früheren Zeiten, als die Steppe noch grün und fruchtbar gewesen war, musste der Wadi einen mächtigen Fluss beherbergt haben. Sie folgten der Spur der Eindringlinge nun schon seit mehr als acht Tagen. Sie konnten nicht mehr weit voraus sein. Logan spürte dies in seinen Knochen. Und mit jedem Kilometer, den sie überbrückten, nahm auch seine Unruhe zu. Er hatte zu lange und zu hart gekämpft, um genau das zu verhindern, auf was sie jetzt in vollem Galopp zusteuerten: eine weitere Schlacht zwischen den Moyri und Nordländern.

Der treue Beliak Eskal ritt an seiner Seite. Die silberne Schakalsmaske, die seinen Status als Anführer von Logans Leibwache auswies, hing an zwei Schnüren locker um seinen Hals. Mit einer Hand wischte sich der junge Krieger den Schweiß von der Stirn, während er mit der anderen ein Signal an die nachfolgenden Truppen gab. Innerhalb weniger Minuten sammelten sich zweihundert Eiserne Schakale um ihren Herrn. Hinter ihnen folgten vierzehntausend Moyri-Krieger.

Logan musterte seine Streitmacht mit einem Gefühl des Verdrusses.

Jeder Clan hatte seinen Beitrag geleistet und Krieger entsandt, um mit ihnen zu kämpfen und die Invasoren zu vernichten. Allein zweitausendfünfhundert Mann gehörten den Schwarzbären an, fast genauso viele den Blauspeeren.

Logan wäre es bedeutend lieber gewesen, die Angelegenheit ohne Blutvergießen beizulegen. Allerdings hatte er sich der Wut und der Macht der vereinten Moyri-Clans beugen müssen – und insgeheim verstand er sie auch. Unschuldiges Blut war vergossen worden, auf beiden Seiten. Nun tat er genau das, was er eigentlich am wenigstens wollte. Er führte eine Armee gegen eine Streitmacht der Nordländer. Er zog erneut in den Krieg.

Kilian runzelte die Stirn, als eine Patrouille unter Melitans Führung in den Wadi geritten kam. Einige Söldner sprangen gerade noch rechtzeitig aus dem Weg, um nicht unter den Hufen der Pferde niedergetrampelt zu werden. Die Männer sahen erschöpft aus. Einige wiesen Verletzungen auf. Und wenn sich Kilian nicht sehr irrte, war die Patrouille bei ihrem Aufbruch mindestens doppelt so stark gewesen.

Die Söldnerinfanteristen wechselten besorgte Blicke. Einige riefen den Reitern Fragen zu, die diese jedoch rigoros ignorierten. Melitan ritt an die Spitze der Armee, wo er hastige Worte mit Ciran wechselte. Kurz darauf befahl der Söldnerhauptmann der Armee anzuhalten.

Galledor führte Kilian durch die Reihen von Cirans Offizieren. Der Söldnerhauptmann saß mit gerunzelter Stirn über einer groben Karte der Steppe. Kilian hatte einige Zeit in der Steppe gelebt, als seine Truppe noch für Coyle Pollok gefochten hatte, daher kannte er diesen Teil des Südens relativ gut. Selbst bei oberflächlicher Begutachtung fielen Kilian ein Dutzend Fehler in der Karte auf.

Bei Kilians Eintreffen, sah Ciran auf, ein erfreutes Lächeln auf den Lippen. »Kilian, komm her. Ich brauche deinen Rat.«

»Meinen Rat?«

»Du warst schon einmal in der Steppe.« Es handelte sich nicht um eine Frage.

»Ja.«

»Wir müssen diesen Punkt erreichen, und zwar so schnell wie möglich

– nicht als einheitliche Armee, sondern in Gruppen aufgespalten.« Er deutete auf der Karte auf einen Punkt südwestlich ihrer Position.

Kilian hob überrascht eine Augenbraue. Kein Kommandeur, der seine Sinne beisammenhatte, würde seine Truppe aufspalten, schon gar nicht auf feindlichem Territorium. Wenn ein Befehlshaber mit Ciran Talberts Erfahrung diesen Kardinalsfehler beging, musste er etwas planen.

»Aufspalten? Auf Moyri-Gebiet? Das ist aber sehr riskant.«

»Das weiß ich selbst«, erwiderte Ciran ungehalten, »beantworte einfach die Frage.«

Kilian zuckte zurück, als wäre er geschlagen worden. Als Ciran seine Körpersprache richtig deutete, wurde seine Miene versöhnlicher. »Es spielt keine Rolle mehr, ob die Moyri von uns wissen oder nicht. Sie haben uns nämlich schon gefunden.«

»Die Moyri?« Kilian widerstand dem Drang, sich umzusehen. Halb erwartete er, im nächsten Moment grölende Moyri die Hänge des Wadis herunterreiten zu sehen.

»Ja.«

»Wie viele?«

Ciran gab Melitan mit einem Wink zu verstehen, er möge berichten.

»Sie sind weniger als einen halben Tag hinter uns. Zehn-, vielleicht fünfzehntausend. Keine Infanterie, nur Kavallerie. Wir haben uns mit ihrer Vorhut geprügelt.« Melitan wechselte einen unsicheren Blick mit Ciran. »Eiserne Schakale. Eine ganze Menge davon. Die Standarte der Schwarzbären führt die Kolonne an.«

Oh, nein!

Kilian stieß zischend die Luft aus. Eiserne Schakale. Das waren ganz üble Neuigkeiten. Die Kerle waren immer noch Fanatiker. Nur, dass sie diesmal einem anderen Herrn dienten.

Logan!

»Die Schwarzbären?«

»Ja, die Schwarzbären«, erwiderte Ciran grimmig, Kilians Äußerung missverstehend. »Das ist aber kein Grund, dass wir uns alle vor Angst in die Hosen scheißen.« Er sah erneut zu Kilian auf. »Wir können ihnen nicht entkommen, nicht wenn wir zusammenbleiben. Und es sind zu viele, um gegen sie zu kämpfen.«

»Wir können sie schlagen«, antwortete Galledor inbrünstig.

»Ja, das könnten wir«, nickte Ciran beifällig mit einem schmalen Lächeln auf den Lippen. Galledors Enthusiasmus gefiel ihm offenbar. »Doch selbst, wenn wir gewinnen, werden wir dabei einen guten Teil unserer Armee verlieren. Und falls diese Moyri-Armee von jemandem geführt wird, der sich auskennt – und davon müssen wir ausgehen –, dann wird er uns ausmanövrieren, festnageln und nach Verstärkung schicken. Nur mit Kavallerie wird er sich nicht mit einer so großen Phalanx oder einer Vielzahl von Schildtrons anlege, nicht ohne die Unterstützung durch Infanterie. Wir können nicht gegen das ganze Moyri-Volk kämpfen.« Ciran kratzte sich nachdenklich am Kinn. »Möglicherweise haben wir es sogar mit dem großen Logan höchstselbst zu tun. Die Schwarzbären ziehen ohne ihren Khan nie in den Krieg. Falls dem so sein sollte, sitzen wir richtig in der Patsche.« Mehrere Offiziere wechselten düstere Blicke. Kilian verkniff sich nur mit Mühe ein Schmunzeln. Selbst so viele Jahre nach Kriegsende ließ Logans Ruf immer noch gestandene, kampferprobte Krieger vor Angst schlottern. Selbst Ciran begegnete dem Stammeskönig der Schwarzbären zwar nicht mit Angst, so doch mit einer gehörigen Portion Respekt.

»Unser Plan sieht so aus«, fuhr der Söldnerhauptmann fort, »wir teilen uns in Gruppen zu tausend Mann auf und schlagen uns in verschiedene Richtungen durch. Wir sammeln uns wieder an diesem Punkt.« Erneut deutete er auf den Ort südwestlich von ihnen.

»Logan wird uns verfolgen«, gab Kilian zu bedenken.

»Natürlich, aber im Gegensatz zu mir, wird er zögern, seine Truppe aufzuteilen.«

»Aus gutem Grund«, hielt Kilian dagegen. »Es widerspricht jeder Grundlage der Kriegsführung.«

Ciran lächelte. »Es sei denn, man hat keine andere Wahl. Wir müssen realistisch sein, Logan wird vermutlich eine oder zwei Gruppen erwischen und aufreiben, doch das Gros wird durchkommen.«

Erneut überraschte ihn Ciran mit seiner Skrupellosigkeit. Der Mann sprach ungerührt darüber, bedenkenlos Teile der eigenen Streitmacht zu opfern, um den anderen die Flucht zu ermöglichen, etwas, das kaum ein Offizier mit auch nur einem Funken Anstand oder Gewissen getan hätte. Andererseits wären Offiziere mit Anstand oder Gewissen jetzt auch sicherlich nicht Hunderte von Kilometer tief im Moyri-Gebiet.

»Also?«, fragte Ciran erneut. »Welchen Weg schlägst du vor?«

»Da gibt es nicht viel Auswahl«, überlegte Kilian. »Für zehn Gruppen zu je tausend Mann ist es nicht leicht, in der Steppe unterzutauchen. Ich schlage vor, dass sich einige Gruppen direkt auf das Ziel zubewegen, während andere einen Bogen schlagen und von der Seite her kommen. Vielleicht durch diese Oase westlich und über den Gebirgsrücken südöstlich von unserer Position.« Die Oase, auf die sich Kilian bezog, wurde von einem kleinen Fluss gespeist, um den sich ein dichter grüner Hain entwickelt hatte. Der Fluss mochte in früheren Zeiten vielleicht einmal ein Nebenarm des Flusses gewesen sein, durch dessen ausgetrocknetes Bett sie nun zogen. Jemand hatte den Nebenarm umgeleitet und dadurch das Austrocknen des Hauptstroms begünstigt. »Mindestens zwei Gruppen sollten weiter im Wadi vorrücken«, fuhr Kilian fort. »Der Wadi teilt sich etwa fünf Kilometer südlich von uns, das ist auf dieser Karte nur nicht eingezeichnet. Sobald sich der Wadi teilt, können die letzten Gruppen sich von der Hauptmacht abspalten. Logan wird es schwer haben, die Übersicht zu behalten. Er wird nicht wissen, in welche Richtung er sich zuerst wenden soll. Und es ist, wie du sagst: Er wird zögern, seine eigene Truppe aufzuspalten, da er nicht weiß, wie groß die anderen Gruppen sind.«

Ciran ließ sich die Ausführungen durch den Kopf gehen, bevor er nickte. »Klingt gut.« Ciran wandte sich an seinen zweiten Leutnant: »Neroon«, du führst die Gruppe, die durch die Oase geht. Wähle die Truppenteile aus, die dich begleiten.« Er stand auf und wandte sich seinem ersten Leutnant zu. »Iro? Du führst eine der Gruppen über den Bergrücken. Außerdem spaltest du die Armee in Gruppen zu tausend Mann auf und bestimmst, wer die einzelnen Gruppen anführt. Ich selbst führe die Truppen an, die im Wadi bleiben.«

Kilian schnaubte verhalten. Die Truppen, die im Wadi blieben, hatten die größten Überlebenschancen, während die anderen zur Ablenkung dienten. Der Söldnerhauptmann hatte also nicht vor, den Heldentod zu sterben. Er warf seine eigenen Leute den Wölfen zum Fraß vor.

Die beiden Offiziere salutierten, indem sie sich mit der geballten Faust auf die Brust schlugen. Sie wollten davoneilen, um die Befehle auszuführen, doch Ciran hielt sie zurück. »Und Neroon ... Kilian kennt sich hier in der Gegend gut aus. Er begleitet dich. Gib ihm einen Posten, auf dem er sich nützlich machen kann.«

Logan trieb seine Streitmacht zu einem mörderischen Galopp an. Vor gut einer Stunde war seine Vorhut unter Beliaks Führung auf eine berittene Patrouille des Feindes getroffen. Nach einem kurzen Scharmützel war es den Nordländern gelungen, sich abzusetzen, doch nun hatten sie eine ungefähre Ahnung, in welche Richtung sie sich wenden mussten. Der Feind war nicht mehr fern.

In der Ferne kam bereits das Wadi in Sicht, in dem sie die Nordländer vermuteten. Logan zügelte seinen Hengst. Je näher sie dem Abhang des Wadis kamen, desto trügerischer wurde der Untergrund. Hier gab es zahlreiche Löcher und Risse im Boden, über die ein Pferd straucheln oder sogar stürzen konnte. Er musste nichts übereilen. Die Nordländer konnten nicht entkommen.

Erin Tan, der das Kontingent der Nachtgeister persönlich anführte, lenkte sein Pferd neben Logans. Der alte Stammeskönig richtete sich im Sattel auf und spuckte auf den kargen Boden.

»Der Mistkerl ist nicht schlecht«, meinte er.

Logan nickte beifällig. In der Ferne sahen sie mehrere Staubwolken. Sie zogen schnell in verschiedene Richtungen davon.

»Das hatte ich befürchtet.«

»Sie haben sich aufgeteilt, na und?«, mischte sich Beliak ungestüm ein. »Das macht es nur einfacher.«

»Ich wünschte, dem wäre so«, entgegnete Logan nachsichtig. »Falls wir unsere Streitmacht ebenfalls aufteilen, sind unsere Kräfte vielleicht nicht stark genug, den Feind aufzureiben.«

»Dann eben nacheinander.«

Erin Tan schnaubte amüsiert. »Dein junger Freund ist ja kaum zu bremsen.«

»Deswegen mag ich ihn«, gab Logan zurück. An Beliak gewandt antwortete er: »Bis wir mit einer ihrer Gruppen fertig sind, ist der Rest schon über alle Berge.« Er spähte in Richtung der Staubwolken. »Ich zähle acht ... vielleicht zehn.«

»Also? Was schlägst du vor, Logan?« Erin Tan musterte ihn erwartungsvoll.

Logan überlegte. Er durfte sie nicht entkommen lassen, zumindest nicht alle. Es war in höchstem Maße unwahrscheinlich, dass er alle würde erwischen können, aber dann musste es eben anders gehen.

»Wir teilen uns doch auf«, entschied er schließlich.

»Bist du sicher?«, fragte Erin Tan zweifelnd.

»Ja, aber nur in zwei Gruppen. Du, Erin, nimmst die Hälfte der Streitmacht und fängst die Gruppe im Wadi ab. Ich greife mit dem Rest die Nordländer an, die sich in Richtung Oase zurückziehen.«

»Ich bin immer noch nicht sicher, ob das klug ist.«

»Erin, wir sind beide erfahren genug, um uns darüber im Klaren zu sein, dass wir niemals alle erwischen können. Dafür haben sie sich bereits zu weit zerstreut. Ihre einzelnen Gruppen können nicht größer als achthundert bis tausendfünfhundert Mann sein. Wenn wir unsere Armee in zwei Teile aufspalten, müssten wir trotzdem stark genug sein, zumindest einige von ihnen zu erwischen. Entweder das oder sie entwischen uns alle.«

»Wie du meinst«, lenkte Erin Tan ein, »schließlich führst du hier das Kommando.«

»Versuch, einige von ihnen lebend zu erwischen. Ich will ein paar Antworten.«

»Ich tu mein Bestes, aber ich kann dir nichts versprechen«, grinste Erin Tan zurück. Für sein hohes Alter steckte noch viel Feuer in dem Mann. Der Anführer der Nachtgeister blickte sich verschwörerisch um. »Soll ich dich von den Blauspeeren befreien?«

Logan war ernsthaft versucht, das Angebot anzunehmen. »Nimm nur einen Teil von ihnen mit. Den Rest kannst du hierlassen, wo ich ein Auge auf sie haben kann.«

»Pass bloß auf, dass dir keiner von ihnen in der Hitze der Schlacht einen Dolch zwischen die Rippen stößt.«

»Keiner von ihnen wird nah genug rankommen, um meinen Herrn zu verraten«, wehrte sich Beliak, offenbar ein wenig in seinem Stolz als Logans Leibwächter verletzt.

Erin Tan neigte entschuldigend den Kopf, wendete sein Pferd und stellte seine Truppe zusammen. Währenddessen beobachtete Logan die Nordländer, die sich in der Nähe der Oase sammelten. Sie hatten die Moyri entdeckt – und sie wussten, es gab kein Entkommen.

»Nehmt Aufstellung!«, schrie Neroon Vos, der zweite Leutnant der Söldnerarmee, um sich Gehör zu verschaffen. Scheinbar rannten die Söldner wild durcheinander. Tatsächlich jedoch hatte ihr Chaos Methode. Sie formierten sich zum Schildtron, mit den Speerträgern außen, den Schwertkämpfern dahinter und den Bogenschützen im Mittelpunkt.

Kilian zählte zu den Schwertkämpfern. Seine Hände waren schweißnass. Schon lange hatte er nicht mehr so nervös einem Kampf entgegengesehen. Ihre Ausgangssituation war denkbar ungünstig. Der Feind war zahlenmäßig weit überlegen und mobil. Ihr einziger Pluspunkt war, dass der kleine Hain mit dem Fluss in ihrem Rücken lag und feindliche Kavallerie es schwer haben würde, ihren größten Vorteil, die Geschwindigkeit, an diesem Punkt voll ausspielen zu können. Doch abgesehen davon, lagen sämtliche Vorteile beim Gegner. Theoretisch konnten diese lediglich dort warten und ihnen beim Verdursten zusehen. Kilian wusste jedoch, dass dies nicht passieren würde. Geduld war nicht unbedingt eine Stärke der Moyri.

Silas war auf Kilians Wunsch bei Cirian Talberts Hauptmacht geblieben, wo er sich um Arianna kümmern sollte. Der Barde hatte lautstark protestiert, doch Kilian glaubte insgeheim, Silas war ganz froh drüber. Außer Leutnant Neroon zählten noch Quan und die beiden Zwillinge Ekart und Peren zu ihrer Truppe. Ansonsten war niemand hier, den Kilian besonders gut kannte.

Der Schwertkämpfer aus dem Osten wirkte so unbeteiligt, als würde er lediglich auf schlechtes Wetter warten, während er sein Schwert schärfte. Er schien noch nicht einmal bemerkt zu haben, dass ihre kleine Truppe eingeschlossen der Vernichtung entgegensah.

Der Schwertkämpfer sah auf, als würde er Kilians Blick auf sich ruhen spüren. Quan lächelte den anderen Söldner an und fuhr fort, sein Schwert zu schärfen. Die Augen Quans wirkten eiskalt. Töten lag dem Mann im Blut.

Ekart und Peren tuschelten aufgeregt miteinander, während sie Sehnen auf ihre Bögen legten. Peren war wenige Minuten jünger als Ekart, und soweit Kilian dies beurteilen konnte, fühlte sich der ältere Bruder tatsächlich in der Beschützerrolle.

Der Schildtron nahm langsam Formen an. Die langen Speere wiesen wie eine undurchdringliche Mauer in alle Richtungen. Die Speerträger wurden durch breite Schilde geschützt, die sie vor sich in den Boden rammten. Zusätzlich nahmen sie kleine Rundschilde vom Rücken und schnallten sie sich an die Unterarme.

Die Schwertkämpfer nahmen ihre Positionen in der zweiten Verteidigungslinie ein. Die Bogenschützen begannen damit, Pfeile vor sich in den Boden zu rammen, um sie im Bedarfsfall schneller zur Hand zu haben.

»Jetzt geht es gleich los«, sagte Quan gut gelaunt.

»Du bist viel zu heiter«, wies Kilian ihn leicht zurecht. Der andere Söldner war für einen Moment aus dem Konzept gebracht, setzte jedoch sogleich erneut seine gelassene Miene auf.

»Findest du?«

»Allerdings.«

»Warum? Das hier ist nur ein weiteres Gefecht, eine weitere Schlacht. Darüber hinaus auch noch eine, von der vermutlich nie jemand erfahren wird.«

»Du gehst sehr locker damit um, dass wir hier und heute vermutlich sterben werden.«

»Ich habe nicht vor zu sterben.«

»Wer hat das schon?«

Die Äußerung entlockte Quan ein kurzes, bellendes Lachen. »Auch wieder wahr.« Quan stellte sich auf die Zehen, um über die Köpfe der Soldaten vor ihm zu spähen. »Da geschieht etwas.«

Kilian beobachtete die Moyri. Tatsächlich teilten sie sich auf. Eine Truppe eilte Ciran Talbert in den Wadi nach. Die andere steuerte auf sie zu – und Kilian erkannte deutlich die Wimpel und Standarten der Schwarzbären an ihrer Spitze.

Logan!

»Sie sind bereits vorbereitet«, sprach Beliak Logans Gedanken aus.

Der Stammeskönig der Schwarzbären nickte. »Lass die Hälfte der Truppen absteigen.«

»Und die anderen?«

»Sollen sich bereithalten, auf mein Zeichen anzugreifen. Wir brechen ihre Frontlinie erst zu Fuß auf. Dann kann die Kavallerie den Rest erledigen.«

Beliak warf ihm einen missmutigen Blick zu. »Wen meinst du mit *wir*?«

»Ich führe den ersten Angriff.«

»Oh nein, ganz sicher nicht.«

»Sei nicht albern.«

»Dann benimm dich nicht wie ein Kleinkind.«

Logan warf seinem Freund einen amüsierten Blick zu. »Wie ein Kleinkind?«

»Du weißt, was ich meine.« Beliak fühlte sich nicht wohl in seiner Haut, sprach dennoch weiter. »Siehst du vielleicht einen der anderen Stammeskönige aus der ersten Reihe einen Angriff befehligen?«

»Willst du mich vielleicht mit denen vergleichen?«

»Das würde ich nie tun, aber du bist zu wertvoll, um dich in Gefahr zu begeben. Überlass den ersten Angriff jemand anderem.« Er lächelte verschmitzt. »Schick einen Blauspeer.«

Logan hatte alle Mühe, nicht schadenfroh zu grinsen. »Das war deiner nicht würdig, Beliak.«

»Mag sein, aber wenn du fällst, wer stellt sich dann noch Dys in den Weg?«

Logan ließ sich Beliaks Worte durch den Kopf gehen. Dessen Argumente hatten einiges für sich. Es schmeckte ihm nicht, doch ein Stammeskönig der Moyri musste oftmals größere Interessen im Auge behalten und durfte sich nicht blindlings ins Abenteuer stürzen. Und die Idee, die Blauspeere zuerst ins Getümmel zu schicken, hatte definitiv etwas Verführerisches.

Logan lächelte. »Sag mal, Beliak, wer führt die Reiter der Blauspeere eigentlich an?«

Der Name des Blauspeers war Wes Kal – und er betrachtete es tatsächlich als Ehre, den ersten Angriff führen zu dürfen.

Der Trottel.

Wes Kal war ein eher einfach gestrickter Mann. Es ging ihm nicht darum, den Stammeskönig der mächtigen Schwarzbären zu beeindrucken. Nein, genau wie die meisten seines Clans – allen voran Dys Bollnar – verachtete und hasste er Logan und alles, wofür dieser stand. Vielmehr ging es ihm bei seinem Angriff darum, seinen eigenen Clanführer zu beeindrucken. Und dass dieser davon erfahren würde, stand außer Frage. Bei den Moyri bestimmten nur Taten den eigenen Status und den Aufstieg innerhalb der Gruppe. Nichts anderes war von Bedeutung verglichen mit den Siegen in der Schlacht, im Zweikampf oder dem Diebstahl gegnerischer Herden.

Wes Kal ließ dreitausend Moyri-Krieger absitzen, fast die Hälfte von ihnen Blauspeere. Er fühlte sich umgeben von seinesgleichen bedeutend wohler, als wenn es sich um Schwarzbären oder Wolfshunde gehandelt hätte.

Er ließ die Krieger fächerförmig ausschwärmen, während Logan und die übrigen viertausend Kämpfer auf ihren Pferden abwartend die Vorgänge von ihrem Aussichtspunkt beobachteten.

Als er den Hang zur Oase hinabschritt, spürte er doch so etwas wie einen Kloß in seiner Kehle aufsteigen. Er spuckte aus, um den bitteren Geschmack in seinem Mund loszuwerden. Es half nicht viel.

Wes Kal stand zum ersten Mal einem Schildtron gegenüber. Er musste zugeben, dass es sich durchaus um eine imposante, wenn nicht sogar Ehrfurcht gebietende Formation handelte. Es gab keinerlei Schwachstelle, die man hätte ausnutzen können. Es handelte sich um eine Formation, gegen die ein Kavallerieangriff von vornherein zum Scheitern verurteilt wäre.

Mit einem Handsignal bedeutete er seinen Bogenschützen – knapp tausend Mann –, in Stellung zu gehen. Seine restlichen Kämpfer ließ er innehalten. Die Bogenschützen legten Pfeile auf die Sehnen und hoben, ein Auge auf Wes Kal gerichtet, ihre Waffen. Der Blauspeer ließ seine Hand herabsausen.

Tausend Pfeile lösten sich von tausend Sehnen. Die Luft war erfüllt von dem Geräusch eines wild gewordenen Hornissenschwarms.

Der Pfeilhagel erreichte seinen höchsten Punkt, nur um sich wieder gen Erdboden zu senken und auf die Nordländer niederzugehen.

Die Söldner hoben im letzten Moment ihre Schilde, doch von seiner Position bemerkte Wes Kal erfreut, dass es nicht ausreichen würde.

11

Einen Söldner zu Kilians Rechter traf ein Pfeil ins Auge, einen weiteren einer in die Kehle und einem dritten drang ein Moyri-Pfeil in den Rachen. Das Geschoss trat am Nacken des unglückseligen Söldners wieder aus. Der Mann gurgelte kurz und brach an Ort und Stelle zusammen.

Kilian selbst verfehlten mehrere Pfeile nur knapp. Ekart erlitt einen Streifschuss an der rechten Schulter. Quan duckte sich hinter den Schild seines Nebenmannes und entging auf diese Weise nur knapp einer tödlichen Verletzung. Ein Pfeil ritzte ihm jedoch die Hüfte auf.

Der Pfeilhagel hielt eine gefühlte Ewigkeit an, in Wirklichkeit handelte es sich jedoch nur um Sekunden. Als der erste Sturm sich legte, rappelten sich einige Söldner, die sich auf den Boden gekauert hatten, wieder auf. Leutnant Neroon zupfte sich zwei Pfeile aus seinem Kettenhemd und warf sie ungerührt beiseite.

Kilian bewunderte die stoische Gelassenheit des Mannes. Mit prüfendem Blick erkannte er, dass sie gerade siebzig, vielleicht achtzig Mann verloren hatten. Etwa doppelt so viele waren verwundet. Verglichen mit ihrer anfänglich tausend Mann starken Truppe waren das keine hohen Verluste, doch wenn man die Moyri musterte, die nur auf ihre Chance lauerten, so war jeder ihrer Verluste ein herber Schlag. All diese Schwerter würden ihnen in der bevorstehenden Schlacht bitterlich fehlen.

Die Verwundeten, die dazu noch in der Lage waren, standen auf und stellten sich erneut neben ihre Kameraden. Neroon ging von Mann zu Mann, klopfte hier auf eine Schulter, sprach dort Mut zu. Wenn man bedachte, dass dieser Mann eine verlorene Schlacht kämpfte, so hielt er sich ganz fabelhaft. Und *dass* sie auf verlorenem Posten kämpften, das bezweifelte niemand.

Die Moyri legten erneut ihre Bögen an und ließen einen zweiten Pfeilhagel gegen die belagerten Söldner los.

Die Moyri ließen noch drei Salven auf die Nordländer niedergehen, bevor Wes Kal die Geduld verlor. Man errang keinen Ruhm, während man einen Gegner mit Bogenschützen in die Knie zwang. Ein Gegner musste mit dem Schwert erledigt werden. Das war die Art der Moyri.

Also gab er den Befehl zum Angriff – und dreitausend Moyri-Krieger brandeten gegen Schild und Speer des Schildtrons wie Wellen, die gegen Felsen schlugen.

Die Speerträger stemmten sich mit den Füßen in den Boden. Kilian sah an den Waden ihre Venen vor Anstrengung hervortreten. Vor den Schilden der Söldner türmten sich Schichten toter Moyri und trotzdem griffen die Clankrieger immer und immer wieder an. Sie kletterten ohne Rücksicht über ihre Gefallenen und Sterbenden, um den verhassten Feind zu erreichen. Die Speere waren bereits rot von Blut.

Sobald ein Speer unter der Wucht eines Angriffs brach, ließ der betreffende Söldner das nutzlos gewordene Stück Holz fallen und kämpfte mit Kurzschwert oder Dolch weiter. Auf diese Weise hatten sie bereits gut zweihundert Speere verloren und der Schildtron wies inzwischen gefährliche Lücken auf, durch die immer mehr Moyri strömten.

Kilian schlitzte einen Gegner auf und schickte einen weiteren durch einen Fußtritt zu Boden. Quan wirbelte hierhin und dorthin, wo Not am Mann war, wodurch er mehrere Male praktisch im Alleingang einen Durchbruch des Feindes durch ihre Linien verhinderte.

Wo die Bogenschützen im Inneren der Formation anfangs noch über die Köpfe der Moyri hinweggeschossen hatten, um ihre hinteren Reihen auszudünnen, so feuerten sie jetzt auf die Moyri, die danach trachteten, die erste Söldnerlinie zu überwinden.

Ekart und Peren schossen ohne Unterlass. Ihre Köcher waren bereits leer und sie sammelten noch brauchbare Pfeile der Moyri vom Boden auf oder zogen sie aus den Schilden. Ein Moyri kletterte über mehrere tote Söldner. Einer von Perens Pfeilen traf ihn im Bauch und er fiel rücklings in die Menge der Angreifer zurück.

Zwei Moyri schlugen mit mächtigen Axthieben einen Speerträger beinahe in zwei Hälften. Kurzzeitig klaffte eine Lücke in der Formation, doch Quan quetschte sich todesmutig hinein, bevor einer der anderen Söldner auch nur imstande war, einen klaren Gedanken zu fassen.

Mit gewaltigen Hieben seines gekrümmten Breitschwerts köpfte er zwei Moyri und spaltete einem dritten den Schädel. Schon die Wucht seines allein vorgebrachten Gegenangriffs genügte, um die Steppenkrieger zurückzudrängen. Lange genug, dass ein anderer Söldner den Speer des Gefallenen aufnehmen und die Lücke erneut verschließen konnte.

Kilian kämpfte die ganze Zeit hinter einer immer kleiner werdenden Linie aus Speerträgern. Er ließ sich immer nur kurz blicken, um zwischen zwei Söldnern einen Schlag oder einen Stich anbringen zu können, und zog sich nach erfolgreichem Vorstoß sofort wieder in Deckung zurück.

Das waren jedoch nur Tropfen auf den heißen Stein, das wussten sie alle. Sie kämpften einen verlorenen Kampf gegen die Zeit, die ihnen mit alarmierender Geschwindigkeit davonlief.

Die Schlacht wogte mehr als drei Stunden hin und her, bevor sich die Steppenkrieger zurückzogen, um sich neu zu formierten. Nach einer vorsichtigen Schätzung Kilians hatten die Angreifer gut und gerne fünfhundert Mann verloren, bei eigenen Verlusten von etwa zweihundert, die Opfer der Moyri-Bogenschützen mitgerechnet. Sie hatten gut gekämpft, doch es würde am Ausgang der Schlacht keinen großen Unterschied machen.

Neroon trat neben Kilian und beobachtete zwischen den Schultern zweier Speerträger hindurch, wie die Moyri sich sammelten und erneut Ordnung in die eigenen Reihen brachten. Kilian musterte das Gesicht des Leutnants und bemerkte, wie Neroons Wangenmuskeln hervortraten, als seine Kiefer vor Anspannung mahlten. Der Mann wusste es. Sie hatten so gut wie keine Überlebenschance. Neroon bemerkte Kilians Blick und zwang sich zu einem Lächeln, das jedoch keinen von ihnen täuschte.

»Die sind nicht übel, was?«, meinte Neroon.

Kilian zuckte mit den Achseln. »Es sind auch nur Menschen. Sie bluten und sie sterben.«

»So kann man die Sache auch betrachten«, erwiderte Neroon ungerührt, doch Kilian bemerkte, dass die Anspannung in dessen Schultern etwas nachließ.

Neroon gab den umstehenden Söldnern ein paar Befehle per Handzeichen. Es wurde kaum geredet. Augenblicklich begannen die Söldner, die kurze Kampfpause zu nutzen, um ihre Gefallenen über die Schilde der vordersten Reihe hinweg aus dem Schildtron zu bugsieren. Im Endergebnis war die Formation kleiner als zuvor, aber sie präsentierten dem Feind erneut eine eiserne Front aus Speeren und Schilden. Sie waren keine Sekunde zu früh fertig, denn der Moyri, der den Befehl zu haben schien, gab erneut das Signal zum Angriff. Die Steppenkrieger rückten gehorsam vor – das Schlachten begann von Neuem.

Die Moyri griffen vor Einbruch der Nacht weitere dreimal an und jedes Mal wurde ihr Angriff blutig zurückgeschlagen. Die Steppenkrieger verloren an jenem Tag über tausendfünfhundert Mann. Doch auch die Söldner mussten Federn lassen. Mehr als sechshundert von ihnen begleiteten die Moyri ins Jenseits. Mit jedem Angriff wurde der Schildtron kleiner und kleiner.

Nach dem letzten Ansturm zogen sich die Moyri außer Reichweite der Bogenschützen zurück, um ihre zahlreichen Wunden zu lecken.

Es wurden keine Fackeln angezündet. Der Vollmond stand tief am Himmel und spendete genügend Licht, um den Gegner im Auge zu behalten. Die Söldner wagten es nicht, ihre Formation aufzulösen oder auch nur zu lockern. Nicht mit einer Moyri-Horde direkt vor der Nase, die nur auf genau eine solche Chance lauerte.

Kilian wischte sich geistesabwesend einen schmalen Blutfaden von der Wange, wo ihn ein Schwert gestreift hatte. Innerhalb des Schildtrons wurden die Verwundeten notdürftig versorgt. Ihr leises Stöhnen ging sogar hartgesottenen Kämpfern ans Herz. Ekart und Peren verbanden sich gegenseitig ihre Verletzungen. Ekart hatte zwei bösartig aussehende Schnittwunden an linkem Arm und rechtem Oberschenkel davongetragen, Peren eine Fleischwunde an der Schulter. Quan hingegen sah immer noch so frisch und ausgeruht aus wie am Morgen, bevor die Schlacht begonnen hatte. Der östliche Schwertkämpfer hatte unzähligen Moyri den Tod gebracht. Kilian hatte noch nie einen Menschen sich so schnell bewegen sehen. Hin und wieder blickte der Schwertkämpfer auf und musterte die feindliche Armee, die darauf wartete, dass Erschöpfung und Verletzungen ihren Tribut unter den Söldnern forderten und sie endlich einen tödlichen Fehler begingen. Es war der einzige Hinweis auf die wahren Gedanken Quans hinter seiner Maske aus Unbekümmertheit. Auch er machte sich keine Illusionen ihre Chancen betreffend. Die einzige Frage, die sich stellte, war, *wann* und nicht *ob* sie untergingen.

Kilian blickte sich in der Runde um, doch wohin er auch sah, erkannte er Hoffnungslosigkeit. Niemand glaubte, den Morgen noch erleben zu dürfen. Selbst Neroon, der sie alle angetrieben, ihren Widerstandswillen angefacht hatte, ließ seine Schultern hängen. Sein Gesicht wirkte schmal und eingefallen, als er durch ihre Reihen schritt, Mut zusprach und gelegentlich die Augen eines Söldners schloss, der aus seinem Schlaf nie wieder erwachen würde.

Kilians Kehle war staubtrocken. Er holte seine Feldflasche hervor, doch als er sie an die Lippen führte, bemerkte er, dass sie leer war. Sie hatten den ganzen Tag gekämpft, hatten die kurzen Kampfpausen genutzt, um notdürftig zu Kräften zu kommen. Kilian bezweifelte, dass die Feldflasche auch nur eines einzigen seiner Kameraden einen Tropfen Wasser enthielt.

In der Ferne plätscherte der Fluss, der sich durch die Oase zog, als sanfte Wellen gegen die Steine am Ufer plätscherten. Kilian seufzte. Der Fluss war vielleicht vierhundert Meter entfernt. Unter normalen Umständen ein Katzensprung.

So nah und doch so fern.

Genauso gut hätte sich der Fluss in Varis befinden können. Die Moyri würden ihnen kaum gestatten, ihren Durst zu stillen oder ihre Vorräte aufzufrischen. Logan war beileibe kein Dummkopf. Er würde Krieger ausgeschickt haben, die sie an den Flanken umgangen und sich anschließend zwischen den Bäumen der Oase versteckt hatten. In der Steppe bedeutete Wasser Leben. Logan wusste es ebenso gut wie alle Moyri. Er würde nicht den Fehler begehen, ihnen Zugang zur einzigen Wasserquelle in der Gegend zu gewähren.

»Na? So in Gedanken?«, sprach ihn unvermittelt eine Stimme aus dem Dunkel an. Als sich Kilian umdrehte, schälte sich Neroons Gestalt aus der Nacht.

Kilian zuckte die Achseln. »Ich dachte nur gerade, wie schön es wäre, etwas näher am Wasser zu sein.«

Neroon folgte seinem Blick und nickte. »Wäre mir auch lieber gewesen.« Ein wehmütiges Lächeln umspielte seine Lippen. »Aber wir konnten froh sein, es bis hierher geschafft zu haben, bevor sie uns stellten. Näher an den Fluss zu kommen, wäre wohl zu viel des Glücks gewesen.«

»Ein wenig mehr Glück könnte aber auch nicht schaden.«

Neroon kicherte leise. »Für Söldner ist es meistens schon Glück, den nächsten Tag zu erleben.«

»Du bist ein Zyniker«, kicherte Kilian zurück.

»So wie die meisten Söldner, sonst könnten wir diese Arbeit gar nicht machen.« Sein Lächeln schwand. »Aber so, wie es aussieht, stehen unsere Chancen auf ein reifes Alter ohnehin nicht gut.«

»Noch sind wir nicht tot.«

Neroon nickte in Richtung des Hügels, auf dem immer noch Logans Standarte stolz im Wind flatterte. »Ob die das wohl auch so sehen?«

»Vermutlich nicht, aber ich gehe jede Wette ein, dass sie uns zumindest respektieren.«

Neroons gute Laune kehrte schlagartig zurück. »Wir haben uns schon verdammt gut geschlagen, nicht wahr?«

Kilian nickte. »Die Moyri respektieren Stärke – und Mut.«

»Und beides haben wir bewiesen, doch es gibt keine Möglichkeit, das hier zu überleben. Du solltest diesen Gedanken gar nicht erst aufkommen lassen. Er schürt nur sinnlose Hoffnung.«

»Wir könnten versuchen zu verhandeln.« Kilian warf Neroon einen vorsichtigen Blick zu, den dieser zweifelnd erwiderte.

»Verhandeln? Mit den Moyri?«

»Warum nicht? Wenn wir uns ergeben, lassen sie uns vielleicht am Leben.«

Kilian suchte krampfhaft nach einer Lösung. Weder wollte er hier sterben noch wollte er, dass diese Männer hier für nichts und wieder nichts ihr Leben ließen. Einige von ihnen waren durchaus patente Kerle. Sie wussten nicht, dass sie etwas Falsches taten. Für viele von ihnen war es einfach gerechte Rache. Falls es etwas gab, das er tun konnte, um das Schlachten dieser Männer zu verhindern, dann musste er es tun. Beinahe hätte er Neroon verraten, dass er Logan kannte und mit ihm reden könnte. Er war sich sicher, dass der Stammeskönig der Schwarzbären auf ihn hören würde.

Doch Zweifel hielten ihn zurück. Er wusste nicht, wie die Söldner reagieren würden, sobald sie von seiner Freundschaft mit einem der mächtigsten Clanführer der Steppe hörten. Neroon würde ihn vielleicht nicht auf der Stelle töten. Der Mann neigte eher zu besonnenem Denken. Für andere wollte er seine Hand lieber nicht ins Feuer legen. Für sie waren die Moyri der Feind – ein gnadenloser Feind, der in ihre Heimat eingefallen war, um sie zu unterjochen. Selbst wenn Neroon Verhandlungen zugestimmt hätte, viele der hier versammelten Söldner wären lieber gestorben, als vor den Moyri die Waffen zu strecken.

Und doch konnte er nicht aufhören, über diese Möglichkeit nachzudenken.

Neroon schüttelte zweifelnd den Kopf. »Das ist ein großes *Vielleicht.*«

»Und doch sollten wir es versuchen.«

»Warum glaubst du, dass sie uns überhaupt zuhören?«

Kilian biss sich auf die Lippe. Erneut rang er mit sich und erneut entschied er, nichts über seine Freundschaft mit Logan zu verraten.

»Was hätten wir schon zu verlieren?«, erwiderte er stattdessen.

»Kilian«, antwortete Neroon, »wir haben Moyri getötet – Frauen und Kinder. Wir haben ihre Dörfer niedergebrannt.« Der Söldnerleutnant schüttelte erneut den Kopf. »Nein, sie werden uns auf jeden Fall töten, egal ob wir uns ergeben oder nicht.« Er zuckte mit den Achseln. »Wer weiß, vielleicht haben wir das sogar verdient? Ich bin nicht glücklich damit, wie wir vorgegangen sind. Die wehrlosen Dörfer anzugreifen ... das war falsch.«

»Wenn du wirklich so denkst, warum hast du dann mitgemacht?«

»Ganz ehrlich?«, lächelte Neroon, doch in der Mimik lag kein Humor, nur Traurigkeit. »Wegen des Versprechens auf Beute, so wie die meisten hier. Ganz schön armselig, oder?«

»Irgendwie sind wir doch alle armselig«, bemühte sich Kilian um eine angemessene Erwiderung. Die offene und ehrliche Beichte des Söldners schockierte und traf ihn gleichermaßen. Dass der Mann so fühlte, hätte er nie für möglich gehalten. In diesem Moment fragte er sich, ob er den Mann überhaupt richtig kannte.

Viel zu oft fällt man Urteile über Menschen, ohne zu wissen, was hinter ihrer Stirn wirklich vor sich geht, überlegte er bei sich.

»Denkst du, sie werden heute Nacht noch einmal angreifen?«, wechselte Neroon so plötzlich das Thema, dass er Kilian damit überrumpelte.

»Vermutlich. Sie haben Blut geleckt. Sie werden jetzt nicht mehr aufhören.«

»Dann bereite ich besser die Leute auf den letzten Angriff vor.«

Kilian zog eine Augenbraue hoch. »Glaubst du denn wirklich, dass es der letzte Angriff ist?«

Neroon sah sich noch einmal kurz um, bevor er davonschlenderte und fragte: »Du nicht?«

Wes Kal musterte die feindliche Formation mit unverhohlenem Hass. Er warf einen Blick über die Schulter. Inmitten der Eisernen Schakale konnte er Logan im Dämmerlicht der Nacht nicht ausmachen und doch fühlte er dessen unnachgiebige Augen auf sich ruhen. Er durfte nicht versagen, nicht angesichts des Schwarzbären-Khans. Immerhin hatte er hier die Ehre der Blauspeere zu verteidigen. Er hob langsam die Hand, um das Signal zum Angriff zu geben.

Beliak schnaubte. Der Laut triefte nur so vor Herablassung.

»Man sollte meinen, Wes Kal hätte die Abreibung gereicht, die er heute erhalten hat.«

»Er will nicht schwach erscheinen«, meinte Logan. »Schon gar nicht vor mir. Er ist davon überzeugt, die Ehre der Blauspeere verteidigen zu müssen.«

»Trottel.«

Logan neigte leicht den Kopf. »Dieses Mal wird er ihre Linie durchbrechen.«

»Woher weißt du das?«

»Nur so ein Gefühl. Die Nordländer sind am Ende ihrer Kräfte und ihre Zahl schwindet. Stell die Reiter auf. Sobald Wes Kal ihre Linie durchbricht, greifen wir an und beenden es.«

»Wie lauten deine Befehle für den Angriff?«

»Befehle?«

»Sollen wir Gefangene machen?«, hakte Beliak nach. »Willst du vielleicht ein paar von ihnen befragen.«

Logan war tatsächlich versucht, einige von ihnen zu verschonen, doch er widerstand dem Drang, und das trotz der Anweisungen, die er Erin Tan gegeben hatte. Diese Männer dort unten waren Mörder und sollten entsprechend behandelt werden. Er ordnete es nicht gern an, doch hier musste ein Exempel statuiert werden.

»Nein«, erwiderte er, »tötet sie alle!«

»Sie kommen!«, schrie einer der Söldner in der vordersten Linie. Söldner, die sich ausgeruht hatten, griffen sich ihre Waffen und nahmen ihre Positionen ein. Kilian stellte sich wie schon bei den Angriffen zuvor schräg hinter zwei Speerträger, um zwischen deren Schultern hindurch seine Angriffe führen zu können.

Seine Hände fühlten sich schweißnass an und er musste mehrmals sein Schwert in den Boden stecken, um die Hand an der Hose abzuwischen. Nur zwei Meter neben ihm stand Neroon und erwartete den Angriff der Moyri. Sein Gesichtsausdruck wirkte völlig ruhig. Kilian hätte den Mann um dessen Gemütsruhe beneidet, wenn er nicht gewusst hätte, dass sie nur gespielt war.

Der Feind kam immer näher. Ihr Geschrei durchschnitt die Nacht, ließ das Blut in den Adern gefrieren. Die Bogenschützen der Söldner verschossen ihre letzten Pfeile und zogen anschließend ihre Schwerter. Ihrer Mimik nach waren sie nur allzu bereit, ihre Leben so teuer wie möglich zu verkaufen, bevor sie niedergemacht wurden.

Dann waren die Moyri auch schon heran und stürzten sich todesmutig auf den Schildtron. Die Linie der Söldner drohte unter der Wucht dieses Angriffs einzuknicken. Die Speerträger wurden mehrere Zentimeter zurückgedrängt, einige gingen vor Anstrengung auch in die Knie, doch dann gelang es ihnen, auf dem Sand Fuß zu fassen und standzuhalten. Die erste Reihe der Angreifer wurde nahezu komplett aufgespießt. Doch genau aus diesem Umstand ergab sich eine Möglichkeit für die nachrückenden Gegner. Tote Moyri sanken vor der Verteidigungslinie der Söldner zu Boden. Einigen gelang es noch im Todeskampf, die Speere festzuhalten und mit sich zu ziehen, wodurch sich unvermittelt Lücken in der Aufstellung der Verteidiger ergaben – Lücken, die augenblicklich ausgenutzt wurden.

Moyri stürzten hindurch und schlugen mit ihren Schwertern, Äxten und Kriegshämmern um sich. Neroon töteten zwei Moyri mit einem einzigen Hieb. Quan tötete einen weiteren, der dem Söldnerleutnant in den Rücken fallen wollte. Kilian schlitzte einem Moyri die Kehle auf und beförderte dessen noch zappelnden Körper mit einem Fußtritt zurück in die Bresche. Die Moyri waren im Dunkeln kaum zu erkennen, ihre Gesichter bloße hassverzerrte Fratzen, die vor ihren Schwertern blitzschnell auftauchten, Tod und Verderben säend.

Trotz all dieser Bedrängnis hielt der Schildtron noch eine halbe Stunde lang stand. Egal, wo die Moyri auch durchbrechen wollten, die Schwertkämpfer warfen sich in die Bresche, um die Formation so lange wie möglich zu halten. In der Undurchdringlichkeit des Schildtrons lag ihre einzige Hoffnung, noch ein klein wenig länger durchzuhalten. Doch es kam der Punkt, an dem all ihre Bemühungen nichts mehr brachten: Als ihre Verluste so hoch wurden, dass sie praktisch auf den Leichen ihrer gefallenen Kameraden kämpften, brach die Formation. Logan suchte sich diesen Augenblick aus, um den Angriff der Reiterei zu befehlen.

Kilian war der Erste, der es bemerkte.

Der vorgetragene Sturmangriff Tausender Moyri-Schlachtrösser ließ die Erde erbeben. Kilian packte Neroon an der Schulter. Ein Blick in das aschfahle Gesicht des Leutnants sagte ihm alles, was er wissen musste. Dem Mann war ebenfalls klar, was da auf sie zurollte.

»Wir müssen zum Fluss«, schrie Kilian über den Gefechtslärm hinweg. »Das ist unsere einzige Chance.«

Neroon schüttelte den Kopf. »Das schaffen wir nie.«

»Wir müssen es versuchen. Besser, als hier zu verrecken.«

Neroon überlegte nicht lange und nickte. Kilian wusste, wie gering die Chancen standen, doch in dieser tiefschwarzen Nacht hatten sie vielleicht Glück.

Der Leutnant gab ein kurzes Hornsignal, seine Kämpfer reagierten. Die Söldner schlugen sich unter Neroons Führung eine blutige Schneise durch die feindlichen Reihen. Die Moyri überwältigt von so viel Mut und Kampfgeist, zögerten für einen winzigen Augenblick, doch den Söldnern genügte es, um die Linie des Gegners zu durchbrechen. Die Moyri brüllten vor Wut, als die schon sicher geglaubte Beute Anstalten machte, sich abzusetzen. Kämpfend, Schulter an Schulter, zogen sich die Söldner zwischen die nahen Bäume der Oase zurück. Auf ihrem Rückzug ließen sie allerhand Leichen und Ausrüstung zurück, die ihnen nun nicht mehr von Nutzen war.

Zwischen den Bäumen tauchten weitere Moyri auf, sie schienen nur auf die Söldner gewartet zu haben, doch diese hatten nicht die Absicht, sich aufhalten zu lassen.

Kilian erschlug drei Moyri, die sich ihm in den Weg stellten. Peren wurde von einem Speer ins Bein getroffen. Der Bogenschütze heulte auf und brach an Ort und Stelle zusammen. Sofort war sein Bruder an seiner Seite. Ekart wehrte einen weiteren Speerstoß mit seinem Schwert ab und zog die Klinge anschließend dem Moyri über die Kehle.

Ekart half seinem Bruder wieder auf die Beine und stützte ihn, als dieser halb humpelnd seinen Weg fortsetzte. Wie selbstverständlich deckten Quan und Kilian die beiden Brüder und wehrten mehrere Moyri ab. Niemand kam auch nur auf den Gedanken, den Jungen zurückzulassen, obwohl er sie alle ausbremste. Neroon duellierte sich mit einem Moyri, in dem Kilian den Krieger erkannte, der die Angriffe gegen ihren Schildtron angeführt hatte.

Kilian erwog, dem Leutnant zu Hilfe zu eilen, doch da vollführte Neroon einen Ausfall wie aus dem Lehrbuch und überraschte seinen Gegner damit völlig. Der Söldner wischte das Schwert des Moyri beiseite und stieß ihm die eigene Klinge tief in den Leib. Noch im Herausziehen drehte er sein Schwert und riss dem Moyri die Eingeweide heraus.

Neroon drehte sich kaum um, als er Kilian zurief: »Wartet nicht auf mich! In den Fluss mit euch!«

Die Schlacht entwickelte sich zusehends zu einem wüsten Handgemenge. Man erkannte kaum die Hand vor Augen, geschweige denn, dass man Freund von Feind unterscheiden konnte.

Kilian blickte sich um. Das Gewässer war nah. Es war so finster, dass er keine Wellen, sondern nur eine einzige schwarze Fläche wahrnahm. Kurz entschlossen packte er Perens anderen Arm und zog den Verwundeten gemeinsam mit dessen Bruder zum Ufer, die letzten Überlebenden im Schlepptau.

Sie stürzten sich in die Fluten, die Unversehrten halfen den Verletzten. Lieber gingen sie das Risiko ein zu ertrinken, als sich den rachsüchtigen Schwertern der Moyri zu stellen.

Kilian sah sich um. Das Letzte, was er von Neroon sah, bevor die Strömung des Flusses ihn mit sich riss, war, wie der Leutnant mit einer kleinen Schar Krieger, von Moyri umringt, die Stellung am Ufer hielt.

Beliak atmete schwer, als er sein Schwert aus dem Körper des Nordländers zog, der die feindliche Truppe angeführt hatte. Er trat respektvoll einen Schritt zurück, als Logan in ihre Mitte schritt.

»Die waren gut«, meinte Beliak mit für ihn ungewohntem Respekt für die Nordländer in der Stimme.

Logan folgte seinem Blick den Fluss entlang und nickte. »In der Tat. Das waren sie.«

»Sollen wir den Überlebenden folgen?«

Logan schüttelte den Kopf. »Wozu? Sie werden vermutlich ertrinken. Und wenn nicht, wird die Steppe den Rest erledigen. Wir haben Wichtigeres zu tun.«

»Herr?«, fragte Beliak.

»Die Armee hat sich zerstreut, damit wir nicht alle von ihnen erwischen. Der Anführer muss äußerst skrupellos sein, wenn er ohne Bedenken seine eigenen Leute in den Tod schickt. Ich habe ihn einmal unterschätzt, das wird mir kein zweites Mal passieren. Wir kehren zum Konzil zurück und warten dort auf Erin Tan. Ich will wissen, wie er den Kampf gegen die Nordländer empfunden hat. Danach schmieden wir weitere Pläne. Auf jeden Fall brauchen wir mehr Männer, wenn wir uns das nächste Mal diesem Feind stellen. Beim nächsten Kampf gehe ich gewiss kein Risiko mehr ein.« Logan spuckte aus. »Das nächste Mal werde ich sie vernichten.«

12

Der Sammelpunkt, den Ciran Talbert für alle Teile der zersplitterten Armee festgelegt hatte, befand sich knapp zwanzig Kilometer westlich des Wadis, an dem sie sich getrennt hatten.

Kilian und die Überlebenden des Angriffs folgten dem Flusslauf. Dadurch hatten sie uneingeschränkten Zugang zu Frischwasser, um sich zu waschen, ihre Körper zu kühlen und zu trinken. Doch etwa fünf Kilometer vor ihrem Ziel knickte der Fluss nach Osten hin ab und die völlig entkräfteten Menschen legten den Rest des Weges über die Steppe hinweg zurück. Während des Marsches blickten sie ständig über die Schulter, immer auf der Hut vor möglichen Verfolgern.

Kilian dachte nur mit Schaudern zurück an die Tage, die auf die Schlacht gefolgt waren. Etwa fünfzig von ihnen war der Sprung in den Fluss geglückt, während drei Dutzend weitere unter Neroons Führung die Moyri beschäftigt gehalten hatten. Kilian hatte sich bemüht, den mutigen Leutnant so lange wie möglich im Blickfeld zu behalten, musste sich jedoch schließlich um das eigene Überleben kümmern. Der Mann war sicherlich tapfer gestorben.

Als sie einige Kilometer flussabwärts schließlich tropfnass und in der kühlen Nachtluft fröstelnd aus den Fluten gewatet waren, war ihre Zahl auf nicht einmal zwei Dutzend geschrumpft.

Zu seiner grenzenlosen Erleichterung gehörten Quan und die beiden Zwillinge zu den Überlebenden. Im Verlauf der nächsten zehn Tage waren sieben weitere Söldner ihren Verletzungen erlegen. Vier weitere fielen Giftschlangen und Skorpionen zum Opfer. Eine Zeit lang hatte es so ausgesehen, als würde auch Peren es nicht schaffen. Zu groß war der Blutverlust, doch inzwischen war er über den Berg und sah von Tag zu Tag besser aus. Das Gehen bereitete ihm natürlich noch große Schmerzen und er wurde abwechselnd von seinem Bruder Ekart, Quan und Kilian gestützt.

Alles in allem benötigten sie knapp eine Woche bis zum Sammelpunkt. Sie hätten es auch schneller geschafft, doch das ständige Ausschau halten nach Moyri-Patrouillen forderte seinen Tribut an Kraft und an Zeit.

Als Kilian die letzte Anhöhe vor einem kleinen Tal überquerte und sein Blick auf eine Zeltstadt fiel, in deren Mitte unverkennbar Ciran Talberts Zelt thronte, hätte er vor Erleichterung am liebsten einen Freudentanz aufgeführt.

Die elf Überlebenden unter Kilians Führung wurden von einer jubelnden Menschenmenge empfangen, die die Gruppe augenblicklich umschwärmte und mit Fragen bombardierte. Allen voran Silas, der Kilian erleichtert um den Hals fiel. Der Barde schien den Söldner gar nicht mehr loslassen zu wollen. Als er es schließlich doch tat, wirkte er leicht verlegen.

»Arianna?«, fragte Kilian leise.

»Es geht ihr gut«, erwiderte der Barde ebenso flüsternd. »Ich hab gut auf sie geachtet. Ich erzähle dir später mehr.« Die beiden Freunde lösten sich endlich voneinander. Kilian bekam sogar den Eindruck, der Barde musste sich eine Träne verkneifen.

Erst als sich eine grimmige Gestalt ihren Weg durch die Menge bahnte und ihr ein drahtiger Körper folgte, kam Ruhe in die versammelten Söldner. Galledor musterte Kilian mit undurchschaubarer Miene. Er konnte sich des Eindrucks nicht erwehren, dass der oberste von Cirans Leibwächtern es nicht gern sah, dass er mit dem Leben davongekommen war. Ganz anders Ciran, der aus Galledors Schatten trat und nacheinander jeden einzelnen der Überlebenden umarmte.

Anschließend trat er einen Schritt zurück und stemmte beide Hände in die Hüften. »Meine Güte, wer hätte das gedacht? Ich war mir sicher, ich würde aus eurer Gruppe keinen mehr wiedersehen. So kann man sich täuschen.«

»Wir waren ein paarmal nahe dran.«

Ciran nickte, doch dann wurde seine Miene zusehends düsterer. »Neroon?«

Kilian schüttelte den Kopf, woraufhin der Söldnerhauptmann traurig den Kopf sinken ließ. »Schade. War ein guter Mann. Er wird uns fehlen.«

Die Trauer des Mannes schien echt zu sein, doch Kilian hatte ernste Schwierigkeiten, dies mit dem skrupellosen Mann in Verbindung zu bringen, der sie in die Steppe geführt hatte.

Ciran legte freundschaftlich die Hand um Kilian Schulter und führte ihn fort in Richtung seines Zeltes. »Kümmert euch um unsere Freunde«, rief er den übrigen Söldnern über die Schulter zu. »Sie haben einiges hinter sich.«

Silas und Kilian wechselten einen halb überraschten, halb verwirrten Blick, woraufhin Kilian hilflos mit den Achseln zuckte. Offenbar hatte der Söldnerhauptmann ihm etwas zu sagen.

Ciran ließ Kilian den Vortritt beim Betreten seines Zeltes und gebot Galledor mit erhobener Hand Einhalt, als dieser ihnen folgen wollte. Der Krieger musste wie ein artiger kleiner Hund vor der Tür warten. Er machte ein griesgrämiges Gesicht. Er traute Kilian immer noch nicht über den Weg, und hinter ihm zurückstecken zu müssen, gefiel ihm ganz und gar nicht.

Ciran bot Kilian einen Stuhl an und goss etwas Wasser in einen Becher, den er seinem Gast reichte. »Ist leider nicht kalt, mein Freund.«

»Wir haben seit fast zwei Tagen nichts mehr getrunken. Unsere Möglichkeiten, Wasser aus dem Fluss mitzunehmen, waren begrenzt.«

»Ihr habt es also bis zur Oase geschafft?«, fragte Ciran fasziniert, während er Kilian dabei beobachtete, wie dieser das Wasser in kleinen Schlucken zu sich nahm. Als der Becher leer war, nickte dieser.

»Ja, fast. Dann haben uns die Moyri eingeholt.«

»Erzähl mir alles«, bat Ciran und füllte den Becher erneut.

Kilian begann ganz von vorne. Ihr Marsch fort von den angreifenden Moyri, wie diese sie kurz vor der Oase gestellt hatten, der anschließende Kampf, der den ganzen Tag gedauert hatte, ihr Durchbruch zum Fluss bei Nacht, Neroons Tod und wie sie knapp überlebt und den Marsch durch die Steppe angetreten hatten. Als Kilian endete, nickte Ciran und strich sich dabei über das Kinn. Er wirkte zutiefst beeindruckt.

»Das habt ihr wirklich gut gemacht. Sehr gut sogar.«

»Haben es die anderen Gruppen geschafft?«

Ciran schüttelte den Kopf. »Die meisten, aber leider nicht alle. Eine Gruppe wurde auf offenem Feld überrascht. Nach allem, was ich hörte, haben sie sich wacker geschlagen, doch die Moyri waren zahlenmäßig überlegen und haben sie überwältigt. Es gab keine Überlebenden. Eine weitere Gruppe wurde ebenfalls angegriffen, doch sie konnten sich im Schutze der Nacht in unwegsames Gelände absetzen und untertauchen.« Er schmunzelte. »Die Berge sind kein geeignetes Gelände für die Kavallerie. Das ist einer der Gründe, weshalb ich mich hier in der Steppe lieber auf die Infanterie verlasse.«

»Wie viele Leute sind noch übrig?«

»Etwas mehr als siebentausendfünfhundert.«

»Nicht genug, um hier in der Steppe Krieg zu führen.«

Ciran schnaubte. »Das war auch nie unser Ziel.« Er musterte Kilian nachdenklich. »Das war dir doch schon immer klar, oder?«

Kilian ersparte sich eine Antwort. Es war auch keine ernst gemeinte Frage gewesen. Ciran schmunzelte erneut. »Dacht ich's mir doch. Du bist schlauer als die meisten von dem Haufen da draußen.« Er deutete zum Zelteingang.

Ciran stand auf und ging zu einem Tisch, auf dem eine Karte ausgebreitet war. »Dass die Moyri uns so schnell aufspüren, war nicht geplant, aber es spielt auch keine große Rolle. Wir sind ihnen entkommen. Nur das zählt.«

»Sie haben uns einmal unterschätzt. Der Fehler wird ihnen nicht noch einmal passieren. Sie werden einfach mit mehr Kriegern wiederkommen.«

»Bis dahin sind wir mit unserem Auftrag längst fertig.«

Ciran gab Kilian mit einem Wink zu verstehen, er solle näher treten.

»Und wie sieht der aus?«, fragte Kilian, während er die Karte vor Ciran neugierig musterte. Die Karte zeigte detailliert eine weite Ebene mit einem Hügel auf einer Seite. Mit farbigen Nadeln waren akribisch mehrere Positionen markiert worden. Unter anderem auf besagtem Hügel, auf dem eine Burgruine eingezeichnet war.

Ciran lächelte. »Wir sind hier, um den Anführer der Schwarzbären zu töten. Wir werden den großen Logan töten.«

Logan stieg müde aus dem Sattel, während die Schwarzbären seinem Einzug in das Lager beiwohnten. Die Zeltstadt zu Füßen des Hügels war in heller Aufruhr. Die Krieger der einzelnen Clans kehrten zu ihren Zelten zurück, wo die Heimkehrer von den Familien empfangen und die Gefallenen von ihren Angehörigen betrauert wurden. Es war eine verstörende Szene. Wehklagen mischte sich mit Freundenschreien. Die Schwarzbären betraf das nicht weniger als andere Clans, obwohl ihre Verluste bedeutend geringer gewesen waren. Seine Krieger wurden von ihren Familien begrüßt, umarmt und ihre Gesichter mit Küssen bedeckt. Doch Logan war nicht in der Lage, sich mit ihnen zu freuen. Zu viel ging in seinem Kopf herum. Die Strafaktion war nicht zufriedenstellend verlaufen und das nagte an ihm.

Logan seufzte. Seine Muskeln und seine Knochen schmerzten unerträglich. Sie waren mehrere Tage hart geritten, um zum Ort des Konzils zurückzukehren. Ohne Pausen. Sie hatten sogar abwechselnd im Sattel geschlafen. An solchen Tagen fragte er sich, ob er nicht zu alt zum Kriegführen war.

Beliak nahm Logans Pferd am Zügel und führte das Tier zur Futterstelle. Logan sah sich aufmerksam um und spürte sofort die Anspannung, die über seinem Lager lag. Die Wachen auf den Mauern der Festungsruine waren verdreifacht worden. Genauso sah es an jeder Bresche in den verwitterten Mauern aus. Es wurde kaum geredet, und wenn doch, dann nur im Flüsterton. Lachen oder spielende Kinder fehlten ganz. Irgendetwas war vorgefallen, etwas Schlimmes.

Erin Tan, staubig und vom langen Ritt erschöpft, erwartete ihn bereits. Ebenso seine Frau Jesy, die Schamanin Crea und Noran Kort, der Clanführer der Wolfshunde. Noran Kort lief nervös auf und ab, schien kaum in der Lage, die Energie, die seinen Körper antrieb, zu beherrschen. Logan jedoch hatte nur Augen für Jesy. Sie flog ihm regelrecht in die Arme und er drückte sie, als wolle er sie gar nicht mehr loslassen.

Noran Kort tippte ungeduldig mit der Fußspitze auf, doch Erin Tan ließ die beiden gewähren, ein seltenes Lächeln auf dem zerfurchten Gesicht.

Endlich löste sich Jesy von ihm, ihre Augen voller Besorgnis. Er schenkte ihr ein kaum wahrnehmbares Nicken. Sie hatte verstanden. Logan hatte bemerkt, dass etwas nicht in Ordnung war.

»Logan?«, fragte Noran mit kaum beherrschter Stimme.

»Ja, Noran. Was ist denn?«

»Was glaubst du?«, fragte Noran zurück. Eine ungewöhnliche Härte schlich sich in die Stimme seines Freundes, doch Logan begriff im selben

Augenblick, dass sich Norans Wut nicht gegen ihn richtete, sondern gegen jemand anderen.

Logan seufzte. »Dys«, antwortete er. Es war eine Feststellung, keine Frage.

»Dys«, bestätigte Noran.

»Was hat er jetzt wieder angestellt?«

»Er hat die Zeit unserer Abwesenheit gut genutzt«, mischte sich Erin Tan ein und ergriff Logans dargebotene Hand im Kriegergruß, indem er dessen Handgelenk umfasste.

»Schön, dich zu sehen, Erin«, meinte Logan ehrlich.

»Hätte auch anders kommen können. Ich hörte, du hast eine ihrer fliehenden Gruppen erwischt und aufgerieben.«

Logan nickte.

»Ich auch«, fuhr Erin fort. »Eine weitere habe ich angegriffen, aber die Bastarde sind mir in der Nacht entwischt.« Er spuckte ärgerlich aus. »Die waren ziemlich gut. Ich habe fast ein Drittel meines Aufgebots verloren. Mehr, wenn man die Verwundeten mitzählt, von denen eine ganze Reihe die nächsten Tage nicht überleben dürfte.«

»Sie waren wirklich ein wenig zu gut. Ich bin mir sicher, sie waren für den Kampf gegen uns trainiert.«

Erin Tan lachte humorlos auf. »Dann haben sie dich also auch mit diesem Speerwald beschäftigt.«

Logan schnaubte. Es war die einzige Erwiderung, die Erin Tan benötigte. Er lachte bellend auf. »Dann ist die ganze Sache wenigstens nicht nur für mich peinlich.«

»Ich frage mich, wohin sie verschwunden sind.«

Erins Gesicht verdüsterte sich. »Vermutlich erfahren wir das schneller, als uns lieb sein dürfte.«

»Das ist ja alles hochinteressant«, mischte sich Noran ein, »doch können wir uns vielleicht auf die dringendsten Probleme konzentrieren?«

»Und die wären?«

»Dys hat das Konzil gegen dich aufgehetzt. Er wirft dir Schwäche im Umgang mit den Nordländern vor. Dass du zu viel von ihnen hältst, ihnen zu viel entgegenkommst.«

Erin Tan nickte in Logans Richtung. »Ich hatte so etwas schon bei unserem Aufbruch befürchtet.«

»Logan«, fuhr Noran fort, »er hat dich praktisch einen Verräter genannt. Das Konzil ist sehr aufgebracht. Viele Clans halten noch zu dir, aber einige der neutralen sind am Wanken. Dys ist ein Meister der Manipulation.«

»Und offensichtlich auch der Verdrehung von Tatsachen«, meinte Logan leicht verärgert.

»Wäre ich hier gewesen, hätte ich ihn vielleicht in seine Schranken weisen können«, meinte Erin Tan zerknirscht.

»Es ist nicht deine Schuld, Erin«, beruhigte Logan ihn. »Dys ist nicht der Typ Mensch, der sich leicht an die Leine legen lässt. Er hätte sich nicht aufhalten lassen, und dass du mich begleitet hast, war wichtig, auch als Zeichen, dass wir Differenzen beiseitelegen, sobald eine äußere Bedrohung auftritt. Dein Ritt gegen die Nordländer hatte Symbolwirkung weit über alles hinaus, was Dys vorbringen kann.«

Erin seufzte. »Trotzdem schmeckt mir das alles nicht.« Der alte Clanführer der Nachtgeister schenkte Logan einen aufmunternden Blick. »Logan, wir waren nie Freunde und ich bezweifle, dass es jemals dazu kommt. Unsere Ansichten sind einfach zu verschieden. Doch was Dys nun tut, ist unverzeihlich. Er bringt die Clans an den Rand eines Bürgerkrieges. Wenn wir nicht alle sehr wachsam sind, wird er einen Orkan entfesseln, der uns verschlingen wird. Ich werde dir helfen, ihn in die Schranken zu weisen.«

Logan lächelte. »Ich danke dir. Ich weiß deine Hilfe wirklich zu schätzen.«

»Und du wirst sie brauchen, Logan«, nahm Noran den Faden auf. »Das Konzil befiehlt dich zu sich, um dich zu verantworten. Auf der Stelle.«

Das Zelt, in dem das Konzil abgehalten wurde, war geschwängert von Rauch – und noch etwas anderem.

Von Erwartungen und Aggression.

Bereits als er aus dem hellen Tageslicht in das Dämmerlicht des Zeltes trat, spürte er Dutzende Augenpaare auf sich ruhen, einige abwartend, andere offen feindselig. Er wusste, es würde nicht einfach werden, das Konzil zu besänftigen. Dys hatte seine Zeit frei von Logans Einfluss ganz sicher gut zu nutzen gewusst. Er hatte das Konzil einberufen, um

Dys für seine Taten zur Verantwortung zu ziehen. Nun war er es, der hier wie ein Angeklagter behandelt wurde.

Nein, es würde ganz sicher nicht einfach werden.

Erin Tan hatte bereits seinen Platz auf dem erhöhten Podest, das ihm zustand, eingenommen. Logan trat in die Mitte des Zeltes. Augenblicklich war ihm die Aufmerksamkeit aller sicher. Die Gefühlsregungen seiner eigenen Anhänger reichten von vorsichtig optimistisch bis hin zu offen erleichtert. Er hoffte, sie nicht enttäuschen zu müssen. Die Welle der Ablehnung, die von Dys' Anhängern und einer großen Zahl eigentlich noch unentschlossener Clanführer ausging, war ihm nicht entgangen.

Bei der Aufmerksamkeit, die ihm zuteilwurde, drehte sich Dys um, der gerade dabei gewesen war, eine Ansprache zu halten. Er breitete gönnerhaft die Arme aus, als er Logan erkannte.

»Ah, der verlorene Sohn kehrt also endlich heim. Deine Jagd war nicht wirklich von Erfolg gekrönt, wie ich hörte.«

»Deine Spione arbeiten gut, Dys«, bemühte sich Logan um einen gelassenen Tonfall. »Allerdings nicht so gut, wie ich es von jemandem deines Schlages erwartet hätte. Wir haben einige der Nordländer aufgespürt und vernichtet.«

»Ja, davon hörte ich in der Tat.« Seine Stimme nahm schlagartig an Intensität zu. »Ich hörte, wie das Gros der feindlichen Streitmacht entkam und du lediglich einige Nachzügler erwischt hast.«

»Ein paar Tausend tote Nordländer sind wohl keine Kleinigkeit. Deine Blauspeere haben gut gekämpft. Bedauerlich, dass so wenige von ihnen zurückkamen.« Es war ein unwürdiger Ausbruch, dessen war sich Logan durchaus bewusst, eine Spitze gegen Dys, die er sich jedoch nicht verkneifen konnte.

Die Spitze traf, wie er an der Entgleisung von Dys' Gesicht erkennen konnte. Vereinzeltes spöttisches Gelächter brandete auf. Dys holte jedoch sogleich zum Gegenschlag aus.

»Dein Sieg wäre weitaus beeindruckender, wenn du sie alle erwischt hättest – und wenn du nicht derart viele unserer Krieger dafür hättest opfern müssen.«

»Was soll ich sagen, Dys?« Logan zuckte mit den Achseln. »Die Nordländer waren nun mal gut.«

»Besser als der *große* Logan?«, höhnte Dys. Bei der letzten Bemerkung des anderen Clanführers zogen sich Logans Augenbrauen gefährlich zusammen. Er stand kurz davor, die Geduld zu verlieren.

»Was willst du eigentlich genau, Dys? Spuck es endlich aus und hör auf, derartige Reden zu schwingen. Deine Speichellecker fiebern vielleicht jedem deiner Worte entgegen, aber ich versichere dir, du nervst alle anderen.«

Kurz verzerrte sich das Antlitz des Stammeskönigs, doch er brachte seine Mimik schnell wieder unter Kontrolle. Stattdessen setzte er ein freundliches Lächeln auf. Es war dieses Lächeln, das Logan das Blut in den Adern gefrieren ließ. Er wappnete sich für den nächsten Schlag seines Widersachers, von dem er wusste, dass er unwillkürlich folgen würde.

»Du schwingst dich zum Herrn aller Moyri auf, sagst uns, wie wir leben sollen, was wir tun und lassen sollen, und doch fällt es dir schwer, diese Nordländer zu vernichten. Wie sollen wir einem Clanführer trauen, der nicht in der Lage ist, diese Invasion abzuwenden?«

»Wohl kaum eine Invasion. Und ich sagte doch, sie waren gut. Außerdem waren sie darauf trainiert, gegen Moyri zu kämpfen. Man darf sie keinesfalls unterschätzen.«

»Waren sie gut? Oder wolltest du sie vielmehr entkommen lassen?«

»Was?«

Der Vorwurf war so lächerlich, dass Logan nichts einfiel, was er darauf hätte erwidern können. Und doch stand er im Raum, hing bedeutungsschwer über der Versammlung und wartete darauf, die Moyri ins Chaos zu stürzen.

»Bist du jetzt völlig verrückt geworden?«

»Nicht verrückt, Logan«, giftete Dys zurück. »Ich bin nicht länger blind. Du hast diese Nordländer entkommen lassen, weil du vernarrt in sie bist. Seit der Zeit, in der du unter ihnen gelebt hast, ziehst du sie deinem eigenen Volk vor. In deinem Zelt schläft sogar eine Nordländerhure. Sie hält dein Bett warm und dich weich.«

Logan rührte sich nicht von der Stelle, er tat nichts Bedrohliches. Weder packte er Dys am Kragen noch machte er Anstalten, ihn zu schlagen. Er sagte lediglich einen einzigen Satz und auch den in einem Tonfall, den man schon beinahe ruhig nennen konnte.

»Wenn du noch einmal so über meine Frau sprichst, schneide ich dir die Zunge heraus und stopfe sie dir in den Rachen, bis du daran erstickst.«

Dys wich zurück, als hätte Logan ihn körperlich angegriffen. Im selben Moment erkannte Dys, dass er zu weit gegangen war. Selbst einige seiner eigenen Anhänger betrachteten ihn mit Abscheu. Die Familie war den Moyri heilig. Die Familie eines Mannes zu beleidigen, hatte für gewöhnlich im günstigsten Fall eine Blutfehde zur Folge, die Generationen andauern konnte, im schlimmsten einen Clankrieg.

Der Anführer der Blauspeere rang mit sich, suchte nach einem Ausweg aus diesem Dilemma, in das er sich selbst gebracht hatte. Sein Hass auf die Nordländer hatte ihn übermannt und ihn Dinge sagen lassen, die bei den versammelten Clanführern nicht gut ankamen. Logan hätte sich normalerweise darüber gefreut, wenn dieser kleine Wicht nicht Jesy beleidigt hätte. Die Drohung, die Logan ausgestoßen hatte, war durchaus ernst gemeint, und sollte der Kerl es noch einmal wagen, so über seine Frau zu sprechen, dann, bei allen Göttern, würde er sie wahr machen – und zur Hölle mit den Konsequenzen.

»Trotzdem bleibe ich dabei«, beharrte Dys, den Rest seiner zerschmetterten Würde zusammenkratzend, »du hast die Nordländer entkommen lassen. Nicht nur das, du hast unsere Krieger verheizt, als du ihre Nachhut hättest schnell und einfach erledigen sollen.«

»Schnell und einfach? Ihre Nachhut war nicht schnell und einfach zu erledigen. Sie waren ...«

»Zu gut, ja ich weiß«, unterbrach Dys ihn schroff. »Das haben wir inzwischen alle zur Genüge gehört. Nur wird es dadurch nicht wahrer.«

»Ich habe nicht gesehen, dass du mit uns geritten bist«, mischte sich unvermittelt Erin Tan ein. »Auch nicht, dass du an vorderster Front gekämpft hast. Auch ich bin gegen die Nordländer angetreten und so wie Logan habe auch ich nicht mehr vorzuweisen als viele tote Krieger und ein paar Tausend tote Nordländer. Bin ich deswegen auch ein Verräter? Willst du allen Ernstes behaupten, ich würde Sympathien für die Varis, die Stadtstaaten oder eines der anderen nördlichen Königreiche hegen?«

»Nein ... nein, natürlich nicht«, stammelte Dys, aus dem Konzept gebracht. »Von dir rede ich ja gar nicht.«

Erin Tans Hilfe für Logan schien Dys völlig zu überrumpeln. Er räusperte sich, um Zeit zu gewinnen und seine nächsten Worte abzuwägen.

»Ich warne dich, Logan«, wetterte Dys weiter, nachdem er sich gesammelt hatte, »wir werden dir das nicht ewig durchgehen lassen.«

»Und wovon redest du nun schon wieder?«, fragte Logan und fixierte Dys mit stechendem Blick.

»Wenn du deine Vorliebe für die Nordländer nicht zugunsten deines eigenen Volkes aufgibst, wirst du die Konsequenzen tragen müssen, auch wenn die Konsequenz im Klirren der Schwerter liegt.«

Schweigen senkte sich über das Konzil. Selbst Dys' eigene Anhänger wirkten schockiert ob dieser Ankündigung. Logan holte tief Luft, bevor er darauf reagierte. »Was glaubst du eigentlich, wer du bist, Dys? Würdest du tatsächlich so weit gehen, Dys? Das Schwert erheben gegen andere Moyri? Das bedeutet Bürgerkrieg, du Narr. Bruder gegen Bruder.«

Mehr als einer der Anwesenden sog scharf die Luft ein. Kämpfe und Fehden kamen unter den Moyri oft vor. Man konnte sogar sagen, sie waren an der Tagesordnung. Man kämpfte um Land, Pferde oder Frauen. Doch ein Krieg, ein richtiger Krieg, in dem Moyri gegen Moyri standen und sich bis aufs Blut bekämpften, das war in der Steppe seit mehr als tausendfünfhundert Jahren nicht mehr vorgekommen. Damals hatte sich die Steppe rot gefärbt und hatten die Kämpfe die Moyri an den Rand der Ausrottung gebracht. Man war übereingekommen, dass so etwas niemals wieder stattfinden dürfe. Es war einer der Hauptgründe gewesen, das Konzil zu gründen, um schwerwiegende Differenzen beizulegen, bevor es überhaupt zu einem Krieg kommen konnte. Und nun schien Dys bereit zu sein, das wichtigste Gesetz der Moyri zu brechen – aus purer Gier und seinem Hass Logan gegenüber.

»Ich würde alles tun, damit die Moyri ihren verdienten Platz einnehmen.«

»Aber ein Krieg, Dys«, bemühte sich Erin Tan um Schlichtung, »so nimm doch Vernunft an.«

»Mir kommt es so vor, als wäre ich hier einer der wenigen, die überhaupt noch in der Lage sind, vernünftig zu denken. Und ich wiederhole gern meine Worte, ich bin bereit zu den Waffen zu greifen, falls Logan seiner selbst auferlegten Pflicht, die Moyri zu führen und zu beschützen, nicht nachkommt. Und seine erste Pflicht lautet nun: Töte die Nordländer!«

»Dazu müsste ich sie erst mal finden. Sie sind wie vom Erdboden verschluckt.«

»Wie interessant, dass deine Späher sie nicht finden konnten, wohl aber meine. Vielleicht wollten deine Späher sie auch gar nicht finden.«

»Du weißt, wo sie sind?«

»Oh ja, in der Tat.« Ein weiteres Lächeln breitete sich auf Dys' Gesicht aus. Noch weit unheilverkündender als zuvor. »Sie sind ganz in der Nähe. Sie haben es tatsächlich geschafft, sich unbemerkt dem Konzil zu nähern. Und dafür müssen sie sterben.«

13

Kelgan näherte sich dem Moyri-Wachposten mit für seine Größe beeindruckender Lautlosigkeit. Der Moyri hatte seinen Speer gegen eine Mauer gelehnt und pustete in seine zusammengefalteten Hände, um die Kälte zu vertreiben. Sein Atem kondensierte in feinen weißen Schwaden vor seiner Nasenspitze.

Der Moyri schien sich plötzlich bewusst zu werden, dass etwas nicht stimmte. Er streckte seine Hand nach dem Speer aus, doch es war längst zu spät. Kelgan schlug blitzschnell zu und schlang seinen Arm um die Kehle des Unglückseligen. Der Söldner spannte seine Muskeln nur ein einziges Mal an. Leises Knacken ertönte, als das Genick des Mannes brach.

Kilian wandte schaudernd das Gesicht ab. Er empfand keine besondere Liebe für die Moyri, doch dieser Krieger war ein Schwarzbär gewesen, einer von Logans Männern. Alles an dieser nächtlichen Aktion kam ihm falsch vor.

Die Söldnerarmee lagerte einen knappen halben Tag von hier in einer Senke, die sie vor neugierigen Blicken verbarg. Sie schienen es tatsächlich geschafft zu haben, sich unbemerkt dem Ort zu nähern, an dem die Moyri ihre Versammlung abhielten. Logans Lager befand sich inmitten einer alten Burgruine: schwer zugänglich und leicht zu verteidigen. Der Knabe hatte nichts verlernt. Er war immer noch ein überaus fähiger Anführer, der genau wusste, wie er sein Lager zu verteidigen hatte.

Es hatte Kilian einiges an Überredungskunst gekostet, Ciran Talbert zu überzeugen, sich dem Angriffstrupp anschließen zu dürfen. Kilian erinnerte sich noch gut an Silas' Wutanfall und seine Tiraden, als er ihm von seinem Plan erzählt hatte. Der sonst so gelassene Barde hatte ziemlich deutliche Worte gefunden. Begriffe wie *hirnrissig* und *verrückt* waren gefallen – und das waren noch die harmloseren gewesen.

Und doch musste Kilian versuchen, das Schlimmste zu verhindern.

Das konnte er nur, wenn er sich dem Angriffstrupp anschloss. Logan mochte ein Moyri sein, aber er war immer noch Kilians Freund. Den meisten Menschen hätte es vielleicht nicht so viel bedeutet, doch Kilian bedeutete es genug, um sein Leben für einen alten Freund und Kampfgefährten zu riskieren, einem Menschen, dem er das Leben verdankte. Auch Söldner besaßen zuweilen so etwas wie Ehre.

Kilian sah sich in der Dunkelheit um. Ihm folgten Quan, die beiden Zwillinge und zwei Dutzend weiterer Söldner. Der Söldnerhauptmann war der Meinung gewesen, dass eine kleine Truppe erfolgreich sein könnte, wo eine große Armee scheitern würde. Der Trupp sollte eindringen, Logan töten und anschließend zur Armee zurückkehren, die sich dann so schnell wie möglich Richtung Norden absetzen würde. So viel zur Theorie.

Kilian hatte jedoch nicht vor, es so weit kommen zu lassen. Er musste mit Logan reden. Unbedingt. Leider erforderte es dies, seinen Kameraden in den Rücken zu fallen und diese im geeigneten Moment zu verraten. Die würden sicherlich nicht begeistert sein.

Die Gruppe schlich langsam weiter. Die Männer pressten ihre Körper eng an die Mauer. Auf den Wällen patrouillierten Dutzende von Schwarzbären-Kriegern. Nach einigen Metern erreichten sie eine Bresche in der Mauer. Kelgan überwältigte im Alleingang zwei weitere Moyri und versteckte ihre Leichen im hohen Gras. Kilian hielt als Mensch nicht besonders viel von dem Einäugigen, doch eines musste man ihm lassen: Er war ein hervorragender Krieger. Er hoffte nur, dass ihnen keine weiteren Moyri über den Weg liefen. Je mehr sie töteten, desto schwieriger würde es werden, vernünftig mit Logan zu reden. Dieser würde nicht erfreut sein, dass sich die Söldner mordend einen Weg in sein Lager gebahnt hatten.

Kilian riskierte einen Blick den Hügel hinab. Dort breitete sich eine riesige Zeltstadt vor ihren Augen aus. Es lagerten dort unten mehr Moyri, als Kilian selbst in Zeiten des Krieges je gesehen hatte. Unvermittelt geschah irgendetwas. Kilian kniff die Augen zusammen, um mehr erkennen zu können. Tausende von Fackeln wurden angezündet und bewegten sich schnell nach Westen: eine Reiterarmee der Moyri. Er versuchte, ihre Stärke zu schätzen, gab jedoch auf.

Kilian tippte Kelgan auf die Schulter und deutete den Hang hinab.

Der Söldner beobachtete das Treiben eine Weile und zuckte schließlich mit den Schultern, als wollte er sagen, das gehe sie nichts an.

Kilian war da gar nicht so sicher. Eine Moyri-Armee, die sich just an dem Abend in Marsch setzte, als eine Söldnertruppe versuchte, Logan zu töten? Kilian glaubte nicht an Zufälle, an einen derart speziellen schon gar nicht.

Die Gruppe schlich sich durch die Bresche, ohne auch nur ein Geräusch zu machen. Der Söldnerhauptmann hatte die Truppe gut ausgewählt. Das Lager lag mit Ausnahme der regelmäßigen Wachfeuer auf den Mauern und einem zentralen Lagerfeuer in fast völliger Dunkelheit.

Geschickt umgingen sie die Wachen, von denen es zahlreiche gab, und erreichten Logans Zelt in der Mitte des Lagers. Vor dem Eingang standen zwei Eiserne Schakale auf Posten. Kelgan führte den Trupp auf die Rückseite der Jurte, zog sein Messer und schnitt mit langsamen, kontrollierten Bewegungen ein Loch in die Felle.

Kelgan zwängte sich durch das entstandene Loch und bedeutete den anderen zurückzubleiben. Kilians Gedanken überschlugen sich. Wenn er etwas unternehmen wollte, musste es jetzt geschehen oder Logan war so gut wie tot.

Kilian holte tief Luft, um Alarm zu schlagen, doch bevor ein Laut auch nur die Chance hatte, seiner Kehle zu entweichen, streckte Kelgan seinen Kopf durch die Öffnung. Selbst im Dunkeln erkannte er Frustration und Besorgnis auf dem Gesicht des anderen Söldners.

»Er ist nicht hier«, flüsterte er.

»Wie? Nicht hier?«

»Was ist an ›Er ist nicht hier‹ so schwer zu verstehen?«

Kilian konnte sich einen erleichterten Stoßseufzer nicht verkneifen, doch im selben Moment stellten sich seine Nackenhaare auf. Warum war Logan nicht hier? Wo sollte er sonst sein? Das konnte im Prinzip nur bedeuten, es war eine ...

»Falle!«, schrie Quan plötzlich. Die Söldner zogen ihre Waffen. Zwischen den Zelten strömten Eiserne Schakale in ihre Richtung. Ein schneller Rundumblick sagte Kilian alles, was er wissen musste. Flucht war sinnlos. Jeder Weg war ihnen verwehrt. Die logische Schlussfolgerung war, sich einfach zu ergeben, doch leider hielten Söldner bisweilen nicht allzu viel von Logik.

Mehrere der Söldner griffen die Eisernen Schakale, ohne zu zögern, an. Bereits in den ersten Sekunden fielen zwei Schakale und fünf Söldner. Eine wildes Handgemenge brach aus. Das Klirren von Schwertern vermischte sich mit den Schreien Verwundeter. Kilian hatte keine andere Wahl, als sich zu verteidigen.

Er parierte einen Schwerthieb, lenkte die gegnerische Klinge seitlich ab und schlug seinem Gegner die eigene Parierstange ins Gesicht. Der Schakal verlor dadurch mindestens zwei Zähne und stolperte zurück. Zumindest war er noch am Leben. Kilian hatte nicht vor, hier jemanden zu töten, nicht, wenn es sich vermeiden ließ. Er musste unbedingt mit Logan sprechen und diesem würde es wohl nicht gefallen, wenn er dessen Männer abschlachtete. Er duckte sich unter einem Schwerthieb, der seinen Kopf hätte spalten sollen.

Die Eisernen Schakale kannten derlei Zurückhaltung leider nicht. Vier weitere Söldner fielen in ebenso vielen Sekunden. Kelgan packte zwei Moyri und schlug ihnen brutal die Köpfe zusammen. Quan schlitzte einem Schakal den Bauch auf und einem weiteren die Kehle. Ein Söldner direkt neben Kilian wurde durch einen Speer am Boden festgenagelt. Der arme Kerl schrie wie am Spieß. Ein Schakal beendete dessen Leiden durch einen brutalen Schwerthieb gegen dessen Kopf. Die Schreie endeten abrupt. Sie würden über kurz oder lang überwältigt werden. Er musste diesen Wahnsinn stoppen.

Er trat einem Moyri die Beine unter dem Körper weg und stach einem anderen in die Hüfte. Der Schakal ließ sein Schwert fallen und bedeckte mit schmerzverzerrtem Gesicht die Wunde mit beiden Händen, aus der das Blut sprudelte.

Aus dem Augenwinkel nahm er eine Bewegung wahr und wirbelte herum. Zu spät. Ein Schlag traf ihn in den Nacken und schickte ihn zu Boden. Das Schwert entglitt seinen kraftlos gewordenen Fingern. Nur am Rande nahm er wahr, dass Quan ebenfalls zu Boden ging und Kelgan sich mit Müh und Not gegen fünf Schakale behauptete, von denen sich zwei auf seinen Rücken warfen, um ihn zu Boden zu zwingen.

Kilian spürte das kühle Eisen einer Schwertschneide an der Kehle. Die Klinge drückte gegen seine Haut. Zwei Blutstropfen quollen hervor. Er schloss die Augen und rechnete jeden Augenblick mit dem unvermeidlichen Hieb, der ihm die Kehle aufschlitzen würde. Doch nichts dergleichen geschah. Die Klinge verharrte an Ort und Stelle.

»Kilian?!«, fragte eine erstaunte Stimme.

Er drehte sich um, während er mit der Hand eine Beule an seinem Hinterkopf betastete. Als er sie betrachtete, klebte Blut an den Fingerspitzen.

»Hallo, Logan«, erwiderte Kilian leicht benommen.

»Kilian, was zum Teufel machst du hier?«

Der Söldner räusperte sich. »Nun, das zu erklären, dürfte nicht ganz einfach werden.«

Ciran Talbert schritt persönlich jeden Abend die Wachposten ab. Es war eine alte Angewohnheit, die er in Jahrzehnten des Kriegshandwerks kultiviert hatte. Es stärkte die Moral der Truppe zu sehen, wie ihr Kommandeur die Linien abschritt, und gab ihm im Gegenzug Gelegenheit, den Kopf frei zu bekommen.

In der Ferne – gerade noch erkennbar – erleuchteten die Lagerfeuer der Moyri den Horizont. Ciran hoffte, dass sein Gast Gera recht hatte und seine Söldner Logan problemlos ausschalteten. Mit viel Glück würde dies ein Machtvakuum schaffen, in dem sich Clan gegen Clan wandte. Die Moyri würden sich über Generationen hinweg gegenseitig bekämpfen und ausbluten – und der Norden wäre sicher. Von dem beträchtlichen Gewinn, den ihm ein erfolgreicher Abschluss des Feldzugs einbrachte, mal ganz abgesehen.

Er lächelte leicht und ein warmes Gefühl breitete sich in seinem Magen aus.

Ja, der Gewinn würde in der Tat beträchtlich sein. Die Gewinnanteile der gefallenen Söldner würden ihren Weg ebenfalls in seine Taschen finden. Seine Taschen waren äußerst tief.

Sein Lächeln weitete sich zu einem Schmunzeln aus.

Zwei Gestalten näherten sich ihm. Seine Hand wanderte wie selbstverständlich zu seinem Schwertgriff. Er entspannte sich jedoch, als er den Barden Silas und die Moyri-Sklavin erkannte. Seit Kilians Aufbruch wich der Barde nicht von der Seite der Moyri. Erst wenige Stunden zuvor hatte einer der anderen Söldner gedacht, Kilians Abwesenheit dazu ausnutzen zu können, eigene Besitzansprüche an der Sklavin anmelden zu können. Kurz darauf hatte sich der Betreffende mit einem zuschwellenden rechten Auge und einem bösen Bluterguss am Kinn auf dem Boden wiedergefunden. Ciran war über alle Maßen erstaunt gewesen. Der Barde redete nicht nur viel, er war auch in der Lage, sich seiner Haut zu wehren. Das war interessant gewesen. Ciran hätte ihm das nicht zugetraut. Er hasste Überraschungen. Vielleicht musste er den Barden etwas eindringlicher im Auge behalten.

Silas' Blick wanderte ebenfalls über den Horizont, die Augenbrauen über der Nasenwurzel zusammengezogen. Der Barde wirkte besorgt und erwartete die Rückkehr seines Freundes, als würde er auf glühenden Kohlen sitzen.

Als Silas den Söldnerhauptmann bemerkte, schenkte er ihm ein knappes Nicken, das Ciran erwiderte.

»Du machst dir Sorgen?«, fragte er den Barden.

»Sie hätten längst zurückkommen sollen«, bemerkte dieser. Der Satz ›Wenn alles nach Plan verlaufen wäre‹ hing unausgesprochen zwischen ihnen, doch Ciran verstand auch so.

»Sie werden schon noch kommen. Mir fallen auf Anhieb Dutzende verschiedene Gründe ein, warum sie noch nicht hier sind.«

»Mir auch und keiner ist geeignet, meine Bedenken zu zerstreuen.«

Ciran lachte bellend auf. »Der Punkt geht an dich.«

Die Moyri-Sklavin – Ciran meinte sich zu erinnern, dass sie Arianna hieß – streckte plötzlich ihren Körper, um besser sehen zu können, und spähte in die Ferne. Ciran folgte unwillkürlich ihrem Blick. Er entdeckte zunächst nichts, doch dann begannen sich einzelne Lichter aus dem Dunkel zu schälen. Nur kleine Punkte zunächst, doch sie wurden rasch größer.

Fackeln.

Silas bemerkte sie im gleichen Moment. »Ist es das, wofür ich es halte?«

»Ja«, beschied Ciran. »Schlag Alarm. Die Moyri statten uns einen Besuch ab.«

Kilian kniete auf dem Boden, die Arme an einen Ast gebunden, der zwischen seinen Ellbogen hindurchgeschoben worden war. Getrocknetes Blut verkrustete seine rechte Gesichtshälfte. Die Moyri waren nicht gerade zimperlich mit ihm umgegangen, was man ihnen – zugegebenermaßen – nicht verübeln konnte. Hinter ihm stand wachsam einer der Eisernen Schakale, bereit, auf jede Bedrohung zu reagieren. Logan setzte sich im Schneidersitz Kilian gegenüber und musterte seinen alten Kampfgefährten mit undeutbarer Miene.

Plötzlich leuchtete ein breites Grinsen in dessen bärtigen Gesicht auf. »Mann, siehst du scheiße aus.«

Gegen seinen Willen verzogen sich Kilians Lippen zu einem schiefen Lächeln. »Ist auch kein Wunder bei dem, was ihr Gastfreundschaft nennt.«

»Schneid ihn los, Beliak«, befahl Logan knapp.

»Herr?«, fragte der Eiserne Schakal hinter ihm nach.

»Ist schon gut. Von diesem Mann geht für mich keine Gefahr aus. Er ist ein alter Freund.«

Der Eiserne Schakal namens Beliak zog einen Kriegsdolch aus einer verzierten Scheide am Gürtel und schnitt mit sparsamen Bewegungen die Seile durch, die Kilian an dem Ast fixierten.

Der Ast fiel zu Boden und Kilian rieb sich die schmerzenden Muskeln seiner Oberarme, um die Blutzirkulation wieder anzukurbeln.

»So«, begann Logan und sah ihn weit weniger freundlich an als zuvor, »da das jetzt erledigt ist, erkläre mir bitte, warum du als Teil einer Armee in mein Land einmarschiert bist, um mein Volk anzugreifen.«

»Ob du's glaubst oder nicht, aber ich hab es getan, um dir zu helfen.«

Der Eiserne Schakal hinter ihm schnaubte abfällig und auch Logan schien nicht wirklich überzeugt. Kilian begann, die ganze Geschichte zu erzählen. Wie Ciran Talbert sie in der Taverne angeworben hatte, wie sie nach Süden marschiert waren, die Überfälle auf Moyri-Dörfer, wie Silas und er alles getan hatten, um zumindest einen Teil des Mordens zu vereiteln, und er ließ auch Cirans geheimnisvollen Auftraggeber Gera nicht unerwähnt, bei dem es sich offensichtlich um einen Moyri handelte.

Nachdem er fertig war, rieb sich Logan nachdenklich über das Kinn und musterte ihn aufmerksam. Kilian sah sich zu einer letzten Rechtfertigung genötigt.

»Dem Mordanschlag auf dich habe ich mich nur angeschlossen, weil ich eben diesen verhindern wollte.«

Beliak schnaubte erneut.

»Gut gemacht«, bemerkte Logan sarkastisch. »Ihr hattet nie eine Chance. Eure Söldnerarmee wurde bereits vor zwei Tagen entdeckt. Eine Armee der Clans ist zu euch unterwegs. Und eure kleine Truppe wurde beobachtet, seit ihr euer Lager verlassen habt.«

»Warum habt ihr uns so weit vordringen lassen?«

»Ich wollte wissen, was ihr vorhabt.«

»Sind die anderen noch am Leben?«

»Nicht alle. Nur vierzehn. Tut mir leid, Kilian, aber ihr habt uns keine Wahl gelassen.«

Kilian schüttelte den Kopf. »Nicht deine Schuld. Was wird jetzt werden?«

»Unsere Streitmacht wird eure angreifen und vermutlich vernichten.«

»Das wird nicht so einfach.«

»Ich weiß, ich habe bereits einmal gegen euch gekämpft.«

»Ist mir klar.«

Auf einen fragenden Blick Logans antwortete Kilian: »Bei der Oase stand ich auf der Gegenseite.«

Logan prustete. »Hätte ich mir denken können. Nur du überlebst einen Ausbruch aus einer solchen Todesfalle.« Der Stammeskönig der Schwarzbären wurde jedoch schnell wieder ernst. »Silas ist bei eurer Truppe, nicht wahr?«

Kilian nickte.

»Tut mir leid, das zu hören. Ich hätte den Angriff gern verhindert. Er wird zu viele Leben kosten. Auch Moyri-Leben. Die Sache liegt jedoch leider nicht länger in meiner Hand. Ich wurde überstimmt. Die anderen Stammeskönige fordern Rache für die unschuldigen Leben, die ihr genommen habt.«

»Du musst den Angriff einstellen, Logan«, beschwor Kilian. »Bevor es zu spät ist.«

»Es ist bereits zu spät. Selbst wenn ich die Macht dazu hätte, der Angriff läuft bereits. Und seit euren Angriffen auf unsere Heimat ist mein Einfluss geschwunden. Viele denken, ich wäre viel zu nachsichtig mit euch, hätte Sympathien für euch, würde euch meinem eigenen Volk vorziehen.« Logan seufzte. »Vielleicht haben sie sogar recht damit.« Er schenkte Kilian einen vorwurfsvollen Blick. »Euer Mordanschlag war nicht unbedingt hilfreich, um die Situation zu entspannen und altes Vertrauen in meine Person wiederherzustellen. Viele werden euren Tod fordern, und wenn ich dem nicht nachkomme, wird alles nur noch schlimmer werden. Ich stehe jetzt vor einer einfachen Wahl: Entweder ich töte euch alle – einschließlich dir – oder ich gehe das Risiko ein, dass sich noch mehr Clans auf die Seite von Dys Bollnar schlagen.«

»Bollnar?«

»Er war einer von Coyle Polloks glühendsten Anhängern und er führt eine Allianz von Clans an, die darauf hinarbeiten, die nördlichen Königreiche erneut mit Krieg zu überziehen. Er träumt davon, die Zeiten Polloks wieder aufleben zu lassen. Er ist ein überaus gefährlicher Mann, und je mehr mein Einfluss schwindet, desto mehr Zulauf bekommt Bollnar.«

Bei dieser Vorstellung wurde Kilian aschfahl.

»Ja, ich weiß«, erwiderte Logan. »Das darf nie passieren.«

Die Decken vor Logans Zelteingang wurden zurückgeschlagen und eine junge Frau trat ein. »Hallo, Kilian«, begrüßte sie ihn.

»Jesy? Schön, dich zu sehen«, erwiderte der verblüffte Söldner ehrlich erfreut. »Wie geht es dir?«

»Besser als dir, wie ich sehe«, antwortete sie lächelnd, nahm ein Tuch zur Hand und begann damit, das verkrustete Blut von seinem Gesicht zu waschen. Er nickte ihr dankbar zu.

»Erin Tan steht draußen und will dich sprechen«, sagte sie schließlich in Logans Richtung.

Logan warf Kilian einen schnellen Seitenblick zu, den dieser nicht recht einzuordnen wusste. »Das dürfte interessant werden. Schick ihn rein.« Logan erhob sich, um den Mann angemessen zu begrüßen.

Nur Sekunden nachdem Jesy verschwunden war, stürmte der alte Stammeskönig der Nachtgeister ins Zelt. Als er Kilian bemerkte, blieb er schlagartig stehen. »Warum ist dieser Abschaum nicht gefesselt. Beliak, binde den Kerl.« Der Eiserne Schakal blickte unschlüssig von Erin Tan zu Logan.

»Beliak, du bleibst, wo du bist. In meinen Zelten befehle nur ich, Erin.«

Erin Tan neigte entschuldigend den Kopf. »Verzeih, aber ...«

»Von ihm geht keine Gefahr aus. Das ist Kilian, ein alter Freund.«

Erin Tans Gesichtsausdruck nach wusste dieser nicht so recht, ob er lachen oder lieber in einem Wutanfall explodieren sollte. »Schöner Freund. Hast du vergessen, dass er dich umbringen wollte?«

»Das ist ... eine lange Geschichte – und kompliziert. Aber erzähl du zuerst. Was ist mit dem Angriff auf die Nordländer?«

»Wir haben sie problemlos gefunden, aber sie haben uns lange zuvor entdeckt.«

Logan lachte bellend auf. »Wie überaschend. Mit einer Reiterarmee auszurücken, bei der jeder zweite Mann eine Fackel trägt. Genauso gut hättet ihr euch vorher ankündigen können. Wie schlimm war es?«

»Wir haben nicht angegriffen.«

Logan stutzte. »Tatsächlich?«

Erin Tan nickte. »Dys hat endlich mal auf mich gehört. Sie standen bereits in Reih und Glied in einer Phalanx, als wir eintrafen. Der zu erwartende Verlust an Leben war ... einfach zu hoch.«

»Also habt ihr was getan?«

»Die Nordländer umzingelt und eingeschlossen. Wir hungern sie aus. Mal sehen, wie lange sie in dieser Hitze aushalten, vor allem, wenn erst ihre Nahrungsvorräte zur Neige gehen.«

»Dann hat es also keine Schlacht gegeben.« Logan presste erleichtert die Luft aus seinen Lungen.

»Noch nicht«, bestätigte Erin Tan und machte Anstalten, das Zelt zu verlassen. »Aber Dys und die anderen Stammeskönige erwarten dich morgen zum Konzil. Sie wollen mit dir sprechen.«

Logan seufzte. »Natürlich wollen sie das.«

14

Logan wanderte unruhig auf und ab, bis Jesys Dienerin – Smyria – ihm einen Becher gewürzten Wein auf einem Tablett reichte. Er nahm ihn dankbar an und trank den Becher in einem Zug leer.

Er hielt der Dienerin den Becher erneut hin, die der Aufforderung gehorsam Folge leistete und ihn auffüllte. Logan stürzte den Inhalt ein weiteres Mal hinunter.

Jesy saß im hinteren Teil des Zeltes und beobachtete das Treiben ihres Mannes mit milder Zurechtweisung. Sie schüttelte missbilligend den Kopf.

»Das wird dir auch nicht helfen.«

»Es schadet aber auch nicht«, murmelte er verdrossen. Jesy las in der Mimik ihres Mannes wie in einem offenen Buch. Er dachte daran, den Becher ein zweites Mal auffüllen zu lassen. Doch schließlich entschied er sich dagegen und knallte den leeren Becher mit mehr Kraft zurück auf das Tablett, als es eigentlich beabsichtigt war.

Er ging zum Zelteingang und musterte die Jurte, in die man Kilian und seine Söldnerfreunde eingesperrt hatte. Sie wurden von zwei Dutzend Eisernen Schakalen bewacht. Zu seiner Schande musste sich Logan eingestehen, dass er tatsächlich erwogen hatte, die ganze Bande kurzerhand hinzurichten – einschließlich Kilian. Und sei es nur aus dem Grund, um das verlorene Vertrauen einiger Stammeskönige zurückzugewinnen. Er konnte nicht Kilian am Leben lassen und die anderen hinrichten. Dann würde man ihm zu Recht gewisse Sympathien nachsagen und vermutlich würden ihm dann auch Teile seines eigenen Clans die Gefolgschaft verweigern. Er könnte ihnen das nicht einmal verübeln.

Nein, entweder er ließ alle hinrichten oder er ließ sie alle am Leben. Kompromisse konnte es nicht geben. Nicht in diesem Fall. Aber um sie am Leben zu lassen, fehlten ihm die Argumente. Jeder andere Stammeskönig hätte ihre Köpfe bereits aufgespießt seinem Clan präsentiert.

Beliak führte die Pferde vor. Es war an der Zeit, dem Konzil Rede und Antwort zu stehen. Wenn er nur wüsste, was er ihnen sagen sollte.

»Was wirst du jetzt tun?«, fragte Jesy leise.

»Ich habe keine Ahnung«, antwortete Logan wahrheitsgemäß.

Logan spürte die erwartungsvollen Blicke bereits, als er das Zelt betrat. Er bemerkte enttäuscht, dass auf der Seite des Zeltes, das von Dys' Anhängern in Beschlag genommen wurde, heute mehr Personen saßen als sonst. Er war enttäuscht, jedoch nicht überrascht. Dys gewann in besorgniserregendem Umfang an Einfluss.

Dys thronte wie ein König über seinem Volk. Er maßte es sich an, sogar höher zu sitzen als Erin Tan, der den Vorsitz beim Konzil führte. Etwas, das früher undenkbar gewesen war. Etwas, das einem Affront gleichkam, einer bewussten und wohlkalkulierten Beleidigung.

»Hallo, Logan«, begrüßte sein Kontrahent ihn jovial.

»Dys«, grüßte Logan zurück und streifte Erin Tan mit einem Blick. Dieser schüttelte fast unmerklich den Kopf. Logan verstand. Was immer hier heute gesagt wurde, es hatte keinerlei Einfluss mehr auf die Geschehnisse. Alles hier diente nur noch dem Anschein. Dys war immer noch dabei, seine Spielfiguren zu platzieren, und dafür benötigte er Zeit. Ansonsten hätte er längst losgeschlagen. In diesem einen Moment der Klarheit erkannte Logan, dass der Bürgerkrieg nicht mehr zu verhindern war. Mehr noch, vermutlich war er nie zu verhindern gewesen, denn Dys' Ziele konnten nur erreicht werden, indem er die Kontrolle über die Moyri übernahm. Auf diesem Weg standen ihm Logan und seine Verbündeten im Weg, die nicht kampflos beiseitetreten würden. Dys hatte von Anfang an auf einen Bürgerkrieg hingearbeitet. Der Mann war ein Schlächter, der seine Ambitionen auf den Leichen seines eigenen Volkes aufbaute.

Logan nickte seinen eigenen Verbündeten zu. Ihre Stimmung wirkte dieser Tage gedrückt, fast apathisch. Sie waren sich der veränderten Machtverhältnisse bewusst – wie hätten sie sich auch deren nicht bewusst sein können, sie wurde ihnen buchstäblich vor Augen gehalten. Auf der Seite der neutralen Clans saßen immer noch zahlreiche Stammeskönige. Deren Entscheidungen zugunsten der einen oder anderen Seite mochte in den nächsten Tagen vielleicht das Zünglein an der

Waage sein, das einen Krieg vielleicht in letzter Sekunde doch noch zu verhindern imstande war. Dys würde nur losschlagen, wenn er sich als überlegen ansah. Der Mann war im Grunde seines Herzens ein Feigling. Er würde nur kämpfen, wenn er sicher war zu gewinnen.

Diese Vorstellung allein gab Logan einen Funken Hoffnung – und die Kraft weiterzumachen, wo geringere Männer verzagt und sich in ihr Schicksal ergeben hätten.

»Wir freuen uns, dich so wohlauf zu sehen«, stichelte Dys. »Der Mordanschlag auf dein Leben hat uns alle in helle Aufregung versetzt.«

Logan schnaubte. »Ja, die Besorgnis um mein Leben ist dir deutlich anzusehen.«

»Sarkasmus steht dir nicht«, wies Dys ihn zurecht. Bevor Logan darauf etwas Passendes erwidern konnte, fuhr der Stammeskönig der Blauspeere fort. »Wie ich hörte, sind einige der Söldner gefangen genommen worden – und sie leben noch.«

»Du bist erstaunlich gut informiert.«

»Lenk nicht ab, Logan. Warum leben die Gefangenen noch?«

»Sie leben noch, weil *ich* das so entschieden habe. Der Anschlag galt mir. Mit den Gefangenen verfahre ich so, wie es mir beliebt. Kümmere du dich um deine eigenen Angelegenheiten.«

»Genau in diesem Punkt irrst du dich. Diese Sache geht uns alle an. Wenn du mit diesem Pöbel nicht so verfährst, wie er es verdient, wie soll dir auch nur noch ein einziger Clan sein Vertrauen schenken? Sag mir das.« Er blickte vielsagend in Richtung von Logans Anhängern. Einige erwiderten den Blick trotzig, andere senkten den Kopf, was ebenfalls eine Menge aussagte.

»Fängst du schon wieder an, die Clans gegen mich aufzuhetzen?«

»Das muss ich gar nicht«, erwiderte Dys und lehnte sich großspurig zurück. »Das schaffst du auch ganz alleine.« Dys deutete anklagend mit dem Finger in Logans Richtung. »Du hast ganz alleine Vertrauen verspielt. Du bist nicht würdig, den einstmals stolzen Stamm der Schwarzbären zu führen. Du bist mehr Nordländer als Moyri. Gib die Führung des Clans ab.«

»Oder was?« Logan trat kampflustig einen Schritt vor.

»Oder wir zwingen dich dazu.«

»Wer ist *wir*?«

Dys breitete großspurig die Arme aus. »Alle jene, die sich um mein Banner geschart haben. All jene, die sich für die Moyri einen anderen Weg wünschen.«

»Sind jene, die sich um dich geschart haben, auch bereit, das Blut ihrer Brüder zu vergießen?«, hielt Logan dagegen. Einige von Dys' Anhängern besaßen zumindest noch den Rest Anstand, beschämt die Köpfe zu senken. Der Anführer der Blauspeere bemerkte es ebenfalls und seine Mimik der Überlegenheit bekam Risse.

»Tritt zurück, Verräter, oder dich allein trifft die Schuld, wenn die Schwarzbären vernichtet werden«, wetterte Dys gegen Logan, der die Tirade ungerührt über sich ergehen ließ.

»Das reichte jetzt, Dys!«, donnerte Erin Tan los. »Solche Drohungen auszustoßen, hast du nicht das Recht. Du sprichst für die Blauspeere, vielleicht auch für die Clans, die dir folgen, aber du sprichst nicht für alle Moyri. Du vergisst deinen Platz.«

»Und du deinen, alter Mann«, giftete Dys zurück. Die Unterstützung, die er in letzter Zeit erfahren hatte, machte ihn ungewohnt mutig. »Wir haben es satt, uns dem Konzil unterzuordnen. Zu Coyle Polloks Zeiten hat es so was nie gegeben.«

»Dieses Thema hatten wir schon«, entgegnete Logan mit erzwungener Ruhe. »Vergiss nicht, was uns Coyle Polloks Herrschaft gekostet hat.«

»Wir waren stark.«

»Eine Illusion. Das Schwert bringt keine Stärke«, hielt Logan ihm vor. »Das Schwert bringt nur Blut.«

»Damit wäre ich schon zufrieden«, sagte Dys und fletschte die Zähne zur Karikatur eines Lächelns.

Logan trat einen weiteren Schritt nach vorn, doch plötzlich wurden seine Knie weich. Seine Waden zitterten. Kalter Schweiß brach auf seiner Stirn aus. Er wollte etwas sagen, doch seine Stimmbänder versagten ihm den Dienst. Wie aus weiter Ferne hörte er Erin Tans Stimme, die seinen Namen rief, er war jedoch unfähig zu antworten. Er streckte die Arme aus, um sich irgendwo festzuhalten, doch seine Hände griffen ins Leere. Logan spürte den Sturz gar nicht mehr. Als er auf dem Boden aufschlug, waren seine Augen bereits geschlossen.

Logan öffnete die Augen. Dunkelheit umgab ihn – die schwärzeste Dunkelheit, die er je gespürt hatte. Sie schien alles zu erdrücken.

Er wusste nicht, wie er hierher gekommen war. Gerade eben hatte er noch vor dem Konzil mit Dys gestritten und im nächsten Moment hatte er sich hier wiedergefunden. Aber wie und warum? Daran konnte er sich beim besten Willen nicht erinnern. Erst jetzt bemerkte er, dass er auf dem Boden lag – und er war nackt. Der Boden war ebenso schwarz wie alles andere.

Logan stand langsam auf. Ein schwaches Leuchten umgab ihn. Es benötigte kostbare Sekunden, bis ihm bewusst wurde, dass das Leuchten von seinem eigenen Körper ausging. Es reichte allerdings nicht aus, um die Dunkelheit mehr als in einem Umkreis von drei Metern zu vertreiben.

Er streckte die Hände aus und ging zwei Schritte nach vorn. Seine Finger berührten etwas. Er bewegte sich daran entlang. Vor Verzweiflung knirschte Logan mit den Zähnen. Er saß in einem Loch fest, möglicherweise in einer Falle. Seine Augen gewöhnten sich langsam an die Dunkelheit. Ganz schwach, drei Meter über seinem Kopf, sah er die Ränder des Lochs, in dem er saß.

Eine Gestalt huschte durch sein Sichtfeld. Sie bewegte sich mit katzenhafter Eleganz. Sie war beinahe genauso pechschwarz wie alles hier, doch Logan erkannte genug. Muskeln spannten sich über einem schlanken Körper, ein Gesicht wie aus einem Albtraum, mit messerscharfen Zähnen, und aus den Pfoten wuchsen zentimeterlange Klauen. Das Wesen schlich um die Ränder des Lochs, als würde es überlegen, hineinzuspringen und ihn zu verschlingen. Vielleicht wartete es auch darauf, dass er hinauskletterte. Das Tier schnupperte, nahm Logans Witterung in seine Nüstern auf.

Logan schrie. Er schrie sich die Seele aus dem Leib. Schrie nach Hilfe. Es antwortete jedoch niemand. In Logan breitete sich Panik aus, die schnell zur Verzweiflung wurde – und er brach in Tränen aus.

Beliak und drei weitere Schakale trugen Logans Körper in dessen Zelt und legten ihn vorsichtig ab. Jesy eilte augenblicklich herbei und bettete Logans Kopf auf ihren Schoß.

»Was bei den Göttern ist passiert?«

Beliak schüttelte besorgt den Kopf. »Wenn ich das nur wüsste. Während des Konzils ist er einfach umgekippt. Ohne Grund.«

»Holt Crea. Sofort!«

Die Schamanin des Schwarzbären-Clans eilte nach wenigen Minuten durch den Zelteingang und kniete neben dem leblosen Körper ihres Herrn nieder. Sie legte ihre Hände auf Mund und Stirn und begann mit einem leisen Singsang.

Jesy und ihre Dienerin Smyria sowie Beliak beobachteten sie mit klopfenden Herzen. Schließlich beendete Crea ihr Ritual und nahm die Hände fort.

»Was hat er heute zu sich genommen?«

Jesy überlegte. »Nicht viel. Ein wenig Wild.«

»Und getrunken?«

»Gewürzter Wein. Wieso?«

»Zeig mir den Wein«, befahl Crea knapp, ohne auf die Frage einzugehen.

Jesy deutete auf eine Karaffe und einen Becher, die auf einem Tablett in der Ecke neben Smyria standen. Das Varis-Mädchen saß in der anderen Ecke und beobachtete das ihr fremde Treiben mit großen Augen.

Crea schnappte sich ohne Umschweife den Becher und schnupperte daran, dann ließ sie ihn mit einem angewiderten Zischen fallen. Im selben Moment reagierte Smyria. Sie stieß Crea zu Boden und stürzte zum Zelteingang.

»Halt sie auf!«, schrie die Schamanin.

Beliak reagierte blitzschnell und packte Jesys Dienerin an den Armen, die sich im unerbittlichen Griff des Kriegers vergeblich wand.

»Was ... was geht hier vor?«, stotterte Jesy und blickte von einem zum anderen.

»Gift«, erklärte die Schamanin. »Logan wurde vergiftet. Durch deine Dienerin.«

Jesy warf Smyria einen ungläubigen Blick zu, den diese hasserfüllt erwiderte. »Das kann nicht sein. Sag mir, dass das nicht wahr ist, Smyria.«

Die Dienerin zog es jedoch vor zu schweigen.

Eine bisher unbekannte Härte überzog Jesys Gesicht. Ihre Augen funkelten wie Diamanten, als sie ihre ehemalige Dienerin mit einer Eiseskälte musterte, die selbst dem hartgesottenen Beliak einen Schauder über den Rücken jagte. Auch Smyrias trotzige Miene bekam Risse und sie schluckte schwer.

»Bring sie nach draußen«, befahl sie Beliak. »Finde heraus, was sie weiß und wer für diesen Giftanschlag verantwortlich ist. Egal wie.«

»Als ob wir das nicht wüssten«, erwiderte Beliak und packte die Dienerin noch grober.

»Ich weiß, aber sie soll es gestehen, damit sie vor dem Konzil aussagen kann. Mal sehen, wie viele Anhänger Dys danach noch hat.«

Beliak verzog die Lippen zu einem anerkennenden Lächeln und führte Smyria nach draußen.

»Ist er noch am Leben?«, fragte Jesy die Schamanin, die sich wieder aufrappelte.

»Gerade mal so.« Sie kniete sich erneut neben ihren Herrn. »Es war kein normales Gift.«

»Was meinst du?«

»Es war ein magisches Gift. Sehr selten. Nur wenige wissen, wie man es herstellt. Sehr, sehr seltsam.«

»Wieso?«

»Dys dürfte gar nicht wissen, wie man das macht. Ich frage mich, wer ihm dieses Wissen vermittelt hat.«

»Kannst du ihm helfen?«

»Vielleicht, doch es wird nicht leicht. Die Seele deines Mannes wurde an einen dunklen Ort verbannt. Einen Ort jenseits der Hoffnung, jenseits des Lichts. Dort gibt es Wesen von so unbeschreiblicher Bösartigkeit, dass die meisten Menschen bei ihrem bloßen Anblick sterben würden und kampferprobte Krieger sich nass machen, wenn sie auch nur deren Gebrüll vernehmen.«

»Du redest von Dämonen.«

»Ja, so werden sie von einigen genannt. In früheren Zeiten waren es mal Menschen. Menschen, so böse und abgrundtief schlecht, dass nicht einmal die Hölle sie haben wollte. Sie sind dort gefangen und mit der Zeit haben sie sich ihrer Umgebung angepasst. Sie sind jetzt pure Grausamkeit und sie ernähren sich von Seelen, die sich in ihr Reich verirren.«

»O ihr Götter!«

Crea lachte heiser auf. »Mit den Göttern hat dies herzlich wenig zu tun. Wer immer Logan das angetan hat, wollte ihn nicht einfach nur töten. Er wollte ihn vernichten, seine Seele unwiederbringlich zerstören. Dies ist eine Tat reinen Hasses.«

Jesy bemerkte, dass Logan kaum noch atmete, und Angst lähmte ihre Gedanken. »Wie können wir ihm helfen? Ich tue wirklich alles.«

Crea tätschelte liebevoll ihre Schulter. »Kleines, du kannst gar nichts tun. Das muss ich erledigen und selbst für mich ist das äußerst schwierig. Ich werde das nicht allein schaffen.«

»Was schaffen?«

»Ich muss dorthin und ihn holen. Das ist seine einzige Chance. Allein wird er den Weg hinaus niemals finden. Wir müssen uns beeilen. Er wird mit jeder Minute schwächer.«

»Was brauchst du dafür? Du bekommst alles.«

»Alles? Nun gut. Dann brauche ich zuallererst Hilfe. Lass mir diesen Söldner bringen. Sein Name ist Kilian. Logan hat viel von ihm erzählt. Ich bin schon sehr gespannt, ob er diesem Ruf gerecht wird.«

15

Kilian war ganz schön mulmig zumute, als man ihn in Logans Zelt führte. Der Khan der Schwarzbären lag auf seiner Schlafstatt, die Augen geschlossen. Im ersten Moment befürchtete er, sein Freund könne tot sein, doch dann hob sich dessen Brustkorb unmerklich und senkte sich kurz darauf. Kilians Verwirrung musste sich auf seinem Gesicht widergespiegelt haben.

»Er atmet genau dreimal pro Minute«, erklärte eine alte Frau auf seine unausgesprochene Frage hin. »Vor einer halben Stunde waren es noch fünfmal.« Sie stand auf, wobei ihr jeder einzelne Knochen Schmerzen zu bereiten schien. »Mein Name ist Crea. Ich habe die Ehre, meinem Herrn als Schamanin zu dienen.«

»Was ist mit ihm passiert?«

»Er stirbt. Langsam und qualvoll. Er wurde vergiftet.«

»Vergiftet?« Kilian glaubte, sich verhört zu haben. »Die Moyri verachten Giftmischer.«

»Das tun sie in der Tat«, lächelte Crea, »doch hin und wieder gibt es den einen oder anderen, der sich dieser ehrlosen Waffe bedient, um einen Rivalen auszuschalten. Und mein Herr hat viele Feinde. Keiner von ihnen ist besonders zimperlich in der Wahl seiner Mittel.«

Vor dem Zelt gellten die Schreie einer Frau durch die Luft, so schrill und schmerzerfüllt, dass Kilian unwillkürlich zusammenzuckte.

»Jesys Dienerin«, erläuterte die alte Schamanin. »Die Schakale bringen sie zum Sprechen. Sie war es, die Logan das Gift verabreichte. Ich bin jedoch sicher, dass sie lediglich dafür entlohnt wurde. Die treibende Kraft ist jemand anders.«

»Und wer?«

»Das ist im Moment nicht die Frage.«

»Sondern?«

»Was du bereit bist, für Logans Rettung zu riskieren.«

»Ich? Ich bin kein Arzt.«

»Ärzte können meinem Herrn nicht helfen. Krieger vielleicht schon.«

Kilian runzelte die Stirn. »Du sprichst in Rätseln.«

»Die Seele meines Herrn ist an einen Ort tiefer Dunkelheit und furchtbarer Schrecken verbannt worden. Unsere – seine – einzige Hoffnung besteht darin, dass wir ihn von dort zurückholen. Und zwar, bevor die Verzweiflung ihn übermannt, denn dann wird seine Seele für immer verlöschen. Oder sie wird von einer der zahllosen Kreaturen, die dort auf Beute lauern, verschlungen werden. Beides sind keine angenehmen Todesarten.«

»Du hast meine Frage nicht beantwortet. Was kann gerade ich tun?«

»Logan sagte, du wärst sein Freund. Entspricht das den Tatsachen?«

Kilian nickte.

»Ich kann das Ritual durchführen, das wir brauchen, um diesen Ort zu erreichen. Unsere Seelen können für begrenzte Zeit dort hingeschickt werden. Ich brauche jedoch Krieger zu meinem Schutz. Ich werde kaum in der Lage sein, mich selbst zu verteidigen. Meine ganze Konzentration wird darauf gerichtet sein, meinen Herrn zu finden und zurückzubringen. Ich werde wehrlos sein.«

»Und da komme ich ins Spiel.«

»Da kommst du ins Spiel«, bestätigte sie. »Das hast du sehr gut erkannt. Du und deine Freunde.«

»Meine ...« Kilian stutzte. »Moment, du kannst doch nicht ernsthaft annehmen, dass die da mitmachen. Sie hassen die Moyri.«

»Überzeuge sie.«

Kilian war so perplex, dass seine erste Reaktion in amüsiertem Prusten bestand. »Das sagst du so einfach. Und überhaupt habe ich mich noch nicht einmal selbst entschlossen mitzugehen.«

»Ach Kilian, müssen wir jetzt wirklich dieses Spielchen spielen? Wir wissen doch beide, dass du gehen wirst.«

»Wieso sollte ich?«

»Weil Logan, ohne zu zögern, dasselbe für dich tun würde, und das weißt du auch.«

Kilian knirschte mit den Zähnen. »Zur Hölle mit dir, alte Frau.«

Crea schüttelte den Kopf. »Der Ort, an den wir gehen, ist weit schlimmer als die Hölle.«

»Auf keinen Fall«, wetterte Kelgan. Der Hüne stapfte in dem Zelt, das ihnen als Gefängniszelle diente, auf und ab.

Die anderen Überlebenden des missglückten Überfalls – Quan, Ekart und Peren sowie zehn Söldner, die Kilian nur am Rande kannte –, beobachteten das Geschehen mit wachsendem Interesse.

Ein Verband bedeckte Quans linken Unterarm, Kelgans Gesicht zierten mehrere Blutergüsse und Ekart fehlte ein Finger der linken Hand, der ihm während des Kampfes mit den Schakalen von einem Schwerthieb abgetrennt worden war. Es hätte durchaus schlimmer kommen können. Nur wenige Zentimeter weiter rechts und die ganze Hand würde jetzt fehlen. Alles in allem hatten sie Glück gehabt, auch wenn jeder von ihnen mehr oder minder schwere Blessuren davongetragen hatte.

Kilian stand mit in die Hüften gestemmte Armen im Zelteingang und ließ Kelgans Wutanfall über sich ergehen. »Wir sind eigentlich hergekommen, um den Kerl umzubringen, und nicht, um ihm das Leben zu retten.«

»Kelgan hat recht«, schloss sich Ekart an, Peren nickte zustimmend. »Es ist ein Moyri weniger, um den wir uns Sorgen müssten. Lass ihn ins Gras beißen.«

Kilian seufzte müde. »Es wäre der falsche Moyri, der ins Gras beißt, glaubt mir.« Er setzte sich auf den Boden und trank aus einem Schlauch einen Schluck brackig schmeckendes Wasser. Es war das Einzige, was sie von ihren Moyri-Bewachern bekamen. Vermutlich mussten sie bereits dafür dankbar sein.

»Moyri ist Moyri«, beharrte Ekart.

»Genau da irrst du dich. Logan war schon immer ein Mann, der friedliche Lösungen dem Blutvergießen vorzog, sogar schon, als er noch Kopfgeldjäger war. Die Politik der Moyri ist weitaus komplizierter, als ihr ahnt. Ich behaupte nicht, alles zu verstehen, doch in diesem Land ringen zwei gegensätzliche Kräfte um die Kontrolle, und wenn die falsche Seite die Oberhand gewinnt ...« Er ließ den Satz vielsagend ausklingen.

»Was dann?«, wollte Peren wissen.

»Dann werden wir uns die früheren Zeiten der Moyri-Invasion herbeisehnen.«

»Du scherzt.«

»Sehe ich aus, als würde ich scherzen?«

Darauf wusste Peren nichts zu erwidern.

»Warum schicken sie nicht ihre eigenen Leute?«, fragte Ekart. »Diese Schakale sollen doch so unglaublich tödliche Kämpfer sein.«

»Sind sie«, gab Kilian zu, »und es kommen auch ein paar mit, aber die Schamanin beharrt darauf, dass wir ebenfalls gehen sollen. Sie scheint der festen Überzeugung, dass das Vorhaben scheitern wird, wenn wir uns nicht beteiligen.«

»Diesen Mystizismus der Moyri habe ich nie verstanden«, meinte einer der Söldner. Kilian glaubte, sein Name sei Nasti. »Aber wenn wir damit einen Krieg verhindern, der sich auf den Norden ausweiten könnte, sollten wir gehen.«

»Ist mir scheißegal, ob die Moyri einen erneuten Krieg vom Zaun brechen«, erklärte Kelgan. »Ich kämpfte nur für Bares. Ohne Kohle bleibt mein Schwert in der Scheide.«

»Wie wäre es mit deiner Freiheit?«

»Häh?« Kelgan wurde plötzlich hellhörig.

»Sie lassen uns gehen, wenn wir ihnen helfen.«

Damit hatte er die volle Aufmerksamkeit aller. »Ist das sicher?«, fragte Quan, indem er zum ersten Mal das Wort ergriff.

»Ich habe mit Jesy, Logans Frau, gesprochen. Sie hat es versprochen. Ich kenne sie schon seit Jahren. Ich vertraue ihr. Im Übrigen hat Crea ebenfalls eingewilligt und ihr Wort scheint hier einiges an Gewicht zu haben.«

»Und du glaubst, sie halten sich daran, wenn sie erst einmal haben, was sie wollen?«, fragte Nasti zweifelnd.

»Ja, sie lassen uns gehen, sobald wir zurück sind.« Beinahe hätte er sich verplappert und *die Überlebenden* statt *wir* gesagt. Die Männer ringsum hatten jedoch sehr genau verstanden, welche Worte er gerade *nicht* ausgesprochen hatte.

Sie waren nicht glücklich über das, was ihnen aufgezwungen wurde. Keiner von ihnen. Doch sie würden gehen, da war sich Kilian absolut sicher. Allerdings hatte er ihnen nicht die volle Wahrheit darüber gesagt, was ihnen bevorstand. Es hätte ihre Entscheidung nur ins Wanken gebracht und er sah nicht, welche Alternative sie hätten. Sie mussten sich den Moyri fügen, daran führte kein Weg vorbei.

Und außerdem würden sie noch früh genug sehen, auf was sie sich wirklich eingelassen hatten.

Die Söldner betraten der Reihe nach das Zelt, einige zögerlicher als andere. Beim Eintreten bekam jeder von Creas Akolythen farbige Zeichen auf Stirn und Wangen gezeichnet. Die Farbe stank bestialisch. Kilian wollte lieber gar nicht wissen, woraus sie gewonnen wurde.

Im Zelt standen schon Crea, zehn ihrer Akolythen und vielleicht ein Dutzend Eiserner Schakale bereit. Jeder mit denselben Markierungen versehen wie sie auch die Söldner erhalten hatten. Die Eisernen Schakale musterten die Söldner mit einer Mischung aus Wachsamkeit und offener Feindschaft. Einer von ihnen war Beliak, der bei Kilians Gefangennahme dabei gewesen war.

Einer der Akolythen – Crea hatte ihn als Giled vorgestellt – begann nun, verschiedene Kräuter in das Feuer in der Mitte des Zeltes zu streuen. Akolythen ohne Markierungen nahmen ihre Positionen rund um Logans leblosen Körper ein. Kilian vermutete, dass nur Menschen mit diesen Markierungen übertreten konnten in ... nun ja ... dorthin, wo sich Logan eben gerade aufhielt.

»Es gibt noch einige Dinge, die ich euch über den Ort sagen muss, an den wir uns nun begeben«, begann Crea. »Eure Waffen und Rüstungen werdet ihr nicht dorthin mitnehmen können.«

»Was?«, donnerte Kelgan. Auch die Eisernen Schakale und die übrigen Söldner schienen nicht gerade erpicht auf diese Vorstellung. Nur die Akolythen wirkten nicht im Mindesten überrascht.

»Der Ort, an den wir reisen werden«, fuhr die Schamanin fort, »ist ein Ort des Geistes. Ein Ort, an dem Materie nur eine untergeordnete Rolle spielt. Ihr werdet dort Waffen haben, aber ihr werdet sie euch erst erschaffen müssen. Wie das geht, zeige ich euch, wenn wir dort sind.«

»Das sind ja tolle Neuigkeiten«, maulte Kelgan. Auch Kilian war über diese Entwicklung nicht wirklich glücklich.

»Dort gelten andere Regeln«, wies Crea die Söldner zurecht, »wir müssen dort nach ihnen spielen.« Sie deutete auf mehrere Schlafstätten, die vorbereitet worden waren. In ihrem Mittelpunkt lag der kaum noch atmende Logan. »Legt euch hin. Wir fangen jetzt an.« Als Akolythen,

Söldner und Schakale ihrer Anweisung Folge leisteten, zögerte Crea ein letztes Mal. »Und egal was passiert, bleibt dicht zusammen. Ein falscher Schritt und eure Seelen sind für immer verloren.«

Der Tag wird ja immer besser, dachte Kilian bei sich und schloss die Augen.

»Wie kommen wir eigentlich wieder zurück?«, fragte Kelgan grimmig, während er sich der Länge nach hinlegte.

»Sobald wir Logan haben, werde ich ein Ritual durchführen, das uns zurückbringt. Sobald dies geschieht, werden meine Akolythen hier es wissen und mich unterstützen. Sie dienen mir als Leuchtfeuer, wenn ihr so wollt, damit ich den Weg zurück finde.«

»Bist du die Einzige, die uns zurückbringen kann?«, wollte Kelgan wissen.

»Ja.«

»Großartig.« Der Söldner ließ den Kopf auf die Matte sinken und schloss widerwillig die Augen. Kilian konnte ihm seine Bedenken nicht verübeln. Schließlich beschäftigten ihn dieselben. Crea musste um jeden Preis geschützt werden oder sie alle würden dort verloren gehen, wo auch immer dieses *dort* sein mochte.

Die Akolythen, die zurückblieben, um das Ritual durchzuführen, begannen mit einem leisen Gesang. Bereits beim ersten Ton stellten sich die feinen Härchen an Kilians Nacken und Oberarmen auf. Dabei war die Melodie nicht wirklich bedrohlich oder Furcht einflößend, eher sogar beruhigend und Mut machend. Doch dahinter steckte eine Aura, die sämtliche Alarmglocken in Kilians Kopf zum Klingeln brachten. Seine Glieder wurden träger, schwerer. Er versuchte, die Augen wieder zu öffnen, doch sie verweigerten ihm den Dienst. Er verspürte ein Gefühl, als würde sein Körper in den Boden sickern. Zelle für Zelle. Der Gesang der Akolythen schien inzwischen aus weiter Ferne zu kommen. Bald schon nahm er ihn nur noch als Hintergrundflüstern wahr. Und dann ...

... öffnete er die Augen.

Kilian fand sich in einer trostlosen Umgebung wieder. Eine Ebene erstreckte sich, so weit das Auge reichte. Sie war düster, verdorrt, karg. Die einzigen Gewächse schienen ausgetrocknete Bäume zu sein, doch bei näherem Hinsehen, bemerkte er, dass sich diese Bäume bewegten.

»Kommt ihnen nicht zu nah«, wisperte Crea neben ihm, doch ihre

Worte waren an alle gerichtet. »Das sind keine Bäume. Falls sie euch in ihre Fänge kriegen, seid ihr verloren. Sie können euch mit einem einzigen Bissen vertilgen.«

Kilian sah sich um. Soweit er es beurteilen konnte, waren alle da. Und die Schakale und Söldner waren nackt – einschließlich ihm.

Crea und die Akolythen hingegen trugen silberne Rüstungen von exquisiter Kunstfertigkeit. Bein- und Armschienen waren mit filigranen Symbolen verziert, in einer Schrift, die Kilian nicht kannte. Die Schamanin und ihre Gehilfen waren darüber hinaus mit Schild und Schwert bewaffnet. Sowohl Rüstungen als auch Waffen gaben ein leichtes Leuchten ab, das die Dunkelheit ringsum nur unwesentlich zu durchdringen vermochte.

Die Söldner sahen nicht gerade glücklich aus, was bei den Akolythen amüsiertes Feixen hervorrief. Die Schakale standen still und starr da wie Statuen. Die Umgebung schien sie weder zu irritieren noch zu beunruhigen. Kilian fragte sich, ob es überhaupt etwas gab, das die Schakale zu beunruhigen vermochte.

»Konzentriert euch jetzt«, wies Crea sie an. »Hier, in dieser Welt, ist eure stärkste Waffe euer Geist. Diese Umgebung verschlingt die Schwachen, hier zeigt sich, wer wahrhaft stark ist und wer nur so tut als ob. Stellt euch vor, ihr tragt Kleidung. Stellt sie euch vor eurem inneren Auge vor. Ihr müsst daran glauben, dass die Kleidung da ist.«

Kilian schloss erneut die Augen. Als er sie öffnete, hatte sich nichts verändert. Er seufzte frustriert. Die Bemühungen der anderen blieben jedoch ähnlich fruchtlos.

»Noch einmal«, forderte Crea sie auf.

Kilian tat wie ihm geheißen. Dieses Mal verspürte er ein leichtes Kribbeln. Teile der Rüstung erschienen, verschwanden jedoch nur Sekunden später wieder. Es brauchte noch fünf weitere Versuche, bis er dieselbe Rüstung trug wie Crea und ihre Akolythen. Nur die Verzierungen fehlten. Nach und nach schafften die Söldner und Schakale es ebenfalls.

Crea nickte zufrieden. »Nun die Waffen.« Sie warf einem ihrer Akolythen einen auffordernden Blick zu. »Giled? Zeig ihnen, wie es gemacht wird.«

Ein junger Mann trat vor, der Kilian bereits vor Beginn des Rituals aufgefallen war. Er schien die Akolythen zu befehligen, gehörte also vermutlich zu Creas engstem Kreis und war höchstwahrscheinlich ihr erster Schüler. Der junge Mann namens Giled blickte von einem zum anderen, bevor er zu sprechen begann.

»Dieser Ort verschluckt die Hoffnung. Ehe man sich versieht, versinkt man in Verzweiflung, und wenn das geschieht, ist es aus.« Er hob das Schwert. »Dies *ist* Hoffnung. Hoffnung auf Licht, Hoffnung auf Stärke, Hoffnung auf Überleben. Ihr müsst hoffen.« Er hob den Schild. »Und dies ist Glaube. Der Glaube an eure Götter, egal an welche Götter ihr auch glauben mögt. Wenn ihr an keine Götter glaubt, glaubt an euch selbst. Ihr müsst hoffen und glauben.«

Da Kilian nun wusste, wie er vorgehen musste, ging es deutlich schneller, die Waffen erscheinen zu lassen. Er brauchte nur drei Versuche, die Schakale natürlich nur einen oder zwei. Kelgan benötigte acht.

Als alle ihre Begleiter gekleidet und bewaffnet waren, nickte Crea zufrieden. »Dann kann es ja losgehen.«

Crea ging voran, ihr folgten die Akolythen und Schakale, die Söldner deutlich zögernd dahinter. Ein Heulen durchdrang die Dunkelheit, das von überall und nirgends zu kommen schien. Die Söldner beschleunigten unwillkürlich ihre Schritte, um mit der Gruppe Schritt zu halten.

Beliak, der Anführer der Eisernen Schakale, bemerkte es und verzog hämisch grinsend das Gesicht. Crea warf ihm einen missbilligenden Blick zu, woraufhin dieser eine neutrale Miene aufsetzte.

Kilian wog prüfend das Schwert in der Hand. Es passte perfekt in seine Handfläche. Griff und Klinge waren gut ausbalanciert, aber dabei überraschend leicht. Er wunderte sich, wie real die Klinge wirkte, musste er sich doch immer wieder daran erinnern, dass das Schwert – falls er Crea richtig verstanden hatte – nur eine Manifestation seines Willens darstellte. Selbiges galt für den Schild. Bei den Schilden der Schakale und Akolythen sowie Creas handelte es sich um Rundschilde, wie die Clans sie bevorzugten. Kilians Schild hingegen war nach unten hin verlängert und spitz zulaufend. Es war ein Schild, wie ihn Ritter und Soldaten des Königreiches Varis trugen. Die Söldner stellten ein buntes Bild dar, jeder trug einen Schild, wie er in dem jeweiligen Heimatland verwendet wurde.

Ein Schatten stürzte plötzlich aus der Dunkelheit heran. Der Angriff erfolgte so blitzschnell, dass keiner der Soldaten auch nur reagieren konnte. Kilian erhaschte nur einen kurzen Blick auf das Wesen. Es war vierbeinig und von dunkler Gestalt, mit gelben Augen, die vor unheimlicher Intelligenz, unendlicher Bösartigkeit und unstillbarem Blutdurst glitzerten. Das Tier – oder was immer es auch war – ging Kilian bis an die Hüfte. Es bewegte sich mit tödlicher Eleganz. Als es angriff, schien die Nacht lebendig zu werden. Einer der Akolythen schrie auf, als das Wesen mit Fangzähnen so lang wie eine offene Männerhand nach dem armen Kerl schnappte und ihn in die Nacht hinfortriss.

Beliak reagierte als Einziger von ihnen, doch auch er war zu langsam. Sein Schwert durchschnitt die Luft, wo das Tier nur eine Sekunde zuvor noch durch die Luft gesegelt war. Der Schrei des unglückseligen Akolythen gellte markerschütternd.

Beliak machte Anstalten, ihm nachzueilen, doch Creas unerbittlicher Griff hielt ihn zurück. Der Anführer der Schakale versuchte, sich loszureißen, doch die Schamanin war überraschend stark.

»Du kannst ihm nicht mehr helfen.«

»Aber er lebt doch noch.«

»Aber nur, weil sie wollen, dass ihr ihm hinterhereilt. Wenn ihr die Gruppe verlasst, seid ihr alle verloren.«

Die Schreie des Mannes nahmen an Intensität zu. Sie gingen Kilian durch Mark und Bein. Dann brachen sie gnädigerweise ab und feuchte, schmatzende Geräusche nahmen ihren Platz ein.

»Es ist vorbei«, sagte Crea traurig. Sie sah sich vielsagend in der Gruppe um. »Lasst euch das eine Lehre sein. Hier lauert überall der sichere Tod. Selbst etwas, das so harmlos aussieht wie eine Blume, ist hier etwas anderes. Alles hier ist darauf ausgelegt, euch zu töten. An diesem Ort gibt es wenig Gesetze – doch das wichtigste ist das Recht des Stärkeren«

»Was zum Teufel war das?«, fluchte Kelgan.

»Eine sehr interessante Formulierung«, meinte Crea. »Dieses Ding war einst ein Mensch. Vor langer, langer Zeit. Ich bezweifle allerdings, dass es sich selbst noch an seine frühere Existenz erinnert. Jetzt ist es lediglich noch eine Kreatur dieser Welt. Eine Seele, die andere Seelen verschlingt.«

»Gibt es viele wie ihn?«, flüsterte Peren mit vor Angst heiserer Stimme.

»Viel mehr, als du dir vorstellen willst. Diese ganze Welt ist voll von ihnen. Seid vorsichtig, sie jagen gern im Rudel. Der eine, der uns angegriffen hat, sollte nur als Köder dienen. Die anderen Tiere des Rudels haben in der Dunkelheit gelauert und darauf gewartet, dass wir etwas Dummes tun. Seid vorsichtig. Jeder Schritt hier könnte euer letzter sein.«

»Was passiert mit unseren Körpern in der wachen Welt, wenn wir hier sterben?«, wagte Kilian zu fragen.

Crea verzog das Gesicht zu einem humorlosen Lächeln. »Was immer euch hier passiert, geschieht auch euren Körpern, also passt besser auf euren Hintern auf.«

Creas Warnung ernst nehmend, marschierten sie weiter. Hin und wieder vernahmen sie das bedrohliche Fauchen der in dieser Umgebung heimischen Fauna. Sie durchquerten die Ebene stundenlang, wobei die Gruppe sich Schutz suchend aneinanderdrängte und die Krieger sich nach allen Seiten absicherten. Es dauerte seine Zeit, bis Kilian klar wurde, dass sie weder Hunger noch Durst verspürten, seit sie diese seltsame Welt betreten hatten. Auch Müdigkeit schien hier kein Problem darzustellen. Hoch am Himmel stand eine schwarze Sonne, die allerdings weder Wärme noch Licht verbreitete – und in der ganzen Zeit veränderte sie auch zu keinem Zeitpunkt ihre Position.

Eine seltsame Welt, dachte Kilian angestrengt. *Hier ist es schwer, nicht das Zeitgefühl zu verlieren.*

Als er Crea darauf ansprach, lachte sie nur und sagte: »Das Zeitgefühl spielt hier keine Rolle. Die Zeit vergeht hier anders. Wir können hier einen ganzen Monat laufen und in der wachen Welt würden gerade mal ein paar Minuten vergehen.«

Crea führte sie weiter, ohne näher auf ihre Worte einzugehen. Kilian wunderte sich insgeheim, anhand welcher Wegpunkte sie die Gruppe wohl leiten mochte. Jeder Stein hier glich dem anderen. Es gab keine sinnvollen Orientierungspunkte. Kein normaler Mensch hätte sich hier zurechtgefunden. Crea jedoch schlug zielstrebig eine Richtung ein und hielt sich strikt daran. Es wirkte beinahe, als würde sie von Logan angezogen.

Kreischen lenkte ihre Aufmerksamkeit nach oben. Über ihnen zogen große Vögel ihre Bahn. Die Spannweite der Tiere betrug mindestens vier Meter. Eines der Tier kam plötzlich im Sturzflug auf Kelgan zu. Der Söldner zog seine Waffe und hob den Schild. Kilian und Beliak sprangen dem Bedrängten hilfreich zur Seite. Ihre Klingen schlugen nach der Kreatur, doch diese fing den Flug knapp außer Reichweite der Klingen ab und gewann wieder an Höhe. Kilian erhaschte lediglich einen kurzen Blick auf das Gesicht des Vogels. Es wirkte verblüffend menschlich, der Mund zu einem stummen Schrei weit aufgerissen, die Augen blickten voller Qual.

Kelgan sah aus weit aufgerissenen Augen auf ihn herab. Auch er hatte es bemerkt. Das Gesicht des sonst so unerschütterlichen Söldners war weiß wie eine Wand. Auch Beliak wirkte erschrocken, obwohl er es besser verstand, sich zu verstellen.

Nach einer gefühlten Ewigkeit stießen sie auf einen Abgrund, über den eine schmale Hängebrücke führte. Die Schlucht war so tief, dass der Boden in Finsternis lag. Doch aus der Tiefe drangen menschliche Schreie herauf.

»Was ist dort unten?«, fragte einer der Schakale.

»Ich denke, wir alle fühlen uns bedeutend wohler, wenn wir das nicht wissen«, entgegnete Crea stirnrunzelnd, während sie den Abgrund betrachtete.

Kilian musterte einen Moment lang ihr nachdenkliches Gesicht, bevor er seufzte. »Wir müssen da rüber, nicht wahr?«

»Allerdings.«

»Das kann doch nicht dein Ernst sein?«, erwiderte Peren.

»Logan ist dort drüben. Und so, wie ich das sehe, führt kein anderer Weg rüber.«

»Dann los«, meinte Beliak enthusiastisch.

»Nicht so voreilig«, hielt Crea ihn zurück.

»Was ist denn?«

»Ich befürchte, darauf warten sie nur. Ich wundere mich die ganze Zeit schon, warum sie uns nicht angreifen.«

»Du denkst, die Brücke ist eine Falle?«, sinnierte Kilian, obwohl er die Antwort auf diese Frage bereits kannte.

»Höchstwahrscheinlich.«

»Dann gibt es nur zwei Möglichkeiten: umkehren oder rüberlaufen.«

»Umkehren kommt nicht infrage«, begehrte Beliak auf. Die Sorge um seinen Herrn stand ihm deutlich ins Gesicht geschrieben.

»Das hatte ich auch nicht ernsthaft in Betracht gezogen.«

»Gehen wir einzeln rüber?«, fragte Beliak ein wenig besänftigt.

»Ganz dumme Idee«, wies Crea ihn zurecht. »Ich befürchte, genau darauf spekulieren sie.«

»Du willst, das wir da alle zusammen rüberlaufen?« Kilian war schockiert, aber nicht gänzlich überrascht. Dabei handelte es sich um eine von Creas Ideen, die er inzwischen erwartete.

»Hast du eine bessere Idee?«

Kilian beugte sich vor und spähte in den Abgrund, schließlich warf er der Brücke einen misstrauischen Blick zu. Sie wirkte auf ihn nicht wie ein vertrauenerweckendes Konstrukt, allerdings konnte hier so was durchaus täuschen.

»Ich wünschte, ich hätte einen.«

»Wir könnten einzeln rübergehen«, brachte Beliak halbherzig ein, »oder in kleinen Gruppen.«

»Großartiger Vorschlag«, spottete Kilian, »dann sitzt die eine Hälfte auf der Brücke fest und die andere auf einer Seite der Schlucht. Willst du es ihnen denn noch einfacher machen?«

Beliak öffnete den Mund, bereit für eine wütende Erwiderung, doch Crea hob befehlend die Hand. »Er hat recht. Wir dürfen uns nicht aufteilen.« Sie seufzte. »Bleibt dicht zusammen und immer einen Fuß vor den anderen setzen. Passt auf, dass euch die Planken der Brücke auch tragen.«

Ohne abzuwarten, ob es weitere Einwände gab, setzte Crea einen Fuß auf die erste Planke der Brücke. Das Holz (falls es denn wirklich Holz war in dieser vermaledeiten Welt) ächzte protestierend auf. Tatsächlich hielt sie. Crea setzte vorsichtig den anderen Fuß auf die Brücke. Sich langsam vortastend, setzte sie einen Fuß vor den anderen. Zögernd folgte der Rest der Gruppe. Wohl aber eher, um nicht zurückzubleiben, als wirklich aus dem tief empfundenen Wunsch, ihr zu folgen.

Sie hatten sich bis zur Mitte der Brücke vorgearbeitet, als der Angriff erfolgte. Zeitgleich stürzten sich mehrere der fliegenden Kreaturen auf sie, gefolgt von einem Vorstoß von beiden Seiten der Schlucht durch die raubkatzenhaften Dämonen. Der Angriff erfolgte so simultan, dass Kilian nicht umhinkam, dahinter eine Intelligenz zu vermuten. Es fiel ihm allerdings schwer zu glauben, dass diese Wesen aus eigenem Antrieb so einen Angriff zustande brachten.

Bereits in den ersten Sekunden verloren sie drei von Creas Akolythen, drei Schakale und einen Söldner. Die Männer wurden buchstäblich in Stücke gerissen oder von den Flugkreaturen in die Luft gehoben, wo diese sie schließlich in die Tiefe fallen ließen. Ihre panikerfüllten Schreie hallten noch in Kilians Ohren nach, lange nachdem die Körper der Unglückseligen bereits im Dunkel unter ihnen verschwunden waren.

Quan und Peren spießten jeder eine dieser Kreaturen auf, Ekart erledigte eine der Raubkatzen mit einem beherzten Stich seines Schwertes in den Nacken. Als die Männer ihre Waffen zurückzogen, waren sie überzogen von einer ekelhaften schwarzen Schmiere, die bestialisch stank. Die Flugkreaturen stürzten kreischend in die Tiefe, während der Kadaver der Raubkatze plötzlich zu schwelen anfing und eine Art Qualm absonderte. Einer der Söldner griff sich an die Kehle, kaum dass er einen Atemzug getan hatte, sank auf die Planken der Brücke nieder und wand sich unter furchtbaren Qualen.

»Nicht einatmen!«, schrie Crea über den Lärm der Kämpfenden hinweg. Kilian riss sich einen Fetzen Stoff aus dem Hemdsärmel unter seiner Rüstung und band ihn sich eilig um Nase und Mund. Die Söldner folgten augenblicklich seinem Beispiel und mit kurzer Verzögerung auch die Schakale und Akolythen. Eine der Raubkatzen sprang die Schamanin an, doch Beliak ging dazwischen. Sein Schwert blitzte einmal kurz auf und öffnete die Kehle der Kreatur. Die Augen des Wesens verdrehten sich im Todeskampf, eine verstörend menschlich anmutende Geste. Mit einem Tritt beförderte Beliak das Wesen in die Tiefe.

Kelgan spaltete mit einem gewaltigen Hieb einer weiteren Raubkatze den Schädel und schlug ihr diesen dann mit einem gewaltigen Streich seines Schwertes ab. Kilian überkam der Eindruck, dass der Söldner durchaus seinen Spaß dabei hatte.

»Weiter«, wies Crea die anderen an. »Wir müssen auf die andere Seite. Nicht stehen bleiben.«

Kämpfend bewegte sich die Gruppe auf die andere Seite der Schlucht zu, bedrängt von allen Seiten. Bevor sie die Brücke jedoch endlich überquert hatten, verloren sie zwei weitere Akolythen, einen Schakal und drei Söldner. Die Kreaturen zogen sich zurück, sobald die Gruppe sicheren Grund erreichte.

Viele der Krieger sanken erschöpft auf die Knie nieder, um durchzuatmen, andere beobachteten aufmerksam die Umgebung, jederzeit mit einem weiteren Angriff rechnend.

»Es sind von Natur aus Feiglinge«, erklärte Crea. »Sie kämpfen nur, wenn sie sich selbst im Vorteil sehen.«

»Kommen Sie wieder?«, fragte Kilian.

»Vielleicht. Sobald wir unachtsam werden, sind sie wieder hinter uns her, doch vorerst dürften wir ein wenig freier atmen können. Wir haben über ein Dutzend von ihnen erledigt. So viel Widerstand sind sie nicht gewohnt.«

»Woher weißt du so viel über diesen Ort?«

»Sagen wir mal, es gehört zu meinen Aufgaben, über diese Sphäre Bescheid zu wissen.« Sie winkte den Kriegern auffordernd zu. »Kommt. Keine Zeit zum Verschnaufen. Es ist nicht mehr weit.«

Die müden Krieger setzten weiter einen Fuß vor den anderen. Wiederum verlor Kilian jegliches Zeitgefühl. Sie hätten Stunden marschieren können oder auch Tage, er hätte es nicht gewusst. Die Kreaturen behelligten sie nicht mehr, doch Kilian glaubte, in den umliegenden Schatten ihre lauernden Blicke zu bemerken, und immer wenn er sich abwandte, meinte er, aus den Augenwinkeln funkelnde Pupillen zu entdecken, die jedem ihrer Schritte folgten. Es war schwer, unter diesen Umständen keine Paranoia zu entwickeln.

Nach einer gefühlten Ewigkeit hob Crea endlich die Hand. Sie hatten ihr Ziel erreicht. Kilian hatte sich bisher am Ende der Gruppe gehalten, um ihnen den Rücken zu decken. Nun ging er gemessenen Schrittes an seinen Kameraden vorbei, bis er Crea erreichte.

»Was ...?«, begann er, doch Crea packte ihn grob am Arm und hielt ihn zurück. Kilian folgte ihrem Blick. Vor ihm tat sich eine Grube auf. Er hatte vor ihr gestanden und sie nicht gesehen. Hätte Crea ihn nicht aufgehalten, wäre er hineingestürzt.

In dem Loch kauerte eine nackte Gestalt.

Crea ließ sich auf beide Knie nieder. Beliak wollte an ihre Seite eilen, doch ein ungeduldiger Wink mit ihrer Hand hielt ihn zurück.

»Mein Herr«, sprach Crea die nackte Gestalt an. Diese reagierte kaum. Kilian meinte nur, ein kaum wahrnehmbares Zittern zu sehen.

»Mein Herr«, wiederholte sie. »Logan, mein Khan.«

Bei der Erwähnung seines Namens merkte die Gestalt mit einem Mal auf.

»Logan?«, sagte die Gestalt. Die Stimme war brüchig, kaum mehr als ein Wispern. »Diesen Namen habe ich schon einmal gehört.«

»Es ist Euer Name, mein Herr.«

Endlich drehte sich die Gestalt um. Kilian widerstand dem Drang zurückzuweichen. Logans Gesicht war eingefallen, als stünde er kurz vor dem Hungertod, seine Gestalt wirkte ausgemergelt.

»Vergiss nicht«, flüsterte ihm Crea zu, als hätte sie seine Gedanken erraten, »Logan ist nicht wirklich hier. Das ist nur eine Manifestation seiner geistigen Präsenz und diese ist am Schwinden. Sie wird aufgezehrt werden, wenn wir ihn hier nicht herausschaffen, und dann wird sein Körper in der wirklichen Welt sterben.«

»Crea?«, sagte Logan plötzlich. »Bist du das?«

»Ja, Herr. Ich bin es.«

Unvermittelte Wut verzerrte ohne Vorwarnung Logans Gesicht. »Das ist ein Trick. Du bist nicht wirklich hier. Das ist nur ein Trick.«

»Es ist kein Trick, mein Herr. Wir sind hier, um Euch zu retten.«

»Wir? Wer ist *wir*?«, fragte Logan misstrauisch.

Crea gab Kilian verstohlen einen Wink. Dieser ließ sich neben der Schamanin nieder.

»Ich bin auch hier, Logan. Kilian.«

»Kilian? Du hier? Bist du hier auch gefangen?«

Logan schien am Rande der Panik. Seine Stimme troff vor Verzweiflung.

»Nein. Auch ich bin hier, um dich nach Hause zu holen.«

»Das wird nicht funktionieren«, widersprach Logan mit tränenerstickter Stimme. »*Er* wird es nicht zulassen. *Er* wird mich nie fortlassen.«

Kilian und Crea wechselten einen verdutzten Blick. »Er? Wer ist er?«

»Er spricht wohl von mir«, sagte plötzlich eine befehlsgewohnte Stimme. Die gesamte Gruppe wirbelte herum und riss die Waffen hoch. Niemand kam jedoch auch nur auf den Gedanken, sie einzusetzen.

Hinter ihnen stand Coyle Pollok.

»Willkommen in meinem neuen Reich«, sagte der Kriegsherr.

»Das ist nicht möglich«, flüsterte Crea. Dann lauter: »Du bist tot.«

»Natürlich bin ich das, meine Liebe. Und hierher wurde ich geschickt.« Coyle Pollok blickt sich vielsagend um. »An den Ort, an den Seelen geschickt werden, die niemand sonst haben will. Einen Ort der Trostlosigkeit. Einen Ort des Vergessenes.«

Hinter Coyle Pollok schälten sich mehrere der Raubkatzenkreaturen aus der Dunkelheit. Aus einem Impuls heraus wollte Kilian den ehemaligen Kriegsherrn warnen, doch ihm blieben die Worte im Halse stecken. Die Kreaturen legten sich zu Polloks Füßen und schmiegten sich an ihn.

»Aber wie ihr seht, habe ich es mir hier recht gemütlich gemacht«, fuhr Pollok mit Blick auf die Kreaturen zu seinen Füßen fort. »Ich habe gelernt, mir die Gegebenheiten nutzbar zu machen. Hier folgt nun alles meinem Befehl.«

Deswegen wurden wir also so überlegt und koordiniert angegriffen, ging es Kilian durch den Kopf. *Ich wusste doch gleich, dass das nicht mit rechten Dingen zugehen kann.*

»Du kannst gar nicht das Wissen haben, das nötig ist, um dir hier eine Machtbasis zu schaffen«, hielt Crea dagegen. »Es gibt nur eine Handvoll lebender Schamanen, die das fertigbringen würden.«

»Du würdest dich wundern, wozu ein Mensch fähig ist, wenn er nur motiviert genug ist. Am Anfang wäre ich auch beinahe der Verzweiflung anheimgefallen, doch ich habe mich gewehrt. Habe mich gewehrt und schließlich die heimischen Wesen unterworfen. Als ich Logan hierher holte, hatte ich jedoch nicht zu hoffen gewagt, dass eine solch fette Beute ihm folgen würde. Crea, dein Tod steht ganz oben auf meiner Liste. Dagegen sind die Söldner, die dich begleiten, nur schmückendes Beiwerk.« Mit einer abfälligen Bewegung deutete er in Richtung der Gruppe. »Tötet sie!«

Aus dem Stand sprinteten die Kreaturen los. Sie zerrissen in Sekundenbruchteilen einen Schakal und zwei Akolythen. Eines der Wesen sprang Beliak an, doch Nastis Schwert fuhr dazwischen und zerteilte die Kreatur noch in der Luft. Explosionsartig entwichen Dämpfe aus dem Kadaver und trafen Nasti im Gesicht. Der Dunst umgab wie eine tödliche Wolke den Kopf des Söldners. Auch den Stoff, den er sich um Nase und Mund gebunden hatte, konnte ihm da nicht mehr helfen. Er würgte, übergab sich lautstark und stürzte zu Boden, während er sich mit den Händen verzweifelt an den Hals griff und nach Luft rang. Nach einigen Augenblicken rührte er sich nicht mehr.

»Beschützt den Khan!«, schrie Crea. Die Schakale und Söldner formierten sich sofort zu einem schützenden Kreis um das Loch, in dem Logan saß. Die überlebenden Akolythen bildeten die zweite Verteidigungslinie um Crea.

»Holen wir ihn da raus und nichts wie weg von hier«, meinte Kilian.

»So einfach ist das nicht«, widersprach Crea. »Er muss das Loch auch verlassen wollen.«

»Na großartig. Wäre auch zu viel verlangt, wenn mal etwas einfach ginge.«

Kilian legte sich flach auf den Boden und hielt Logan die ausgestreckte Hand hin. »Logan? Komm. Wir gehen nach Hause.«

Logan zog sich in die äußerste Ecke seines Kerkers zurück und schüttelte den Kopf. »Ich kann nicht. Ich ... kann ... nicht.«

»Logan, bitte!«

»Du verstehst nicht, Kilian. In meinem ganzen Leben hatte ich noch nie solche Angst. Noch nie. Ich ... ich bleibe hier. Geht! Bringt euch selbst in Sicherheit.«

Hinter ihm gellten die Schreie der Kreaturen und das Brüllen der Menschen durch die Nacht. Kilian wagte nicht, sich umzudrehen, um zu sehen, wie der Kampf stand. Es konnte ohnehin nicht gut für ihre Seite aussehen.

»Wir gehen auf keinen Fall ohne dich.«

»Dein Volk braucht dich«, wagte Crea einen Versuch. »Und Jesy braucht dich auch.«

Bei der Erwähnung seiner Ehefrau merkte der Khan der Schwarzbären merklich auf. »Jesy?«

»Ja, Jesy«, fuhr die Schamanin fort. »Sie wartet auf dich. Sie ist voller Sorge um dich.«

Logan bewegte sich langsam auf Kilians ausgestreckte Hand zu. Er hob die eigene Hand, nur noch Millimeter trennten die beiden voneinander. Kilian glaubte schon, es würde gelingen, doch erneut trat

Unsicherheit in Logans Augen und er zog sich von der nahen Rettung zurück.

»Verdammt!«, fluchte Kilian. »Logan, du kommst jetzt her!«

»So wird das ganz sicher nichts«, spottete Crea.

»Hast du eine bessere Idee?«

»Vielleicht«, meinte die Schamanin nachdenklich. »Logan? Du wirst Vater.«

Kilian wusste später nicht mehr zu sagen, wer verdutzter dreingesehen hatte: er selbst oder Logan.

»Was sagst du da?«, fragte der Khan der Schwarzbären.

»Du hast richtig gehört. Jesy ist schwanger. Sie hat auf den richtigen Augenblick gewartet, um es dir zu sagen.«

»Und du meinst, das wäre er jetzt?«, fragte Kilian verschmitzt, entschied sich jedoch, weitere Kommentare zu unterlassen, als Crea ihm mit der flachen Hand einen Schlag in den Nacken verpasste.

»Jesy? Schwanger?«, wiederholte Logan fassungslos.

»Deine Familie braucht dich, Logan«, drängte Crea, einen harten Unterton in der Stimme. »Und jetzt reiß dich gefälligst zusammen und beweg deinen knochigen Hintern hier rauf!«

In Logans Augen trat ein Ausdruck der Entschlossenheit, etwas, das Kilian an diesem Ort noch nicht beim Anführer der Schwarzbären wahrgenommen hatte. Logan packte zu und ergriff Kilians Arm, dieser zog den Mann aus dessen Gefängnis. Wie von Zauberhand erschien in Creas Händen ein Gewand, das sie Logan um die blanken Schultern legte.

Kilian sah sich erstmals um. Beliak und fünf weitere Schakale hielten die Stellung gegen vier der Raubkatzen. Von den Söldnern waren nur noch Quan, Kelgan und Ekart übrig. Peren war nicht zu sehen. Die übrigen Söldner lagen am Boden, die Körper im Todeskampf verrenkt. Von den Akolythen waren nur Giled und zwei weitere übrig, die beide Verletzungen aufwiesen.

»Wie wäre es, wenn wir verschwinden?«, fragte Kilian.

»Aber sofort«, bestätigte Crea. Sie holte ein Amulett unter ihrer Rüstung hervor und begann, leise zu singen. Die Sicht vor Kilians Augen verschwamm und er fühlte sich seltsam schläfrig. Wie aus weiter Ferne vernahm er Polloks Stimme.

»Ihr könnt davonlaufen, aber ihr könnt euch nicht verstecken. Ich kriege euch. Ich habe noch nicht einmal damit begonnen, euch zu quälen. Hört ihr mich? Ich werde euch kriegen, egal, wo ihr euch verkriecht.«

Kilian schlug unvermittelt die Augen auf. Über sich sah er das Dach von Logans Jurte. Er wollte aufstehen, aber seine Glieder versagten ihm den Dienst.

»Langsam«, sagte einer von Creas Akolythen, die die Zeremonie überwacht hatten. »Du wirst Zeit brauchen, um wieder zu Kräften zu kommen.«

Kilian sah sich im Zelt um. Auf dem Boden verstreut lagen die sterblichen Überreste der Schakale, Söldner und Akolythen, die gestorben waren. Ihre Körper wiesen dieselben Verletzungen auf, die sie in dieser anderen Sphäre davongetragen hatten. Peren war unter ihnen, mit aufgeschlitzter Kehle und der Bauch von Krallen zerrissen. Ekart kroch zur Leiche seines Bruders, vergrub sein Gesicht in dessen Wams und weinte bitterlich. Kilian fühlte Trauer in sich aufsteigen. Er hatte den Jungen gemocht.

»Das hast du gut gemacht«, sprach ihn Crea an, die unweit von ihm lag. Er nickte ihr dankbar zu. Sie deutete mit dem Kinn in die andere Richtung. Kilian folgte ihrem Wink. Dort lag Logan auf seiner Schlafstatt. Seine Augen waren geöffnet und Jesy lag in seinen Armen. Er schien sie nie wieder loslassen zu wollen.

16

Dys fühlte sich auf dem Höhepunkt seiner Macht. Logan war ausgeschaltet. Soweit er wusste, würde er die Nacht nicht überstehen. Dass sie seine kleine Attentäterin geschnappt hatten, spielte keine Rolle. Sie wusste gar nicht genug, um ihn denunzieren zu können. Er war so schlau gewesen, sie über Mittelsmänner anzuheuern. Vermutlich war sie schon tot. Auch gut. Das war ein loses Ende, das er nun nicht mehr verknüpfen musste.

Das Konzil wurde mittlerweile von ihm dominiert. Viele Clans hatten sich auf seine Seite geschlagen. Der Angriff der Nordländer und Logans Inkompetenz, diese Bedrohung auszuschalten, hatte sie in sein Lager geführt. Die noch unentschlossenen Clans wankten, neigten sich jedoch in seine Richtung.

Logans Allianz war im Niedergang begriffen. Sie leisteten ihm im Konzil noch immer erbitterten Widerstand – vor allem Noran Kort, der Anführer der Wolfshunde –, doch ihre Stimmen wurden von jenen übertönt, die sich klar zu Dys Bollnar bekannten. Selbst Erin Tan, der normalerweise von vielen Stammeskönigen gerade wegen seiner Neutralität geschätzt wurde, konnte sich nicht mehr länger gegen ihn durchsetzen. Dessen Versuche, sich als Stimme der Vernunft Gehör zu verschaffen, verhallten ungehört.

Bevor er losschlug, würde es vermutlich notwendig werden, Erin Tan ebenfalls auszuschalten, nur um ganz sicherzugehen. Eigentlich schade. Es wäre für ihn bedeutend wünschenswerter gewesen, den Khan der Nachtgeister in sein Lager zu holen, doch Erin Tan schien partout nicht klein beigeben zu wollen. Er gehörte zwar nicht zu Logans Allianz, doch widerstrebte es ihm zutiefst, sich Dys anzuschließen, und in der Zeit, die Dys plante, gab es keinen Raum für Neutralität. Alle, die dachten, sich zurücklehnen und ihre Clans aus dem Streit heraushalten zu können, mussten eliminiert werden. Wer nicht für Dys war, war gegen ihn. Viele hatten bereits die Zeichen der Zeit erkannt und sich auf seine Seite geschlagen.

Ja, in der Tat, er war auf dem Höhepunkt seiner Macht angekommen. Es war nicht mehr viel nötig. Was würde er wohl als Erstes tun, sobald er die Clans unter sein Banner vereinigt hatte? Er verzog das Gesicht zu einer hasserfüllten Miene. Als Erstes würde er diese Varis-Hure, die Logan sich als Haustier hielt, an seine Krieger weiterreichen. Es würde seinen Triumph über Logan nur umso süßer machen. Leider würde der Stammeskönig der Schwarzbären dies nicht mehr miterleben. Aber man konnte eben nicht alles haben.

Die Schwarzbären müssten natürlich vernichtet werden, sie und alle Clans, die Logan so entschlossen bis zuletzt die Treue hielten. Auf sie würde er sich nie verlassen können. Ihre Loyalität gegenüber Logan grenzte ans Fanatische. Es würden aber genügend Clans übrig bleiben, um den Nordländern den Krieg zu erklären, und dieses Mal würde kein Logan zur Stelle sein, der den Krieg am Vorabend ihres Sieges noch zunichtemachte. Dieses Mal würde alles anders werden.

Widerwillig lenkte Dys seine Aufmerksamkeit auf die Geschehnisse innerhalb des Zeltes und fort von seinen Machtfantasien.

Die Diskussion innerhalb des Konzils war wieder einmal in vollem Gange. Noran Kort führte einen verzweifelten Vorstoß, um zumindest einen Teil der Unentschlossenen noch auf Logans Seite zu ziehen.

Wie putzig!

Dys erhob sich und war sich sofort der Aufmerksamkeit aller sicher. »Gib es auf, Noran. Es ist vorbei. Logan hat nur eines bewiesen: dass er nicht führen kann.«

»Nur weil er die Moyri nicht in einen neuen Krieg führen will, soll er ein schlechter Anführer sein?«, spie Noran ihm entgegen. »Logan ist in seinem kleinen Finger zehnmal mehr Anführer als du.«

Normalerweise hätte diese Beleidigung ihn zur Weißglut getrieben, doch nicht heute, nicht wenn er sich seiner Überlegenheit so sicher sein konnte.

»Wenn er so ein guter Anführer ist, wie konnte er dann nicht sehen, wenn sich eine Attentäterin direkt vor seiner Nase einnistet?«

»Das ist ungeheuerlich«, brauste Noran auf. »Das ist kein Beweis für seine angebliche Unfähigkeit.« Noran Korts Stimme nahm einen gefährlich ruhigen Tonfall an. »Außerdem wissen wir sehr genau, wer für den Anschlag verantwortlich ist.«

Dys' Augenbrauen zogen sich gefährlich zusammen. »Willst du uns etwas sagen, Noran? Falls du Anschuldigungen vorbringen willst, dann mach das laut und vor dem ganzen Konzil. Lass uns die Beweise sehen, die du hast.«

Mit einem Mal war es mucksmäuschenstill im Zelt. Alles wartete gespannt auf die Erwiderung des Stammeskönigs der Wolfshunde. Dessen Kiefer mahlten angestrengt, als er sorgfältig über seine nächsten Worte nachdachte.

»Leider habe ich keine Beweise, die ich vorlegen könnte«, presste er schließlich hervor.

»Das hätte mich auch gewundert«, antwortete Dys grinsend, »also halte dich mit deinen Andeutungen lieber zurück.«

Ein anderer von Logans Verbündeten legte Noran die Hand auf die Schulter und flüsterte ihm etwas ins Ohr. Noran nickte lediglich mit grimmiger Miene und setzte sich widerwillig.

»Ich denke, wir können jetzt endlich zur Abstimmung bezüglich Logans Anschuldigungen meine Person betreffend schreiten. Sind alle damit einverstanden?«

»Das ist ungeheuerlich«, sprang Noran erneut auf. »Logan muss hier sein, wenn abgestimmt wird. Das ist Gesetz.«

»Du weißt sehr gut, dass er im Moment nicht in bester Verfassung ist, Noran.«

»Dann muss die Abstimmung verschoben werden.«

Dys lachte laut auf. »Glaubst du wirklich, das würde einen Unterschied machen? Logan wird nie wieder aufwachen. Das wissen alle hier.«

»Logan lebt noch, und solange er lebt, gibt es ...«

»Gibt es was?«, unterbrach Dys ihn. »Hoffnung? Du Träumer. Logan ist tot.«

»Noch nicht.«

Alle Augen wanderten zum Eingang des Zelts, von wo die Stimme gekommen war. Gestützt von Beliak auf der einen und Crea auf der anderen Seite stand Logan dort. Wacklig zwar, aber er stand. Und was noch wichtiger war, er lebte.

Ehrfürchtiges Raunen ging durch die versammelten Stammeskönige.

Selbst Dys' Anhängern klappten die Kinnladen herunter. Vor seinem inneren Auge sah Dys seinen schon sicher geglaubten Sieg auf Nimmerwiedersehen davoneilen.

»Wie ich sehe, bist du nicht totzukriegen«, erklärte Dys, während er darum rang, seine Fassung wiederzuerlangen.

»Ich hoffe, du bist nicht allzu enttäuscht.«

»Es hält sich in Grenzen.«

Logan ließ den Blick über die Anwesenden wandern, war sich der Aufmerksamkeit aller bewusst. Schließlich seufzte er. »Wie ich sehe, warst du fleißig.«

»Jemand musste die Zügel in die Hand nehmen.«

»Und das musstest ausgerechnet du sein?« Logan löste sich von Beliak und Crea und ging mehrere unsichere Schritte in Richtung Zeltmittelpunkt. Beinahe wäre er gestürzt, doch im letzten Moment fing sich Logan wieder. Beliak wollte ihm zu Hilfe eilen, blieb jedoch auf einen Wink seines Stammeskönigs stehen.

Logan breitete die Arme aus. »Ist es das, was ihr wollt?« Seine Stimme wurde lauter. »Ist es wirklich das, was ihr wollt? Die Moyri sind zerstritten. Uneins. Clan wartet darauf, Clan zu zerfleischen. Noch niemals zuvor in den letzten tausend Jahren standen die Moyri so kurz davor, einen Bürgerkrieg vom Zaun zu brechen.« Er drehte sich einmal um die eigene Achse, damit er jeden persönlich ansprechen konnte. »Und die meisten von euch warten nur darauf, die Schwerter zu ziehen. Ist euch denn gar nicht klar, was ein Bürgerkrieg bedeutet? Bruder zieht gegen Bruder, vergießt das Blut seines eigenen Volkes.« Er schrie nun fast. »Und das ist es, was ihr wirklich wollt?«

»Und wessen Schuld ist das, Logan?«, fragte Dys provokant und stieg mehrere Stufen hinab, um mit Logan auf gleicher Ebene zu reden. »Wir waren *ein* Volk unter *einem* Führer, und was hast du gemacht? Ihn umgebracht. *Du* hast die Einheit zerstört. Das war keiner von uns.«

»Ich habe ein Blutbad beendet, ein Blutbad, das Pollok aus purer Machtgier angerichtet hat. Sein Tod ist kein großer Verlust. Nur Menschen wie du, die immer noch in der Vergangenheit leben, trauern ihm nach. Die Moyri brauchen aber Menschen, die in die Zukunft blicken. Die Vergangenheit ist genau das: vergangen.«

»Du sprichst wie ein Nordländer«, spie Dys abfällig aus.

»Ich habe lange unter ihnen gelebt. Wenn du nicht so verblendet wärst, könntest du sehr viel von ihnen lernen.«

Diese Bemerkung löste erneut Raunen unter den versammelten Clans aus. Sogar Logans Verbündete warfen sich gegenseitig unglückliche Blicke zu. Logan bemerkte, dass er einen Fehler begangen hatte, doch er ließ es sich mit keiner Gefühlsregung anmerken.

»Apropos Nordländer«, nahm Dys den Faden auf. »Was ist mit den Nordländern geschehen, die das Attentat auf dich ausgeführt haben?«

Logans Muskeln spannten sich an. Genau dieses Thema hatte er gehofft, vermeiden zu können. Es würde die ohnehin schon aufgeladene Situation noch zusätzlich verschärfen.

»Ich ließ sie zu ihren Leuten zurückkehren«, erwiderte er ehrlich.

Die anwesenden Stammeskönige schnappten kollektiv nach Luft. Dys lächelte triumphierend.

»Falls es je einen Beweis für deine Schwäche gab, dann wurde er soeben erbracht. Die Nordländer schickten eine Bande aus, dich nachts hinterrücks zu ermorden, und du ließest sie gehen? Einfach so?«

»Ja, einfach so. Es war der Preis für mein Leben. Die Schwarzbären stehen zu ihrem Wort. Die Söldner halfen dabei, mich von der Schwelle des Todes zurückzuholen. Als Gegenleistung haben meine Schakale sie durch den Belagerungsring zu ihren Leuten zurückgebracht. Es war eine Frage der Ehre«

Logan verschwieg wohlweislich, dass nicht alle Söldner zurückgekehrt waren. Kilian hielt sich noch bei den Schwarzbären auf. Sie waren übereingekommen, dass die Kommunikationswege für die Möglichkeit einer friedlichen Lösung offen gehalten werden mussten und dafür benötigte Logan einen Söldner, dem er vertrauen konnte.

Dys zuckte mit den Achseln. »Dass die Nordländer wieder bei ihrer Armee sind, spielt keine Rolle. Sie sitzen dort in der Falle und können nirgendwo hin. Ihr Tod ist nur eine Frage der Zeit. Dass du sie aber hast gehen lassen, sagt eine ganze Menge über *dich* aus.«

»Und was wäre das?«

»Dass ich die ganze Zeit recht hatte. Du bist viel zu nachsichtig mit den Nordländern. Schlimmer noch, du bist mehr Nordländer als Moyri. Du bist ein Verräter und du bist unwürdig, dich einen Stammeskönig der Moyri zu nennen.«

Clanführer auf beiden Seiten sprangen auf und beschimpften sich gegenseitig lautstark. Erin Tan versuchte, Ordnung in das Chaos zu bringen, doch niemand hörte noch auf ihn.

Logan schloss verzweifelt die Augen. Vor seinen Augen löste sich das Konzil in einzelne verfeindete Gruppen auf, die sich bis aufs Blut hassten. Er hoffte immer noch, ein Bürgerkrieg würde sich vermeiden lassen.

Doch er glaubte nicht mehr daran.

Logan ließ sich schwer auf seine Kissen sinken. Er fühlte sich unendlich ausgelaugt. Es würde noch Tage dauern, bis er seine alte Kraft zurückerlangt hatte. Creas Tränke halfen dabei, auch wenn sie bestialisch stanken.

Sie reichte ihm einen weiteren Becher des ekelhaften Zeugs, an dem er naserümpfend roch, bevor er ihn in einem Zug hinunterstürzte. Möglichst schnell weg damit, hieß die Devise.

Kilian und Beliak saßen ihm gegenüber. Der Anführer der Eisernen Schakale konnte den Söldner im Speziellen und seine Kameraden im Allgemeinen immer noch nicht leiden, doch der gemeinsame Kampf gegen die Dämonen hatte so etwas wie gegenseitigen Respekt unter den Kriegern aufkommen lassen. Immerhin tolerierte er ihn jetzt.

Kilian wartete, bis Logan getrunken hatte, dann konnte er seine Neugier jedoch nicht mehr bezähmen. »Und? Wie war es?«

»Wie erwartet«, erwiderte Logan und wischte sich mit dem Handrücken über den Mund.

»So schlimm?«, hakte der Söldner nach.

»Oh ja«, stimmte Beliak zu. »Die Clans gehen sich gegenseitig an die Kehle.« Der Schakal seufzte. »Zu schade, dass Jesys Dienerin nichts Nützliches wusste. Wir hätten Dys endlich vor dem Konzil anklagen können. Ein Giftanschlag gegen einen anderen Stammeskönig, selbst seine Verbündeten hätten sich daraufhin von ihm distanziert.«

»Das wäre zu viel des Glücks gewesen«, stimmte Logan zu.

»Und was jetzt?«, fragte Kilian. »Meine Freunde sterben und sie können nirgendwo hin.«

Logan nickte. »Das ist richtig, aber zumindest sind sie im Augenblick in Sicherheit. Die Clans werden es nicht wagen, sie anzugreifen, nicht, wenn es auch einfachere Möglichkeiten gibt, als Tausende unserer Krieger zu opfern.«

»Ja, aber irgendwann werden Nahrung und Wasser aufgebraucht sein. Dann wird Ciran Talbert keine andere Möglichkeit mehr haben, als aus dem Kessel auszubrechen. Und dann gibt es ein Blutbad. Auf beiden Seiten.«

»Er wird keine Chance haben«, erklärte Beliak selbstgefällig.

»Unterschätze ihn nicht. Seinen Ruf genießt er nicht umsonst.«

»Mag sein, aber am Ende wird er trotzdem untergehen.«

»Und wie viele Moyri werden bis dahin ihr Leben lassen?«, wies Logan ihn zurecht. »Nein, der offene Kampf mit den Söldnern ist keine Lösung, die ich in Erwägung ziehen möchte.«

»Dys ist der Schlüssel zu allem«, brachte sich Crea unvermittelt ein.

»Wie meinst du das?«, fragte Logan.

»Bin ich die Einzige, die es nicht für Zufall hält, dass eine Söldnerarmee einfällt, gerade als wir das Konzil abhalten? Und woher weißt der Söldnerführer überhaupt, *wo* wir das Konzil abhalten. Kein Nordländer kann das wissen.«

»Gera«, sinnierte Kilian vor sich hin.

»Was?«

»Gera«, wiederholte der Söldner. »Von ihm bekommt Ciran seine Befehle. Ich habe ihn schon mal gesehen. Ich bin sicher, dass er Moyri ist.«

»Interessant.« Logan rieb sich nachdenklich das Kinn. »Von wem wird wohl Gera seine Befehle erhalten?«

»Oder Dys?«, spann Crea den Faden weiter.

»Dys?«, fragte Logan.

»Also wirklich, ihr Männer«, spottete die Schamanin. »Coyle Pollok taucht wieder auf und keiner von euch verschwendet einen Gedanken an ihn? Ich bin sicher, auch Dys ist nur ein Befehlsempfänger.«

»Von Pollok? Aber wie?«

»Dys ist Schamane. Er kennt mit Sicherheit Mittel und Wege.«

Logan kratzte sich nachdenklich am Kinn. »Dann zieht also Dys die Fäden und bringt eine Söldnerarmee ins Land der Moyri, um mich als unfähig darzustellen.«

»Und zu töten«, bemerkte Beliak.

»Möglich, aber ich bezweifle, dass das mehr als ein Bonus für Dys wäre. Ihm ist mehr daran gelegen, mich vor dem Konzil zu diskreditieren.«

»Und Dys hat mit Sicherheit auch die Ziele für die Söldner festgelegt«, merkte Crea an. »Hat ihnen befohlen, welche Dörfer sie angreifen sollen und welche nicht.«

»Wie kommst du darauf?«, fragte Logan.

»Er hat das Dorf zerstören lassen, in dem meine Familie lebte«, antwortete sie mit brüchiger Stimme. »Damit wollte er mich treffen. Mich ganz persönlich. Er wollte, dass sich meine Gedanken mit anderen Dingen beschäftigen und nicht mit den Problemen, die direkt vor meiner Nase ablaufen.«

Logan senkte betroffen den Blick. »Er wird dafür zur Rechenschaft gezogen, Crea. Das schwöre ich.«

»Ich befürchte, mein Junge, davon sind wir weiter entfernt als je zuvor. Im Moment ist Dys unangreifbar. Seine Verbündeten würden ihn, ohne zu zögern, beschützen.«

»Irgendwie müssen wir ihn aufhalten.«

Crea überlegte fieberhaft. »Die Söldner. Mit ihnen steht und fällt alles.«

»Aber die sind handlungsunfähig«, seufzte Logan.

»Dann müssen wir das ändern«, lächelte Crea.

»Aber was können wir tun?«, fragte Kilian. »Wir können meine Freunde nicht einfach sterben lassen.«

»Das werden wir auch nicht«, beruhigte Logan ihn. »Im Moment wird ihnen nichts passieren. Wir müssen die Sache von der anderen Seite angehen. Wie Crea schon sagte, Dys ist der Schlüssel – und die Verbindung zu Pollok.«

»Und das heißt?«

»Das heißt, Dys kann nicht einfach den Dingen ihren Lauf lassen. Das liegt nicht in seiner Natur. Er wird versuchen, alles zu beschleunigen. Seine Ungeduld wird sein Schicksal besiegeln.«

»Du sprichst in Rätseln.«

»Wir werden ihn beobachten. Er wird sich irgendwie verraten.« Logan wandte sich an den Anführer der Schakale. »Beliak, wähle deinen besten Mann aus. Er wird das übernehmen.«

»Das mache ich selbst«, erwiderte Beliak stolz, doch Logan schüttelte den Kopf.

»Dys kennt dich. Wer auch immer ihn beobachtet, wird sich im Lager der Blauspeere aufhalten müssen. Dich zu schicken, könnte sich als gefährlich erweisen.«

»Dann schick mich«, bot sich Kilian an.

Logan stutzte, doch dann stahl sich ein Lächeln auf sein Gesicht. »Tut mir leid, mein Freund, du gehst wohl kaum als Moyri durch.«

»Aber wir könnten ihn in einen verwandeln«, wandte Crea ein und stieß ein gackerndes Lächeln aus. »Ja, ich denke, Kilian wird einen prächtigen Moyri abgeben.«

Kilian fühlte sich recht unwohl in seiner Haut. Als Crea angeboten hatte, ihn in einen Moyri zu verwandeln, hatte er irgendeinen mystischen Zauberspruch oder ein Ritual erwartet. Die Wahrheit konnte nicht weiter entfernt sein. Creas und Jesys Dienerinnen hatten sich förmlich auf ihn gestürzt, hatten seinen Hautteint mit einer seltsamen Paste verdunkelt, seine Haare ebenso. Zu guter Letzt hatten sie ihn mit Moyri-Kleidung ausstaffiert, die nach Ziegen und Pferden stank. Beliak hatte ihn darüber hinaus auch mit Stammeszeichen und mehreren Symbolen der Blauspeere verziert. Einer oberflächlichen Begutachtung würde es wohl standhalten, doch wenn ihn jemand ausführlich befragte, nun, dann stand er vor einem Problem. Wenigstens sprach er die Moyri-Sprache sehr gut. Zumindest dafür war die Zeit, in der er in Coyle Polloks Heer gedient hatte, gut gewesen.

Er hielt sich nun schon geschlagene fünf Tage im Lager der Blauspeere auf. Hatte mit ihnen gesoffen, gefressen und ... na ja ... wieder gesoffen. Die Blauspeere schienen nicht viel anderes zu machen, solange die Stammeskönige der Clans lamentierten. Die Blauspeere hatten einen hervorragenden Lagerplatz direkt in der ersten Reihe des Geschehens. Von jedem Platz des gewaltigen Lagers der Blauspeere konnte Kilian in der Ferne das Zeltdach des Konzils sehen.

Mehrmals hatte er sogar einen Blick auf Dys Bollnar erhaschen können, der sich zur Versammlung begab oder von ihr zurückkehrte. Wenn er den Gesichtsausdruck des Clanführers richtig deutete, lief für den Kerl alles prächtig – und dies bedeutete, Logan lief die Zeit davon.

Das Lager der Blauspeere war so groß, dass zum Glück niemand auf den Gedanken kam, er gehöre nicht hierhin. In so einem Lager *konnten* sich gar nicht alle kennen. Kilian hielt sich soweit möglich immer in der Nähe von Dys' Zelt auf. Sollte es etwas Interessantes zu sehen oder hören geben, dann dort.

Am Morgen des sechsten Tages – Kilian wachte mit einem fürchterlichen Kater auf – bemerkte der Söldner durch den Alkoholschleier, der sich um sein Gehirn gelegt hatte, eine subtile Veränderung des Lagers. Die Blauspeere begannen damit, ihre Alkoholvorräte einzulagern, und gaben stattdessen Wasser aus. Ein Umstand, der ihn nicht im Mindesten störte. Er hatte schon befürchtet, sich hier zu Tode saufen zu müssen. Was ihn jedoch beunruhigte, waren die vielen Waffen, die plötzlich zu sehen waren. Pfeile wurden neu befiedert, Schwerter und Äxte geschärft. Die Blauspeere bereiteten sich offenbar auf einen Kampf vor und es bedurfte keines Genies, um sich vorzustellen, wer ganz oben auf Dys' Abschussliste stand.

Kilian erhob sich schwerfällig und ging langsam Richtung Latrinen, teils, um sich zu erleichtern, teils, um vielleicht ein paar interessante Neuigkeiten aufzuschnappen. Irgendetwas war im Lauf der Nacht passiert, etwas, das die Blauspeere dazu veranlasste, sich auf den Krieg vorzubereiten. Kilian kannte Dys nicht. Weder persönlich noch dessen Ruf, doch er bezweifelte, dass der Moyri einen Krieg vom Zaun brechen würde, wenn er nicht der Meinung war, ihn auch gewinnen zu können. Und Logan war kein einfacher Gegner. Selbst seine Feinde mussten dies neidlos anerkennen.

Auf seinem Weg zur Latrine kam er so zufällig an Dys' Zelt vorbei, wie es ihm möglich war. Die Leibwache des Stammeskönigs riegelte den Bereich um die Jurte ihres Herrn großzügig ab. Als er ein bekanntes Gesicht aus dem Zelt des Stammeskönigs kommen sah, blieb er schlagartig stehen. Gerade noch rechtzeitig besann er sich, bevor die Leibwachen des Clanführers misstrauisch werden konnten, und schlenderte weiter. Seine Gedanken jedoch überschlugen sich.

Gera! Was zum Teufel macht der denn hier? Und wie ist er aus dem belagerten Söldnerlager entkommen?

Sobald es ihm möglich war, huschte er zwischen zwei Zelte und behielt Gera im Auge. Der Moyri unterhielt sich angeregt mit Dys. Kilian konnte nicht sagen, dass er sonderlich überrascht über diese Enthüllung war. Die beiden jedoch so einhellig nebeneinander zu sehen, machte ihn trotzdem sprachlos.

Die beiden zogen sich wieder in das Zelt zurück und Kilian fluchte unterdrückt. Wenn er doch nur nahe genug herankommen könnte, um die beiden zu belauschen.

Ein halbes Dutzend Betrunkene torkelten vorüber, ebenso wie er gerade aufgewacht und ebenso wie er auf dem Weg zu den Latrinen. In seinem Kopf nahm ein gewagter Plan Gestalt an. Hätte er sich die Zeit genommen, darüber nachzudenken, er hätte wohl Abstand von seinem Vorhaben genommen. Doch Kilian war nicht unbedingt der Denker-Typ – sondern eher der spontane.

Er schlüpfte aus seiner Deckung, wirbelte den Letzten in der Reihe herum und gab ihm einen Kinnhaken, der ihn gegen drei seiner Kameraden taumeln ließ. Diese ließen sich das natürlich nicht bieten, doch anstatt Kilian dafür zur Verantwortung zu ziehen, prügelten sie auf ihren betrunkenen Kameraden ein. Innerhalb kürzester Zeit entbrannte eine wüste Schlägerei, die sich ausweitete und die Bewohner mehrerer angrenzender Zelte mit einbezog. Die Situation drohte außer Kontrolle zu geraten.

Mehrere von Dys' Leibwächtern eilten herbei, da sie einen solchen Tumult in der Nähe ihres Herrn nicht dulden konnten. Ihre Bemühungen zeitigten jedoch nicht wirklich Erfolg, weshalb sie einige ihrer Kameraden zu Hilfe riefen. In dem Durcheinander fiel es niemandem auf, dass sich Kilian davonstahl und hinter das Zelt des Stammeskönigs schlich.

Mit einem Messer ritzte er die gegerbte Haut auf, aus der die Jurte bestand, und schlüpfte hinein. Im Innern herrschte nahezu völlige Dunkelheit. Nur einige Kohlepfannen verströmten ein klein wenig Licht. Die vorherrschende Hitze trieb Kilian sofort dicke Schweißperlen auf die Stirn.

Er hielt sich wohlweislich in den Schatten, um nicht entdeckt zu werden, und kauerte sich hinter einen Stapel Decken. Verglichen mit Logans Zelt war Dys' Jurte winzig. Zum Glück hielt sich außer dem Clanführer und Gera niemand sonst hier auf, sonst wäre es schwergefallen, einer Entdeckung zu entgehen.

Dys setzte sich an das Feuer, das in der Zeltmitte vor sich hin brannte. Der Clanführer nahm einen Ast und fachte das Feuer stochernd an, während sich Gera ihm gegenüber niederließ.

»Nun?«, fragte Dys, ohne aufzublicken.

»Alles verläuft genau nach Plan«, erwiderte Gera grinsend.

Dys nickte zustimmend. »Die Söldner haben gute Arbeit geleistet, sogar weit bessere, als ich erwartet habe. Sie haben nicht nur Logans Aufmerksamkeit abgelenkt, sie haben es auch noch geschafft, ihm zu entkommen, und ihn dadurch vor den anderen Clanführern als inkompetent bloßgestellt. Dieses Ergebnis hätte ich nie zu hoffen gewagt. Eigentlich hätte ich erwartet, dass Logan sie vernichtet, sobald er seine Streitmacht gegen sie führt.«

»Was soll nun mit den Söldnern geschehen?«

Kilian spitzte unwillkürlich die Ohren.

Dys stieß ein grausames Lachen aus. »Sie haben ihren Zweck erfüllt. Sollen sie bleiben, wo sie sind. Sie können nirgends hin. Sie können kämpfen und sterben oder im Kessel ausharren und sterben. Beide Ergebnisse sollen mir recht sein.«

Gera nickte. »Wie Ihr wünscht. Dann muss ich wenigstens nicht mehr zu ihnen zurück. Das Leben unter den Nordländern war ... schwierig.«

Kilian knirschte unterdrückt mit den Zähnen. Seine Kiefer mahlten angestrengt. Damit war das Schicksal der Söldner besiegelt.

Dys wandte seinen Blick erstmals vom lodernden Feuer ab. »Ich weiß, dass du die Nordländer hasst und verachtest, Gera. Dein Einsatz wird nicht vergessen werden. Und ich versichere dir, dass unser Herr es ebenfalls nicht vergessen wird.«

Gera verbeugte sich steif. »Ich lebe nur, um zu dienen.«

»Und du hast gut gedient«, lächelte Dys.

»Und wie gehen wir jetzt weiter vor?«

»Logan wird entmachtet«, beschied Dys entschlossen. »Er wird sich nicht mehr lange halten können. Langsam, aber sicher verliert er sogar den Rückhalt bei seinen engsten Verbündeten. Sobald er aus dem Weg geräumt ist, ziehen wir mit unserer Streitmacht nach Süden und besetzen die Ruinen. Dann können wir endlich das Ritual abhalten. Es wird auch Zeit. Diese ganzen Machtkämpfe haben uns schon viel zu lange aufgehalten.«

Gera lächelte. »Und dann wird endlich Coyle Pollok wieder unter den Lebenden weilen.«

17

»Dieser Wahnsinnige!«, wütete Crea durch Logans Zelt. Logan ließ sie gewähren, während Kilian sie mit milder Erheiterung bedachte.

Kilian war erst vor einigen Minuten zurückgekehrt und hatte sofort Bericht erstattet. Dys' Verwicklung in die Söldnerangriffe hatte Logan nicht wirklich überrascht, seine weiteren Pläne hingegen schon.

»Kann er das schaffen?«, fragte Logan. »Das hört sich für mich allzu sehr nach Wunschdenken und Hokuspokus an.«

Crea beruhigte sich etwas, während sie über die Frage ausführlich nachdachte. Schließlich nickte sie. »Theoretisch ... ja. Theoretisch könnte er es tatsächlich schaffen. Mit diesen Ruinen ist eine alte Stadt gemeint, die etwa zweihundert Kilometer südlich von hier liegt, in der tiefsten Wüste. Ihr Name ist Kirantal.«

Logan nahm die Entfernungsangabe und setzte sie im Kopf in Relation zu den wenigen Karten, die er über dieses Gebiet besaß. »Wenn ich mich nicht irre, ist dieses Gebiet eine verbotene Zone. Dort war seit tausend Jahren kein Moyri mehr.«

»Länger«, verbesserte Crea, »sehr viel länger, und das aus gutem Grund. Es heißt, dort habe eine Volk von Mystikern gelebt, die sich mit Dingen auskannten, die längst in Vergessenheit geraten sind. Und das ist auch gut so, wenn du mich fragst.«

»Mit was für Dingen?«, fragte Logan mit einem Gefühl des Unbehagens.

»Zum Beispiel, wie man die Toten zurückholt.«

»Was ist aus ihnen geworden?«, wollte Kilian wissen.

»Was mit solchen Zivilisationen immer geschieht: Sie überschätzten sich und wurden zu einem Opfer des eigenen Wissens. Ihr eigenes Handeln löschte sie fast vollständig aus. Was von ihnen übrig blieb, wurde von den Moyri hinweggefegt, als sie dieses Land in Besitz nahmen. Die Stadt, von der Dys sprach, war ihre Hauptstadt.«

»Wie hieß dieses Volk?«

»Sie nannten sich die Kronai. Sie sind inzwischen ausgestorben, aber es heißt, in den Ruinen ihrer Hauptstadt gibt es immer noch viel zu entdecken, für denjenigen, der weiß, wonach er suchen muss.«

»Was hat Dys vor?«, fragte Logan interessiert. Der Clanführer der Schwarzbären war aufs Äußerste beunruhigt.

»Man sagt, es gebe einen schwarzen Spiegel in den Tiefen der Stadt. Es ist ein Tor in die Dimension, in der Coyle Pollok jetzt gefangen ist. Wenn man dort zu einem bestimmten Zeitpunkt ein Ritual abhält, kann man eine bestimmte Person befreien. Man braucht aber ein freiwilliges Opfer.«

»Ein Opfer?«

»Es kommt nicht die ganze Person zurück, sondern nur die Seele und die kann in unserer Welt nicht ohne Körper überleben. Sie braucht einen Wirtskörper, um überleben zu können, normalerweise denjenigen, der das Ritual durchführt.«

»Dys opfert sich selbst, dieser Verrückte«, fluchte Logan.

Crea schnaubte. »Dys mag zwar verrückt sein, aber noch mehr als Coyle Pollok liebt er seine eigene, verkommene Haut. Nein, er muss das Ritual zwar durchführen, aber ich bezweifle, dass er weiß, was das für ihn selbst bedeutet. Ich vermute, Coyle Pollok wird es ihm nicht gesagt haben.«

»Dann besiegelt er sein eigenes Schicksal, indem er meinen Bruder zurückholt«, folgerte Logan.

»In der Tat.« Crea wurde schlagartig nachdenklich. »Mich beunruhigt allerdings das Wissen, das Dys an den Tag legt. Die Ruinen der Stadt, das Ritual, der Zeitpunkt: All dies wissen nur drei lebende Menschen und ich bin eine von ihnen. Dys gehört nicht dazu und auch Coyle Pollok konnte es nicht wissen. Woher weiß er das also alles?«

»Vielleicht hat er alte Aufzeichnungen gefunden?«, meinte Kilian.

»Möglich«, entgegnete Crea wenig überzeugt.

»Wann muss Dys das Ritual abhalten?«, fragte Logan.

»In etwa vier Wochen.«

»Dann haben wir noch vier Wochen, um ihn aufzuhalten.«

»Was ist mit meinen Freunden?«, wollte Kilian gepresst wissen.

»Kilian, ich habe im Augenblick wirklich andere Dinge im Kopf.«

»Sie sterben, Logan.«

»Ich weiß, aber das haben sie sich selbst zuzuschreiben, oder etwa nicht?«

»Sie wurden dafür bezahlt. Von einem Moyri.«

»Aber das wussten sie nicht«, hielt Logan dagegen.

»Lass sie gehen, Logan. Bitte. Silas ist bei ihnen.«

»Ich weiß das, Kilian. Und glaub mir, du hast mein vollstes Mitgefühl, aber ich bin dabei, einen Machtkampf zu verlieren, bei dem nicht nur ein ganzes Volk auf dem Spiel steht, sondern vielleicht sogar alle Völker. Was denkst du, wird Pollok tun, wenn er zurück ist?«

Kilian wandte sich unbehaglich ab, doch Logan ließ es nicht zu, packte ihn an beiden Schultern und zwang ihn, sich anzusehen.

»Was, Kilian? Was wird er tun?«

»Er wird seine Machtbasis wieder aufbauen, und sobald er stark genug ist, wird er erneut gegen den Norden zu Felde ziehen.«

Logan nickte und entließ Kilian aus seinem unerbittlichen Griff. »Ja. Wenn er wieder auf dieser Welt wandelt, wird er all jene um sich scharen, die einen Vorteil darin sehen: die Schwachen, die Beeinflussbaren, die ewig Gestrigen. Sie alle werden ihm bereitwillig folgen. Und dieses Mal werde ich nicht mehr da sein, um ihn aufhalten zu können, denn ich werde bereits tot sein. Siehst du jetzt, was meine Aufgabe ist?«

Kilians Augen erhellten sich unvermittelt. »Dann lass uns helfen.«

»Was?«

»Lass die Söldner ziehen. Ich bin sicher, ich kann Ciran Talbert überzeugen, mit euch zu kämpfen. Während du noch versuchst, Dys im Konzil aufzuhalten, können wir nach Süden ziehen und die Stadt besetzen. Falls du scheiterst, erwarten wir Dys dort.«

»Das ist nicht dein Ernst.«

»Und ob das mein Ernst ist.«

»Du meinst also, ich soll das Schicksal nicht nur eines Clans, sondern *aller* Moyri-Clans in die Hände von Männern legen, die unschuldige Moyri-Leben ausgelöscht haben und in mein Land kamen, um zu morden, zu plündern und zu brandschatzen? Da verlasse ich mich doch lieber auf meine Überredungskünste im Konzil.«

»Und wenn du scheiterst? Was dann? Du solltest noch einen Trumpf im Ärmel haben.«

»Und du meinst, ausgerechnet *ihr* wärt dieser Trumpf?«

»Allerdings«, entgegnete Kilian weiterhin überzeugt. Logan dachte angestrengt nach. Ein Umstand, der Kilian keineswegs entging, und so fuhr er fort zu sprechen: »Ciran Talbert ist gut. Er ist sogar besser als gut. Wenn jemand die Stadt halten kann, dann er. Dys ist unberechenbar. Wer sagt uns denn, dass er das Konzil abwarten wird, bevor er seinen nächsten Zug macht? Dys wird langsam ungeduldig und das macht ihn noch gefährlicher, als er ohnehin schon ist.«

»Und du denkst, dein Söldnerhauptmann ist einverstanden? Nach dem, was du erzählt hast, hasst er uns.«

»Ich bin sicher, ich kann ihn überzeugen. Außerdem sehe ich nicht, dass er eine große Wahl hat.« Kilian zog eine Augenbraue vielsagend nach oben. »Zumindest *das* hat er mit dir gemein.«

»Ich denke darüber nach«, beschied Logan. Als Kilian seinen Mund öffnete, um noch etwas zu sagen, hob der Clanführer der Schwarzbären gebietend die Hand. »Ich denke darüber nach, Kilian. Mehr kann ich dir im Moment nicht dazu sagen. Meine Entscheidung erfährst du morgen früh.«

Logan trat in die Nacht hinaus und betrachtete in Gedanken versunken die Sterne. Die kühle Luft ließ seinen bloßen Oberkörper frösteln, doch er unterließ es, sich eine Decke überzuwerfen. Vielmehr genoss er das Gefühl. Es ließ ihn klarer denken.

»Suchst du in den Sternen nach Einsichten?«, sprach ihn unvermittelt eine Stimme an.

»Ich wünschte nur, es wäre so einfach«, entgegnete er, ohne sich umzudrehen. Crea trat neben ihn und folgte seinem Blick.

»Man sagt, die Götter blicken von dort oben auf uns herab.«

»Glaubst du daran?«

Sie lächelte. »Ich möchte daran glauben.«

Er warf ihr einen schiefen Blick zu. »Ist das ein Zeichen der Romantikerin in dir oder der Zynikerin?«

»Vielleicht beides«, lächelte sie zurück.

Sie senkte den Blick, schlagartig ernst. »Du hast noch keine Entscheidung getroffen.« Es war eine Feststellung, keine Frage.

»Natürlich nicht. Wie könnte ich?«

»Im Prinzip ist es eine ganz einfach Rechnung. Möchtest du Feinden vertrauen, um einen größeren Feind zu bezwingen?«

»Ganz so einfach ist es leider nicht.«

Crea schnaubte. »Manche Entscheidungen werden nur schwieriger gemacht, als sie in Wirklichkeit sind.« Sie warf Logan einen amüsierten Blick zu. »Von Menschen.«

Er lachte kurz bellend auf. »Zurechtweisung zur Kenntnis genommen. Trotzdem hilft mir das kein bisschen weiter.«

»Und was würde dir weiterhelfen?«

»Sie haben Moyri umgebracht, Crea. Unschuldige Leben.«

»Das brauchst du mir nicht zu sagen, ich habe Familienmitglieder verloren, aber sind die Moyri wirklich in der Lage, den moralischen Zeigefinger zu heben? Als das letzte Mal ein Moyri den Fuß auf Nordlandboden setzte, war das Ergebnis eine furchtbare Tragödie. Für alle Seiten.«

»Und wenn ich sie tatsächlich gehen lasse? Es wird nicht lange dauern und das Konzil weiß Bescheid. Das wird es mir viel schwerer machen, Dys als den Verbrecher zu entlarven, der er ist – vielleicht sogar unmöglich.«

»Ja, das ist wahr. Diese Entscheidung dürfte dir im Rat nicht viele Freunde einbringen. Wären die Söldner nicht so erfahren und kampfstark, hätten einige bereits dafür plädiert, zum Sturm auf ihr Lager anzusetzen.«

»Du siehst also, wie schwierig meine Lage ist.«

»Politik macht jede Lage schwierig.«

»Warum also sollte ich ihnen Gnade gewähren?«

»Weil du es kannst.«

Es waren nur vier Worte, doch sie erschütterten Logan bis ins Mark. Die einfache Wahrheit dahinter ließ ihn beschämt den Blick senken und er nickte bedächtig.

Crea legte ihm die Hand auf den Arm. Ihre Haut fühlte sich rau an, doch die Berührung war überraschend sanft. »Warum diskutieren wir eigentlich noch? Du hast deine Entscheidung doch längst getroffen.«

Kilian wurde mit ungläubigen Blicken bombardiert, als er in Begleitung von fünf Eisernen Schakalen – zu denen auch Beliak zählte – ins Lager der Söldner ritt. Die Moyri hatten ihre Speere mithilfe von weißen Tüchern zu Flaggen des Waffenstillstands umfunktioniert, doch trotzdem warfen sie sich unbehagliche Blicke zu, sich der feindseligen Blicke der versammelten Söldner nur allzu bewusst.

Zu den Moyri, die das Söldnerheer festgenagelt hatten, zählten leider keine Schwarzbären. Es hätte die Sache wesentlich vereinfacht. Doch es gehörten Wolfshunde zu ihnen – Noran Korts Clan. Nach einer kurzen, aber heftigen Diskussion und der Konsultation des Clanführers der Wolfshunde hatte man ihnen – wenn auch widerwillig – freies Geleit durch den Belagerungsring gewährt.

Kilian erspähte Silas in der vordersten Reihe der Menschenmenge und glitt vom Sattel. Sogleich kam der Barde angestürmt und fiel dem völlig verdutzten Söldner um den Hals. Als sich Silas von ihm löste, hatte das Gesicht des Barden einen peinlich berührten Ausdruck angenommen.

»Nur weil ich dachte, du seist tot«, bemühte sich dieser um eine Rechtfertigung seines ungewohnten Gefühlsausbruchs. »Schon wieder.«

Kilian quittierte die Bemerkung mit einem Lächeln. Er hätte es nie zugegeben, doch er hatte den Barden ebenfalls vermisst.

»Wie geht es dem Mädchen?«, fragte er, um das Thema zu wechseln.

»Arianna? Gesund und munter. Und das war nicht ganz leicht bei den vielen Männern hier, wie ich bescheiden hinzufügen möchte.«

»Gut gemacht.«

Silas verbeugte sich bei Kilians seltenem Lob leicht aus der Hüfte. »Du hast sicher viel zu erzählen.«

»Kann man so sagen, aber zuerst muss ich mit Ciran reden.«

Silas senkte verschwörerisch die Stimme. »Du hast nicht zufällig ein Friedensangebot von Logan in der Tasche?« Er deutete auf die Moyri, die immer noch auf ihren Pferden saßen. Ihre Mienen blieben ausdruckslose Masken. Diese Kerle waren zu gut, um sich auch nur die geringste Gefühlsregung inmitten einer Schar Feinde anmerken zu lassen. Kilian jedoch bemerkte, wie sich die Hände der Schakale zu jedem beliebigen Augenblick in der Nähe ihrer Schwerter befanden.

Galledors massige Gestalt quetschte sich durch die versammelten Söldner, aber nur um einer viel kleineren Person Platz zu machen, die jedoch sofort die Aufmerksamkeit aller in Beschlag nahm.

Ciran Talbert begutachtete die Moyri-Krieger mit kundigem Blick, anschließend Kilian. Als er sich eine Meinung gebildet hatte, seufzte er schließlich. »Nenn mir nur einen guten Grund, weshalb ich deine Begleiter nicht enthaupten und ihre Köpfe an Logan zurückschicken lassen sollte.«

»Wenn du das tust, wird niemand hier überleben.«

Ciran spuckte aus. »Unsere Überlebenschancen sind im Moment ohnehin nicht die besten.«

»Mag sein, aber hör dir wenigstens an, was ich zu sagen habe, bevor du eine übereilte Entscheidung triffst.«

Cirans Blick fuhr erneut über Kilian und die Moyri. Er seufzte erneut und zuckte die Achseln. »Anhören kann ich es mir ja mal, aber ich verspreche nicht, dass mir gefällt, was ich höre.«

»Oh, in dem Punkt kann ich dich beruhigen. Ich bin mir ziemlich sicher, dass es dir kein bisschen gefällt.«

»Dieser verdammte kleine Mistkäfer!«, fluchte Ciran Talbert, als Kilian mit seinem Bericht endete. Als er dem Söldnerhauptmann erzählte, was alles vorgefallen war, hatte er kein Blatt vor den Mund genommen. Er berichtete von dem fehlgeschlagenen Attentat auf Logan und dem anschließenden Giftanschlag, der beinahe von Erfolg gekrönt gewesen wäre. Als Kilian zu dem Teil kam, indem sie an Logans Rettung teilnahmen, runzelte Ciran missbilligend die Stirn, sagte jedoch nichts. Als er von Geras Verrat und den Plänen des Clanführers Dys Bollnar hörte, hielt ihn allerdings nichts mehr auf seinem Stuhl.

»Verfluchter Schweinehund!«, wetterte Ciran weiter. Kilian überkam der Eindruck, Ciran war vor allem deshalb so angepisst, weil seine Söldner und er von Anfang an benutzt worden waren. Mehr noch, sie waren nur angeheuert worden, um am Ende in dieser Steppe zu sterben. Er ließ den Wutausbruch des Söldnerhauptmanns ungerührt über sich ergehen. Außer Ciran und ihm selbst waren nur noch Galledor und – auf Kilians Bitte hin – Beliak in Cirans Zelt anwesend. Galledors Männer sorgten für die notwendige Privatsphäre, indem sie die neugierigen Augen und Ohren der anderen Söldner fernhielten.

»Wenn ich den in die Finger kriege, drehe ich ihm höchstpersönlich seinen dürren Hals um.«

»Ciran?«, fragte Kilian, als er meinte, der Söldnerhauptmann habe genug gewütet.

Ciran reagierte nicht, sondern nahm stattdessen eine leere Karaffe und donnerte sie auf den Boden, wo sie in tausend Scherben zersprang.

»Ciran?«, versuchte Kilian es erneut.

»Was?«

»Wir haben keine Zeit für so was. Es müssen Entscheidungen getroffen werden. Du kannst entweder weiterhin die Einrichtung zerstören oder dir anhören, welches Angebot Logan zu bieten hat.«

»Angebot?« Cirans Augen glänzten unvermittelt, als sich unverhofft ein Ausweg aus dieser Misere vor ihm auftat. Er beruhigte sich, stellte seinen Stuhl wieder auf und setzte sich. »Dann lass hören.«

»Dys ist hinter etwas her, das er in vier Wochen in einer Stadt zweihundert Kilometer südlich von uns erreichen muss.«

»Zweihundert Kilometer in vier Wochen?« Ciran überlegte fieberhaft. »Könnte knapp werden, aber es ist zu schaffen. Es kommt darauf an, wie viele Leute er mitnimmt und wie groß sein Tross ist. Eine kleinere Reitertruppe hätte größere Chancen als ein Heer. Die Moyri sind zum überwiegenden Teil ein Reitervolk. Ihre Pferde müssen regelmäßig rasten. Außerdem kommt es darauf an, ob er Infanterie dabei hat. Ich sehe allerdings nicht so ganz, was das mit uns zu tun hat?«

»Er will, dass wir vor Dys dort sind.«

»Um was zu tun?«

»Die Stadt zu halten.«

»Gegen?«

»Gegen alles, was Dys gegen uns ins Feld führt – und das wird einiges sein.«

Ciran schnaubte. »Wir sollen uns mit unseren paar Leuten gegen mehrere Clans stellen, die vermutlich eine Streitmacht auf die Beine stellen können, die in die Zehntausende geht?«

»Genauso sieht es aus.«

»Und was biete er uns als Gegenleistung?«

Kilian stutzte ob dieser unerwarteten Einlassung. »Nun ... er lässt uns gehen. Aber nur dann, wenn wir einwilligen, die Stadt für ihn zu halten.«

»Und an Bezahlung bietet er nichts?«

Beliak stieß ein abfälliges Grunzen aus. »Das ist mehr, als ihr wertloses Pack verdient.«

Galledor stand drohend auf, wurde jedoch von Ciran durch einen ungeduldigen Wink zurückgepfiffen.

»Ich denke, unsere Leben sind als Bezahlung doch wohl gut genug«, warf Kilian ein. Dass Ciran tatsächlich die Nerven besaß, in so einer Situation auch noch über Bezahlung zu reden, ging über sein Begriffsvermögen.

Ciran überlegte weiterhin. Nach einigen Minuten sanken seine Schultern einige Zentimeter herab und Kilian erkannte, dass der Söldnerhauptmann zu einer Entscheidung gelangt war.

»Und wie kommen wir durch den Belagerungsring? Wenn ich dich richtig verstanden habe, dann befinden sich keine Schwarzbären unter ihnen.«

»Nein, aber ein anderer Clan. Sie nennen sich die Wolfshunde. Logans Verbündete. Er hat mit ihnen verhandelt. Falls er es befielt, lassen sie uns durch. Still und heimlich. Wir nehmen nichts mit außer unseren Waffen und den Vorräten. Die Packpferde und Zelte bleiben hier. Sonst merken die anderen Clans zu früh, dass wir weg sind. Wir schleichen uns hier raus und begeben uns auf direktem Weg nach Süden.«

Ciran kniff misstrauisch die Augen zusammen, als er Beliak musterte. »Und wenn das nur ein Trick ist, damit wir ins Freie marschieren, wo sie uns dann abschlachten können?«

Bei der bloßen Andeutung, sein Herr könne ein falsches Spiel spielen, versteifte sich Beliaks ganzer Körper. Kilian schüttelte kaum wahrnehmbar den Kopf und der Moyri-Krieger verkniff sich einen Kommentar. An Cirans Adresse sagte Kilian: »Logan würde so etwas nicht tun. Er ist der ehrenhafteste Mensch, den ich kenne. Und falls dir das irgendwie hilft: Logan hätte das gar nicht nötig. Er könnte uns bequem hier aushungern, ohne die Leben seiner Krieger gefährden zu müssen.«

Ciran stand auf und ging rastlos auf und ab, während er immer wieder »Das gefällt mir nicht« vor sich hin murmelte. Schließlich blieb er stehen und drehte sich zu Kilian um.

»Und wenn ich mich nicht daran halte?«, fragte Ciran provokant. »Was, wenn ich mich absetze, sobald der Belagerungsring hinter uns liegt?«

Beliak zog drohend die Augenbrauen zusammen. »Ihr könnt nicht schnell genug marschieren, um der Wut der Moyri zu entgehen. Falls ihr meinen Herrn hintergeht und flieht, werden alle Clans euch jagen. Sie werden euch jagen, finden und zur Strecke bringen. Das wird keiner von euch überlegen.«

Ciran musterte den Moyri einen Augenblick, versuchte, seine Entschlossenheit abzuschätzen.

»Galledor? Gib mir mal die Karte, die dort ganz oben auf dem Stapel liegt.« Der Söldnerhauptmann deutete auf den Tisch, an dem er für gewöhnlich Feldzüge und Schlachten plante. Galledor folgte der Anweisung gehorsam.

Ciran breitete die Karte vor ihnen aus. »Zeig mir mal, wo genau diese Stadt liegen soll. Und nur, dass du es weißt: Ich mache das nur, weil es mir gar nicht gefällt, benutzt zu werden. Ich hoffe sehr, dass ich Gera dort wiedersehe.«

Weniger als drei Stunden später marschierte Ciran Talberts Söldnerarmee – etwas mehr als siebentausend Mann – aus dem Lager. Sie ließen ihre Zelte und die Tiere – mit Ausnahme der Kavalleriepferde – zurück. Sogar die Feuer ließen sie brennen, um den Anschein zu erwecken, das Lager wäre noch bemannt. Rüstungen und Waffen waren mit Ruß beschmiert worden, um zu verhindern, dass sie im Mondschein schimmerten.

Beliak ging neben Ciran, Galledor und Kilian an der Spitze. Sein Pferd führte er am Zügel. Er streichelte es immer wieder, während er beruhigend auf es einredete, damit es nicht wieherte. Nichts durfte sie verraten. Die anderen Clans würden es vermutlich nicht gut aufnehmen, wenn sie die Söldner auf ihrer Flucht erwischten.

Der einzige kritische Augenblick kam auf, als sie sich dem Belagerungsring näherten. Söldner auf der einen und Moyri auf der anderen Seite lockerten misstrauisch ihre Schwerter in den Scheiden oder packten ihre Speere fester. Die Wolfshunde ließen jedoch die Söldner ohne Zwischenfall passieren. Als sie den Belagerungsring hinter sich gebracht hatten, stieß Kilian zischend den Atem aus. Er hatte gar nicht bemerkt, dass er ihn angehalten hatte. Ciran schenkte ihm einen amüsierten Blick. Wenige Kilometer später verließen die Eisernen Schakale die Söldner. Ciran und seine Männer waren jetzt auf sich allein gestellt. Sie würden im Gewaltmarsch die Stadt erreichen, befestigen und halten. Mehr als einer von ihnen hatte das ungute Gefühl, vor die Tore der Hölle zu marschieren.

18

Als Logan am folgenden Morgen erwachte, mit seiner Gemahlin frühstückte und anschließend in den hellen Sonnenschein hinaustrat, wusste er bereits, dass sich die Söldner Richtung Süden abgesetzt hatten. Beliak hatte ihm augenblicklich nach seiner Rückkehr Bericht erstattet.

Ein Heer, das aus Infanterie bestand, kam bei Weitem nicht so schnell voran wie ein Reiterheer. Damit Ciran und seine Söldner auch nur den Hauch einer Chance hatten, die Stadt zu erreichen, musste Logan ihnen Zeit verschaffen. Leider hatte er nicht die geringste Ahnung, wie dies zu bewerkstelligen war. Die Clans zerstritten sich immer mehr und der Einzige, dem das daraus resultierende Chaos nützte, war Dys.

Jesy trat hinter ihm aus dem Zelt, schlang ihre Arme um seine breite Hüfte und schmiegte sich an seinen Rücken.

»In deinem Kopf geht schon wieder viel zu viel vor, mein Schatz.«

»Ja«, bestätigte er, »und nichts davon ist sonderlich gut oder auch nur ermutigend.«

»Du schaffst das schon, Logan.«

Er drehte sich halb zu ihr um. »Und deine Einschätzung beruht worauf?«

»Du schaffst es immer.«

Er prustete unterdrückt. »Vielleicht in der Vergangenheit, doch ich fürchte dieses Mal gehen mir die Tricks aus.«

»Es sind Narren, falls sie nicht auf dich hören.«

»Die meisten von ihnen sind durchaus vernünftige Menschen. Sie haben lediglich Angst und Angst kann wie eine Droge wirken. Dys spielt mit ihrer Angst. Er ist ein Meister darin.«

»Du solltest ihn töten«, erklärte sie bestimmt.

»Bevor das alles vorbei ist, könnte es noch dazu kommen.«

»Logan?« Jesys besorgte Stimme ließ ihn aufhorchen.

»Ja?«

»Wird es Krieg geben?«

»Falls nicht noch ein Wunder geschieht ... ja. Moyri wird gegen Moyri kämpfen. Und ich bin mir nicht sicher, dass wir ihn gewinnen können. Meine Unterstützung schwindet, während Dys mehr und mehr an Einfluss gewinnt.« Logan fluchte. »Genau *das* wollte ich für die Moyri nicht.«

»Du wirst eine Lösung finden.«

Er lächelte leicht. »Dein Vertrauen ehrt mich. Du bist eine Freude für mein Zelt.«

Sie schmiegte sich enger an ihn. »Und du bist der beste Ehemann, den sich eine Frau nur wünschen kann.«

Logan genoss das Gefühl ihres Körpers auf seiner Haut, doch düstere Gedanken lenkten seine Aufmerksamkeit ab und er wurde schlagartig ernst. »Jesy?«

»Ja?« Sie merkte auf, als sie seinen Tonfall vernahm.

»Falls es losgeht ... *wenn* es losgeht, möchte ich, dass du wegläufst.« Sie löste sich von ihm und wollte etwas sagen, doch er drehte sich ruckartig um und kam ihr mit erhobener Hand zuvor. »Ich meine es ernst. Ich will, dass du wegläufst. Beliak hat den Auftrag, dich in Sicherheit zu bringen, sobald der Kampf beginnt. Halte dich an ihn und tu, was er sagt, dann wirst du überleben. Der treue Beliak würde sein Leben geben, um dich zu schützen.«

»Ich verlasse dich nicht«, begehrte sie auf. »Auf keinen Fall.«

»Bei den Göttern, Weib, tu nur einmal, was ich dir sage.«

»Ich bleibe bei dir, egal was passiert.«

Er packte sie mit entschlossenem, aber sanftem Griff bei den Schultern. »Falls Dys seinen Zug macht, bevor ich so weit bin, besteht eine reelle Chance, dass er das Lager einnimmt. Falls das geschieht, wird er dir Furchtbares antun. Er hasst und verachtet die Varis. Denk auch an das Kind unter deinem Herzen. Dys wird ihm nicht erlauben, das Licht der Welt zu erblicken. Es wäre eine zu große Gefahr, sollte es je das Erwachsenenalter erreichen. Er wird es dir eigenhändig aus deinem Leib schneiden. Ich könnte es nicht ertragen, sollte dir etwas zustoßen.«

Jesy senkte den Blick. Bei Logans Ausführungen hatte ihr hübsches Gesicht merklich an Farbe verloren. Er wusste, dass er sehr hart mit ihr umging, doch er hatte keine Wahl, wollte er ihr Überleben sichern.

»Versprich mir, dass du gehst. Versprich es mir. Ich kann nicht kämpfen und mir gleichzeitig Sorgen um dich machen.«

Sie machte den Eindruck, widersprechen zu wollen, doch dann nickte sie wortlos. Zufrieden entließ er sie aus seinem Griff. »Gut. Egal, was geschieht, meine Liebste, ich werde immer bei dir und unserem Kind sein.«

»Das würdest du nicht sagen, wenn du glaubtest zu überleben.«

»Ich ziehe lediglich alle Eventualitäten in Betracht«, versetzte er ungerührt, doch dann lockerte ein Lächeln seine harten Züge auf und er hob ihren Kopf, indem er ihr Kinn mit Daumen und Zeigefinger fasste. Zärtlich küsste er sie. »Mach nicht so ein trauriges Gesicht, noch sind wir nicht an diesem Punkt und vielleicht kommt es auch gar nicht so weit.«

Es war ein schwacher Versuch, sie aufzuheitern, und beide wussten es, doch Jesy war für die Geste dankbar, so nichtssagend sie auch sein mochte.

Beliak schlenderte herbei, zwei Pferde an den Zügeln führend.

»Es ist Zeit«, erklärte er. »Das Konzil wartet.«

Als Logan das Zelt des Konzils betrat, führte Dys mal wieder einen seiner Monologe. Er war ganz in seinem Element. Logan verstand nicht ganz, warum er sich überhaupt noch die Mühe machte. Die Clans, die treu zu Logan standen, würden auch jetzt nicht wanken. Die Clans, die zu Dys standen, würden ihm die Gefolgschaft nicht versagen. Jetzt nicht mehr. Logan vermutete, dass der Clanführer der Blauspeere einfach auf Nummer sicher gehen und auch noch die neutralen Clanführer auf seiner Seite wissen wollte.

Vor allem Erin Tan stellte für Dys eine unbekannte Größe dar. Der alte Stammeskönig verfügte immer noch über erstaunlich viel Einfluss und sein Clan verfügte über Waffen, Pferde und Krieger. Drei Dinge, die ihn zu einer Bedrohung machten, sollte sich Erin Tan doch noch offiziell auf Logans Seite schlagen. Erin Tan und seine Nachtgeister waren keine Freunde Logans und der Schwarzbären, doch ganz sicher auch nicht der Blauspeere im Allgemeinen und Dys Bollnars im Besonderen. Eine Tatsache, der sich Dys nur allzu bewusst war. Darüber hinaus hatte sich Erin Tan offen gegen einen Krieg gegen die Nordländer oder andere

Moyri ausgesprochen. Sehr zu Dys' Verdruss. Sollte sich Erin Tan je von Dys überzeugen lassen, wäre dieser nicht mehr aufzuhalten. Es erfüllte Logan mit tiefer Befriedigung, dass es nie so weit kommen würde. Erin Tan schätzte den Frieden mindestens so hoch ein, wie er Dys Bollnar verachtete.

Als Logan eintrat, unterbrach Dys seine Tirade und betrachtete den Stammeskönig der Schwarzbären von oben herab. Logan fühlte sich aufgrund der Vergiftung noch immer schwach auf den Beinen, weigerte sich jedoch, vor Dys auch nur das geringste Zeichen von Schwäche zu zeigen. Es hätte den kleinen Emporkömmling lediglich zusätzlich angestachelt. Die Symptome der Vergiftung waren im Abklingen begriffen, jedoch noch immer gegenwärtig. Logans Knie zitterten vor Schwäche und kalter Schweiß trat vor Anstrengung auf seine Stirn. Es waren jedoch die einzigen Zeichen seines Gebrechens, die er nach außen hin zuließ.

»Logan. Wie schön, dass du uns mit deiner Anwesenheit beehrst, mein Freund.«

»Wir sind keine Freunde, Dys«, versetzte Logan gehässig. »Das weißt du selbst sehr gut.«

Logans Äußerung rief untere einigen Stammeskönigen leises Gelächter hervor. Ein Umstand, der Dys weder entging noch gefiel, wenn Logan dessen entgleiste Miene richtig deutete.

Vielleicht wird es doch ein guter Tag, schoss es ihm durch den Kopf, doch die nächste Äußerung seines Kontrahenten zerschlug diese Hoffnung augenblicklich.

»Wir sind gerade dabei, über eine Wiederaufnahme des Krieges gegen die Nordländer zu debattieren, und es wird dich vielleicht überraschen, doch drei weitere Clans haben sich dazu bekannt.« Logan hätte ihm in diesem Augenblick am liebsten das überhebliche Grinsen zurück in den Hals gerammt.

Logan warf Erin Tan einen heimlichen Blick zu, den dieser verzweifelt erwiderte. So viel dazu. Der Clanführer der Nachtgeister hatte dagegen einzuschreiten versucht, doch dessen Worte waren ungehört verhallt.

»Wir scheinen hier nur noch über Krieg zu reden. Ich meine mich zu erinnern, dass das Konzil ursprünglich einberufen wurden, um dein Handeln zu erörtern und über dich zu urteilen.«

»So ändern sich die Dinge.«

»In der Tat, so scheint es wirklich zu sein.«

»Der Krieg wird kommen, Logan. Entweder du fügst dich oder der Sturm wird dich hinwegfegen.«

»Das ist ungewohnt unverblümt von dir. Sind wir jetzt also schon bei offenen Einschüchterungsversuchen angelangt.«

»Mach die Augen auf, Logan, das sind wir schon lange. Du bist ein Relikt aus einer vergangenen Zeit. Deine Vorstellung von Ehre ist abstoßend.«

»Was hier wirklich abstoßend ist, sind deine Kriegstreibereien. Das werde ich nicht mehr länger hinnehmen.«

Es war ein schwacher Versuch, Dys in seine Schranken zu weisen, und beide wussten es. Der Clanführer der Blauspeere machte auch nicht gerade den Eindruck, damit in die Defensive gedrängt worden zu sein.

»Wie wäre es, wenn wir gleich mit den Söldnern anfangen und sie vernichten, bevor wir uns nach Norden wenden? Ein Stachel weniger in unserem Fleisch.«

Logans Nackenhaare richteten sich schlagartig auf.

»Hast du vergessen, wie bereits wenige dieser Söldner uns zugesetzt haben?«

»Ein Grund mehr, sie endlich auszuschalten. Sie auszuhungern, dauert mir viel zu lange. Ich will diese leidige Sache endlich erledigt haben.«

»Und wie viele Moyri sollen dieses Mal ihr Leben lassen? Sag es uns. Du hast ja anscheinend auf alle Fragen die nötigen Antworten dieser Tage. Werden die Blauspeere diesen Angriff denn anführen oder überlässt du das Sterben anderen?«

Dys öffnete den Mund, um etwas zu sagen, doch in diesem Moment stürmte ein Moyri-Krieger herein – normalerweise ein Bruch des Protokolls, der streng geahndet worden wäre – und flüsterte Dys etwas ins Ohr. Der Krieger trug die Zeichen der Blauspeere. Niemand hörte, was der Mann seinem Stammeskönig so Dringendes zu berichten hatte, doch Logan bemerkte, wie sich Dys' unsteter Blick auf Logan fokussierte. Eine düstere Vorahnung überkam ihn.

»Die Söldner sind geflohen«, verkündete Dys nicht ohne triumphierenden Unterton in der Stimme.

Wütendes Raunen durchdrang das Zelt.

»Geflohen?«, meinte Erin Tan. »Wann? Wie? Sie waren doch eingeschlossen.«

»Diese Frage solltest du vielleicht lieber Logan stellen. Man hat sie auf sein Geheiß gehen lassen.«

Bestürzt wandte Erin Tan sich in Logans Richtung. »Ist das wahr?«

Logan schluckte. Sein erster Impuls bestand darin, einfach alles zu leugnen, doch damit würde er jede Glaubwürdigkeit verlieren, falls Dys Beweise für seine Beteiligung an der Flucht der Söldner vorlegte. Also entschied er sich für die Flucht nach vorn.

»Ja, es ist wahr.«

Das anfängliche Raunen steigerte sich zu einem zornigen Gemurmel, in dem Dutzende Stimmen durcheinanderschrien. Man hatte das Gefühl, ein Schwarm wütender Wespen würde in dem Zelt ihr Unwesen treiben.

»Logan, wie konntest du nur?« Erin Tan schien von den Ereignissen völlig überrollt zu werden.

»Es war das einzig Richtige. Der Tod dieser Männer war unnötig, daher habe ich sie gehen lassen.«

»Wir werden sie einholen und vernichten«, verkündete Dys.

»Sie haben weit mehr Vorsprung, als sie benötigen. Ihre Spuren werden längst verwischt sein und mit etwas Glück sind sie bald zurück in ihrer Heimat. Sie sind keine Bedrohung mehr.«

»Keine Bedrohung? Sie haben Moyri umgebracht.«

»Sei nicht so selbstgerecht, Dys«, brauste Logan auf. »Dir ist es doch völlig gleichgültig, wie viele Moyri sterben. Dein eigenes Handeln treibt unser Volk in einen Krieg, den es sehr wohl verlieren könnte. Und selbst wenn nicht, wird der Verlust an Leben furchtbar sein.«

»Und du lässt die Mörder unseres Volkes ungeschoren entkommen. Wie passt das zusammen? Sie müssen bestraft werden.«

»Du kannst es versuchen«, entgegnete Logan, »doch du wirst sie nicht finden.«

»Und da bist du dir so sicher?«

»Da bin ich mir ganz sicher.«

Der Blauspeer-Krieger beugte sich erneut vor, um seinem Clanführer etwas ins Ohr zu flüstern. Dessen Gesicht verdüsterte sich zusehends.

»Sie sind auf dem Weg in ihre Heimat, sagst du? Nach Norden?«

»Wenn ich das gesagt habe, wird es wohl so sein.« Logan knirschte unterdrückt mit den Zähnen. Er hatte schon so eine Ahnung, was nun folgen würde.

»Und warum sagen dann meine Späher, dass ihre Spuren nach Süden führen?«

»Vielleicht sind einfach deine Späher schlecht?«

»Das bezweifle ich.« Dys fletschte kampflustig die Zähne.

Erin Tan flüsterte: »Warum sollten sie nach Süden ziehen? Dort gibt es doch nichts.«

»Ja, das ist in der Tat seltsam«, bestätigte Dys. Seiner und Logans Blicke kreuzten sich. Dys riss in plötzlichem Erkennen die Augen auf. »Du elender Bastard!«, schrie er seine Wut hinaus. »Woher weißt du davon?«

»Ich weiß nicht, was du meinst«, erwiderte Logan und zwang sich zu einem Lächeln, obwohl vor Anspannung die Magensäure seine Speiseröhre hinaufstieg.

»Wovon redet ihr beide?«, wollte Erin Tan wissen. »Dys? Ich will wissen, was dir gerade durch den Kopf geht.«

Dys saß nun in der Zwickmühle. Er konnte unmöglich zugeben, was im Süden auf ihn wartete und was die Söldner anscheinend zu erreichen versuchten. Nur die wenigsten wünschten sich Coyle Pollok leibhaftig zurück. Zu viele Rechte der Clanführer waren unter seiner Herrschaft beschnitten worden. Seine Zeiten ja, die wünschten sich manche zurück – ihn selbst in Person jedoch nicht. Dys' Vorhaben würde die neutralen Clans unweigerlich in Logans Lager führen – einschließlich Erin Tan. Vermutlich würden auch viele von Dys' Verbündeten überlaufen. Ein Risiko, das dieser unmöglich eingehen konnte.

Andererseits stand Logan vor dem Problem, dass er Dys auch nicht bloßstellen konnte. Niemand würde ihm glauben. Es würde wie der verzweifelte Versuch aussehen, von seinen eigenen Taten abzulenken. Also war Schweigen die bessere Alternative – für beide Kontrahenten.

»Nichts«, presste Dys zwischen zusammengebissenen Zähnen hervor. »Dort gibt es nichts, was mich interessieren könnte.«

»Nun gut«, lenkte Erin Tan ein, der ganz und gar nicht überzeugt schien, »dann reden wir jetzt davon, wie die Söldner entkommen konnten. Es waren keine Schwarzbären für ihre Bewachung eingeteilt.«

»Aber Wolfshunde«, lenkte Dys gekonnt die Aufmerksamkeit auf deren Clanführer. Noran Kort sammelte sich innerlich und stand auf, um sich neben Logan der Anklage der versammelten Stammeskönige zu stellen.

»Noran?«, sprach Erin Tan ihn ungläubig an. »Du wusstest davon?«

»Ich habe es sogar befohlen«, bestätigte Noran.

»Auf meine Bitte hin«, sprang Logan ihm helfend bei.

»Aber warum denn um der Götter willen?«, brachte Erin Tan hervor.

»Logan hat mich überzeugt und ich habe mich seiner Sache voll und ganz verschrieben.«

Logan schenkte seinem Freund ein dankbares Lächeln. »Doch ich allein trage die Verantwortung.«

»Deine Söldnerfreunde werden nicht weit kommen«, zischte Dys. »Ich werde ihnen nachsetzen und sie auslöschen.«

»Wenn du das tust, Dys, herrscht zwischen uns Krieg.« Logans entschlossene Stimme hallte durch das Zelt und zog die Stammeskönige in ihren Bann. »Ich werde dieses Blutvergießen nicht stillschweigend hinnehmen.«

»Du würdest gegen andere Moyri ziehen – für Nordländer?« Die letzten beiden Worte spie er förmlich aus.

»Wenn es sein muss ... ja.«

»Seht ihr es endlich?«, stieß Dys heraus und zeigte anklagend auf Logan. »Seht ihr nun endlich sein wahres Gesicht? Er hat sich für eine Seite entschieden und es ist nicht die seines eigenen Volkes.«

Die Stammeskönige tuschelten aufgeregt miteinander. Sie schienen sich nicht wirklich einig zu sein. Nur ihre Missbilligung Logans vereinte sie. Und Noran Kort stand nun ebenfalls in der Schusslinie.

»Logan«, begann Erin Tan, nachdem sich das Gerede zumindest ein wenig gelegt hatte, »du bringst uns alle in eine schwierige Lage. Du hattest kein Recht, eine solche Entscheidung allein zu treffen. Das Konzil hätte sie erörtern müssen.«

»Sieh dich doch um«, antwortete Logan. »Das Konzil ist zerstritten und uneins. Dieses Gremium ist handlungsunfähig. Was hätte es gebracht, das Schicksal der Söldner zu erörtern? Nichts!«

Erin Tan lehnte sich enttäuscht zurück. »Das ist also deine Meinung. Nun gut, dann verlass uns jetzt. Wir wollen über dich und dein Handeln sprechen. Es wäre aber unpassend, wenn du dabei wärst. Nimm Noran mit. Auch er wird zum Thema werden. Es ist bedauerlich, dass wir nun anscheinend über *dich* zu Gericht sitzen müssen.«

Logan erwiderte nichts, sondern drehte sich um und verließ mit Noran im Schlepptau das Zelt des Konzils.

Die nächsten Stunden verbrachten Logan und Noran wartend vor dem Zelt, darauf vertrauend, dass die Stammeskönige vielleicht ein klein wenig Vernunft walten ließen. Ihre Hoffnung wurde enttäuscht. Es war ausgerechnet Dys, der aus dem Zelt trat und Logan breit grinsend mit dem Ergebnis konfrontierte.

»Dieses Mal hast du es echt versaut, und das sogar ganz ohne mein Zutun.«

»Spar dir deine Häme, Dys. Welche Nachrichten sollst du uns bringen?«

»Leider hast du dort drinnen noch immer einige Freunde, sodass euch euer verdientes Schicksal als Verräter an den Moyri erspart bleiben wird«, meinte Dys, der tatsächlich enttäuscht schien.

»Du hast sicher dein Möglichstes getan, um sie in die entsprechende Richtung zu lenken«, meinte Logan und ließ sich keine Gefühlsregung anmerken.

»Du kennst mich ja so gut«, lächelte Dys spöttisch. »Ihr zwei dürft eure Lager nicht mehr verlassen, bis das Konzil zu einem Urteil über euer Verhalten gekommen ist.«

»Das ist nicht dein Ernst! Wir stehen unter Arrest?«

»Das ist mehr als ihr verdient. Falls ihr dieser Anordnung zuwiderhandelt, wird euch der geballte Zorn der Moyri zur Strecke bringen. Nehmt das lieber nicht auf die leichte Schulter.«

Logans Miene verdüsterte sich. »Lass dir ja nicht einfallen, die Söldner zu verfolgen. Meine Drohung steht immer noch im Raum. Verfolgst du sie, verfolge ich dich.«

»Auch wenn du damit alle Clans gegen dich aufbringst?«

»Ein geringer Preis, um dich aufzuhalten.«

Dys maß Logan für einige Sekunden mit einem seltsamen Ausdruck in den Augen. »Du würdest das wirklich tun – deinen Clan in den Untergang führen, nur um mich zu erledigen?«

»Nur, wenn ich muss.«

»Pah!«, stieß Dys aus. »Idealisten. Gibt es etwas Schlimmeres?«

»Ja, Menschen wie dich. Menschen, die nur die Macht lieben.«

»Ich tue das alles nicht für mich«, entgegnete Dys.

»Ich weiß sehr genau, wofür du das tust.«

Dys kniff die Augen zusammen, entspannte sich jedoch sogleich wieder. »Ich weiß nicht, woher du das weißt, aber es spielt keine Rolle mehr. Du bist so gut wie erledigt.«

»Du auch. Du weißt, dass ich meine Drohung in die Tat umsetzen kann und werde. Bist du dir sicher, es mit den Schwarzbären aufnehmen zu können?«

»Und mit den Wolfshunden?«, fügte Noran Kort hinzu.

»Und vergiss nicht all jene, die immer noch bereit sind, mir zu folgen«, fügte Logan hinzu. »Wir sind vielleicht nicht mehr so stark wie zuvor, aber immer noch stark genug.«

»Wir werden sehen.« Dys schien nicht im Mindesten beunruhigt.

Logan senkte verschwörerisch die Stimme. »Dys, nimm doch bitte Vernunft an. Dein Vorhaben ist Wahnsinn. Niemand, der seine Sinne beisammenhat, wünscht sich Coyle Pollok zurück. Hat er dir eigentlich gesagt, dass das Ritual dein Leben fordern wird? Ich bin sicher, das hat er dir verschwiegen.«

Dys stieß ein gackerndes Lachen aus. »Deine Lügen sind so schrecklich durchschaubar. Ich bin meinem Herrn loyal, und was auch immer du sagst, wird daran nichts ändern.«

Dys drehte sich um und spazierte ins Zelt zurück. »Denkt daran, ihr zwei, kehrt in eure Lager zurück und bleibt dort, solange das Konzil tagt.«

Logan traktierte den Eingang zum Zelt mit Blicken, lange nachdem Dys bereits verschwunden war.

»Was denkst du?«, fragte Noran vorsichtig.

»Er wird bald zuschlagen, ganz egal, wie das Konzil entscheidet.«

»Bist du sicher?«

Logan stieß pfeifend die Luft aus. »Oh ja, ich habe ihm kaum eine Wahl gelassen.«

19

Es dauerte noch über eine Woche, bevor Dys zu seinem finalen Zug ansetzte. Logan rechnete bereits damit. Er verstärkte die Wachen und befestigte, so gut es ging, die Burgruine, in der die Schwarzbären ihr Lager aufgeschlagen hatten. Gleichzeitig verlegte er alle Zelte mit den Frauen, den Kindern und Alten in die Mitte des Lagers, um sie im Bedarfsfall besser schützen zu können. Seine wenigen verbliebenen Verbündeten trafen ähnliche Vorsichtsmaßnahmen für ihre Clans. Leider waren deren Positionen weitaus angreifbarer als die der Schwarzbären. Logan hätte sie am liebsten zu sich in die Burgruine geholt; das hätte besseren Schutz für alle bedeutet, doch leider reichte der Platz nicht aus. Außerdem bezweifelte er, dass die anderen Clans sich dem widerspruchslos ergeben hätten. Was sie hatten tun können, taten sie. Logan war der Meinung, er wäre auf Dys' Angriff bestens vorbereitet.

Als er schließlich erfolgte, war Logan trotz alledem von dessen Wildheit und Skrupellosigkeit überrascht – und er erkannte, dass alle Planung nicht gegen einen hasserfüllten Feind zu helfen vermochte.

Logan erwachte mitten in der Nacht aus einem unruhigen Schlaf. Seit Stunden wälzte er sich ruhelos hin und her. Er konnte sich an den Albtraum, der ihn plagte, nicht mehr erinnern, glaubte, sich nur noch an Schreie, das Knistern von Feuer und das Klirren von Stahl auf Stahl zu erinnern. Er schüttelte benommen den Kopf, um die letzten Reste seines Schlafes abzuwerfen. Doch die Geräusche ebbten nicht ab. Im Gegenteil. Sie nahmen sogar an Intensität zu.

Es war kein Traum.

Logan griff sich seine Kurzschwerter und packte Jesy grob an der Schulter. »Jesy! Wach auf!«

Seine Gemahlin zwinkerte schlaftrunken. Als sie ihren Mann mit nacktem Oberkörper, aber beiden Schwertern in den Händen neben sich sah, war sie jedoch sofort hellwach.

»Was ...?«

Er bedeutete ihr, zu schweigen und zu bleiben, wo sie war. Logan selbst zog die Tierhaut, die den Eingang bedeckte, beiseite – und trat hinaus ins Chaos.

Es herrschte heilloses Durcheinander. Weder Mond noch Sterne standen am Himmel, die Licht hätten spenden können. Nur die Lagerfeuer und brennenden Zelte beleuchteten die Szenerie. Zwischen den Zelten rangen Tausende von Gestalten miteinander, im tödlichen Kampf ineinander verkeilt. Auf den Wehrgängen standen Dutzende von Bogenschützen, aber nicht die der Schwarzbären, denn sie schossen gezielt in die Menge und schalteten mit jeder Salve Krieger aus Logans Clan aus. Hunderte lagen bereits in ihrem eigenen Blut am Boden. Sehr viel mehr konnte der Clanführer der Schwarzbären von den Wehrgängen nicht ausmachen. Außer den Bogenschützen sah er jedoch noch undeutliche Gestalten über den Wehrgängen und Zinnen in sich zusammengesunken. Es konnte sich nur um seine Wachposten handeln.

Logans kundiger Blick streifte über die Schlacht. Sie standen kurz davor, überrannt zu werden.

Ein hünenhafter Krieger sprang ihn aus dem Gewimmel aus Körpern an und stach mit einem Speer nach seinem Hals. Logan dachte nicht bewusst über seine Handlungen nach. Seine Muskeln und Sehnen hatten sich in Jahrzehnten des Kampfes ein eigenes Gedächtnis angeeignet. Sie wusste, was zu tun war, auch ohne dass Logan einen Gedanken daran verschwenden musste.

Er wich dem Stoß behände aus. Eines seiner Kurzschwerter kam geschmeidig nach oben und trennte die Spitze des Speers ab, die zweite Klinge vollführte einen Halbkreis und öffnete die Kehle des Angreifers. Dieser ließ die Reste seiner Waffe abrupt fallen und griff sich an den Hals, aus dem das Blut sprudelte. Logan beförderte ihn mit einem Tritt zu Boden. Die Auseinandersetzung hatte nicht mehr als drei Sekunden gedauert. Logans Gesicht verdüsterte sich Unheil verkündend. Der Krieger trug die Farben der Blauspeere. Das war zwar keine wirkliche Überraschung, ärgerte ihn jedoch trotzdem.

Eine weitere Gestalt rannte aus dem Dämmerlicht auf ihn zu. Logan hätte den Mann beinahe wie selbstverständlich geköpft, hielt sich jedoch im letzten Augenblick zurück.

Es handelte sich um Beliak.

»Beliak«, begrüßte Logan ihn.

»Mein Herr«, antwortete der junge Krieger atemlos.

»Sag mir nicht, dass sie uns überrascht haben.«

»Sie sind über die Wehrgänge geklettert und haben die Wachen getötet, bevor wir wussten, wie uns geschah. Es passierte alles so furchtbar schnell.«

»Lass mich raten: Dann sind sie durch die Breschen geströmt.«

»Zu Tausenden«, bestätigte Beliak.

»Wo zum Teufel ist Noran?« Die Wolfshunde hatten ihr Lager unweit der Schwarzbären, am Fuße des Hügels. Noran musste doch inzwischen den Angriff bemerkt haben. Logan weigerte sich, auch nur eine Sekunde daran zu glauben, dass der Stammeskönig der Wolfshunde sie ihrem Schicksal überließ. Die Alternative war allerdings nicht ermutigend. Auch von den Rabenschnäbeln, den Schwarzen Geistern oder den Hütern des Feuers fehlte jede Spur. Keiner von Logans Verbündeten war erschienen, um ihnen beizustehen. Die Schwarzbären standen dieser Bedrohung allein gegenüber.

»Sind noch andere Clans an dem Angriff beteiligt?«

»Bisher nur die Blauspeere. Zumindest habe ich niemanden sonst gesehen.«

»Seltsam«, sinnierte Logan. »Warum ist keiner von Dys' Verbündeten hier?«

Hinter ihm trat Jesy aus dem Zelt. Sie hatte sich eilig etwas übergeworfen und hielt ein Kurzschwert in der Hand. Sie nahm augenblicklich die Verteidigungsposition ein, die Logan sie gelehrt hatte.

Er steckte seine Schwerter weg und nahm sie sanft bei beiden Schultern. »Erinnerst du dich noch an unser Gespräch, Jesy? Es ist jetzt so weit.«

»Ich verlasse dich nicht«, beharrte sie.

»Oh doch, das wirst du«, hielt er bestimmt dagegen. Er warf Beliak einen eindeutigen Blick zu. »Bring sie hier weg! Sofort!«

»Ja, Herr.« Beliak stellte sich ohne Widerspruch an Jesys Seite.

»Ich werde nicht ohne meinen Ehemann gehen.«

»Versteh doch, Weib. Wir verlieren diese Schlacht.«

»Dann rette, was zu retten ist, und komm mit mir.«

Er warf ihr einen liebevollen Blick zu. »Du weißt, dass ich das nicht kann. Falls wir heute unterliegen, ist mein Platz hier.«

»Dein Platz ist bei deiner Familie«, beharrte sie stur und berührte dabei sanft ihren Bauch.

Logan zog sie zu sich heran und gab ihr einen leidenschaftlichen Kuss. Als sie sich voneinander trennten, traten Tränen in ihrer beider Augen.

»Bring sie weg!«, ordnete er ein letztes Mal an, drehte sich um und rannte mitten in die Schlacht hinein.

Jesy sah ihm nach, während er inmitten der Kämpfenden untertauchte. Beliak nahm sie entschlossen am Arm und wollte sie wegführen, doch sie riss sich los, nicht minder entschlossen.

»Du hast Logan gehört. Wir müssen jetzt gehen.«

»Du kannst mich nicht zwingen zu gehen.«

»Und ob ich das könnte.«

»Aber das wirst du nicht. Ich kenne dich zu gut. Du könntest das gar nicht.«

Beliak verdrehte leicht verzweifelt die Augen. »Ich habe meinem Khan geschworen, dich in Sicherheit zu bringen. Bitte lass mich nicht zum Wortbrüchigen werden. Du hast ihn gehört. Es gibt kaum eine Chance zu gewinnen.«

»Was wäre dazu nötig?«

»Wie bitte?«, fragte Beliak verwirrt. Er warf ihr einen verdutzten Blick zu.

»Was wäre nötig, um zu gewinnen?«

»Wesentlich mehr Krieger.« Beliak zögerte unvermittelt.

Jesy blickte ihn scharf an. »Und?«

»Und die Kontrolle über die Wehrgänge. Solange die Bogenschützen der Blauspeere die Wehrgänge besetzt halten, werden wir nicht gewinnen. Sie können uns nach Belieben abschießen.«

Jesys Blick wanderte zum längsten Mauerabschnitt an der Nordseite der Festungsruine. Durch die Bresche unterhalb strömten immer noch Horden grölender Moyri-Krieger.

Jesy verzog den Mund zu einem Lächeln – ein Anblick, der Beliak gar nicht gefiel.

»Wir verschwinden nicht, oder?«, fragte er gepresst.

»Nein, ganz sicher nicht«, bestätigte sie. »Ich habe eine Idee.«

Logan stürzte sich in das wüsteste Getümmel und teilte in alle Richtungen gewaltige Schläge aus. Innerhalb kürzester Zeit bahnte er sich eine blutige Schneise durch die Reihen der Gegner. Krieger der Schwarzbären sammelten sich um ihn, bildeten einen Hort des Widerstandes inmitten der drohenden Niederlage. Dutzende Eiserne Schakale gesellten sich zu ihm, umgaben ihren Herrn, um ihn vor den tödlichen Gegnern zu schützen. Ein Schutz, den dieser nicht benötigte.

Eine Gruppe Blauspeere stürmte auf ihn zu. Der Khan der Schwarzbären parierte mit einer Klinge einen Schwerthieb, während er mit der anderen einen Blauspeer gekonnt entwaffnete, anschließend vollführten beide Klingen einen perfekten Kreis, an dessen Ende seine beiden Gegner ihren Kopf verloren.

Ein Schakal direkt neben ihm wurde von einem Pfeil in den Hals getroffen. Zwei weitere Schwarzbären stürzten unter dem kontinuierlichen Beschuss, dann noch einmal drei. Ein Schakal hielt seinen Schild vor Logans Oberkörper und lenkte zwei Pfeile ab, die für den Stammeskönig der Schwarzbären bestimmt gewesen waren.

Logan fluchte. Die Bogenschützen auf den Mauern erwiesen sich als unerhörter Störfaktor. Er gab seinen Kriegern ein Zeichen und sie formierten sich zu einem Keil. Ihre Schilde überlappten einander und bildeten eine undurchdringliche Mauer, an der sich die feindlichen Bogenschützen die Zähne ausbissen. Logan schürzte gehässig die Lippen. Diese Taktik hatte er von den Nordländern gelernt. Bei den Moyri war sie so gut wie unbekannt, da diese überwiegend zu Pferd kämpften.

Weitere Schwarzbären gesellten sich zu Logans Truppe und verstärkten die Formation mit ihren eigenen Schilden. Logans Schildkröte erwies sich als Magnet für die Krieger seines Clans, die noch Widerstand leisteten. Einige schlossen sich seiner Formation an, andere formierten sich ebenfalls zu Schildkröten. Die Blauspeere erlitten durch diese unerwartete Wendung schwerste Verluste. Immer wieder stürmten sie gegen die Formationen der Schwarzbären an, nur um blutig zurückgeschlagen zu werden.

Logan rückte in Richtung einer der größten Breschen in der Mauer vor. Sie mussten den Strom des Gegners versiegen lassen und ihm so den Nachschub an Männern verwehren. Nur so konnten sie auch nur hoffen, ihr Lager zurückzuerobern und diese Nacht zu überleben.

Falls es ihnen nicht gelang, würden sie sich nicht mehr lange halten können.

Beliak zog sein Schwert einem Blauspeer über das Gesicht, anschließend wirbelte er um die eigene Achse und spaltete einem weiteren Gegner den Schädel.

Beliak und Jesy hatten in der Zwischenzeit eine Gruppe Eiserner Schakale um sich geschart und bewegten sich im Schatten einer Mauer, weit entfernt von den schwersten Kämpfen. Über sich hörten sie die Blauspeer-Bogenschützen rufen und die Sehnen ihrer Bögen sirrten ohne Unterlass.

Die Bogenschützen zielten auf die hinteren Bereiche des Lagers, in denen sich immer wieder Schwarzbärenkrieger sammeln wollten, um ihren Gegenangriff zu starten, doch die Pfeilhagel zerstreuten die Verteidiger ein ums andere Mal und vereitelten jeden Versuch, Herr der Lage zu werden.

Die meisten Blauspeere waren auf die Mitte des Lagers konzentriert, wo der Hauptteil des Kampfes tobte und Logan sich abmühte, so etwas wie eine organisierte Verteidigung aufzubauen. Ironischerweise machte gerade dies das Vorhaben Jesys relativ einfach, da sie und ihre Gruppe sich nahezu ungehindert ihrem Ziel nähern konnten.

Jesy hatte es auf den Mauerabschnitt abgesehen, der nur wenige Meter vom Abhang des Hügels entfernt und schon ziemlich verwittert war. Es handelte sich um den größten Mauerabschnitt und um den, der Logan die meisten Probleme bereitete.

Hin und wieder stellten sich ihnen vereinzelte Blauspeere in den Weg, doch die erfahrenen und kampferprobten Schakale machten mit ihnen kurzen Prozess.

Sie erreichten endlich den Mauerabschnitt, den Jesy bei Durchführung ihres eilig erdachten Planes im Sinn gehabt hatte. Die Mauer war hier besonders brüchig und kaum mehr als wenige Steine dick. Ein halbes Dutzend Schakale nahmen sich einen Balken, der am Boden lag, und platzierten ihn unter einen der Mauersteine. Mit vereinten Kräften stemmten sie sich dagegen. Bereits nach wenigen Versuchen wackelte die Mauer bedenklich. Die Bogenschützen der Blauspeere stellten das Feuer ein, da ihnen langsam bewusst wurde, dass etwas nicht stimmte.

Einige konnten sich nur mit Mühe aufrecht halten, andere ließen sich auf alle viere nieder, um nicht von der Mauer zu fallen.

Bedauerlicherweise bemerkten nun auch die Blauspeere am Boden, dass etwas vor sich ging. Eine Truppe, die gerade durch eine der Breschen strömte, entdeckte Jesys kleine Gruppe und griff sofort an.

»Hinter mich!«, befahl Beliak, das Schwert in der Hand. Die Klinge sauste zweimal durch die Luft, kaum mehr als ein undeutlicher Schemen, doch zwei Blauspeere wurden von den präzisen Schlägen des Anführers der Eisernen Schakale gefällt.

Beliak duckte sich unter einem Schwerthieb hindurch, und noch bevor er wieder ganz aufrecht stand, öffnete seine Klinge den Bauch seines Gegners. Eingeweide quollen hervor und der Moyri ließ seine Waffe fallen, um sie wieder in die Bauchhöhle zu drücken. Vergebens.

Es entwickelte sich ein wüstes Handgemenge. Eiserne Schakale und Blauspeere bekämpften sich auf engstem Raum. Die Männer mit dem Balken stemmten sich mit dem Mut der Verzweiflung gegen die Mauer, um sie zu Fall zu bringen.

Es wäre zwar nicht der entscheidende Wendepunkt der Schlacht, würde den Blauspeeren aber einen wichtigen Vorteil nehmen.

Ein Blauspeer schaffte es an Beliak und seinen Kriegern vorbei. Er griff unvermittelt Jesy an, die den Hieb mühelos parierte. Es war schwierig zu entscheiden, wer darüber überraschter war: Jesy oder der Blauspeerkrieger. Dieser überwand jedoch seine Überraschung und griff erneut an. Jesy lenkte den Hieb seitlich an sich vorbei, wie Logan und Beliak es sie gelehrt hatten. Der Blauspeer verlor das Gleichgewicht und stolperte einen Schritt vorwärts. Es war die winzige Unachtsamkeit, die Jesy benötigte. Mit einem Hieb schlug sie ihm eine klaffende Wunde am Bein. Der Mann schrie vor Schmerz auf. Der nächste Hieb schlug ihm den Schädel ein und er verstummte für immer.

Die Mauer wankte bereits bedenklich. Einzelne feindliche Bogenschützen fielen herunter. Mit einem Ächzen, als würde die Mauer den Kampf gegen die Schwerkraft bewusst aufgeben, kippte sie um. Wie eine Welle pflanzte sich die Zerstörung fort und riss mehrere andere angrenzende Mauerabschnitte ebenfalls mit sich. Die Moyri schrien vor Entsetzen auf, als Tonnen an Steinen die Bresche versiegelten, durch die soeben noch Unmengen feindlicher Krieger gestürmt waren. Das

Gewicht der fallenden Mauer löste einen Erdrutsch aus, der die nachrückenden feindlichen Truppen mit sich den Hang hinabriss. Unzählige von ihnen wurden unter Geröll und Dreck begraben.

Jesy überkam ein Hochgefühl angesichts dieses Erfolgs, doch sie sollte keine Zeit zum Feiern bekommen. Ihre kleine Truppe fand sich mitten im Zentrum der Aufmerksamkeit der Blauspeere wieder.

Dass sich etwas verändert hatte, bemerkte Logan erst, als der Druck auf seine umkämpfte Position merklich nachließ. Auch der Pfeilhagel endete abrupt. Logan spähte über den Schild eines Schwarzbären hinweg und erkannte auf den ersten Blick, dass praktisch die gesamte Nordseite der Festungsruine plötzlich nicht mehr von einer Mauer eingeschlossen wurde. Sie war verschwunden – inklusive der feindlichen Bogenschützen, die sie bemannt hatten. Wo die Mauer eben noch gestanden hatte, türmte sich nun ein Trümmerfeld auf, unter dem noch vereinzelte Banner, Waffen und Körperteile hervorlugten.

Eine kleine Gruppe Schwarzbären hielt dort hartnäckig die Stellung, wurde aber von einer großen Meute des verhassten Blauspeer-Clans bedrängt. Selbst auf diese Entfernung erkannte er Jesys Haarschopf in der Mitte seiner Krieger.

Logan fluchte unterdrückt. Es war zu laut, um Kommandos geben zu können, also verständigte er sich mit Handzeichen und schickte eine größere Truppe seiner Kämpfer unter Führung eines Veteranen vieler Schlachten zur Ostmauer, auf der sich die meisten verbliebenen Blauspeer-Bogenschützen aufhielten. Sie mussten die Wehrgänge säubern, wollten sie Herr der Lage werden und die Blauspeere aus dem umkämpften Lager hinaustreiben. Hunderte seiner Krieger sammelten sich und bahnten sich augenblicklich mit neu erwachter Hoffnung einen Weg durch die Reihen der verunsicherten Gegner.

Logan selbst sammelte weitere Krieger um sich und arbeitete sich in Richtung auf Jesy zu. Blauspeere und Schwarzbären gleichermaßen spornten sich gegenseitig durch Rufe und Kriegsschreie an. Die Parteien prallten erneut mit brachialer Gewalt aufeinander. Doch nun war der Kampf ausgeglichener.

Immer wieder warf Logan Blicke zur Ostmauer, um einen Überblick über das dortige Kampfgeschehen zu erhalten.

Seine Krieger hatten sich inzwischen einen Weg zur Mauer gebahnt und sogar schon auf dem Wehrgang Fuß gefasst. Die Bogenschützen der Blauspeere leisteten erbitterten Widerstand, doch gegen die rachsüchtigen Schwarzbären hatten sie nicht den Hauch einer Chance. Die meisten fielen dem Schwert anheim, einige wenige wurden kurzerhand über die Mauer geworfen als improvisierte Wurfgeschosse gegen die einfallenden feindlichen Horden. Nun waren es die Bogenschützen der Schwarzbären, die die zurückeroberte erhöhte Position zu ihrem Vorteil nutzten.

Hunderte von ihnen nahmen ihre Positionen ein. Ein Pfeilhagel ging auf die Blauspeere nieder, die die Bresche in der Mauer stürmen wollten. Pfeil um Pfeil fand sein Ziel. Gegner um Gegner ging zu Boden. Bald schon war der Hang von regungslosen, blutenden Körpern bedeckt. Einige Blauspeere verloren den Mut, drehten sich um und rannten davon. Zu wenige, um wirklich einen Unterschied zu machen, doch es war auf alle Fälle ein Anfang.

Logan registrierte zufrieden, wie seine Krieger die Kontrolle über die Bresche an der Ostmauer übernahmen und den Gegner hinaustrieben. Zu guter Letzt etablierten sie eine Verteidigungslinie, um den Feind auch draußen zu halten. Doch der Preis für diesen Erfolg war hoch. Auf jedem Fußbreit, den sein Clan zurückeroberte, ließen sie gefallene Clanbrüder zurück.

Logan konzentrierte sich auf ihr nächstes Ziel. Die Ostseite war gesichert. Somit blieb nur noch die Nordseite der Festung, die für ihre Verteidigung eine enorme Schwachstelle bedeutete. Jesys Aktion hatte den Gegner zwar geschwächt und die Anzahl einfallender Krieger deutlich schrumpfen lassen, dennoch befanden sich immer noch zu viele Gegner innerhalb der Mauern und außerhalb sammelten sich bereits weitere Bataillone, um das Kriegsglück doch noch zugunsten der Blauspeere zu wenden. Logan hatte allerdings nicht vor, es so weit kommen zu lassen.

Er griff sich ein am Boden liegendes, halb zerfetztes Schlachtbanner seines Clans. Die Ränder der Standarte waren von Flammen geschwärzt, doch man erkannte immer noch den stolzen, aufrecht stehenden Bären.

Logan hielt das Banner hoch in die Luft. Die umstehenden Schwarzbären brüllten ihre Kampfeslust hinaus – und mit Logan an der Spitze gingen sie zum Gegenangriff über.

Dys konnte von seinem Standort aus den Kampf um die Festungsruine nicht sehen, doch er hörte das Klirren von Stahl und die Schreie der Sterbenden. Insgeheim hoffte er, der Angriff würde seinem verhassten Kontrahenten endgültig den Garaus machen. Aber als er aufbrandenden Jubel vernahm, wusste er, dass der Angriff gescheitert war. Für einen Augenblick dominierte Wut sein bewusstes Denken, er schob es jedoch schnell wieder in den Hintergrund. Für Wut hatte er jetzt keine Zeit. Es gab viel zu viel andere Dinge, die seiner Aufmerksamkeit bedurften. Er zuckte die Achseln. Dieser kleine Rückschlag bedeutete gar nichts. Logan würde kaum die Gelegenheit erhalten, diesen Triumph zu genießen.

Gera lenkte sein Pferd an Dys' Seite. Er kannte den Kriegsherrn lange genug, um zu wissen, wann er besser den Mund hielt. Unvermittelt verzog Dys seine Mundwinkel zur Karikatur eines Lächelns. Vom heutigen Tag an gab es keinerlei Opposition mehr, die er fürchten musste. Logans Allianz, sofern sie noch existierte, war machtlos. Auch falls sich ihm nach dieser Nacht noch einzelne Clans anschlossen – was Dys angesichts der Ereignisse der letzten Stunden ernsthaft bezweifelte – so würde der Khan der Schwarzbären längst nicht stark genug sein, um hoffen zu können, Dys zu besiegen. Nicht nach dem, was Dys soeben getan hatte.

Sein Pferd wieherte aufgeregt, als ihm der Gestank von Qualm und brennendem Fleisch in die Nüstern stieg. Dys tätschelte das Tier beruhigend und beobachtete, wie sich seine Streitmacht, bestehend aus dem Gros der Blauspeere sowie seinen verbündeten Clans der Sandkobras, der Moyri von den flüsternden Steinen und der Moyri aus dem Sandmeer aus dem Tal zurückzogen, auf dem das Konzil abgehalten worden war. Zu ihrer Streitmacht gehörten noch einige kleinere Clans, doch diese fielen nicht ins Gewicht. Dys' Macht stützte sich vor allem auf seinen eigenen und diese drei großen Clans. Er hatte durch seinen waghalsigen Schachzug Zigtausende von Kriegern verloren, doch seine Streitmacht umfasste selbst nach den Kämpfen der letzten Stunden immer noch mehr als dreißigtausend Krieger. Vielleicht würden sich ihm auf dem Weg nach Süden noch mehr anschließen, sodass die endgültige Stärke weit höher liegen würde, wenn sie ihr Ziel erreichten. Er seufzte hörbar auf. Seine Streitmacht war atemberaubend – und sie hinterließen nur Feuer, Asche und Trauer, als sie den Ort des Konzils verließen.

Logan hielt das Banner der Schwarzbären mit beiden Händen, das hieß aber nicht, dass er wehrlos war. Er beförderte einen Blauspeer mit einem Tritt den Hang hinunter, einen zweiten rannte er kurzerhand einfach um und trieb dem am Boden Liegenden den Schaft seiner Standarte durch das Auge.

Die Schwarzbären warfen sich todesverachtend auf die demoralisierten Blauspeere und trieben sie Stück für Stück zurück, gleichermaßen angespornt von ihrem Wunsch, ihren Khan zu verteidigen und sich für den feigen Überfall zu rächen. Logan hingegen bewegten ganz andere Gründe. Ihn erfüllte nur die Angst um Jesy. Immer wieder stand er auf den Zehenspitzen, um über die Köpfe der Kämpfenden hinwegzuspähen. Er konnte Jesys Haar nun deutlich ausmachen. Beliak hielt sich ganz in ihrer Nähe auf. Der flinke Krieger mit dem noch flinkeren Schwert war inmitten des Kampfgetümmels nur schwer zu übersehen. Der Kerl hinterließ, wo immer er auch auftauchte, einen ansehnlichen Berg Leichen.

Mit einer letzten, schon übermenschlich anmutenden Kraftanstrengung durchbrachen Logans Truppen die Linien der Gegner und er stand endlich seiner Gemahlin gegenüber. Beliak und Jesy warfen sich gegenseitig einen undeutbaren Blick zu. Beide waren blutverschmiert und erschöpft.

»Geht es dir gut?«, fragte Logan atemlos. Jesy nickte, unfähig, ein klares Wort herauszubringen.

»Darüber reden wir noch«, zischte Logan in Beliaks Richtung, der den Anstand besaß, gleichermaßen verlegen und peinlich berührt dreinzublicken.

Die Schwarzbären hatten unterdessen die Blauspeere zur Festung hinausgetrieben. Die wenigen überlebenden Gegner nahmen die Beine in die Hand und liefen unter dem Spott ihrer Gegner den Hang hinab. Die Schwarzbären schickten ihnen noch einige Pfeile hinterher, aber dies war wohl eher dem Wunsch geschuldet, sie noch etwas anzutreiben, denn wirklich etwas treffen zu wollen.

Logan erklomm die Schutthalde, die bis vor Kurzem noch die Nordmauer gewesen war, und pflanzte an ihrem höchsten Punkt unter dem Jubel seines Clans die Schlachtstandarte der Schwarzbären auf.

Sie hatten gewonnen, doch zu was für einem Preis.

Jesy gesellte sich zu ihm. Als sie den Hang hinabblickte, schluchzte sie leise vor sich hin und schmiegte sich eng an Logans Arm.

Wo bei Sonnenuntergang noch eine lebendige Stadt aus Tausenden von Zelten gestanden hatte, in deren engen Gassen Kinder spielten und Frauen tratschten, verzehrte nun eine Feuersbrunst die Felle und Tierhäute der Jurten. Die Flammen wanderten von Zelt zu Zelt und ließen nichts unberührt. Von Logans momentanem Standort sah es wie ein einziges gewaltiges Flammenmeer aus.

Oh ja, Dys hatte in der Tat seinen Zug gemacht. Doch eine solche Skrupellosigkeit und Brutalität hätte er ihm niemals zugetraut. Er hatte den Anführer der Blauspeere gefährlich unterschätzt. Dieser Fehler durfte ihm nie wieder passieren.

»Oh, ihr Götter!«, hauchte Jesy. »Was ist nur geschehen?«

Logan legte sanft den Arm um sie. »Was ich von Anfang an verhindern wollte.« Er senkte beschämt den Blick. »Der Bürgerkrieg hat begonnen. Und vielleicht haben wir ihn bereits jetzt verloren.«

20

Logan wanderte durch das, was von seinem Lager noch übrig war. Die Lieder und Gesänge, das Scherzen und Lachen, das sich bei den Moyri nach einer erfolgreichen Schlacht zwangsläufig anschloss, fehlten völlig. Sie war ersetzt worden durch Trauer, Wut und einem überwältigenden Gefühl der Hilflosigkeit. In der vergangenen Nacht hatten die Schwarzbären viele ihrer Besten verloren.

Auf der Westseite der Festung, in einem Bereich, den die Kämpfe relativ unberührt gelassen hatten, brannten ohne Unterlass die Bestattungsfeuer. Logan konnte sich nicht erinnern, wann zum letzten Mal so viele Moyri beigesetzt worden waren. Es musste die Zeit von Coyle Pollok gewesen sein.

Er spuckte angewidert aus.

Pollok.

Alles schien immer wieder auf diesen mörderischen Bastard hinauszulaufen. Jesy saß unweit auf einem Steinhaufen, der zur Nordmauer gehört hatte. Sie spielte mit dem kleinen Varis-Mädchen, das die Schlacht glücklicherweise überlebt hatte. Das Kind quietschte vergnügt und schien von der Stimmung ringsum nichts mitzubekommen. Logan beneidete es um seine Unbekümmertheit.

Es zerriss Logan förmlich das Herz, als er mit ansehen musste, wie Frauen ihre Männer und Mütter ihre Söhne betrauerten. Der Clan war vergangene Nacht schwer getroffen worden. Es hätte nicht viel gefehlt und die Schwarzbären wären ausgelöscht worden. Er wanderte zu den Überresten der Festungsmauer und ließ den Blick über das Tal wandern.

Gestern noch hatte die Zeltstadt einer lebendigen, bunten Metropole geglichen. Die Banner der einzelnen Clans hatten stolz über deren Zelten geweht. Nun jedoch herrschten die Farben Braun und Schwarz vor. Hunderte von Rauchwolken wanden sich träge gen Himmel, als die Clans ihre eigenen Toten bestatteten. Ein solches Maß an Verschlagenheit hätte Logan Dys niemals zugetraut. Er merkte auf und sah sich gezwungen, diese Einschätzung zu korrigieren. Doch, Verschlagenheit schon, nur Skrupellosigkeit nicht. Einige Clans würden sich von diesem Schlag über Jahrzehnte hinweg nicht erholen, andere gar nicht mehr. Sie würden in der Bedeutungslosigkeit versinken, falls sie es nicht schafften, von einem anderen Clan adoptiert zu werden.

In der Mitte der Zeltstadt ragte immer noch die mächtige Jurte des Konzils auf, von den Kämpfen und Feuern unberührt. Logan war sich sicher, dass Dys es mit voller Absicht unversehrt gelassen hatte, zu ihrer aller Hohn. Der mörderische Bastard verspottete sie.

Beliak führte Logans und sein eigenes Pferd am Zügel heran. Seine Haut wirkte fahl und seine Augen saßen tief in den Höhlen. Er bezweifelte, dass der Junge seit dem Ende der Kämpfe geschlafen hatte.

Logan zuckte die Achseln.

So wie sie alle.

»Hast du die Nachrichten geschickt?«

Beliak nickte. »Die Boten sind in der letzten Stunde aufgebrochen. Sie werden alle Dörfer und Lager der Schwarzbären in einem Umkreis von hundert Kilometer aufsuchen und die Krieger zu den Waffen rufen.« Der Anführer der Eisernen Schakale ließ betrübt die Schultern hängen. »Falls sie nicht schon Besuch von Dys oder seinen Verbündeten hatten.«

»Das bezweifle ich. Dys wollte das Konzil treffen und das hat er geschafft. Er wird weder die Zeit noch die Mittel haben, einen Vernichtungsschlag gegen so viele Clans zu führen. Seine Absicht war es lediglich, zu verhindern, dass wir ihn zügig und in angemessener Stärke verfolgen.«

»Selbst wenn das so ist, wird es einige Zeit dauern, bis uns Verstärkung erreicht. Falls wir auf sie warten, wird Dys seinen Vorsprung weiter ausbauen können.«

»Ich weiß, Beliak«, seufzte Logan. »Ich weiß.«

Der Anführer der Schwarzbären nahm die angebotenen Zügel entgegen und saß schwungvoll auf. Es wurde Zeit, sich dem Konzil zu stellen.

Oder dem, was vom Konzil noch übrig war.

Logan hatte mit allem gerechnet.

Trotzdem war er überrascht, welche Lücken die Ränge des Konzils aufwiesen. Dys hatte ganze Arbeit geleistet. Sein Angriff hatte nicht nur Logans Verbündeten gegolten, sondern auch den immer noch Unentschlossenen. Er hatte verhindern wollen, dass Logan nach seinem Abzug vielleicht doch noch genügend Unterstützung fand, um zu einer Bedrohung zu werden.

In der vergangenen Nacht waren viele Clanführer getötet worden – als hätte Dys deren Ermordung explizit angeordnet. Er weigerte sich zu glauben, dass ein Clanführer der Moyri tatsächlich so tief sinken könnte. Und doch saß ihm der Beweis direkt gegenüber und sprang ihm praktisch ins Gesicht.

Als Logan das Zelt betrat, verstummten alle Gespräche. Wut und Frustration trafen ihn mit fast körperlicher Wut. Er seufzte. Er konnte es ihnen beim besten Willen nicht verdenken.

Sein Blick wanderte zu den Rängen, auf denen normalerweise seine Verbündeten saßen. Nur Noran Kort von den Wolfshunden war anwesend. Sein Oberkörper war bis auf eine Decke, die er sich um die Schultern gelegt hatte, nackt. Um die Hüfte hatte man ihm einen Verband angelegt, der an mehreren Stellen rot gefärbt war. Blut sickerte bereits durch den Verband und lief den Oberschenkel seines Freundes hinab.

Während die Schwarzbären um ihr Leben gekämpft hatten, mussten die Wolfshunde ihre eigene Schlacht ausfechten. Ihre Reihen waren empfindlich dezimiert worden. Mehr als die Hälfte von ihnen war tot, hieß es, unter ihnen Noran Korts Schamane. Noran selbst war nur knapp dem Tode entgangen, als er versuchte, die Überlebenden seines Lagers in Sicherheit zu bringen.

Noran sah aus eingefallenen Wangen auf und nickte ihm müde zu.

Logan erwiderte es und legte ihm freundschaftlich die Hand auf die Schulter. Er spürte das Zittern seines Weggefährten. Noran schien sich kaum noch auf den Beinen halten zu können. Logan hatte gewusst, dass es schlecht um seine Verbündeten stand. Die meisten der Stammeskönige seiner Allianz waren den Schwertern der Blauspeere und ihrer Speichellecker zum Opfer gefallen. Doch nun erst realisierte er, wie schlimm es wirklich stand.

Er stand allein.

Nicht einmal Noran, so treu er auch war, konnte ihm in dieser Situation sonderlich weiterhelfen.

Noch etwas anderes fiel ihm auf. Die anwesenden Clanführer waren allesamt bewaffnet. Ein Bruch des Protokolls, doch ein verständlicher.

Logan sah sich im Zelt um. Alle Augenpaare waren auf ihn gerichtet. Erin Tan saß auf seinem Platz und bedachte ihn mit einer eher neutralen Miene. Logan senkte betreten den Kopf. Er wusste nicht warum, hatte sich jedoch zumindest vom Stammeskönig der Nachtgeister etwas Unterstützung erhofft.

Dies alles war seine Schuld. Er hätte es vorhersehen müssen, er hätte Dys aufhalten müssen. Doch wie hätte er ahnen können, dass Dys bedenkenlos sein eigenes Volk in den Abgrund stoßen würde, der sich vor ihm auftat.

»Meine Freunde«, begann Logan.

»Du hast hier keine Freunde«, unterbrach einer der Stammeskönige ihn unwirsch und sprang auf. Mehrere andere folgten und schrien wild durcheinander. Viele forderten Logans Tod. Einige schienen kurz davor, ihre Waffen zu ziehen und selbst dafür sorgen zu wollen.

»Ruhe!«, donnerte Erin Tan plötzlich ungewöhnlich bestimmt. Die Stimmen verstummten. »Er ist immer noch ein Stammeskönig der Moyri. Zeigt Respekt. Er soll sagen, was er zu sagen hat.«

Logan nickte Erin Tan dankbar zu, dieser reagierte mit keinem Muskelzucken.

»Meine Freunde«, begann Logan erneut, »was vergangene Nacht geschehen ist, war eine Tragödie.«

Einer der Clanführer spuckte angewidert vor Logan auf den Boden. Dieser ließ sich davon jedoch nicht aus der Ruhe bringen.

»Es war eine Tragödie«, wiederholte Logan, »und muss gerächt werden.«

Einige der Stammeskönige lachten bellend auf. Es klang nicht amüsiert.

»Dys muss verfolgt und zur Strecke gebracht werden.«

»Und womit?«, hielt einer der Stammeskönig dagegen. »Dys hat Zehntausende von Kriegern. Mehr, als jeder von uns im Moment aufbringen könnte.«

»Aber gemeinsam könnten wir es.«

»Unter deiner Führung? Das kann unmöglich dein Ernst sein.«

»Ich unterwerfe mich jeder Führung, die das Konzil als gerecht erachtet«, warf Logan zur Überraschung vieler ein. »Wichtig ist nur, dass Dys sein Ziel nicht erreicht.«

»Und sein Ziel ist?«, fragte Erin Tan.

»Die große Ödnis im Süden. Dort sind die Ruinen einer Stadt. Dort will er hin.«

»Warum?«, wollte Erin Tan wissen, plötzlich misstrauisch.

»Weil er dort ein Ritual abhalten will, das Coyle Pollok zurückbringt.«

Etliche Clanführer sprangen auf und schrien durcheinander. Es dauerte Minuten, bis Erin Tan sich so weit Gehör verschafft hatte, um für Ordnung zu sorgen.

»Sind diese Informationen korrekt?«, wandte er sich erneut an Logan.

»Sie sind es.«

»Und du wusstest es die ganze Zeit?«

»Nicht die ganze Zeit«, korrigierte Logan, »doch schon seit einer Weile.«

»Und hast uns nichts gesagt.«

»Hättet ihr mir geglaubt? Ich war der Meinung, die Wahrheit würde nur Dys' Position stärken.«

»Das war nicht deine Entscheidung. Du hättest diese Informationen nicht für dich behalten dürfen. Im Konzil hätten wir Dys Einhalt gebieten können, wenn wir über alles informiert gewesen wären.«

»Mach die Augen auf, Erin. Niemand hätte Dys Einhalt gebieten können. Niemand! Sein Entschluss, Coyle Pollok zurückzubringen, stand schon fest, bevor er das Zelt des Konzils das erste Mal betreten hat. Und dazu ist er fest entschlossen. Dys ist völlig außer Kontrolle. Sieh dich doch mal um, was er angerichtet hat. Die Moyri sind zerstritten, Stammeskönige wurden vergangene Nacht zu Dutzenden umgebracht. Etwas, das nicht mehr geschehen ist, seit Coyle Pollok die Clans vereinigt hat.«

»Dass es überhaupt so weit kommen konnte, ist deine Schuld«, hielt ihm derselbe Clanführer vor, der ihn bereits scharf angegangen hatte. »Hättest du die Söldner nicht einfach so laufen lassen, wäre die Situation gar nicht eskaliert. Bis zu diesem Punkt gab es für uns alle noch Hoffnung.«

Logan wünschte, er könnte diesem Argument widersprechen, doch leider hatte der Mann recht. Er musste sich dies eingestehen. Logans Entscheidung, den Söldnern freien Abzug zu gewähren, hatte Dys überhaupt erst zum Handeln gezwungen. Die Toten der letzten Nacht gingen genauso auf sein Konto wie auf das von Dys.

»Falls Dys Erfolg hat, wird er nicht nur die Moyri ins Verderben stürzen. Es steht die Zukunft aller Völker auf dem Spiel. Der Bürgerkrieg ist ausgebrochen und wir haben keine andere Wahl, als ihn auch auszufechten.«

Schweigen antwortete ihm.

»Wir haben keine Zeit mehr«, beharrte Logan. »Wir müssen marschieren.«

»Es ist sinnlos«, meinte ein anderer Stammeskönig. »Dys wird die große Ödnis lange vor uns erreichen. Seine Pläne werden Früchte tragen, bevor unsere Schwerter überhaupt zum Einsatz kommen können.«

Logan seufzte. Das Folgende hatte er eigentlich nicht sagen wollen, doch ihm blieb keine Wahl. »Das denke ich nicht. Die Söldner sind auf dem Weg dorthin und mit etwas Glück können sie die Ruinen besetzen, bevor Dys dort eintrifft – und sie halten.«

Erneut antwortete ihm Schweigen, diesmal jedoch schockiertes und nicht niedergeschlagenes Schweigen. Dann riefen auf einmal alle durcheinander. Erin Tan setzte sich erneut durch, doch leider, weil er wütender war als alle anderen.

»Auch das hast du uns verschwiegen, Logan? Deswegen hast du die Söldner gehen lassen? Du hast sie also zu deinen Verbündeten gemacht. Und du verlangst von uns, dass wir Seite an Seite mit diesem Söldnerabschaum kämpfen. Bist du eigentlich völlig wahnsinnig geworden?«

»Nicht wahnsinnig, Erin, aber ich befürchte, ich sehe die Dinge klarer als jeder von euch. Dies ist mehr als nur ein Krieg. Falls Dys Erfolg hat, wird Coyle Pollok seine Schreckensherrschaft erneut etablieren und Ströme von Blut werden vergossen. Unschuldige Menschen werden sterben. Frauen und Kinder werden dem Schwert übergeben. Und niemand – auch keiner der hier Anwesenden – wird dann noch in der Lage sein, seine Hände in Unschuld zu waschen. Jeder hier wird wissen, dass es einen Punkt gab, an dem man Dys hätte aufhalten können, und ihr tatet *nichts.*« Das letzte Wort spie er förmlich aus. »Dieser Krieg ist ein heiliger Krieg. Ein Krieg um die Seelen aller Moyri. Der Ausgang dieses Krieges wird entscheiden, welche Zukunft unser Volk einschlagen wird. Ob zum Guten oder zum Bösen.«

Seine Worte rührten einige der Anwesenden. Logan konnte es sehen. Sie haderten mit sich selbst angesichts dieser Aussichten. Doch Bitterkeit und Frustration saßen zu tief in ihren Seelen verwurzelt. Die Clanführer warfen sich gegenseitig Blicke zu, und als Erin Tan erneut das Wort ergriff, zerschlug er alle Hoffnungen Logans auf eine vereinigte Streitmacht der Clans.

»Was du getan hast, Logan, kann nicht ignoriert werden. Du hast dir angemaßt, im Stillen deine Intrigen zu spinnen. Hast uns wie kleine Kinder behandelt, die nicht wissen dürfen, was den Erwachsenen im Kopf herumspukt. Hast uns Informationen vorenthalten, die möglicherweise geholfen hätten, das Blutbad, das Dys angerichtet hat, zu verhindern. Nein, wir können und werden dir nicht helfen.« Logan senkte betreten den Kopf, während Tan fortfuhr. »Wir werden dir nicht helfen, aber wir werden dir auch nicht im Weg stehen. Wir werden unsere Toten bestatten, die Zelte abbrechen und in unsere Jagd- und Weidegründe zurückkehren. Und dann warten wir, wie sich die Dinge entwickeln. Falls Coyle Pollok zurückkommt, wird sich jeder Clan mit dem Problem auf seine Weise befassen müssen. Einige werden sich ihm sicherlich anschließen, andere werden Widerstand leisten und vermutlich untergehen. Wie es schon einmal der Fall war. Das Konzil ist Geschichte. Und seine Aufgabe, den Frieden unter den Clans zu wahren, ist gescheitert. Falls du Dys verfolgen willst, dann tu es. Jeder, der dir folgen will, soll dies tun. Auf eigenes Risiko und auf eigenes Gewissen. Dies ist die letzte Entscheidung des Konzils.«

Logan drehte sich um und verließ das Zelt. Noran Kort stemmte sich mit dicken Schweißperlen auf der Stirn hoch und folgte seinem Freund humpelnd. Die beiden Männer waren die einzigen Clanführer, die das Zelt verließen.

Logan warb unter den Überlebenden des Angriffs für den Feldzug gegen Dys. Er sprach mit Engelszungen auf sie ein, doch nur wenige folgten seinem Ruf. Am Ende brachte er eine Streitmacht von gerade mal neuntausend Mann auf. Mehr als die Hälfte davon waren Schwarzbären, der überwiegende Rest bestand aus Noran Korts Wolfshunden, den Überlebenden anderer Clans, die zu Logans Allianz gehört hatten, deren Clanführer jedoch gestorben waren, und einzelnen Kriegern der übrigen Clans. Einige von ihnen folgten Logan, weil sie auf Rache für das Erlittene sannen, andere, weil Logans Argumente sie überzeugt hatten. Trotzdem wusste Logan, dass seine Streitmacht es niemals mit Dys würde aufnehmen können. Selbst falls sie es schafften, sich mit den Söldnern zu vereinen, würde es schwierig. Der Weg nach Süden war lang und führte Dys durch die Weidegründe mehrerer Clans, die sich offen zu Dys Bollnars Allianz bekannten oder zumindest mit ihm sympathisierten. Die Zahl seiner Truppen würde sich noch um einiges steigern, bis er Kirantal erreichte. Logan wollte sich gar nicht ausmalen, wie viele Schwerter Dys nun hinter sich wusste.

Logan fluchte. Hätte er mehr Zeit gehabt, hätte er Herolde mit den Kriegsbannern durch sein Land schicken und binnen drei Wochen fünfundreißigtausend Schwarzbärenkrieger aufbieten können. Diese Zeit hatte er jedoch nicht. Von den Boten, die Beliak ausgeschickt hatte, war auch noch keiner zurückgekommen. Das bedeutete, er musste mit dem auskommen, was ihm zur Verfügung stand.

Logan warf einen schnellen Blick gen Himmel. Die Sonne hatte ihren Zenit schon lange überschritten und neigte sich langsam dem Horizont entgegen. Es wurde Zeit aufzubrechen. Dys und seine Truppen hatten einen großen Vorsprung. Jede Minute, die sie den Aufbruch hinauszögerten, würde diesen Vorsprung nur ausbauen.

Crea ritt auf ihrem hässlichen Pferd neben seinen Hengst. Hinter ihr bestiegen ihre Akolythen ebenfalls ihre Tiere. Logan bedachte Creas Tier mit abfälligem Schnauben.

»Und wo genau wollen du und deine Zauberkünstler hin?«

»Wir gehen mit dir.«

Logan schüttelte den Kopf und öffnete den Mund, um zu widersprechen, doch seine Schamanin kam ihm zuvor.

»Spar dir jeden Kommentar, Logan. Wir kommen mit. Ob du willst oder nicht.«

Logan legte den Kopf auf die Seite und bedachte sie mit einem amüsierten Funkeln in den Augen. »Und ich dachte, ich wäre hier der Stammeskönig.«

»Du magst Stammeskönig sein, doch inzwischen solltest du gelernt haben, dass ich mir nur selten etwas vorschreiben lasse.«

»Mag sein, aber ihr wärt nur im Weg. Wir reiten in den Krieg, Crea.«

»Logan, du wirst uns noch zu schätzen wissen, bevor diese Sache vorbei ist.«

Logan runzelte verwirrt die Stirn. »Wie immer redest du in Rätseln.«

»Du musst nur eines wissen: Es ist wichtig, dass wir dabei sind. Ohne uns wird es keinen Sieg geben.«

Logan senkte nachdenklich den Blick. Als er eine Entscheidung getroffen hatte, blickte er seine Schamanin scharf an.

»Werdet ihr das Tempo denn halten können, alte Krähe?«

Sie lachte krächzend auf. »Mach dir darüber keine Sorgen, mein Freund. Wir werden schon nicht zur Belastung für dich werden.«

Er wandte den Blick ab und suchte das Zeltlager zu seinen Füßen ab. Insgeheim hatte er die Hoffnung gehegt, dass sich ihm weitere Clans oder auch nur einzelne Krieger anschlossen. Doch diese Hoffnung wurde enttäuscht. Die Zeltstadt wirkte wie ausgestorben.

»Glaubst du, wir können gewinnen, Crea?«

»Diese Frage stellt sich eigentlich gar nicht, Logan.«

»Tatsächlich?«

»Ja. Wir haben gar keine andere Wahl, als zu gewinnen.«

Die Schamanin trieb ihr Pferd an und ritt ohne eine weitere Erklärung an ihm vorbei.

»Das waren jetzt wirklich aufmunternde Worte.«

Logan drehte sich bei dieser Bemerkung mit einem Lächeln um. Es gab dieser Tage nur wenig, was ihn aufheiterte. Die Anwesenheit seiner schwangeren Frau gehörte definitiv dazu. Er nahm sie in die Arme, als wolle er sie nie wieder loslassen. Logan nahm einen tiefen Atemzug, um ihren Duft in sich aufzunehmen. Eine dunkle Stimme im hintersten Winkel seines Verstandes wies ihn gehässig darauf hin, dass er vielleicht nie wieder die Gelegenheit hierzu erhielt.

»Komm bald wieder zu mir zurück«, flüsterte sie.

»So schnell ich kann«, versprach er.

»Ich wünschte, du würdest mich mit dir ziehen lassen.«

Er schüttelte bestimmt den Kopf, ließ sie jedoch immer noch nicht los. »Du weißt, dass das nicht möglich ist. Hier seid ihr in Sicherheit. Die anderen Clans werden den Frauen, Kindern und Alten der Schwarzbären nichts tun. Dys hat alle Clans, die dazu fähig wären, mitgenommen. Das einzig Gute, das er getan hat.« Logan schnaubte. »Er hat sogar seine eigenen Leute zurückgelassen, weil er wusste, dass wir ihnen nichts tun würden. Alle, die nicht kämpfen können, sind hier. Also bleibt ihr auch hier. So leid es mir tut, aber ihr würdet uns nur aufhalten.«

Das Varis-Mädchen trat aus Logans Jurte und beobachtete die Abschiedsszene mit großen Augen. Logan schmunzelte und hielt Jesy auf Armeslänge von sich. »Außerdem musst du gut auf unseren Gast aufpassen.«

Jesy blickte über die Schulter und zwinkerte dem Mädchen zu, das scheu zurücklächelte.

»Ich wünschte nur, es gäbe einen anderen Weg. Einen Weg, der nicht mit einschließt, dass du den Clan in den Krieg führst«, fuhr sie ernst fort.

»Es gibt keinen. Dieser Bürgerkrieg kann nur auf eine Art enden. Entweder die Blauspeere hören auf zu existieren oder die Schwarzbären.«

21

Ciran Talbert hob die Hand und ließ die Kolonne, die sich hinter ihm durch das Sandmeer schleppte, anhalten. Die Männer keuchten bei jedem Schritt. Nahrung- und Wasservorräte waren seit vier Tagen rationiert und neigten sich bedenklich dem Ende entgegen.

Kilian und Silas schleppten sich die Düne hinauf, während der Barde die Moyri Arianna immer noch an der Leine hinter sich herzog. Das Verhältnis der beiden Söldner zu ihrer Gefangenen hatte sich seit Kilians Rückkehr zur Söldnerarmee immer weiter gebessert. Dass Kilian Logan kannte und sogar mit ihm befreundet war, hatte vermutlich einiges dazu beigetragen, dass Arianna zu den beiden Söldnern Vertrauen gefasst hatte. Ihr Verhältnis näherte sich rapide einem Zustand, den man mit Fug und Recht gegenseitige Toleranz, wenn nicht sogar Freundschaft nennen konnte.

Die übrigen Söldner hatten sich inzwischen an die Moyri, die sich unter ihnen befand, gewöhnt. Sogar die lüsternen Blicke wurden immer weniger – vermutlich nicht zuletzt deshalb, weil Arianna einem Söldner, der versucht hatte, Hand an sie zu legen, ein Messer zwischen die Beine gerammt hatte. Der arme Kerl war Tage später an einer Infektion gestorben. Zum Glück hatte Ciran Talbert den Fall auf sich beruhen lassen, da sich Arianna lediglich verteidigt hatte. Seitdem hielten die Männer jedoch einen gesunden Sicherheitsabstand zur temperamentvollen Moyri.

Kilian benötigte einige Minuten, um, vor Anstrengung keuchend, den höchsten Punkt der Düne zu erreichen. Die Frage, die er Ciran Talbert hatte stellen wollen, blieb ihm jedoch im Halse stecken, als er erkannte, was sich vor ihnen ausbreitete.

Der Söldnerhauptmann streifte Kilian mit einem beifälligen Blick. »Ganz recht. Wir haben Kirantal erreicht.«

Zu diesem Zeitpunkt erreichten Silas und Arianna den Scheitelpunkt der Düne. Während Silas die Stadt mit offenem Mund betrachtete, fiel Arianna augenblicklich auf die Knie.

»Wir sollten nicht hier sein«, erklärte sie. »Das hier ist heiliger Boden. Allein unsere Anwesenheit ist bereits Frevel.«

»Sag das mal der Moyri-Armee, die hinter uns her ist«, erwiderte Ciran Talbert und wandte sich um. Er beschattete seine Augen mit einer Hand und musterte den Horizont.

Kilians Augen folgte dem Blick des Mannes missmutig. Die Staubwolke hinter ihnen war inzwischen auch mit bloßem Auge gut auszumachen. Sie war vor etwa vier Tagen zum ersten Mal gesichtet worden und kam beständig näher. Das Gefühl einer nahenden Bedrohung war überwältigend.

»Sie haben mit Sicherheit Infanterie bei sich«, flüsterte der Söldnerhauptmann mehr zu sich selbst. »Sehr viel Infanterie sogar.«

»Was macht dich so sicher?«, wagte Kilian zu fragen.

»Falls da nur Kavallerie hinter uns her wäre, hätten sie uns längst gestellt. Die Infanterie bremst sie aus. Dieser Dys Bollnar ist ein schlauer Kopf. Er will seine Streitmacht nicht trennen.« Ciran spuckte aus. »Wäre mir lieber, ich hätte es mit einem dummen Gegner zu tun.«

»Diese Bastarde sollten für ihren Frevel ebenfalls bestraft werden«, zischte Arianna. »Sie sollten alle sterben.«

Ciran Talbert schnaubte »Dazu werden sie schon sehr bald die Gelegenheit erhalten.«

Der Söldnerhauptmann nickte in Richtung der Stadt. »Galledor? Die Männer sollen weitermarschieren. Ich will bis spätestens Einbruch der Nacht innerhalb der Stadtgrenzen sein.«

Der Anführer der Leibwächter nickte und dessen Leute trieben die Söldner zur Eile an. Melitans Kavallerie ritt vorüber und hielt auf die Stadt zu, um die Ankunft des Söldnerheeres vorzubereiten.

Je näher sie der Stadt kamen, desto imposanter erschien ihre schiere Größe – und umso schweigsamer, ja fast niedergeschlagen, schien Ciran Talbert.

Die Stadt war wie ein Wagenrad strukturiert. Ein riesiger Turm, der sich über alle Gebäude erhob, dominierte dabei das Bild und diente der Stadt als Radnabe. Zwei breite Hauptstraßen durchzogen die Stadt. Eine führte von Norden nach Süden und die andere von Osten nach

Westen. Paläste und Villen zierten das Gesamtbild. Die Stadt musste zu ihren Hochzeiten wahrhaft beeindruckend gewesen sein.

Diese Zeiten gehörten jedoch längst der Vergangenheit an.

Von der Stadtmauer war nicht mehr übrig als nur die Grundmauern. Von den Türmen, die sich alle dreißig Schritt über die Mauern erhoben hatten, waren lediglich die Umrisse noch zu erahnen. Von den prächtigen Bauten, den Palästen, den Gärten waren nur noch Ruinen zu sehen. Überall sahen sie Anzeichen einer furchtbaren Schlacht: verrostete Teile von Rüstungen und Waffen sowie ausgebleichte Knochen, die unter dem Wüstensand hervorlugten. Die Stadt war geschleift worden, von einem Gegner, der den Moyri in Sachen Brutalität in nichts nachstand.

Was die Kämpfe nicht geschafft hatten, hatte schließlich ein anderer Feind zu Ende gebracht. Ein Feind, den kein Schwert bezwingen konnte. Die Wüste hatte sich ihr Territorium im Laufe der Jahrhunderte zurückerobert. Nur der Turm im Zentrum der Stadt wirkte unberührt, als wäre sein Bau erst gestern beendet worden.

Das eigentlich Seltsame war jedoch: Was immer an diesem Ort geschehen war, kein Feind von außen war dafür verantwortlich gewesen. Die Stadt war von innen erobert und zerstört worden.

Als die Söldnerarmee schließlich kurz nach Einbruch der Nacht den Marktplatz von Kirantal erreichten, pflanzte Ciran Talbert sein Banner auf und seufzte tief. Kilian vermochte sich gut vorzustellen, was im Kopf des Söldnerhauptmannes vor sich ging.

Zu ihrer Blütezeit musste die Stadt nahezu uneinnehmbar gewesen sein. Kilian schätzte, dass Kirantal von einer relativ kleinen Truppe von wenigen Tausend Mann gegen eine wesentlich stärkere Streitmacht bequem gehalten werden konnte. In ihrem jetzigen Zustand jedoch stand sie jedem Angreifer weit offen.

Dys Bollnar und seine Moyri marschierten in Windeseile heran, mit dem Ziel, Kirantal zu besetzen, und nur die Söldner um Ciran Talbert standen diesem Vorhaben im Weg. Der Söldnerhauptmann hatte vermutet, eine Stadt mit halbwegs intakten Verteidigungsanlagen oder zumindest einer Mauer vorzufinden. Die Wahrheit jedoch war schlichtweg deprimierend. Sie saßen hier wie auf dem Präsentierteller.

Kirantal war eine Todesfalle.

Kilian gehörte zu einer handverlesenen kleinen Gruppe, der es erlaubt wurde, am Kriegsrat des Söldnerhauptmannes teilzunehmen.

Es waren noch Melitan, Galledor sowie eine Reihe rangniedriger Offiziere anwesend, die alle Ciran Talberts Worten gebannt und mit einem nicht geringen Anteil an Besorgnis lauschten.

»Die Probleme, vor denen wir stehen, dürften jedem sofort ins Auge fallen«, begann der Söldnerhauptmann. »Die Stadt ist nicht zu verteidigen.«

Ein Raunen ging durch die versammelten Offiziere, dem jedoch Ciran mit erhobener Hand schnell Einhalt gebot.

»Jedenfalls nicht angesichts der gegenwärtigen Kräfteverteilung.«

»Warum vergessen wir das Ganze nicht einfach und setzen uns ab?«, meinte einer jüngerer Leutnant, der sich nahe dem Eingang aufhielt.

»Ich habe mein Wort gegeben«, erklärte Ciran schlicht. »Außerdem, wo sollten wir denn hin? Wir sind von Wüste umgeben. Der schnellste Weg hinaus führt mitten durch die anrückende Streitmacht.«

»Und was hast du stattdessen vor?«, fragte Galledor.

Ciran lächelte. »Wir mogeln.«

Die Moyri-Armee unter Dys' Führung bewegte sich langsamer, als sie es vermocht hätte. Kilian vermutete, dass Dys von der Anwesenheit der Söldner innerhalb der Stadt wusste und aus diesem Grund besonders vorsichtig vorging. Die Moyri rechneten jederzeit und überall mit einem Hinterhalt.

Sie hatten recht, sich zu fürchten.

Die Vorhut der Moyri bestand aus etwa tausend Mann Kavallerie. Das war überaus klug. Kavallerie war am besten geeignet. Sie verfügte über die Flexibilität, sich unerwarteten Ereignissen oder Gefahren zu stellen, und war schnell genug, einfach abzuhauen, sollte sie auf Hindernisse treffen, die sie nicht besiegen konnte. Die Reiter waren schnell genug, die Hauptmacht der Armee vor jedem Hinterhalt rechtzeitig zu warnen.

Kilian ging jede Wette ein, dass die Nachhut der Moyri sich ähnlich zusammensetzte. Die Moyri bewegten sich gerade zwischen zwei Dünen hindurch, als Melitan den Befehl zum Angriff gab.

Wie ein Mann erhoben sich zweihundert Bogenschützen aus ihren

Verstecken. Die Männer hatten sich verborgen, indem sie Decken über sich ausgebreitet und Sand darauf geschaufelt hatten.

Zweihundert Bogensehnen sirrten und die ersten drei Reihen der feindlichen Kavallerie ging kollektiv zu Boden. Pferde wieherten schrill in Panik, während sie ihre überraschten Reiter unter sich begruben. Einige Moyri wurden buchstäblich zermalmt, als ihre Tiere sich im Todeskampf auf sie wälzten.

Die Moyri-Formation löste sich in Unordnung und Chaos auf, während die Offiziere sich darum bemühten, die Reihen erneut zu ordnen. Doch Melitan hatte nicht vor, es so weit kommen zu lassen.

Ein weiteres Hornsignal ertönte und dreihundert Reiter stürmten unter der Führung des Offiziers hinter den Dünen hervor, Kilian mitten unter ihnen.

Im Gegensatz zu den Moyri waren die Söldner organisiert, diszipliniert und vor allem hatten sie nichts zu verlieren. Ein Umstand, den man in einer Schlacht nicht unterschätzen sollte.

Die Söldner preschten in die Moyri hinein und zerschlugen innerhalb weniger Sekunden das, was von deren Formation noch übrig war.

Melitan trieb seine Lanze einem Moyri-Offizier mit solcher Wucht in die Brust, dass die Spitze auf dem Rücken wieder austrat. Die Waffe brach knapp unter dem Handschutz ab. Melitan schleuderte das nutzlos gewordene Stück Holz einem anderen Gegner ins Gesicht. Das improvisierte Wurfgeschoss irritierte diesen für einen Moment. Melitan zog sein Schwert und schlitzte ihm die Kehle auf.

Der eigene Schwung trieb die Söldner immer tiefer in die feindliche Formation. Die Bogenschützen zielten indessen auf die hinteren Abschnitte der feindlichen Vorhut, um die eigenen Reiter nicht zu gefährden.

Moyri und ihre Pferde stürzten von Pfeilen gespickt zu Boden. Einige versuchten sich an einem Gegenangriff gegen die Söldnerbogenschützen, doch die Dünen waren zu steil und der Sand gab immer wieder nach, wenn sie diese zu erklimmen trachteten. Sie gaben leichte Ziele ab.

Kilian spaltete einem Moyri mit dem Schwert den Schädel, zog einem weiteren die Klinge über das Gesicht und hämmerte einem dritten die Parierstange seiner Klinge auf das Nasenbein.

In dem Getümmel verlor er Melitan kurzzeitig aus den Augen, als sich Kämpfende zwischen sie schoben. Er erhaschte jedoch nur wenige Augenblicke später die Gestalt des Reiteroffiziers, wie sich dieser gegen gleich vier Gegner zur Wehr setzte.

Kilian trieb sein Pferd an. Das kampferprobte Schlachtross sprintete los. Im letzten Moment riss Kilian die Zügel herum und das Tier rammte eines der Moyri-Pferde, das sich aufbäumte und zur Seite stürzte. Mit einem Schwung seiner Klinge schlitzte Kilian einem weiteren von Melitans Gegnern die Hüfte auf. Dieser fiel vom Pferd, ob tot oder nur verwundet, ließ sich nicht sagen. Es war Kilian in diesem Moment auch herzlich egal.

Auf diese Weise entlastet, entledigte sich Melitan eines weiteren Gegners. Der vierte entschied, dass in diesem Fall Flucht der bessere Teil der Tapferkeit war, und nutzte mehrere miteinander ringende Söldner und Moyri als Deckung, während er sich absetzte.

Kilian packte Melitan an der Schulter. »Gib das Signal zum Rückzug.«

Der Reiteroffizier lachte lauthals auf. »Wieso? Wir schlagen sie zurück. Ich vernichte ihre Vorhut.«

»Das war nicht Teil des Plans«, schrie Kilian ihn an. »Wir sollten sie nur aufhalten.«

»Warum sich mit so wenig begnügen? Sieh doch, sie fliehen.«

Kilian hatte dies schon in so manchen Schlachten erlebt. Offiziere, die von der Kampfeswut gepackt, das große Ganze vergaßen und übersahen, was sich direkt vor ihren Augen abspielte. Kilian wusste sehr genau, warum die Moyri flohen.

»Natürlich ziehen sie sich zurück. Sie flüchten in die Arme ihrer Hauptmacht. Sie versuchen, uns näher heranzulocken, damit Dys *uns* vernichten kann.«

Melitan zwinkerte, als würde er aus einem Traum erwachen. Er sah sich auf dem Schlachtfeld um und erkannte, dass Kilian den Kern der Sache erkannt hatte. Die Kavallerie der feindlichen Hauptmacht war bereits gefährlich nahe und preschte mit halsbrecherischem Tempo heran. Wenn sie nicht schnell reagierten, würde Ciran Talbert nicht nur seine Kavallerie, sondern auch einen guten Teil seiner Bogenschützen verlieren.

Melitan hob das Horn an seine Lippen und gab drei lang gezogene

Laute ab. Die Bogenschützen gaben ihre Stellungen auf und rutschten die Dünen herab. Die Reiter wendeten ihre Tiere und preschten davon. Sie hielten nur noch an, um die Bogenschützen hinter sich auf die Sättel zu ziehen. Sie waren bereits so gut wie in Sicherheit, als die Moyri-Verstärkung den Ort des Geschehens erreichte.

Dys wanderte durch die Dünen, hielt nur inne um einem im Sand steckenden Schwert oder einer mit Pfeilen gespickten Leiche auszuweichen. Hinter ihm schritt Gera, hütete sich jedoch, auch nur einen einzigen Laut von sich zu geben. In dieser Stimmung, war es äußerst gefährlich, Dys' Gedankengänge zu unterbrechen. Die Wut des Stammeskönigs war beinahe körperlich greifbar und jede unachtsame Bemerkung könnte tödliche Folgen nach sich ziehen.

Dys blieb in der Mitte des Schlachtfelds schlagartig stehen. Gera tat es ihm gleich und wappnete sich für den unausweichlichen Wutausbruch, der nun folgen musste. Doch stattdessen seufzte Dys lediglich tief auf. Gera runzelte verwirrt die Stirn.

»Das war ... unerfreulich«, meinte der Stammeskönig der Blauspeere lediglich.

»Herr?«, fragte Gera nach.

»Dieser Söldnerhauptmann ...«

»Ciran Talbert«, half Gera aus.

»Ciran Talbert, ja, er hat sich als äußerst findig erwiesen.«

»Er ist der Beste, der zu finden war. Darum wurde er ja ausgewählt.«

»Vielleicht hätten wir jemanden wählen sollen, der nicht ganz so gut ist.«

»Jemand, der nicht ganz so gut ist, hätte sich Logan nicht lange genug widersetzen können, um für uns von Nutzen zu sein.«

Dys überlegte. »Ja, in der Tat. Ich befürchte jedoch, die Entscheidung, ausgerechnet Ciran zu nehmen, wird sich noch rächen.« Dys bückte sich und hob ein Moyri-Schwert auf. Die Finger des Kriegers hatten es noch bis in den Tod umklammert gehalten.

Dys betrachtete es, als wäre er tief in Gedanken versunken. Daher überraschte er Gera, als er fortfuhr. »Wie hoch sind unsere Verluste?«

»Über vierhundert«, berichtete Gera. »Und fast zweihundert Pferde.«

Dys beschattete die Augen mit der rechten Hand und beobachtete den Horizont. Die Umrisse der Stadt waren bereits andeutungsweise zu erkennen. »Wir werden etwa in zwei Tagen in Kirantal sein. Lass die Vorhut verdoppeln und nur eine halbe Stunde vor der Hauptstreitmacht marschieren. So etwas wie heute darf nie wieder vorkommen.«

»Jawohl, Herr.«

Gera wollte sich umdrehen und die Befehle seines Clanführers ausführen, doch Dys' Stimme hielt ihn zurück.

»Und Gera?«

»Ja, Herr?«

»Ab jetzt keine Fehler mehr.«

Die Reiter unter Melitans Führung preschten nach Kirantal hinein, doch anstatt an der Stadtgrenze anzuhalten, nahmen sie eine der Gassen, die ins Herz der geschleiften Metropole führte. Die Straßen der Stadt waren – bis auf wenige Ausnahmen – eng und leicht zu verteidigen. Die Söldner waren gezwungen, in einer Kolonne zu zweit nebeneinanderzureiten. Ansonsten gab es kein Durchkommen.

In einer Seitenstraße trafen sie auf Ciran Talbert, der die Vorbereitungen der bevorstehenden Belagerung überwachte. Die Bogenschützen stiegen ab und die Reiter nahmen ihre Tiere am Zügel, um sie zu füttern und zu tränken. Alle bis auf Melitan und Kilian, die dem Söldnerhauptmann Bericht erstatteten.

Dieser sah von einer Karte auf, die er sich selbst in aller Eile von der Stadt angefertigt hatte. Ein erwartungsvolles Lächeln zierte sein Gesicht.

»Und? Wie lief es?«

Melitan nahm sich die Kelle aus einem Wasserfass und trank einen Schluck, bevor er die Kelle an Kilian weitergab.

»Zweiunddreißig Tote, Hauptmann. Und sieben weitere, die es vermutlich nicht überleben werden. Ansonsten hatten wir Glück. Ein paar leichtere Verletzungen, nichts Ernstes.«

»Und die Moyri?«

»Hatten weniger Glück«, erklärte Kilian.

»Wir haben sie überrascht«, bestätigte Melitan, »und ein paar Hundert von ihnen erledigt. Die Moyri müssen ihre Geschwindigkeit reduzieren, falls sie keine weiteren Hinterhalte riskieren wollen. Sie werden auf ihrem Vormarsch ab sofort jede Düne und jeden noch so kleinen Hügel genauestens kontrollieren müssen.«

»Sehr gut«, nickte Ciran. »Dadurch gewinnen wir etwas Zeit.«

Kilian deutete auf die Karte. »Wie sieht es hier aus?«

»Besser, als ich anfangs dachte«, meinte der Söldnerhauptmann. »Aus offensichtlichen Gründen ist eine Verteidigung der Stadtgrenzen nicht machbar. Also habe ich mich dafür entschieden, die Verteidigung auf den Marktplatz und den zentralen Turm der Stadt zu konzentrieren.« Er warf Kilian einen schiefen Blick zu. »Falls dein Moyri-Freund Logan recht hat, wird Dys unter allen Umständen zu diesem Turm gelangen wollen.« Kilian nickte. »Dann sieht unsere Lage gar nicht so schlecht aus. Wir haben inzwischen die zwei Hauptstraßen der Stadt mit Trümmern verbarrikadiert. Für Kavallerie gibt es dort nun kein Durchkommen mehr. Die Barrikaden können von wenigen Hundert Mann gegen eine viele größere Truppe gehalten werden. Das verschafft uns etwas Luft. Die engen Gassen hingegen sind ein ganz anderes Thema. Es gibt zu viele, um sie wirkungsvoll zu versperren, allerdings nutzen wir die örtlichen Gegebenheiten zu unserem Vorteil. Wir nutzen die Häuser als Plattformen für unsere Bogenschützen. Die Gassen selbst sind eng und werden mit Speerträgern bemannt. Wir stellen den Moyri einen Wald aus Speeren entgegen, egal in welche Richtung sie sich wenden. Sie wären verrückt, wenn sie einen Durchbruch versuchen.«

»Ich befürchte leider, auf die geistige Gesundheit unserer Widersacher brauchen wir nicht zu spekulieren. Dys wird sie schon zu Höchstleistungen anspornen und die Moyri sind kein Volk, das sich vor einer Schlacht oder einer Herausforderung fürchtet.«

»Sollen sie nur kommen«, grinste Ciran. »Ich habe mir ein paar schöne Überraschungen für sie ausgedacht.«

Kilian kroch todmüde in sein Zelt, zog sein Wams und Hemd aus und wusch sich etwas den Staub vom Körper. Der Sand schien wirklich in jede Körperöffnung und jede noch so kleine Hautfalte zu dringen.

Silas arbeitete noch bei den Männern, die die Barrikade bei der südlichen Hauptstraße verstärkten. Die Männer würden noch bis spät in die Nacht hinein arbeiten müssen, bis Ciran zufrieden war.

Arianna saß in der Ecke und beobachtete ihn aufmerksam. Trotz seiner Müdigkeit lächelte er ihr aufmunternd zu. Sie erwiderte es, doch das Lächeln erreichte ihre Augen nicht. Im Gegenteil wirkte sie sehr besorgt.

»Dir macht etwas Kopfzerbrechen?«, eröffnete Kilian das Gespräch.

»Dieser Ort. Wir sollten nicht hier sein. Er ist ... böse.«

»Glaub mir, ich wäre auch lieber nicht hier. Leider sind uns die Alternativen ausgegangen.«

»Bei meinem Volk gibt es Geschichten über diesen Ort. Es ist ein Ort, von dem man kleinen Kindern erzählt, um sie zur Räson zu bringen. Benehmt euch oder die Kronoi kommen und holen euch.«

Kilian hielt sich selbst nicht für einen besonders abergläubischen Menschen, doch bei Ariannas Tonfall merkte er auf.

»Erzähl mir von euren Geschichten«, bat er leise.

»Wieso? Ihr Nordländer haltet so etwas doch nur für Märchen.«

»Aber auch Märchen bergen manchmal einen Hauch Wahrheit. Erzähl bitte.«

»Die Kronoi sollen einst ein sehr, sehr mächtiges Volk gewesen sein. Alt und mächtig. Alles um uns herum, hat einst ihnen gehört. Sogar die Länder im Norden sollen zu ihrem Reich gehört haben. Und was nicht zu ihrem Reich gehörte, das schuldete ihnen Tribut und Gefolgschaft. Aber dann ist etwas passiert. Etwas Grauenvolles. Die Kronoi wurden zu arrogant, zu selbstgefällig. Sie ließen sich mit Kräften jenseits ihrer Vorstellungskraft ein. Das kostete sie das Leben. Niemand weiß Genaues. Das Reich der Kronoi verschwand praktisch über Nacht. Was du inmitten dieser Stadt siehst, die Ruinen, die Tempel, die Straßen, gehört zu den wenigen Anzeichen, die es noch dafür gibt, dass die Kronoi überhaupt existiert haben.«

»Und niemand weiß, was passiert ist?«

»Niemand. Die Kronoi verschwanden vom Angesicht der Erde und überließen sie den Menschen.«

»Den Menschen? Heißt das, die Kronoi waren keine?«

»So sagt man jedenfalls.« Sie zuckte mit den Achseln. »Aber wer ist schon in der Lage, nach so langer Zeit noch Fakten von Fiktion zu trennen.«

»Ich weiß nicht, ob das die richtige Geschichte für Kinder ist.«

»Sie ist auch nur für unartige«, grinste Arianna.

»Ich bin wirklich froh, wenn wir hier wieder weg sind«, sagte er, ihr Grinsen erwidernd. »Dieser Ort hat etwas entschieden Verstörendes.« Er warf einen Blick zum Zelt hinaus. »Bei den ganzen Ruinen läuft einem irgendwie ein kalter Schauder den Rücken hinunter.«

»Aus gutem Grund.« Sie zögerte. »Gib mir ein Schwert«, sagte sie unvermittelt.

Kilian wirbelte so plötzlich zu ihr herum, dass er beinahe das Gleichgewicht verloren hätte. »Wie bitte?«

»Gib mir ein Schwert. Ich will kämpfen.«

»Das kannst du unmöglich ernst meinen«, antwortete er. »Ciran würde mir bei lebendigem Leib die Haut abziehen. Technisch gesehen, bist du immer noch eine Gefangene.«

»Dys hat vor, etwas Bösartiges auf die Welt loszulassen. Dadurch ist er ein Feind meines Clans. Denkst du, die Moyri, die gegen uns marschieren, werden mich als ihresgleichen betrachten und befreien? Sie werden mich als Schwarzbärin erkennen und, wenn ich sehr viel Glück habe, auf der Stelle töten. Falls ich nicht so viel Glück habe, werde ich mir den Tod herbeiwünschen. Ich will wenigstens um mein Leben kämpfen dürfen. So wie ihr anderen auch. Denke nicht, dass ich zur Belastung werde. Ich wurde seit meiner frühesten Kindheit an Schwert und Bogen ausgebildet. Alle Moyri-Frauen werden das, für den Fall, dass Gefahr droht und die Männer auf der Jagd oder im Feld sind. Glaub mir, ich kann kämpfen.«

Kilian lauschte ihrem Vortrag regungslos. In seinem Innern tobte ein Kampf zwischen Zustimmung und Ablehnung. Keinem der Söldner würde es gefallen, wenn eine Moyri unter ihnen kämpfte. Andererseits konnten sie jedes Schwert gut gebrauchen, und falls Logan inzwischen unterwegs war, würden sich ohnehin schon bald noch mehr kämpfende Moyri unter ihnen befinden. Sollten die Söldner sich schon mal mit dieser Idee anfreunden.

Kilian zog einen Dolch, ging zu ihr hinüber und durchschnitt ihre Fesseln, die sie immer noch trug. Als Letztes löste er den Kragen um ihren Hals, der diesen mit der Leine verband, an der sie immer geführt wurde.

»Und morgen früh besorgen wir dir ein Schwert«, beschied er ihr.

»Ich hoffe, du kannst tatsächlich damit umgehen, denn wir werden kaum die Zeit für ein paar einführende Lektionen haben.«

22

Die Sonne stand im Zenit und brannte heiß.

Es wagte jedoch niemand, sich zu rühren.

Dys war eingetroffen und seine Streitmacht nahm seit Stunden Aufstellung jenseits der Stadt.

Es waren unglaublich viele.

Ihre Stärke übertraf die der Verteidiger um ein Vielfaches. Kilian, Silas, Ciran Talbert und Galledor kommandierten die Verteidigung der Barrikade an der Straße, die von Norden nach Süden führte. Von Dys' Position aus war es der schnellste Weg zum Turm. Ciran ging davon aus, dass der Hauptstoß der Moyri den direkten Weg nehmen würde, während vermutlich mehrere kleine Vorstöße durch die engen Nebengassen erfolgen würden, allein schon um ihre Verteidigung auf die Probe zu stellen und möglichst viele Söldner an anderen Stellen zu binden. Dys wäre ein Narr gewesen, anders zu handeln, und er mochte vieles sein, doch ein Narr sicher nicht.

In den Besprechungen nach ihrer Ankunft hatte Ciran Talbert seinem Unmut durch recht blumige Worte Ausdruck verliehen. Was Dys suchte, war innerhalb des Turms. Warum also nicht den Turm bis auf die Grundmauern niederreißen? Der Preis, den Dys durch diesen ganzen Irrsinn zu erringen suchte, wäre mit einem Schlag dahin.

Doch leider waren Logans und Creas Anweisungen eindeutig. Der Spiegel, der sich zweifelsohne im Turm befand, durfte nicht zerstört werden. Crea hatte sich in diesem Punkt recht vage angehört, doch Kilian vermutete, dass sie den Spiegel noch für eigene Zwecke benötigte. Also hieß es nun die Köpfe einziehen und auf den Ansturm der Moyri warten – und darauf, dass andere Moyri sie retteten.

Arianna trat an Kilians Seite, ein schmales Schwert, genau richtig für ihre Größe und Gestalt, in der Hand. Es hatte ihn viel Überredungsarbeit gekostet, doch letzten Endes hatte Ciran Talbert zugestimmt, die Moyri kämpfen zu lassen, wenn auch unter der Voraussetzung, dass Kilian für alles, was diese tat oder nicht tat, verantwortlich zeichnete. Ein angemessener Kompromiss.

Kilian versuchte, die Stärke der Moyri-Armee zu schätzen, doch er gab dieses Unterfangen schnell auf. Ihr Aufmarsch schien einfach kein Ende nehmen zu wollen. Wohin Kilian auch sah, bemerkte er nervöse Gesichter, die sich unsichere Blicke zuwarfen. Nur Ciran Talbert wirkte nicht im Mindesten beunruhigt oder von der schieren Größe der feindlichen Streitmacht beeindruckt. Er stand am höchsten Punkt der Barrikade und musterte die Moyri mit einem leichten Lächeln auf dem Gesicht.

Als er der Meinung war, dass der Spannung Genüge getan worden war, spuckte er aus und meinte: »Das sind ja mal eine Menge Schafe, die zur Schlachtbank geführt werden.«

Die Bemerkung rief allgemeines Gelächter hervor und augenblicklich legte sich die Spannung auf den umliegenden Gesichtern und machte einem Ausdruck gelöster Wachsamkeit Platz. Ein weiteres Mal bewunderte er den Söldnerhauptmann für dessen Intuition und Empathie für die Soldaten unter seinem Kommando. Sogar auf Galledors sonst so ernstem Gesicht stahl sich ein schmales Lächeln und der Befehlshaber von Cirans Leibwache lockerte sein Schwert in der Scheide. Kilian gelangte beinahe zu der Überzeugung, dass der Kerl sich auf den bevorstehenden Kampf freute.

Dys musterte die Stadt, die sich vor ihm ausbreitete. Sie wirkte beeindruckend. Nicht so beeindruckend, wie er erwartet hatte, aber doch beeindruckend genug. Der Turm hob sich majestätisch inmitten von Ruinen gen Himmel.

An seiner Seite ritten Gera, Marak Koll, der Stammeskönig der Blutkobras, und Walon Rar, der Stammeskönig der Moyri von den flüsternden Steinen. Dys' Erwartungen spiegelte sich in ihrer aller Haltung wider. Sie konnten die Schlacht kaum erwarten. Alle bis auf Gera. Dieser wirkte beunruhigt.

»Stimmt etwas nicht, Gera?«

»Ich bin nicht glücklich darüber, dass uns Ciran Talbert gegenübersteht.«

Dys warf ihm einen scharfen Blick zu. »Du hegst doch nicht etwa Zuneigung für den Mann?«

»Zuneigung? Nein, aber ich habe gesunden Respekt vor ihm. Ciran Talbert ist ein gewiefter Taktiker. Mindestens das sollte dich der Hinterhalt gelehrt haben.«

Im selben Moment, in dem er die Worte sprach, wusste Gera auch schon, dass er zu weit gegangen war. Dys' Kopf zuckte in seine Richtung und seine Augen blitzten wütend.

Gera neigte entschuldigend den Kopf. »Herr, ich meine nur, wir sollten ihm ein Angebot unterbreiten.«

»Was denn für ein Angebot?«, mischte sich Marak Koll ein.

Gera beachtete den Mann gerade so weit, wie es die Höflichkeit gebot. »Ein Angebot, sich ehrenhaft zurückzuziehen.«

Marak Koll prustete los. »Der Mann ist eingeschlossen, sitzt wie eine Ratte in der Falle. Unsere Armee ist ihm zehnfach überlegen.«

»Aber er hat die bessere Ausgangsstellung. Er besitzt die Position des Verteidigers und hatte genügend Zeit, sich einzuigeln. Den Mann zu unterschätzen, könnte sich als Fehler erweisen.«

»Ich will, dass die Nordländer sterben«, beharrte Marak Koll.

Gera unterdrückte nur mit Mühe einen Laut der Geringschätzung. »Deine Verachtung für die Nordländer ist jedem hier bekannt, aber auch ein Nordländerschwert kann töten. Vergiss das nicht.«

»Wage es ja nicht, mich zu belehren!« Marak Koll wandte sich an den Clanführer der Blauspeere. »Bring deinen Schoßhund zum Schweigen, Dys. Sonst tue ich es.«

»Sag mir nicht, was ich zu tun oder zu lassen habe«, brachte Dys in Gedanken versunken Marak Koll zur Räson. Der Clanführer der Blauspeere überlegte fieberhaft. Gera hegte schon die Hoffnung, zu seinem Herrn durchgedrungen zu sein. Doch dann nahm Dys den Gesprächsfaden wieder auf.

»Wir werden ihm kein Angebot unterbreiten«, entschied Dys.

»Aber Herr ...«

»Es reicht, Gera. Marak hat recht. Die Nordländer müssen sterben. Ich habe endgültig genug davon, dass sie meine Pläne verkomplizieren.« Er wandte sich an seinen Hornisten. »Das Signal zum Angriff.«

Vier lang gezogene und zwei kurze Hornstöße ertönten und Kilian bildete sich ein, die Laute sogar noch in seinen Zähnen wahrnehmen zu können.

»Es geht los«, verkündete Ciran.

Kilian machte seinen Körper lang und spähte über die Barrikade. Die ersten Reihen der Moyri setzten sich in Bewegung, schwerfällig zunächst, aber dann immer schneller. Es handelte sich um Infanterie und Bogenschützen. Dys hatte aus den letzten Auseinandersetzungen zwischen Söldnern und Moyri offenbar seine Lehren gezogen.

»Sieh nach links und rechts«, wies Ciran ihn leise an. Kilian folgte der Aufforderung. Er wusste zunächst nicht, worauf Ciran hinauswollte, doch dann bemerkte er es. An beiden Flanken setzten sich einzelne Truppenteile der Moyri ab. Sie hofften, im Zuge des ersten Angriffs unbemerkt zu bleiben, doch Cirans geschultes Auge hatte die Truppenbewegungen ausgemacht.

»Sie planen ohne Zweifel, unsere andere Stellungen anzugreifen.«

»Sie werden standhalten«, versprach Kilian inbrünstig und fragte sich insgeheim, ob sich diese Worte in anderen Ohren genauso nach Wunschdenken anhörten wie in seinen eigenen.

»Können wir nur hoffen«, entgegnete Ciran. »Falls nicht, werden wir davon erst etwas mitkriegen, wenn uns die ersten Moyri in den Rücken fallen.«

Die Schlachtreihe der Moyri rückte unbeirrbar näher. Ihre Siegessicherheit wirkte beinahe schon arrogant. Allerdings beruhte diese Selbstvertrauen zu einem nicht geringen Anteil auf Realismus, wie Kilian insgeheim zugeben musste. Wie Reihe um Reihe feindlicher Soldaten Aufstellung nahm, schien ihre Übermacht wahrhaft erdrückend zu sein.

In der Ferne, am Scheitelpunkt einer Düne, erkannte Kilian mehrere Reiter und ihre aufgepflanzten Banner: Dys und seine Schergen, die Stammeskönige der Clans, die sich seinem Weg verschrieben hatten. Selbst über diese Entfernung konnte er die Ungeduld ihres Widersachers spüren. Nein, dieser Mann kannte keinerlei Skrupel und keinerlei Zurückhaltung. Es würde ihm gänzlich gleichgültig sein, wie viele Krieger er verlor, solange sie es nur schafften, ihn in die Stadt zu bringen.

Kilian warf einen Blick zurück. Sie hatten die ganze Nacht durchgearbeitet. Hinter der Barrikade stand ein Gebilde, das entfernt an ein Dach erinnerte, das in regelmäßigen Abständen auf Stützen stand. Unter dieses Dach drängten sich im Moment die Söldner dicht aneinander. Die feindlichen Bogenschützen würden bald mit einem Pfeilhagel beginnen. Das Dach sollte einen gewissen Schutz vor dem ersten Ansturm bieten. Das war Kilians Idee gewesen. Etwas Ähnliches hatten sie damals gebaut, als sie mit einer Handvoll Varis-Soldaten eine alte Abtei verteidigt hatten. Damals hatte es ihnen gute Dienste geleistet. Er hoffte, dies würde wieder so sein.

Jede der vier Hauptbarrikaden in die Stadt wurde von jeweils tausend Mann bemannt. Weitere tausendfünfhundert Mann hatten am Turm eine zweite innere Verteidigungslinie aufgebaut und warteten darauf, helfend einzugreifen, sollte eine der Barrikaden in Bedrängnis geraten. Die übrigen zweitausend Mann hatten sich zu Gruppen von jeweils zweihundert Mann aufgeteilt und warteten in den kleinen Gassen von Kirantal darauf, dass die Moyri so dumm sein würden, sich in die Speere ihrer Phalangen zu werfen. Sie waren so bereit, wie man nur sein konnte.

Die Moyri-Streitmacht verfiel in einen rhythmischen Trab. Sie bewegten sich zwar langsamer, als sie hätten sein können, sparten jedoch Kräfte. Aus seiner Zeit unter Coyle Pollok wusste Kilian, dass die Moyri über außerordentliche Kraftreserven und Ausdauer verfügten, die sie im geeigneten Moment in die Waagschale warfen. Die Infanterie des Steppenvolkes konnte einen ganzen Tag lang laufen und anschließend noch eine Schlacht schlagen. Man musste sie einfach dafür bewundern. Allerdings stand er bedeutend lieber auf deren Seite als gegen sie. Eine solche Streitmacht auf sich zutraben zu sehen, konnte einem Mann schon einen Schauder über den Rücken jagen.

Mehrere Söldner warfen sich gegenseitig erneut unbehagliche Blicke zu. Kilian schmunzelte. Offenbar war er nicht der Einzige, dem derlei Gedanken durch den Kopf gingen.

Arianna hielt sich dicht bei ihm, ihr Krummschwert so fest in der geballten Faust, dass die Knöchel weiß hervortraten.

»Ganz ruhig«, flüsterte er ihr zu. »Entspann dich, sonst sind deine Muskeln so ausgelaugt, dass du bei Beginn der Schlacht Schwierigkeiten haben wirst, das Schwert zu halten.«

Sie machte Anstalten, etwas zu sagen, besann sich jedoch eines Besseren und schwieg. Kilian bemerkte jedoch, wie sich ihre Hände merklich entspannten und die Haut um ihre Knöchel eine normale Färbung annahmen.

Die Moyri nahmen Geschwindigkeit auf. Kilian konnte bereits die schlurfenden Geräusche hören, die ihre Stiefel auf dem Wüstensand verursachten. Er überflog die Reihen ihrer Feinde mit kundigem Blick und spuckte aus.

»Etwa zweitausend, würde ich meinen.«

Ciran nickte. »Und das ist nur die erste Welle. In der zweiten wird er vermutlich doppelt so viele schicken.«

»Er testet uns noch«, stimmte Kilian zu. »Sucht nach Schwachstellen in unserer Verteidigung.«

»Er wird keine finden«, meinte Ciran überzeugt.

Kilian ersparte sich einen Kommentar. Selbstvertrauen war gut und schön, aber zu großes Selbstvertrauen konnte mitunter in Arroganz umschlagen und das war höchst gefährlich. Ciran musste wissen, dass es genügend Schwachstellen gab, die die Moyri ausnutzen konnten. Auf ihrer Seite standen einfach nicht genügend Männer, um alles lückenlos abzudecken. Zu allem Überfluss war Dys ein erfahrener Kommandant, der zahllose Schlachten gegen die Nordländer geführt und *gewonnen* hatte. Der Mann war beileibe kein Dummkopf. Mit einem Dummkopf auf der gegnerischen Seite wäre alles so viel einfacher gewesen.

Die vorderste Reihe der Moyri war nur noch gut dreihundert Schritt entfernt. Die hinteren Reihen verlangsamten schlagartig, nahmen die Bögen hoch und ließen die Sehnen los. Es ging so schnell, die Bewegungen waren so geschmeidig ausgeführt, dass Kilian dies beinahe entgangen wäre. Er blinzelte und im nächsten Augenblick flogen Hunderte von Pfeilen in hohem Bogen über die Köpfe der Moyri hinweg.

»Schilde hoch!«, brüllte Ciran.

Wer einen besaß, nahm den Schild hoch, alle anderen – einschließlich Kilian – rannten unter den Schutz des provisorischen Daches. Arianna presste sich instinktiv an seinen Körper. Kilian nahm sie schützend in den Arm.

Die Pfeile erreichten den höchsten Punkt ihres Fluges, verharrten für einen Moment und fielen schließlich zurück Richtung Boden.

Wie ein tödlicher Regen senkten sich die Geschosse auf die Verteidiger nieder. Kilian zuckte bei jedem *Plopp*, das ein Pfeil verursachte, der auf einen Schild oder das Dach traf, zusammen. Männer schrien auf, wenn ihre Schilde von einzelnen Geschossen durchbrochen wurden. Rechts von Kilian wurde ein Mann von den Beinen gerissen, als das Dach unter der Belastung nachgab und der Söldner von drei Pfeilen im Oberkörper niedergestreckt wurde. Schreie wurden laut, Männer fielen wie von einer Axt gefällt.

Es folgten noch drei weitere Salven, die ebenso wie die erste ihren Tribut unter den Söldner forderte. Kilian schätzte ihre anfänglichen Verluste auf dreißig oder vierzig.

So plötzlich der Pfeilhagel begonnen hatte, so plötzlich endete er auch. Dies konnte nur eines bedeuten. Die feindlichen Bogenschützen wollten ihre vorrückenden Kameraden nicht gefährden. Die Moyri waren nahe.

»Auf den Wall!«, befahl Ciran Talbert mit volltönender Stimme.

Die Söldner krochen unter dem Dach hervor und nahmen Aufstellung. Kilian hielt sich dicht bei Talbert und seinem Leibwächter Galledor. Arianna wiederum hielt sich dicht bei ihm.

Die ersten Moyri machten sich daran, den Wall aus Geröll und Steinen zu erklimmen. Die Söldner hatten den Abhang mit Absicht steil gehalten, um die Moyri zu verlangsamen.

Die Söldner-Bogenschützen warteten gar nicht erst auf den entsprechenden Befehl. Hunderte Geschosse fegten angreifende Moyri von den Beinen. Ihre leblosen Körper rutschten den Hang hinab, wobei sie weitere ihrer Kameraden mit sich rissen.

Einzelne Moyri erreichten den Scheitelpunkt des Walls und wurden von blankem Stahl in Empfang genommen.

Kilian stieß einem Moyri sein Schwert in den Hals. Ein Fußtritt beförderte den Unglücklichen den Weg zurück, den er gekommen war. Dieser ruderte noch im Todeskampf mit den Armen und klammerte sich verzweifelt an zwei anderen Moyri fest. Alle drei purzelten in einem Gewirr aus Armen und Beinen den Hang hinab.

Arianna parierte einen Schwerthieb, lenkte ihn seitlich ab, wirbelte um die eigene Achse und schnitt ihrem Widersacher die Kehle durch. Kilian war zutiefst beeindruckt. Er hatte gewusst, dass einige Clans darauf bestanden, ihren Frauen ebenfalls das Kämpfen zu lehren, doch dass die Schwarzbären dazu gehörten, war ihm nicht klar gewesen. Arianna besaß unzweifelhaft Talent. Außerdem war sie leichtfüßig und flink wie ein Wiesel.

Ciran Talbert wehrte sich mit einem Schwert in der einen und einem Dolch in der anderen Hand gleich gegen zwei Gegner. Er parierte einen Hieb mit dem Dolch, während er gleichzeitig dem anderen Gegner mit seinem Schwert den Schädel einschlug.

Anschließend entwaffnete er gekonnt seinen zweiten Gegner und mit einem Aufwärtshieb schlitzte er ihm den Bauch auf.

Ein Moyri versuchte, in Cirans Rücken zu kommen, doch Galledor machte mit ihm kurzen Prozess; der Leibwächter Cirans schlug den Mann mit seinem Bastardschwert förmlich in zwei Teile. Zwei Dutzend von Cirans Leibwächtern hatten sich um den Söldnerhauptmann formiert und bildeten Zentrum und Anker ihrer Verteidigungslinie. Ciran hatte seine Leute gut gewählt. Sie metzelten die Moyri, die ihren Abschnitt bedrängten, förmlich nieder und verloren im Gegenzug nur drei Männer.

Kämpfe brandeten nun entlang des gesamten Walls auf. Kilian nutzte einen Augenblick der Ruhe, um sich einen Überblick zu verschaffen. Die Moyri erlitten schreckliche Verluste, doch es drängten immer mehr auf den Wall und trieben die Verteidiger leicht zurück. Kilian knirschte mit den Zähnen. Die Moyri waren dabei, auf dem Wall Fuß zu fassen. Das war gar nicht gut. Er hoffte, dass es um ihre anderen Stellungen besser stand.

»Haltet die Stellung!«, schrie Kelgan über den Gefechtslärm hinweg.

Der einäugige Krieger kommandierte die Verteidigung in einer der Gassen, die zum zentralen Turm von Kirantal führten. Die örtlichen Gegebenheiten wirkten sich zugunsten der Verteidiger aus, da die Moyri gezwungen wurden, wie durch einen Flaschenhals anzugreifen.

Kelgans Truppe umfasste eine kleine Phalanx von zweihundert Mann und einige Bogenschützen unter Ekarts Führung. Die Phalanx hielt die Gasse und zwang den Moyri einen verlustreichen Straßenkampf auf. Die flinken Bogenschützen indessen sprangen über ihren Köpfen von Dach zu Dach und forderten den Angreifern einen hohen Blutzoll ab, indem sie von ihrer erhöhten Position in die Reihen der Gegner feuerten.

Die Moyri-Infanterie brandete gegen ihre Schilde und Speere wie Wellen an eine Küste, nur um ebenso zu zerschellen. Der Boden vor Kelgans Kampflinie war bereits übersät mit Gefallenen, während seine Truppe selbst nur wenige Verluste zu beklagen hatte.

Mehrere Schatten huschten über ihn hinweg. Er widmete ihnen nur einen minimalen Teil seiner Aufmerksamkeit. Ekarts Bogenschützen wechselten wieder einmal die Stellung.

Einige Moyri gingen in die Knie. Kelgans Blick verfinsterte sich. Er wusste, was nun folgte. Dieselbe Taktik hatten die Moyri eine halbe Stunde zuvor angewandt und seine Truppe damit beinahe überrascht. Andere Moyri in der zweiten Linie nahmen Anlauf, sprangen mit einem Satz auf die Schultern ihrer Kameraden und diese schnellten hoch und katapultierten die Kämpfer über Schilde und Speere der Verteidiger hinweg direkt in deren Formation. Doch diesmal waren sie vorbereitet. Kelgan pflückte mit seinen Kurzschwertern einen der Moyri aus der Luft und köpfte einen zweiten, der neben ihm landete, indem er die Klingen seiner Kurzschwerter übereinanderlegte und wie ein Schere benutzte.

Ein weiterer Moyri landete neben ihm, trieb noch im Fallen seinen Speer in einen Söldner und nagelte diesen am Boden fest. Kelgan schlitzte dem Angreifer den Rücken auf, bevor dieser seine Waffe wieder frei bekam. Weitere Moyri fielen aus dem Himmel und Kämpfer beider Seiten gingen zu Boden. Ekarts Bogenschützen kamen der bedrängten Phalanx zu Hilfe, indem sie die erste Reihe Moyri, die als Katapulte dienten, niedermähten und die zweite gleich mit.

Kelgan atmete schwer. Er bemerkte eine Bewegung neben sich. Der nervige kleine Barde – Silas – zog einen der verwundeten Söldner nach hinten. Kelgan schnaubte. Na, wenigstens machte sich der kleine Wicht nützlich.

Der Barde sah unvermittelt auf. Kelgan bemerkte etwas in dessen Blick. etwas, das ihn dazu veranlasste, sich umzudrehen. Der größte Moyri, den er je gesehen hatte, segelte über die Köpfe der anderen Söldner hinweg – einen Speer mit gezackten Klingen an einem Ende in der Hand. Der Moyri lachte triumphierend.

Kelgan riss seine Schwerter hoch, wusste jedoch noch im selben Augenblick, dass es zu spät sein würde. Etwas Silbernes zischte lediglich Millimeter an seinem Ohr vorbei. Der Ausdruck von Triumph auf dem Gesicht des Moyri wurde erst durch Überraschung, schließlich von Schmerz ersetzt. Der Speer glitt aus seinen kraftlosen Fingern. Der Körper des Moyri landete schwer neben Kelgan im Sand – einen Dolch im Auge.

Silas eilte herbei, nahm die Klinge an sich und säuberte sie an der Kleidung des Toten. Als er zu Kelgan aufblickte, grinste er über das ganze Gesicht. »War ganz schön knapp, was, mein Großer?«

Kelgan nickte nur mit offenem Mund. Er wusste, dass er in diesem Augenblick auf alle einen recht dümmlichen Eindruck machen musste, doch das war ihm herzlich egal.

Quan und Melitan kämpften Seite an Seite auf einer der anderen Barrikaden, die eine der Straßen nördlich von Kelgans Position sicherte. Die Moyri hatten längst jegliche Selbstkontrolle aufgegeben. Sie umspülten die Verteidiger wie im Wahn. Für jeden Moyri, der fiel, schienen vier neue aus dem Boden zu wachsen. Vor dem Wall türmte sich bereits ein weiterer Wall aus Leichen und Leichenteilen auf, der bald schon ebenso hoch sein würde wie die Mauer der Verteidiger.

Quan köpfte einen Moyri, schlug mit einem einzigen Hieb den Speer eines weiteren entzwei und stieß seine Klinge einem dritten in den Bauch – alles in einer einzigen fließenden Bewegung.

Melitan, der lieber zu Pferd kämpfte, tat sich schwer, mit dem flinken Ostländer gleichzuziehen, doch auch er hielt sich wacker. Sein Schwert war bis zur Parierstange mit Blut besudelt, sodass der Griff schon glitschig wurde. Trotzdem kämpfte er ohne Unterlass. Nur einmal legte er eine kurze Pause ein, um seinen Schwertgriff am Umhang eines gefallenen Moyri zu säubern.

Mit dem Ärmel seines Hemds wischte er sich Schweiß von der Stirn. Die Anstrengung forderte ihren Tribut – von ihnen allen. Die Flut der Moyri schien einfach kein Ende nehmen zu wollen.

Er spuckte aus und stürzte sich erneut in den Kampf.

Dys beobachtete den Verlauf der Schlacht und war ganz und gar nicht zufrieden. Eine Bande zerlumpter Söldner schlug alles zurück, was er gegen sie ins Feld führte.

Seine Hauptleute und die anderen Clanführer hielten sich wohlweislich im Hintergrund, da sie spürten, wie es in Dys brodelte. Sogar Gera hielt sich sorgsam bedeckt und er gehörte für gewöhnlich zu den wenigen Auserwählten, die in seiner Gegenwart frei sprechen durften. Doch nicht im Moment. Derlei Stimmungen kannten sie von ihm bereits zur Genüge. Dys benötigte in solchen Momenten keinen gewichtigen Auslöser, um zu explodieren – und dann floss Blut.

Die Schlacht dauerte bereits über drei Stunden an und noch immer gewann keine der beiden Seiten einen eindeutigen Vorteil. Seine Truppen waren an einem halben Dutzend Stellen – zwei Hauptstraßen und mehrere Seitengassen – in die Stadt eingedrungen, in der Hoffnung, den Feind durch ihre zahlenmäßige Überlegenheit zu überwältigen. Leider erwies sich Geras Vorhersage als zutreffend. Ciran Talbert erwies sich als findiger Gegner. Er hatte es in kürzester Zeit geschafft, eine straffe und gut geführte Verteidigung zu organisieren, etwas, das Dys eigentlich als unmöglich erachtet hätte bei einer Stadt, deren Verteidigungsanlagen schon seit Jahrhunderten zu Staub zerfallen waren. Und doch hielten sie stand. Sie hielten stand und schlugen seine Krieger in Stücke. Es war beschämend.

Seine Hände verkrampften sich um die Zügel. Das Pferd witterte die Anspannung seines Reiters und tänzelte nervös zur Seite. Mit einem wütenden Knurren und einen Gehorsam fordernden Zug an den Zügeln, brachte er es wieder zur Räson.

Er beschattete die Augen mit einer Hand und spähte in Richtung des Horizonts. Die Sonne stand bereits recht tief und würde innerhalb der nächsten Stunde zur Gänze versinken.

Die Moyri kämpften nicht gern bei Nacht, ein Umstand, den er ihnen weder ausreden noch verdenken konnte. Gut möglich, dass sie für ihre Kameraden zur ebenso großen Gefahr wie für den Feind wurden, wenn er sie dazu zwang.

Er zischte wütend und winkte einen der Hornisten zu sich her.

»Gib das Signal zum Rückzug«, befahl er ungehalten. »Für heute ist es genug.«

Der Befehl hinterließ einen sauren Geschmack auf seiner Zunge. Hatte er doch gehofft, zum jetzigen Zeitpunkt bereits in der obersten Kammer des Turms vor dem Spiegel zu stehen. Es war jedoch nicht zu ändern. Morgen war auch noch ein Tag und vielleicht ersannen seine

Generäle in der Nacht eine neue Taktik, mit der sie die Verteidigung von Kirantal überwinden könnten.

Er bemerkte durchaus die Erleichterung, die einige der hinter ihm versammelten Clanführer und seine Hauptleute überkam, entschied sich jedoch, sie zu ignorieren. Jetzt war nicht die Zeit, seiner Frustration Ausdruck zu verleihen, indem er einem oder zweien die Köpfe abschneiden ließ. Er brauchte sie. Ohne die hinter ihm versammelten Männer würde er nie die Kontrolle über den aus verschiedenen Clans bunt zusammengewürfelten Haufen behalten, den er ins Feld führte.

Mehrere tiefe Hornstöße hallten über das Schlachtfeld. Dys brauchte nicht lange auf eine Reaktion zu warten. Die hinteren Reihen zogen sich zuerst zurück. Anschließend lösten sich die Kämpfer auf dem Wall von den Söldnern, sprangen auf den Wüstensand hinab und sprinteten, so schnell ihre Beine sie trugen, außer Bogenreichweite.

Morgen ist auch noch ein Tag, überlegte Dys düster. *Verdammt will ich sein, wenn dieser Abschaum mich vor meinem eigenen Volk lächerlich macht.*

23

Logan rammte sein Schwert in den Boden, kniete sich davor und stützte schwer atmend seine Hände auf die Waffe. Sein Atem kondensierte in der kalten Nachtluft in weißen Schwaden vor seinem Gesicht.

Er ließ den Blick über das Schlachtfeld schweifen. Der Boden war bedeckt mit den Körpern von Moyri. Dies war das Schreckliche an diesem Krieg. Sie standen nicht gegen eine Bedrohung von außen. Es kämpfte Moyri gegen Moyri. Bruder gegen Bruder. Viele der Clans, die nun auf verschiedenen Seiten kämpften, waren in früheren Zeiten Nachbarn und sogar Verbündete gewesen.

Und nun das.

Die Tragödie nahm ihren Lauf.

Sie waren kurz vor Einbruch der Nacht auf die feindliche Streitmacht gestoßen. Es handelte sich um Krieger der Blutkobras, der Moyri aus dem Sandmeer, der Steinhunde und eines Dutzend weiterer Clans. Auch einige Blauspeere waren darunter gewesen. Sie waren auf dem Weg nach Süden, genau wie Logan und seine Streitmacht.

Im ersten Augenblick hatte er befürchtet, es mit Dys' Nachhut zu tun zu haben, doch es handelte sich in Wirklichkeit um eine Truppe, die auf dem Weg war, sich mit den Truppen des Blauspeer-Stammeskönigs zu vereinen.

Das war in vielerlei Hinsicht beunruhigend. Es bedeutete, dass Dys immer noch dabei war, weitere Anhänger um sich zu scharen. Der Mann ging kein Risiko ein. Je mehr Truppen er unter sein Banner vereinte, desto geringer die Wahrscheinlichkeit, dass jemand die Stärke aufbrachte, ihm ernsthaften Widerstand entgegenzubringen. Was für Überraschungen mochten noch auf ihn und seine Krieger lauern? Würden sie noch auf viele solcher Truppenansammlungen treffen? Möglich. Hatten sich Dys bereits weiterer solcher Gruppen auf seinem Weg nach Süden angeschlossen? Überaus wahrscheinlich.

Seine Gedanken kreisten um diesen Gedanken und kehrten immer wieder zu den Söldnern zurück. Hatten sie die Stadt erreicht, bevor Dys sie hatte einholen können? Und falls ja, hatte Dys sie bereits niedergemacht? Hielten sie noch die Stellung? Alles gute Fragen – und allesamt waren sie erst zu beantworten, sobald sie Kirantal erreichten. Er hoffte, dass es bei seiner Ankunft überhaupt noch eine Söldnerarmee geben würde, die er entsetzen könnte.

Er sah sich mit traurigen Augen auf dem Schlachtfeld um, den treuen Beliak an seiner Seite. Der Anführer der Eisernen Schakale wies eine Vielzahl kleinerer Verletzungen auf, wirkte jedoch ungebrochen und stand hoch aufgerichtet hinter seinem Stammeskönig. Logan beneidete ihn darum. Er selbst fühlte die bleierne Last seiner Verantwortung, die seine Schultern niederdrückte.

Das Schlachtfeld wurde nur durch einige wenige Fackeln erleuchtet, doch was der Schein ihrer Feuer enthüllte, würde ihn noch jahrelang in seinen Albträumen verfolgen. Zerbrochene, verrenkte Leiber waren über das Land verstreut, als hätte ein Kind sein Spielzeug einfach weggeworfen. Zerrissene Banner ragten hier und da in die Höhe und markierte in einigen Fällen den Ort, an dem ein Clan sein letztes Gefecht gekämpft hatte.

Die feindliche Streitmacht war stark gewesen, beinahe so stark wie Logans Truppe. Sein Sieg war vermutlich nur dem Umstand geschuldet, dass die Anhänger Dys' noch erstaunter gewesen waren, Logan zu entdecken, als umgekehrt. Man konnte mit Fug und Recht behaupten, beide Armeen waren praktisch übereinander gestolpert. Hätte er seine Leute weiter westlich geführt, wäre es gut möglich gewesen, dass beide Armeen tagelang parallel marschiert wären, ohne etwas von der anderen auch nur zu ahnen. Doch das Schicksal hatte es anders bestimmt – und Logan eine Schlacht aufgezwungen. Und einen Sieg. Logan hatte innerhalb einer Stunde die Linien des Gegners durchbrochen und ihre Armee zerschlagen. Die Überlebenden waren in alle Winde verstreut und geflohen. Er hatte entschieden, sie ziehen zu lassen. Sie stellten ohnehin keine Bedrohung mehr dar. Für heute war genug Blut geflossen.

Er seufzte.

Ein Sieg vielleicht, aber ein teuer erkaufter. Über zweitausend seiner

Kämpfer lagen auf diesem Feld. Falls sie noch weiteren Anhängern Dys' begegneten, bis sie Kirantal erreichte, würde von seiner Armee nicht mehr viel übrig sein.

Crea hingegen hatte mit ganz anderen Problemen zu kämpfen. Um Zeit zu sparen, wurde keine Rast eingelegt. Die Krieger schliefen in den Sätteln, und um die Pferde zu schonen, wurde alle drei Stunden abgesessen und die erschöpften Tiere am Zügel geführt.

Crea hatte inzwischen ihr hässliches Pferd gegen eine Jurte getauscht, die von vier kräftigen Arbeitspferden getragen wurde. Das beständige Wanken der Jurte zehrte an ihren Nerven und rief ein beklemmendes Gefühl hervor, das verdächtig an Seekrankheit erinnerte. Als Mitglied eines Steppenvolkes besaß sie natürlich nur eine ungefähre Ahnung, was das Wort Seekrankheit bedeutete, und auch nur aus zweiter und dritter Hand, aber sie war sich sicher, ihre momentane Übelkeit kam dem schon recht nahe.

Im Sattel hätte sie sich bedeutend wohler gefühlt, doch sie benötigte diese Umgebung für ihre Rituale. Sie versuchte verzweifelt, ihr zweites Gesicht einzusetzen, um die Vorgänge bei Kirantal zu beobachten. Logan brauchte dringend einen Überblick, wie der Kampf stand. Doch leider ließ sich ihr zweites Gesicht nicht aktivieren. Das Innere der Jurte war drückend heiß. Ihre Akolythen hatten zwei Kohlebecken entzündet, um ihren meditativen Trancezustand zu unterstützen. Ihr blanker Oberkörper glänzte vor Schweiß.

Sechs Akolythen saßen im Kreis mit ihr selbst als Mittelpunkt und stimmten einen einschläfernden Gesang an. Doch auch das half nichts. Sie stand kurz davor aufzugeben, als sie plötzlich einen Zug in ihrem Kopf fühlte. Hoffnung stieg in ihr auf. Auf dieses Gefühl hatte sie gewartet. Dieses Gefühl setzte immer ein, bevor ihr Geist den Körper verließ. Der Gesang ihrer Akolythen wurde leiser, blieb hinter ihr zurück und verstummte schließlich ganz.

»Dachtest du wirklich, es würde so einfach werden?«, sagte plötzlich eine vertraute Stimme.

Verwirrt öffnete Crea die Augen. Vor ihr saß im Schneidersitz Coyle Pollok und musterte sie aus boshaften Augen. Crea weigerte sich, ihn zur Kenntnis zu nehmen, und blickte sich stattdessen um. Sie befand sich an einem Ort ohne Licht, trotzdem vermochte sie, Coyle Pollok ohne Schwierigkeiten zu sehen. Nebelschwaden umwaberten sie beide.

»Interessiert, wie ich dich hierher gebracht habe?«

»Nicht wirklich«, erwiderte sie leicht gelangweilt.

»Ach, komm schon, Crea. Gönne einem Toten doch dieses kleine Vergnügen. Hier gibt es nicht allzu viel Zerstreuung.«

Hungriges Knurren drang aus dem Nebel – und zwar aus verschiedenen Richtungen. Mehrere Wesen lauerten außerhalb ihres Sichtfelds. Gierten nach ihrem Fleisch. Eine muskulöse Raubkatzengestalt wurde für einen Sekundenbruchteil sichtbar, bevor der Dämon erneut in den Nebeln verschwand. Besorgnis keimte in ihr auf. Sie hoffte, es wäre ihrem Gegenüber entgangen.

Sie irrte.

»Dir wird nichts geschehen«, erklärte er mit heiserem Lachen. »Ich halte sie zurück. Sie gehorchen meinem Willen.«

»Beeindruckend«, gab sie widerstrebend zu. Sie blickte ihn an und kniff die Augen zusammen. »Du siehst gut aus.«

Coyle Pollok lächelte herablassend. »Du meinst für einen Toten? Nun ja, der Tod war gut zu mir, wenn du so willst. Ich habe mir hier ein eigenes Reich aufgebaut, eines, das mächtiger ist als das, welches mir zu Lebzeiten diente.«

»Warum bleibst du dann nicht einfach hier, anstatt die Welt der Lebenden mit deinen Intrigen zu bedrohen?«

»Ich mag das Leben. Hier ist es öde, leer und langweilig. Ich will wieder leben, den Wind spüren, das warme Fleisch einer Frau oder den Geschmack von gutem Wein, der meine Kehle hinabläuft. All dies fehlt mir und ich will es wieder zurück. Und es wird mir auch gelingen, so wahr ich Coyle Pollok bin.«

»Lass doch einfach die Spielchen«, wies Crea ihn zurecht.

Pollok wirkte ehrlich erstaunt. »Spielchen?«

»Du bist nicht Coyle Pollok.«

»Ach? Bin ich nicht?« Das überhebliche Lächeln kehrte auf seine Züge zurück.

»Nein«, wiederholte sie. »Es hätte mir schon viel früher klar sein sollen. Den Verdacht hegte ich jedoch schon eine ganze Weile.«

»Tatsächlich?«

»Ja, in der Tat. Du weißt Dinge, die Pollok nicht wusste. Die er gar nicht wissen *konnte.*«

Pollok musterte sie einen Augenblick nachdenklich, schließlich lachte er bellend auf. »Mir hätte klar sein müssen, dass ich dich nicht ewig würde täuschen können. Du warst schon immer viel schlauer, als dir guttat.«

Die Luft um die Gestalt Coyle Polloks fing an zu flimmern. Sein Körper schien sich für einen Moment zu verflüssigen und seine Gesichtszüge begannen ineinanderzufließen. Als der Effekt vorüberging, saß ihr Ephraim gegenüber.

»Was hat mich verraten?«, fragte der Schamane Coyle Polloks jovial.

»Im Endeffekt? Dass du mein zweites Gesicht blockiert und mich stattdessen hierher gebracht hast. Coyle Pollok konnte so etwas nicht.«

Ephraim prustete. »Ja, ich hatte befürchtet, dass mich das entlarven würde, aber ich hatte keine Wahl. Schließlich konnte ich nicht zulassen, dass du meine Armee vor den Toren von Kirantal für Logan ausspionierst.«

»Du meinst Dys' Armee.«

»Haarspalterei.«

»Dys denkt, er dient immer noch Pollok, nicht wahr?«

»Oh ja, ein tapferer kleiner Soldat bis zum Schluss. Diese Maskerade war leider notwendig. Für mich hätte Dys das alles niemals auf sich genommen, aber ...«

»Aber für Pollok, dem er sich mit Haut und Haaren verschrieben hat, schon. Dys würde Pollok ewig dienen, selbst über den Tod hinaus.«

»So ist es. Er hat sich als überaus nützliches Werkzeug erwiesen.«

»Und wo ist die Seele des echten Pollok?«

»Ach, weiß der Teufel ...« Als ihm die eigene Formulierung auffiel, kicherte er. »Wenn ich's mir recht überlege, der dürfte es tatsächlich wissen.« Der Schamane zupfte sich einen imaginären Fussel von der Kleidung. »Pollok ist lange vergangen und schmort vermutlich schon längst in der Hölle. Falls er jedoch das Pech hatte, hier zu landen, ist seine Seele schon längst Geschichte. Ich vermute, sie fiel einem der Raubtiere hier zum Opfer.«

»Und wie bist du hier gelandet?«

»Nun, das war eine Mischung aus Glück und Pech. Pech, weil meine Seele beinahe in die Hölle gesogen worden wäre. Ich spürte schon die Hitze in meinen Gliedern und das Gelächter all derer, die dort auf mich warteten. Nicht wenige von ihnen hatte ich selbst dorthin geschickt. Und Glück, weil es mir gelang, mich an diese Existenz hier zu klammern. Mit letzter Kraft zog ich mich in diese Dimension – und lebe seither hier.«

»Und gut, wie es scheint.« Crea deutete auf den Nebel, doch es war klar, dass sie die Tiere meinte, die dort auf sie lauerten.

»Ich hätte ihnen beinahe als Appetithäppchen gedient, doch es gelang mir, genug meiner Macht zu behalten, um mir ihre Dienste zu sichern. Es war nicht leicht. Ein paarmal wären sie beinahe meiner Kontrolle entglitten.«

»Hmm ...«, überlegte Crea.

»Bilde dir keine Schwachheiten ein«, nahm er ihr den Wind aus den Segeln. »Inzwischen ist meine Kontrolle über sie absolut. Du kannst sie nicht brechen und meine Schoßtiere gegen mich einsetzen.«

»Du verzeihst, wenn ich deinen Worten nicht unbedingt Glauben schenke.«

Ephraim lächelte erneut. »Du darfst selbstverständlich jederzeit dein Glück versuchen, aber sei über das Ergebnis bitte nicht allzu enttäuscht.«

Crea glaubte keine Sekunde, dass sie seine Kontrolle über diese Dimension würde brechen können. Sie erkannte die Wahrheit, wenn sie sie hörte. Es schadete jedoch nicht, ihn in dem Glauben zu lassen, sie würde es versuchen. Er würde seine Kraft damit vergeuden, seine Kontrolle über die Tiere im Nebel zu verstärken. Wer wusste, wozu dies noch einmal nutzen konnte?

Sie musterte ihn erneut eindringlich. »Nun hast du also einen Bürgerkrieg unter deinem eigenen Volk vom Zaun gebrochen. Und alles nur, um wieder in die Welt der Lebenden zu flüchten. Immer wenn ich denke, deine Schandtaten könnten keinen Tiefpunkt mehr erreichen, machst du so etwas.«

Sein überhebliches Grinsen verschwand schlagartig und wurde ersetzt durch eine Maske der Wut. »Ich betrachte die Moyri längst nicht mehr als mein Volk. Nach Polloks Tod sind die meisten Clans eidbrüchig geworden und Logan bereitwillig in den Frieden gefolgt. Sollen sie sich doch gegenseitig zerfleischen, für mich ist es einerlei. Mich kümmert nur noch, diesem Dasein zu entfliehen.«

»Obwohl du hier König bist?«

»Auch ein König in der Hölle ist immer noch in der Hölle. Nein, ich will hier raus. So schnell wie möglich. Der gute Dys bietet mir da einige Möglichkeiten.«

»Und mich wirst du jetzt töten?«

»Dich töten?« Ephraim wirkte ehrlich überrascht. »Wieso um Himmels willen sollte ich denn das tun?«

»Ich weiß jetzt, wer du wirklich bist. In der realen Welt könnte ich Dys warnen.«

»Und du denkst, er würde dir Glauben schenken?« Ephraim lachte erneut bellend auf. »Nein, Crea. Von allen Dingen, die an meinem Plan schiefgehen könnten, mache ich mir darüber am wenigsten Sorgen.« Er musterte sie nachdenklich. »Ich habe mir wirklich überlegt, dich zu töten, doch ich denke, es ist die schlimmere Strafe, dich am Leben zu lassen. Damit zu miterlebst, wie alles, was Logan und du so mühsam in den Jahren des Friedens aufgebaut habt, zu Asche verbrennt. Das, meine alte Freundin, ist Gerechtigkeit.«

»Die Gerechtigkeit eines Wahnsinnigen.«

»Nenne es, wie du willst, aber es gibt nichts mehr, was du oder dein teurer Logan tun können.«

»Noch hast du nicht gewonnen.«

»Du meinst die kleine Schar Söldner, die Kirantal immer noch hält. Die werden Dys nicht lange widerstehen können. Er wird sie niedermetzeln. Dys ist ausgesprochen talentiert in so was. Aus diesem Grund war er einer von Polloks Günstlingen.«

»Ha«, brach es aus Crea heraus, »dann sind die Söldner also noch am Leben und leisten deiner Marionette immer noch Widerstand. Das wollte ich nur wissen.«

Ephraims Gesicht verdüsterte sich, als er merkte, dass er zu viel verraten hatte. »Völlig unwichtig. Ihr werdet eure Söldner niemals rechtzeitig erreichen, und falls doch, dann nur um mit ihnen gemeinsam zu sterben.« Ephraim brüllte vor Wut. »Und damit du begreifst, wie gefährlich ich inzwischen bin, hier ein kleines Abschiedsgeschenk von mir.« Er beschrieb mit der linken Hand eine Geste in die Luft und die

Sicht verschwamm vor Creas Augen. Unerträgliche Schmerzen durchzuckten ihren hageren Körper. Als sie wieder klar denken konnte, lag sie in ihrer Jurte. Das Schwanken nahm beständig zu. Logan hatte das Tempo für den gesamten Tross angezogen.

Die sechs Akolythen, die ihr Ritual unterstützt hatten, lagen in ihrem eigenen Blut im Zelt verteilt, die Gliedmaßen seltsam verrenkt, die Augen geöffnet und den Mund zu einem stummen Todesschrei aufgerissen. Sie waren keines leichten Todes gestorben.

Ephraims Abschiedsgeschenk. Der Kerl war noch wahnsinniger und bösartiger als zu Lebzeiten.

Giled beugte sich besorgt über sie und hüllte ihren schweißnassen Körper in einem Mantel. Sie zitterte am ganzen Leib immer noch vor Schmerzen, die kein Ende nehmen wollten. Diesmal hatte sie Ephraim wirklich verärgert. Er hätte ihren Abgang durchaus auch angenehmer gestalten können.

Egal, sie wusste, was sie hatte in Erfahrung bringen wollen. Es war noch nicht zu spät. Noch konnten sie die Söldner erreichen, bevor es zu spät war.

Sie blickte zu Gileds immer noch besorgtem Gesicht auf und streichelte ihm zärtlich über die Wange. »Mir geht es gut, mein Junge. Lass nach Logan schicken. Ich muss ihn dringend sprechen.«

»Ich weiß nicht, ob er kommen wird. Khan Logan berät sich an der Spitze des Trosses mit seinen Offizieren.«

»Er wird kommen«, beharrte Crea. »Was ich herausgefunden habe, wird er wissen wollen. Lass ihm einfach ausrichten, dass nicht alles so ist, wie wir dachten.«

24

Jesy wanderte unruhig auf und ab. Die Tage seit Logans Aufbruch waren geprägt von Eintönigkeit und Sorgen. Die wenigen Schwarzbären, die Logan zurückgelassen hatte, blieben meist unter sich. Wer doch das Lager verlassen musste, tat dies nie allein, sondern immer in größeren Gruppen. Die anderen Clans waren auf die Schwarzbären nicht gut zu sprechen, machten sie doch Logan für das Blutvergießen und den Ausbruch des Bürgerkrieges verantwortlich. Zum Glück war jedoch bisher wenig mehr passiert als zur Schau gestellte Verachtung und gebrüllte Beleidigungen.

Das Varis-Mädchen – Jesy wusste inzwischen, dass es Tahl hieß – saß in einer Ecke und betrachtete Jesy aus unergründlichen, traurigen Augen. Jesy unterband ihre Unruhe, gesellte sich zu der Kleinen und nahm sie auf ihren Schoß.

Tahl sprach nur wenig, und wenn sie es doch tat, dann nur im Flüsterton. Sie hatte vor den meisten Moyri immer noch Angst – was Jesy ihr nicht verübeln konnte –, doch ihr war es gelungen, so etwas wie eine Bindung zu dem Kind herzustellen. Ihre eigene Varis-Herkunft hatte ihr in dieser Hinsicht gute Dienste geleistet.

»Du verstehst das alles gar nicht, nicht wahr? Für dich sind wir alle bloß verrückte Erwachsene.«

Tahl stieß ein seltenes Kichern aus. »Neee, verrückte Moyri.«

Jesy lachte in einem Anfall ehrlicher Heiterkeit auf.

Kindermund tut Wahrheit kund, dachte sie amüsiert.

Eine ihrer Dienerinnen – Kali – rannte plötzlich durch den Zelteingang, ohne um Erlaubnis zu bitten. Jesy sah alarmiert auf. Kali atmete schwer. Sie musste gerannt sein. Jesy setzte die Kleine neben sich ab und stand auf.

»Was ist denn?«, fragte sie die atemlose Dienerin und packte sie sanft, aber bestimmt an den Schultern.

»Sie ... sie ziehen ab.«

»Wer zieht ab?«

»Die Clans!«

Jesy stutzte. »Alle?«

Kali nickte abgehackt. »Ja ... sie brechen die Zelte ab. Ich habe gehört, dass einige gesagt haben, sie würden in ihr jeweiliges Gebiet zurückkehren.«

»Was? Das kann unmöglich wahr sein. Was ist mit dem Krieg?«

»Sie sagen, der Krieg gehe sie nichts an. Es wäre Logans Krieg.«

Bei dieser Formulierung kochte die Wut in ihr hoch. Logans Krieg? Logans *Krieg*? So ein Schwachsinn! Logan hatte diesen Krieg weder gewollt noch begonnen. Es war einfach nicht richtig, dass die anderen Clans ihn im Stich ließen.

»Komm mit!«, sagte sie und stürmte an der verdutzten Kali aus dem Zelt. Das Lager der Schwarzbären wirkte ohne das Gros der Krieger merklich geschrumpft. Logan hatte nur wenige Kämpfer zum Schutz der Zivilisten zurückgelassen. Er brauchte jedes Schwert im Süden. Es spielte ohnehin keine Rolle. Die Schlacht, die ihr nun vorschwebte, würde nicht von der Anzahl der Schwerter entschieden werden. Ihr Mann brauchte Hilfe. Dringend. Und wenn er sie nicht bekam, war es fraglich, ob sie ihn je wieder in die Arme würde schließen können.

»Candar«, rief sie den ranghöchsten Krieger zu sich, der noch im Lager weilte.

»Herrin?«, grüßte er sie. Bei Candar handelte es sich um einen Veteranen vieler Schlachten. Einem Scharmützel mit einigen Blauspeeren vor zwei Jahren verdankte er es, dass seine linke Augenhöhle jetzt leer war und er darüber eine Klappe tragen musste.

»Schick einen Boten zu den Clanführern.«

Der Veteran musterte sie misstrauisch. »Zu welchen?«

»Zu allen. Allen, die noch da sind.«

»Und was soll ich ihnen ausrichten lassen?«

»Dass Jesy von den Schwarzbären, Logans Gemahlin, eine Versammlung des Konzils einberuft.«

Candar blickte sie aus großen Augen ungläubig an. »Dem werden sie nie Folge leisten. Du bist eine Frau. Darüber hinaus gehörst du einem Clan an, der im Moment nicht gerade ein Ausbund an Beliebtheit ist.«

»Genau darum geht es«, antwortete sie. »Ich will zum Konzil sprechen und sie werden kommen. Sie werden schon allein deswegen kommen, weil eine Frau es gewagt hat, eine Versammlung einzuberufen. Sie werden aus Neugier kommen und um mich zu demütigen.«

»Und du willst das wirklich auf dich nehmen? Warum?«

»Weil ich vorhabe, Logan eine Armee zu beschaffen. Und demjenigen, der versucht, mich aufzuhalten, dem seien alle Götter gnädig. Glaub mir, sie werden kommen. Doch sie werden mehr zu sehen bekommen, als sie erwarten.« Jesys Lippen teilten sich zu einem eiskalten Lächeln.

Und Candar, dem Veteran vieler Schlachten, der sein linkes Auge an den Dolch eines Blauspeers verloren und diesen Verlust einfach schulterzuckend abgetan hatte, nachdem er den Blauspeer eigenhändig erwürgt hatte, lief ein kalter Schauder über den Rücken.

Jesy ritt mit einer kleinen Eskorte vor das Zelt des Konzils. Candar führte die zehnköpfige Truppe an. Jesy trug die pragmatische, jedoch kunstvoll gearbeitete Rüstung, die Logan eigens für sie hatte anfertigen lassen. Sie hatte sie außer zum Anprobieren noch nie getragen. Sie bot einen beeindruckenden Anblick.

Jesy stieg schwungvoll ab und hob dann Tahl aus dem Sattel. Die Männer hinter ihr wunderten sich, warum ihre Herrin ausgerechnet das Varis-Mädchen auf einen solchen Ritt, der durchaus gefährlich werden könnte, mitnahm. Jesy ließ sich davon jedoch nicht beirren. In gewissem Sinn war Tahl ihre Geheimwaffe, mit der sie den Rat umstimmen wollte. Es war leicht, Entscheidungen zu treffen, wenn die Auswirkungen weit entfernt schienen. Jesy beabsichtigte, den Clanführern das Ausmaß der Auswirkungen vor Augen zu führen.

Sie bedeutete den zehn Kriegern zurückzubleiben, was diesen gar nicht gefiel, doch sie fügten sich. Im Zelt selbst herrschte Chaos. Dutzende Stimmen diskutierten lautstark miteinander. Doch als Jesy das Zelt betrat, herrschte unvermittelt Schweigen. Sie kniff die Augen zusammen, um im Dämmerlicht besser sehen zu können. Sie ging mehrere Schritte in die Mitte des Zeltes – Tahl an der Hand. Das Mädchen sah sich verschüchtert um.

Jesy registrierte verwundert, dass die versammelten Clanführer allesamt bewaffnet waren, etwas, das vor Kurzem noch undenkbar gewesen wäre. Dys' Überraschungsangriff hatte sie wohl vorsichtig, um nicht zu sagen, paranoid werden lassen. Sie fragte sich einen Moment, ob sie nicht einen Fehler gemacht hatte, Tahl mitzunehmen, doch für Zweifel war es jetzt viel zu spät.

Plötzlich schrien alle durcheinander. Einige deuteten mit dem Finger auf sie, andere schienen kurz davor, sie eigenhändig aus dem Zelt zu werfen.

Erin Tan hob gebietend die Hand und langsam kehrte Ruhe ein. Doch Jesy ließ sich nicht täuschen. Unter der Oberfläche brodelte es gefährlich und es genügte der geringste Anlass, um die Lage eskalieren zu lassen.

»Mit welchem Recht berufst du eine Versammlung des Konzils ein, Weib?«, klagte Erin Tan sie an. »Mit welchem Recht trittst du vor uns? Mit welchem Recht, trittst du in Waffen und Rüstung vor uns?«

Jesy ließ sich von der Hasstirade des alten Stammeskönigs nicht einschüchtern. Stattdessen hob sie stolz den Kopf.

»Ich bin hier, um für meinen Herrn, Gemahl und König zu sprechen, während er im Feld ist.«

Vereinzeltes, spöttisches Gelächter brandete auf. Eine Stimme aus den hinteren Reihen rief: »Logans Schoßtier kann ja sogar sprechen.«

Jesy konnte nicht erkennen, wer da gesprochen hatte, wohl aber Erin Tan. Ein strenger Blick ließ den Spott verklingen.

»Du hast kein Recht, hier zu sprechen, Frau«, wandte er sich erneut an Jesy, diesmal etwas versöhnlicher. Jesy fragte sich, woher seine plötzliche Stimmungsänderung herrührte. Vielleicht überkam ihn auch einfach nur Mitleid, da sie – wie er dachte – auf verlorenem Posten kämpfte. »Geh zurück zu deinen Leuten.«

»Ja, verschwinde zum restlichen Schwarzbären-Abschaum, du Varis-Hure«, schrie erneut einer der Clanführer. Doch diesmal erkannte sie, um wen es sich handelte. Beli Ran, der Stammeskönig der Moyri unter der Morgenröte.

»Candar«, schrie sie. Der Schwarzbären-Krieger stürmte durch den Zelteingang, die Hand am Schwertknauf. Seiner Miene nach, rechnete er mit dem Schlimmsten. Als er erkannte, dass seiner Herrin keine unmittelbare Gefahr drohte, trat er gemächlichen Schrittes – jedoch keineswegs entspannt – an ihre Seite.

»Candar? Wem dienst du?«, fragte Jesy.

»Euch, Herrin«, antwortete der Krieger augenblicklich.

»Und du führst jeden meiner Befehle aus?«

»Jeden«, bestätigte Candar.

Jesy nickte zufrieden. »Falls mich noch einmal jemand beleidigt, schneidest du ihm die Zunge heraus und bringst sie mir als Geschenk.«

Betäubtes Schweigen senkte sich über die Versammelten. Ungläubige Blicke flogen der Frau in der Rüstung zu. Selbst Candar wirkte für einen Augenblick verunsichert, doch dann nickte er und ein humorloses Lächeln teilte seinen Bart.

Beli Ran sprang wutentbrannt auf. »Was glaubst du, wer du bist, dass du uns drohst, du ... du ...« Was immer er hatte sagen wollen, Beli Ran war klug genug, nicht weiterzusprechen. Candar lockerte sowohl Schwert als auch Dolch in ihren Scheiden und widmete dem Clanführer einen bedeutungsvollen Blick. Die Schwarzbären waren natürlich in der Unterzahl, doch niemand wollte eine Konfrontation mit ihnen heraufbeschwören, denn sogar ihre Feinde mussten zugeben, dass ihre kämpferischen Fähigkeiten ihresgleichen suchten.

»Du gehst wirklich zu weit, Frau«, mischte sich Erin Tan ein.

Jesy wirbelte zu ihm herum. »Nach meinem Dafürhalten gehe ich noch nicht weit genug. Ihr sitzt hier und redet und redet – und ich höre sogar, dass ihr in eure Gebiete zurückkehren wollt –, während eine Handvoll Krieger sich einer Übermacht in den Weg stellt. Eine Handvoll Krieger, die für uns alle bluten.«

»Dies ist nicht unser Krieg«, hielt Beli Ran ihr vor.

»Da irrt ihr euch. Es ist unser aller Krieg. Und die Hände in den Schoß zu legen, wird euch nicht vor den Konsequenzen schützen.«

»Was denn für Konsequenzen?«, wollte ein recht junger Stammeskönig wissen. Jesy vermutete, dass der junge Mann der Sohn eines Clanführers gewesen sein musste, der während Dys' Angriff gestorben war.

»Denkt ihr denn, mit der Schlacht, die Logan gerade kämpft, sei alles erledigt? Seid ihr denn wirklich so naiv? Das ist erst der Anfang. Es wird Krieg geben. Ich meine nicht den Bürgerkrieg, den mein Gemahl gerade zu beenden versucht. Falls er unterliegt, wird ein Krieg, wie ihn noch kein lebender Mensch erlebt hat, das Antlitz dieser Welt für immer umgestalten. Denkt ihr denn, Dys wird mit seinem Sieg zufrieden sein? Dieser Sieg wird weiteres Blutvergießen nach sich ziehen. Dys und der, dem er folgt, werden niemals zufrieden sein. Aus dem Krieg, der aufzieht, wird sich niemand heraushalten können. Jeder wird sich für eine Seite entscheiden müssen.«

Sie drehte sich um die eigene Achse und suchte Augenkontakt mit jedem der anwesenden Stammeskönige. »Ich kenne keinen von euch persönlich, aber ich habe schon von euch allen gehört. Mein Gemahl hat mir viel über euch erzählt. Unter euch sind gute Männer. Ehrenhafte Männer.« Sie führte Tahl in die Mitte des Zeltes, damit alle sie sehen konnten.

»Seht euch dieses Mädchen an. Sie ist die einzige Überlebende eines Massakers, das Dys angeordnet hat. Falls er sein Ziel erreicht, wird es noch viele solcher Massaker geben. Ist das die Zukunft, die ihr euch für die Moyri wünscht. Eine Zukunft, geschrieben mit dem Blut Unschuldiger. Dys' Taten werden unser Volk über Generationen hinweg brandmarken.«

»Es sind nur Varis«, schrie einer der Clanführer. »Lass sie doch sterben.«

»Es sind Menschen«, beharrte Jesy. »Sie haben es verdient, in Frieden und Freiheit zu leben. Und das sind Ziele, die ein Moyri respektieren sollte, wenn schon nichts anderes.«

Jesy spürte, wie ihre Worte in den Anwesenden etwas zum Klingen brachte. In dem einen oder anderen Auge nahm sie ein vielversprechendes Funkeln war. Doch sie spürte auch immer noch Wut und Enttäuschung über Logans Handlungen. Außerdem lehnten viele der Stammeskönige ihre Worte allein deshalb schon ab, weil sie eine gebürtige Varis war.

Erin Tan stand von seinem Platz auf und ging zur ihr. Er musterte sie ausgiebig. Sie spürte, dass in diesem Augenblick über ihr Anliegen entschieden wurde. Nach einigen Minuten senkte er den Blick und Jesy wusste, dass sie ihn verloren hatte.

»Deine Worte bewegen uns. Das will ich anerkennen. Doch in dem, was einige der Anwesenden sagten, steckt ebenfalls viel Wahrheit. Das Schicksal der Nordländer – insbesondere der Varis – geht uns nichts an. Sie sind keine von uns. Schlimmer noch, sie sind unsere Feinde. Sie waren schon immer unsere Feinde. Wir müssen uns um unsere eigenen Leute kümmern. Warum sollten wir ausgerechnet gegen anderen Moyri kämpfen, nur um die Nordländer zu beschützen?«

»Dann kämpft, um andere Moyri zu beschützen.«

Erin Tan schüttelte den Kopf. »Mit einem solchen Problem befassen wir uns, wenn es so weit ist.«

Jesy setzte an, etwas zu sagen, doch in diesem Augenblick geschah etwas, das sie weder geplant noch vorhergesehen hatte.

Tahl löste sich von ihrer Hand und ging zwei unsichere Schritte auf Erin Tan zu. Sie blickte aus großen Augen zu ihm auf. Er erwiderte den Blick, war jedoch nicht mehr so selbstsicher wie noch Minuten zuvor.

Tahl zupfte an Erin Tans Gewand und bedeutete ihm, sich hinzuknien. Erin Tan folgte der Aufforderung wie in Trance. Die versammelten Stammeskönige verfolgten die Begegnung gebannt.

Tahl nahm Erin Tans schwielige Hand, bückte sich, nahm etwas Erde vom Boden auf und drückte sie in Erin Tans Hand. Zu guter Letzt schloss sie seine Hand über dem Erdklumpen.

Die Geste war so prägnant wie unschuldig in ihrer Einfachheit. Und jedem hier war klar, was sie bedeutete: Wir sind alle Kinder dieser Welt.

In Erin Tans Augen schimmerten Tränen. Damit blieb er jedoch nicht allein. Jesy blickte sich im Raum um und bemerkte etliche glänzende Augen.

In einer plötzlichen Gefühlsaufwallung, beugte sich Erin Tan spontan vor und umarmte das Kind. »Es tut mir leid, es tut mir so leid«, flüsterte er immer wieder.

Nachdem er sich etwas gefasst hatte, richtete er sich zu voller Größe auf. Mit brüchiger Stimme erklärte er: »Logan sagte, dies wäre ein heiliger Krieg, ein Krieg um die Seelen aller Moyri. Ich gebe zu, ich wusste anfangs nicht, was er damit meinte. Ich glaube, jetzt weiß ich es. Wenn die Moyri weiterhin zulassen, dass das Blut Unschuldiger vergossen wird, sind wir tatsächlich so schlecht, wie der Rest der Welt denkt. Das Blutvergießen muss enden. Wir dürfen nicht mehr vor dem Leid anderer unsere Augen verschließen. Das Schicksal anderer Völker geht uns sehr wohl etwas an, auch wenn sie nicht von unserem Blut sind.« Er deutete auf Tahl. »Und es war ein Kind nötig, das unsere

Augen öffnet.« Sein Tonfall gewann zusehends an Stärke. »Logan soll seine Moyri-Armee haben.« Erin Tan zog sein Schwert und hob es über den Kopf. »Wer von euch kommt mit mir?«

Dutzende Schwerter wurden aus den Scheiden gezogen und zustimmendes Gebrüll antwortete ihm.

Jesy wartete ungeduldig darauf, dass die Stammeskönige ihre Beratung abschlossen. Nach Tahls unerwartetem Eingreifen war Jesy kurzerhand hinausgeschickt worden. Worüber nun beraten wurde, konnte sie nicht einmal erahnen. Erin Tan hatte ihr zugestimmt. Was gab es noch zu bereden?

Nach einer Stunde verließen mehr als zwei Dutzend Herolde das Zelt des Konzils und Bewegung kam in die Lager ringsum. Doch die Lager wurden nicht abgebaut, wie Jesy anfangs befürchtete. Die Krieger der Moyri versammelten sich. Sie griffen zu Schild und Schwert, Hammer und Axt und versammelten sich binnen kürzester Zeit in einem dicht geschlossenen Kreis um das Zelt, in dem sich die Stammeskönige aufhielten.

Endlich trat Erin Tan ins Freie, gekleidet in seine Rüstung. Ihm folgten die Stammeskönige der Moyri-Clans. Ein Krieger der Nachtgeister führte ein Pferd heran. Erin Tan ergriff es am Zügel und schwang sich, ohne die Steigbügel zu verwenden, in den Sattel. Er ließ seinen entschlossenen Blick über die versammelten Moyri schweifen, während sich die Stammeskönige hinter ihm einreihten.

Jesy stockte der Atem.

Sie demonstrierten Einigkeit, etwas, das seit Coyle Polloks Zeiten nicht mehr in diesem Ausmaß vorgekommen war. Und sie taten es ohne Zwang, ohne Drohungen, schlicht von dem Wunsch angetrieben, das Richtige zu tun.

»Meine Brüder«, begann Erin Tan zu sprechen. »Das Konzil trat zusammen und hat eine Entscheidung getroffen.« Ein Herold reichte dem Stammeskönig der Nachtgeister eine Schriftrolle, die dieser vor sich auf dem Sattel entrollte. Langsam begann er zu lesen. »Das Konzil verurteilt die Handlungen einer kleinen Gruppe Krimineller aufs Schärfste. Jeder aufrechte Moyri ist aufgefordert, sich von deren Handlungen zu distanzieren und zum Schutze der Gemeinschaft zu den Waffen zu greifen. Wir, die Stammeskönige der Moyri, erklären hiermit Dys Bollnar, Anführer der Blauspeere, und alle, die ihm folgen, zu Rebellen und Abtrünnigen. Sie sind bis aufs Blut zu bekämpfen. Wir erklären hiermit den Abtrünnigen den Krieg. Mögen die Götter uns den Sieg schenken.« Erin Tan räusperte sich und rollte das Dokument zusammen.

Anschließend hob er es mit einer Hand in die Luft, damit alle es sehen konnten. »Dieses Edikt wird von den Herolden in alle vier Himmelsrichtungen getragen. Alle Clans sollen davon erfahren.«

Jesy bemerkte gar nicht, dass ihre Kinnlade während Erin Tans Rede abgesackt war. Candar stieß einen lang gezogenen, anerkennenden Pfiff durch die Vorderzähne aus. Jesy konnte es kaum glauben. Sie hatte mehr erreicht, als nur eine Armee für ihren Gemahl zu mobilisieren. Das Konzil hatte tatsächlich Stellung bezogen. Offiziell. In einem klar formulierten Edikt. Sie hatten Dys und seine Spießgesellen tatsächlich zu Abtrünnigen erklärt und sie somit vor allen anderen Moyri gebrandmarkt. Sollte dies bekannt werden, war es tatsächlich möglich, dass einige Clans, die mit Dys gezogen waren, sich von ihm zurückzogen, allein schon durch den Schock, den ein solches Edikt auslöste. Die Moyri verachteten nichts mehr als Abtrünnige, die sich gegen die Gemeinschaft stellten.

Dys Bollnar hatte mit seinem Handeln eine Lawine losgetreten, die ihn unter sich begraben würde – falls die Armee Logan schnell genug erreichte.

Vom Fuß der Festungsruine aus beobachtete Jesy den Aufbruch der Armee unter Erin Tans Führung. Fanfaren und Trommeln begleiteten ihren Auszug. Die zurückbleibenden Frauen und Kinder winkten ihren Männern zum Abschied zu. Die Clans, die dazu noch in der Lage waren, hatten alle Krieger aufgeboten, die sie in der Eile zusammentrommeln konnten. Die Armee war schlichtweg Ehrfurcht gebietend und umfasste an die fünfzigtausend Mann. Es war die größte Ansammlung an Moyri-Kriegern, die seit dem Ende des letzten Krieges marschierte, und sie zog gen Süden, um eine weitere Moyri-Armee zu vernichten.

25

Kilian ließ sich neben Arianna schwer in den Wüstensand fallen. Er konnte sich nicht erinnern, wann er sich zum letzten Mal so zerschunden gefühlt hatte.

Tag für Tag verging und Tag für Tag brandeten die Moyri-Truppen gegen die Verteidigung von Kirantal, nur um von den Söldnern blutig zurückgeschlagen zu werden. Mehrmals hätten es die gegnerischen Truppen um ein Haar geschafft durchzubrechen, waren jedoch jedes Mal von einem brillanten taktischen Manöver Ciran Talberts ausmanövriert und zurückgeschlagen worden. Doch mit jedem Tag, der verging, bluteten die Söldner ein wenig mehr aus. Ihre Verluste summierten sich und am Ende einer jenen Schlacht suchten die Eingeschlossenen den Horizont ab, in der Hoffnung, endlich die ersehnte Verstärkung zu finden. Doch jeden Tag wurden ihre Hoffnungen enttäuscht. Logan und seine Moyri kamen nicht.

Ciran Talbert stand unweit von Kilian und unterhielt sich gedämpft mit Galledor und Melitan.

Arianna bemerkte seinen Blick und stieß ihn verschwörerisch mit dem Ellbogen an. »Was reden die da?«

»Ich verstehe ungefähr genauso viel wie du, aber wenn ich Cirans Gestik richtig deute, ordnet er gerade an, unsere Verteidigung mehrere Hundert Meter zurückzunehmen, auf eine Position, die sich leichter verteidigen lässt. Galledor und Melitan sind nicht einverstanden.«

»Und was hältst du davon?«

Er zuckte mit den Achseln. »Ich halte es für eine gute Idee. Unsere Verluste sind zu groß. Falls Logan nicht bald eintrifft, werden wir unsere Verteidigung ohnehin zurücknehmen müssen oder sie überrennen uns.«

Nun brach ein Streitgespräch zwischen den drei Männern aus. Galledor wandte sich wütend ab, wurde jedoch von Ciran zur Ordnung gerufen.

»Das sieht ihm gar nicht ähnlich«, sinnierte Kilian.

»Wem?«

»Galledor. Er widerspricht Ciran normalerweise nicht. Zumindest hab ich das noch nie erlebt.«

Iro Kald stieß zu der Gruppe. Der zweite Leutnant trug einen Arm in einer Schlinge. Der provisorische Verband war an der Stelle, wo ein Speer seine Schulter durchbohrt hatte, blutgetränkt. Der Mann sah nicht gut aus. Sein Gesicht war kreidebleich. Kilian fragte sich, wie sich der Leutnant überhaupt aufrecht hielt.

Iro Kald beugte sich zu Ciran vor und flüsterte ihm etwas ins Ohr. Ciran versteifte sich augenblicklich, gab eine knappe Antwort und Iro entfernte sich wieder.

Der Leutnant kommandierte die Verteidigung auf der Ostseite der Ost-West-Achse der Hauptstraße von Kirantal. Kilian war noch nicht dort gewesen, aber nach allem, was er hörte, waren die Kämpfe dort nicht weniger brutal gewesen. Er hatte sogar gehört, die Moyri hätten sich mehrmals auf diese Barrikade konzentriert.

»Was schätzt du, wie viele Leute wir noch haben?«, fragte Arianna unvermittelt.

Kilian schreckte auf. Für einen Augenblick hatte er tatsächlich ihre Anwesenheit vergessen. Er dachte angestrengt über ihre Frage nach.

»Vielleicht viertausend. Vielleicht weniger.«

»Nur so wenige?«

»Es waren harte Kämpfe.«

Das war keine Übertreibung, wie Arianna sehr wohl wusste. Nach jeder Schlacht wurden die Gefallenen nach hinten gebracht und verbrannt. Die Leichenfeuer brannten immer fast die ganze Nacht hindurch. Es gab kaum Verwundete. Die meisten von ihnen starben an Dehydration oder Infektionen. Das Wasser war inzwischen streng rationiert worden, doch Kilian bezweifelte, dass es länger als ein paar Tage reichen würde. Falls Dys die Geduld aufbrachte, würde er lediglich warten müssen, bis sie alle verdurstet waren, doch dem Clanführer, der vor den Toren stand, lief die Zeit genauso davon wie den Verteidigern.

Und beide Seiten wussten dies.

»Kann mir vielleicht jemand erklären, warum ich immer noch hier in diesem Zelt hocke, während ich längst in diesem Turm sitzen sollte?«

Dys deutete anklagend durch den offenen Zelteingang auf den Turm, der in der Morgensonne verheißungsvoll glitzerte.

Schweigen antwortete ihm. Seine Offiziere und die Stammeskönige der anderen Clans warfen sich betretene Blicke zu. Niemand wagte, das Wort an den aufgebrachten Anführer der Blauspeere zu richten. Doch Dys ließ sich nicht so einfach abspeisen.

»Ich warte«, verkündete er rundheraus. »Und niemand wird dieses Zelt verlassen, bis ich eine angemessene Erklärung bekommen habe.«

Walon Rar von den Moyri von den flüsternden Steinen räusperte sich verlegen, ein Charakterzug, den man an ihm so gar nicht kannte. »Niemand hat erwartet, dass die Söldner so gut und ausdauernd kämpfen.«

Marak Koll nickte zustimmend. »Und ihre Verteidigung ist geschickt aufgebaut.«

»Sie zwingen uns den Kampf zu ihren Bedingungen auf«, wagte sich einer von Dys' Hauptleuten zu Wort. »Wenn wir sie nur aus ihren Stellungen treiben könnten, dann wären wir ein großes Stück weiter.«

Dys' erster Impuls bestand darin, die Männer, die ihm folgten, zusammenzuschreien, doch entgegen seiner Natur beherrschte er sich und dachte stattdessen über ihre Worte nach. Schließlich seufzte er. »Ich gebe zu, ich habe diese Söldner unterschätzt. Sogar gewaltig unterschätzt. Aber sie sind wenige und wir sind viele und ihr wollt mir allen Ernstes weismachen, wir könnten sie nicht schlagen?«

»Zahlenmäßige Überlegenheit ist nur bis zu einem bestimmten Punkt relevant«, fuhr sein Hauptmann fort. »Wir müssen durch diese Barrikaden bergauf kämpfen, was den Söldnern schon an sich einen gewaltigen Vorteil verschafft. Außerdem kommt unsere Überlegenheit gar nicht erst zum Tragen, da in diesen Engpässen nur wenige Krieger gleichzeitig angreifen können, sogar in den Hauptstraßen, die deutlich breiter sind.«

»Und dann diese verdammten Phalangen«, fluchte Gera. »Wenn wir die nur irgendwie knacken könnten.«

»Die Phalangen, ja. Die sind tatsächlich ein Problem.« Dys kratzte sich nachdenklich am Kinn. Sein Gesicht hellte sich plötzlich auf. »Wie viele Kriegshunde haben wir eigentlich dabei?«

Kelgan inspizierte die Phalanx, die seinen Abschnitt verteidigte. Die Hälfte der Männer ruhte sich aus, lediglich fünfzig Kämpfer hielten die Phalanx aufrecht, für den Fall, dass die Moyri irgendeine Dummheit versuchten. Ekarts Bogenschützen auf den Dächern hielten wachsam Ausschau und ließen den Feind keine Sekunde aus den Augen. Es gab ohnehin nicht viel anderes zu tun. Einige Männer spielten Karten, andere dösten und wiederum andere starrten nur dumpf vor sich hin. Silas versorgte mit Tinkturen die Verletzungen einiger Söldner. Es handelte sich zumeist um oberflächliche Schnittwunden. Die Männer würden trotzdem kämpfen können – und müssen.

Mit einem Mal beugte sich Ekart über die Kante des Daches direkt über Kelgan.

»He, da tut sich was.«

Kelgan legte den Kopf in den Nacken. »Und was?«

»Einige Moyri marschieren auf die Stadt zu.«

»Wie viele?«

Ekarts Kopf verschwand, nur um Sekunden später wieder aufzutauchen. »Ein paar Hundert.«

»Ist das alles? Scheinen mir zu wenige für eine ernsthafte Bedrohung zu sein«, sagte Kelgan halb zu sich selbst.

»Was?«, fragte Ekart, der Kelgans Worte nicht verstanden hatte.

»Was treiben die Burschen?«, fragte der Söldner, ohne auf die Frage einzugehen.

»Nicht viel, sie marschieren einfach nur auf uns zu. Scheinen es aber auch nicht besonders eilig zu haben.« Ekart zögerte. »Warte einen Moment.«

Sein Kopf verschwand wieder, lugte jedoch alsbald erneut über die Dachkante. »Sie haben angehalten. Eine weitere Truppe ist vor Hauptmann Talberts Position in Stellung gegangen.«

»Was haben diese Schweinehunde nur vor?«

»Jetzt passiert wieder was ... Sie ... sie ... Oh, ihr Götter ...«

»Was ist los?«

»Kriegshunde!«, schrie Ekart. »Verdammt, sie schicke Kriegshunde gegen uns!«

»Hoch mit euch, faules Pack!«, schrie Kelgan sofort. »Auf eure Posten! Wir kriegen Besuch.«

Die Männer sprangen augenblicklich auf die Füße, griffen sich Helm, Speer und Schild und nahmen ihre Position innerhalb der Phalanx ein.

Schulter an Schulter, Schild an Schild erwarteten sie den Angriff. Gegen Hunde half eine Phalanx eigentlich nicht viel, daher legte jeder dritte Mann seinen Speer auf den Boden und zog sein Schwert.

Kelgan hörte das wütende Bellen der zum Töten abgerichteten Hunde schon von Weitem. Dieses Knurren konnte einem Mann das Blut in den Adern gefrieren lassen. Kelgan hatte schon in vielen Armeen gekämpft – und Kriegshunde waren eine beliebte Waffe. Er hatte also schon sowohl gegen als auch mit Kriegshunden im Feld gestanden und wusste daher aus eigener Erfahrung, dass sie, einmal von der Leine gelassen, für eigene Truppen oftmals ein ebenso großes Risiko darstellten wie für feindliche. Die Tiere waren darauf trainiert, einem Gegner an die Kehle zu gehen. Da halfen Helme meist nicht viel. Sie waren wild und selbst im entspannten Zustand kaum zu bändigen.

Die Moyri mussten verzweifelt sein. Kriegshunde waren häufig das letzte Mittel. Kelgan war jedoch zuversichtlich, diese Bedrohung beenden zu können. Sein Kommando würde Verluste erleiden – gar keine Frage. Sie würden die Stellung jedoch halten. Auch das war für ihn keiner Diskussion würdig.

Die ersten Kriegshunde bogen um die Ecke. Mit weit aufgerissenen Kiefern, aus denen der Geifer spritzte, stürmten sie heran.

Bereits auf den ersten Blick erkannte Kelgan, dass mit diesen Tieren etwas nicht stimmte. Sie zogen etwas hinter sich her, das mit Fäden an ihren Schwänzen befestigt war.

Die ersten Hunde erreichten die Phalanx und wurden von den Speeren niedergemacht. Sie jaulten herzzerreißend auf, als sie verendeten. Einer der Hunde sprang hoch in die Luft und segelte über die Köpfe der ersten Söldnerreihe hinweg. Kelgan schwang eines seiner Kurzschwerter und schlug dem Hund noch in der Luft den Kopf ab. Torso und Kopf fielen neben ihm zu Boden. Erst jetzt bemerkte Kelgan, was die Hunde hinter sich herzogen. Es handelte sich um Tongefäße. Das Gefäß des Hundes, den er eben getötet hatte, zersprang in tausend Scherben und eine schwarze Flüssigkeit ergoss sich über mehrere Männer und tränkte seine Sandalen. Weitere Tiere stürmten in die Phalanx und zerspringende Tongefäße tränkten Schilde, Speere, den Boden und seine Männer mit dieser ekligen schwarzen Schmiere. Mehrere seiner Männer rümpften angewidert die Nasen ob des resultierenden Gestanks.

Er bückte sich, nahm mit zwei Fingern eine Probe und roch daran. Angeekelt verzog er das Gesicht.

Öl!

Kelgan war kein religiöser Mensch, doch ein solcher Augenblick ließ so manchen Krieger zum Glauben finden. Vor allem, wenn ihm bewusst wurde, dass er dem Tod ins Antlitz blickte. »Oh, ihr Götter!«, hauchte er. Er wollte gerade seiner Phalanx den Befehl geben zurückzuweichen, als zweihundert Bogenschützen der Moyri ihre Brandpfeile von den Sehnen schnellen ließen.

»Oh, ihr Götter!«, wiederholte er.

Kilian wirbelte um die eigene Achse, als zwischen den Häusern eine Stichflamme in die Höhe schoss. Die Hitze breitete sich wellenförmig aus und strich beinahe sanft über sein Gesicht.

Ciran Talbert war sofort an seiner Seite. »Was war das?«

»Keine Ahnung, aber es könnte irgendwo bei Kelgans Position gewesen sein.«

In diesem Moment überwanden die ersten Hunde die Barrikade und starben jaulend unter den Schwertern der Söldner. Eines der Tiere sprang einen der Männer an und riss dessen Kehle auf. Der Mann ging zu Boden und hauchte gurgelnd sein Leben aus. Tonkrüge zersprangen und verspritzten eine eklig zähflüssige Substanz. Ciran Talbert erkannte augenblicklich, was vor sich ging.

»Weg von der Barrikade! Alle sofort runter von der Barrikade!« Er wedelte mit beiden Armen, um die Leute zur Eile anzutreiben. Die Barrikade war bis auf wenige Ausnahmen geräumt, als die ersten Brandpfeile trafen.

Die Barrikade brannte sofort lichterloh. Männer, die nicht schnell genug gewesen waren, schrien schmerzerfüllt auf und verwandelten sich in lebende Fackeln.

»Zurück!«, schrie der Söldnerhauptmann immer wieder. »Los, zurück zum Marktplatz!«

Ein Mann taumelte von der Barrikade, seine Kleidung stand in Flammen und seine Haare ebenso. Er fiel Arianna direkt vor die Füße. Diese zögerte nicht lange, packte den Mann – wobei sie sich selbst die Hände verbrannte – und drehte ihn so lange, bis die Flammen erstickten. Der Mann wimmerte vor Schmerzen. Kilian half ihr, den Söldner wieder auf die Füße zu stellen. Der ekelhaft süßliche Geruch verbrannten Fleisches stieg in seine Nase. Er drückte den armen Kerl einem Kameraden in die Hände, der ihn wegführte. Kilian bezweifelte, dass er große Überlebenschancen hatte.

»Deine Hände?«, sagte Kilian besorgt.

Arianna schüttelte den Kopf. »Das wird schon wieder.« Er bemerkte jedoch, wie sie tapfer die Zähne zusammenbiss. Kilian gab ihr einen Schubs, um sie anzutreiben. Es würde nicht lange dauern, bis die Moyri ihre desolate Situation ausnutzen und die Stadt stürmen würden.

Auf halbem Weg zum Marktplatz trafen sie auf Silas, der den schwer atmenden Kelgan stützte. Brandblasen zierten Hände, Arme und Gesicht des hünenhaften Kriegers, doch der Blick, mit dem er Kilian bedachte, war ungebrochen.

»Diese miesen Schweine«, fluchte er.

Hinter den beiden Söldnern strömten weitere Krieger aus der Gasse. Kilian überflog ihre Anzahl. Es waren um die vierzig. Er warf Silas einen fragenden Blick zu. Dieser schüttelte als Antwort lediglich den Kopf. Kilian presste seine Kiefer so fest aufeinander, dass die Wangenknochen hervortraten. Die Moyri hatten wirklich ganze Arbeit geleistet. Innerhalb von Minuten hatten sie eine gut organisierte Verteidigung in eine panische Flucht verwandelt.

Mehrere Hornstöße erklangen aus Richtung des Marktplatzes. Ciran Talbert versuchte, eine halbwegs straffe Verteidigung um den Turm aufzubauen. Aus allen Gassen strömten die Söldner zu seiner Position. Und in der Ferne vernahm er bereits die Kriegshörner der Moyri, die zum Angriff bliesen.

Dys war entzückt. Sein Plan funktionierte besser als erhofft.

Brennen sollt ihr, dachte er hämisch. *Brennen!*

Dys beobachte, wie die Söldner ihre Stellungen aufgaben und sich in Richtung des Turms zurückzogen. Nicht wenige der Söldner starben einen furchtbaren Tod in der Flammenhölle, jedoch weit weniger, als er gehofft hatte.

Er zuckte die Schultern. Es spielte keine Rolle. Den Rest würde er eben im Nahkampf vernichten müssen.

»Schick die Truppen rein«, befahl er.

Mehrere Hornstöße ertönten und die Infanterie rückte vor. Die ersten Reihen nahmen Spaten zur Hand und begannen mühsam damit, die Flammen wieder einzudämmen, um den Sturm auf die Stadt zu ermöglichen. Es würde nicht mehr lange dauern und Kirantal gehörte ihm.

Moyri strömten durch einige wenigen Lücken in der Flammenwand und stürzten sich auf die Söldner. Quan wirbelte herum und köpfte einen Blauspeer mit einem einzigen Hieb. Ein weiterer starb mit aufgeschlitztem Bauch und ein dritter mit zerschmettertem Kehlkopf. Immer mehr Moyri drangen durch die zerschlagene Verteidigung und stürzte sich auf die in Auflösung begriffenen Linien der Söldner.

Quan war kein Militärexperte, doch er erkannte, dass eine Verteidigung völlig unmöglich geworden war. In der Ferne hörte er Ciran Talberts Horn, das sie alle zur Verteidigung des Marktplatzes rief. Dutzende Söldner fielen unter den Schwertern der Moyri. Die Stammeskrieger waren gnadenlos in ihrer Raserei.

Doch statt zurückzuweichen, griff Quan an und hieb sich einen Weg durch die Reihen der Angreifer. Er musste die Moyri aufhalten. Je mehr er sie beschäftigte, desto eher die Chance, dass die anderen Söldner es schafften.

Bald schon bemerkten andere Söldner Quans hastig vorgetragenen Gegenangriff und schlossen sich ihm an. Innerhalb weniger Minuten versammelten sich nahezu sechzig Söldner um ihn, die den Moyri heftig zusetzten. Im ersten Moment drängten sie den verhassten Gegner sogar zurück. Quan erlebte das trügerische Hochgefühl, den Gegner vielleicht sogar besiegen zu können. Doch dann brachen weitere Moyri durch die Flammenhölle, die das brennende Öl geschaffen hatte, und binnen Minuten war Quans kleine Truppe eingeschlossen.

Sie kämpften mit dem Mut der Verzweiflung, schlugen mit ihren Schwerter wild um sich, fällten Gegner um Gegner, doch im Grunde war ihnen allen klar, dass es sich bei jeder Minute, die sie überlebten, lediglich um geborgte Zeit handelte.

Ihre Truppe wurde zusehends kleiner, während die Moyri den Kreis um sie enger schlossen.

Quan erlitt einen Schnitt am Oberschenkel und eine klaffende Wunde an der Wange. Ein Söldner neben ihm ging mit einer furchtbaren Bauchwunde zu Boden.

Der Ostländer knirschte mit den Zähnen. Es gab wenig, was er bereute, doch dass er seine Heimat nie wiedersehen würde und sein Volk nicht würde befreien können, gehörte dazu. Er schrie seine Wut hinaus. Die Gegner wichen vor dem Zorn in seinen Augen angstvoll zurück, jedoch nur, um Augenblicke später umso erbitterter anzugreifen.

Und mit einem Mal wurde der Kessel zerschlagen.

Es geschah so plötzlich, dass Quan nicht richtig realisierte, was geschah. Der Druck auf seine Truppe ließ einfach nach. Neben ihm wurde ein Moyri von einer Lanze durchbohrt und zur Seite geschleudert. Ein Pferd wieherte schrill auf. Ein Schwert spaltete einem Moyri den Schädel. Quan sah auf.

Melitan.

»Lauft!«, schrie der Reiteroffizier, der seine dezimierte Reitertruppe gegen den Feind führte.

Die Söldner um Quan ließen sich das nicht zweimal sagen. Sie nahmen die Beine in die Hand und rannten in Richtung Marktplatz, während die Kavalleristen ihren Rückzug deckten. Quan wollte bleiben und kämpfen, doch Melitan gab ihm mit einem Wink zu verstehen, er solle gefälligst verschwinden.

Der unerwartete Ansturm der Kavallerie trieb die Moyri tatsächlich für einen Moment zurück, doch sie fassten sich sehr schnell und würden schon bald zum Gegenangriff ausholen.

Die Reiter um Melitan trieben ihre Pferde härter an und schlugen mit ihren Schwertern in schneller Folge auf die Köpfe der Moyri ein.

Quan wartete nicht länger und lief los. Melitan wartete noch mehrere Sekunden, bevor er seinen verbliebenen Reitern das Zeichen zum Rückzug gab und selbst sein Pferd wendete. Die Reiter schlugen ein letztes Mal auf den Gegner ein, wendeten ihre Tiere und zogen sich zurück. Melitan war der letzte, der kehrtmachte.

Er trieb seine Hacken in die Flanken des Tieres, das einen Satz machte, um Geschwindigkeit aufzunehmen. Doch in diesem Moment sprang ihn ein Moyri an und klammerte sich an ihn. Melitan schlug auf den Mann ein, um ihn loszuwerden, doch weitere folgten und gemeinsam zerrten sie den Offizier aus dem Sattel. Melitans Schwert schlug noch zweimal zu und beendete zwei Moyri-Leben, bevor er unter einer Masse feindlicher Krieger verschwand. Quan wollte umdrehen, um dem Bedrängten zu Hilfe, doch er realisierte, dass jede Hilfe zu spät kommen würde. Weitere Moyri drängten durch das Feuer und Quan lief in Richtung der neu aufgebauten Verteidigung, einen derben Fluch für die Moyri und ein Gebet für Melitan auf den Lippen.

»Wir werden sie nicht aufhalten können«, erklärte Ciran Talbert gepresst. »Nicht in unserem momentanen Zustand.«

Kilian blickte sich nach allen Seiten um. Der Söldnerhauptmann hatte recht. Die Söldner versammelten sich um den Turm, den es zu verteidigen galt, doch von Organisation oder gar Formation war nichts zu sehen. Dutzende Männer schleiften Verwundete mit sich und legten sie auf dem Marktplatz ab, wo sich Silas und ein Dutzend Freiwilliger ihrer annahmen. Viele wiesen schwere Verbrennungen auf und würden die nächsten Stunden nicht überleben.

»Iro«, wandte sich Ciran an seinen Leutnant, »bring Ordnung in das Chaos. Wir müssen den Platz sichern. Sie werden bald angreifen.«

»Soll ich eine Phalanx aufbauen?«

Ciran schüttelte energisch den Kopf. »Der Platz ist zu groß. Sie würden eine Phalanx einfach ausmanövrieren. Formiere Schildtrons. Die Schildtrons sollen jeweils zehn Meter Abstand zueinander halten. Zwei versetzte Reihen. Lass die Verwundeten in einen der hinteren Schildtrons bringen.«

Der Leutnant salutierte und eilte davon, doch ein Ruf Cirans ließ ihn noch einmal innehalten. »Und Iro? Stell fest, was wir noch an Lebensmitteln und Wasser haben.«

Der Leutnant nickte ernst und machte sich daran, seine Befehle auszuführen.

Eine kluge Taktik, honorierte Kilian in Gedanken, doch er kam nicht umhin, auf eine Schwachstelle hinzuweisen.

»Was hindert die Moyri daran, uns einfach auszuhungern? In unseren Rüstungen werden wir in dieser Hitze nicht lange überleben, wenn wir die Schildtron-Formation einhalten müssen. Die ersten Männer dürften innerhalb von drei bis vier Stunden zusammenklappen.«

»Die Zeit wird Dys zum Handeln zwingen. Wir werden nur warten müssen. Er wird früh genug zu uns kommen.«

»Gegen die Übermacht werden wir aber auch in Schildtrons nicht lange durchhalten.«

»Lange genug«, beharrte Ciran. »Das heißt, wenn dein Vertrauen in deinen Moyri-Freund gerechtfertigt ist.«

»Er wird kommen«, antwortete Kilian bestimmt.

»Das können wir nur hoffen, Kilian. Sieh dir die Männer an, die mir hierher gefolgt sind.« Er deutete auf die Szenerie ringsum, in der langsam Ordnung in das Chaos einkehrte. Die Männer formierten sich zu zwei Reihen Schildtrons, die vor dem Zugang zum Turm Aufstellung nahmen.

»Falls dein Freund nicht kommt, werden die Familien dieser Männer nie erfahren, was aus ihnen geworden ist. Ihre Knochen werden unter diesem Wüstensand für immer verschwinden.«

»Er wird definitiv kommen«, beharrte Kilian immer noch überzeugt. »Die Frage ist lediglich, ob dann noch jemand da ist, den er retten kann.«

Es dauerte noch über eine Stunde, bis die Moyri in der Lage waren, die Feuersbrunst, die sie selbst verursacht hatten, so weit einzudämmen, dass eine größere Anzahl von ihnen in Kirantal einrücken konnte.

Sie rückten in fünf Wellen zu je zweitausend Mann vor.

Siegessicher.

Arrogant.

Die Zeit hatte Ciran Talbert gerade mal so ausgereicht, um die Verteidigung zu organisieren. Vor dem Turm auf dem Marktplatz von Kirantal standen nun acht Schildtrons in zwei Viererreihen, die jeweils zehn Meter Abstand voneinander hielten.

Der Gedanke dahinter war, dass die Moyri versuchen würden, durch ihre Linien zu brechen und den Turm einzunehmen. Wären sie tatsächlich so dumm, könnten die Schildtrons sich gegenseitig unterstützen und dem Gegner einen hohen Blutzoll abfordern.

Mit etwas Glück vielleicht so hoch, dass sich die Moyri ihre nächsten

Schritte gut überlegten, doch das war zum jetzigen Zeitpunkt reines Wunschdenken.

Kilian schätzte ihre Stärke auf vielleicht noch dreitausend Mann. Das war nicht viel. Nicht gegen das, was da auf sie zurollte. Er packte sein Schwert fester.

Neben ihm stand Arianna, die nicht minder nervös wirkte als er. Er schenkte ihr ein aufmunterndes Lächeln. Sie hielten sich in Cirans Schildtron auf. Natürlich wich Galledor nicht von der Seite des Hauptmanns. Silas und seine anderen Freunde waren auf andere Schildtrons verteilt und erwarteten so wie er den Ansturm des Gegners.

Die Moyri rückten an. Schwert- und Speerkämpfer bildeten ihre ersten Reihen. Kilian spürte ihren Fanatismus und ihren Hass, der heiß in ihren Seelen brannte. In diesem Augenblick erkannte er, es würde kein Pardon geben, keine Gnade, keine Chance auf Gefangenschaft. Die Moyri kamen, um zu töten, und sie würden nicht eher ruhen, ehe sie ihr Ziel erreichten.

Beide Parteien trafen mit brachialer Gewalt aufeinander und das Schlachten begann von Neuem.

Logan trieb seine Truppen zu höchster Eile an. Es wurden keinerlei Ruhepausen eingelegt, nicht mal welche, um die Pferde zu schonen. Ihm war klar, dass er die armen Tiere zuschanden ritt, aber es gab keine Alternative.

Er spürte es in jedem Knochen in seinem Körper. Die Stunde der Entscheidung rückte näher. Kirantal war nicht mehr weit. Nur noch wenige Stunden und sie standen vor den Toren der Stadt.

Er fragte sich, was sie wohl vorfinden würden, und ohne dass es ihm bewusst wurde, trieb er sein Schlachtross härter an.

Die Sonne stand hoch im Zenit und brannte gleichermaßen heiß auf Söldner und Moyri hinab, auch wenn die Moyri dies besser verkrafteten, da sie das Klima gewohnt waren.

Der Kampf dauerte bereits seit Stunden an und beide Seiten schenkten sich nichts. Cirans Taktik ging tatsächlich auf – zu Anfang. Die Moyri schluckten den Köder und sickerten in die Lücken zwischen den Schildtrons, in der Hoffnung, den Feind umzingeln und überwältigen zu können. Inzwischen quoll der Bereich zwischen den einzelnen Formationen über vor Moyri-Leichen und die feindlichen Krieger mussten über die Leichen ihrer gefallenen Kameraden steigen.

Nach fast vier Stunden unermüdlichen Kampfes, sahen die feindlichen Kommandeure den Irrsinn ihres Handelns ein und änderten die Taktik. Sie konzentrierten sich nur noch auf die äußeren vier Schildtrons, um sie nacheinander auszuradieren.

Auch die Söldner erlitten schwere Verluste. Kaum eine Minute verging, in der kein Söldner getötet und seine Leiche in den inneren Kreis des jeweiligen Schildtrons weitergereicht wurde, und mit jedem Toten schlossen die Formationen der Söldner ihre Kreise enger – und wurden die Schildtrons kleiner.

Kilian rannen dicke Schweißtropfen über das Gesicht, die er ungeduldig beiseitewischte. Die Moyri setzten keine Kriegshunde mehr gegen sie ein. Entweder besaßen sie keine mehr oder sie hatten Angst, ein größeres Feuer könnte auf den Turm übergreifen. Was auch der Grund war, Kilian dankte den Göttern dafür. Die Moyri bedrängten die äußeren Schildtrons von allen Seiten. Es waren so viele, dass Kilian keine einzelnen Gesichter mehr wahrnahm, sondern nur noch eine alles verschlingende Masse aus Leibern.

Er stach sein Schwert zwischen den Schultern zweier Söldner hindurch in den aufgerissenen Mund eines Moyri, der gurgelte und starb, doch sofort in der Masse unterging und verschwand. Arianna erlitt eine Schnittwunde am Arm und ein Schwerthieb verfehlte ihre Stirn nur um Haaresbreite. Ihr Kampfgeist war ungebrochen, doch Kilian bemerkte die Erschöpfung, die sich in ihren Augen abzeichnete. Ein Speer segelte durch die Luft und spießte einen Söldner neben ihm auf. Ein weiterer fiel mit zerschmettertem Helm und gespaltenen Schädel.

Rechts von ihm erhob sich Triumpfgeheul. Kilian stellte sich auf die Zehen, um über die Köpfe seiner Kameraden hinwegsehen zu können. Der Schildtron an ihrer Seite war in ernsten Schwierigkeiten. Iro Kald kommandierte ihn. Immer wieder katapultierten sich Moyri über die Köpfe der Söldner hinweg. Die meisten wurden sofort niedergemacht. Einige wenige jedoch blieben lange genug am Leben, um schwere Schläge nach allen Seiten auszuteilen.

Drei Speerträger in der ersten Reihe fielen mit blutigen Wunden in ihren Rücken. Die Überlebenden versuchten, die Reihen zu schließen, doch es war zu spät. Die Moyri witterten ihre Chance. Immer mehr Krieger drangen in die Bresche ein und verhinderten, dass sich die Söldner neu formierten.

Ciran Talbert und Kilian mussten hilflos mit ansehen, wie die Moyri die Söldner des Schildtrons massakrierten. Die Söldner wehrten sich tapfer, gingen aber letztendlich unter den Schwerthieben ihrer Gegner zu Boden. Kilian bemühte sich, Iro Kald so lange wie möglich im Blickfeld zu behalten, doch bereits nach wenigen Augenblicken wurde ihm die Sicht durch schwertschwingende Moyri verstellt.

»Arme Schweine«, murmelte Silas verdrossen.

»Die haben's wenigstens hinter sich«, meinte Kelgan, der seine blutigen Kurzschwerter säuberte. »Für uns fängt es gerade erst an.«

Silas folgte seinem Blick. Die Moyri hatten Blut geleckt. Den Sieg vor Augen, griffen sie erneut an.

Logan erreichte die letzte Anhöhe vor der Stadt und realisierte erstmals das Ausmaß des Gemetzels. Hier und da schwelten kleinere Feuer auf den Überresten verkohlter Barrikaden. Kleinere Trupps aus Dys' Streitmacht patrouillierten die Grenzen von Kirantal.

Die eigentliche Schlacht konnte er noch nicht sehen, doch er hörte sie. Die Söldner waren noch am Leben, zumindest genug, um Dys noch ernsthaften Widerstand entgegenzusetzen.

»Herr! Seht«, lenkte Beliak seine Aufmerksamkeit auf den nördlichen Teil der Stadt. Logan kniff die Augen zusammen. Auf einer Düne saßen Reiter, umringt von Tausenden von Kriegern.

»Dys«, zischte er.

»Wir sind zu wenige, um ihn direkt anzugreifen«, meinte Beliak. Logan verkniff sich ein Schmunzeln. Der Krieger schien zu glauben, sein Hass auf den Anführer der Blauspeere würde ihn zu einer übereilten und dummen Handlung hinreißen. Doch ihm war durchaus klar, dass er mit seiner geschrumpften Streitmacht nichts gegen Dys auszurichten vermochte.

Sein Freund Noran Kort lenkte sein Pferd neben Logans. Der Anführer der Wolfshunde sah immer noch nicht gut aus, hielt sich jedoch mehr oder weniger aufrecht im Sattel, nicht zuletzt dank eines Kräutertranks, den Crea ihm eingeflößt hatte.

»Deine Befehle, Logan?«, fragte Noran im Tonfall eines Mannes, der ganz genau wusste, was nun folgte.

Logan zog sein Schwert. Die Eisernen Schakale formierten sich links und rechts von ihm, die übrigen Krieger beider Clans dahinter.

»Vorwärts!«, schrie er und gab seinem Pferd die Sporen.

»Mein Herr?«

»Ich sehe es, Gera, ich sehe es.«

Dennoch weigerte sich Dys, das Gesehene zu akzeptieren. Eine Streitmacht rückte von Osten her in die Ost-West-Achse der Hauptstraße von Kirantal ein. Und wenn er sich nicht ganz täuschte, dann führte Logans Schwarzbären-Banner sie an.

»Verflucht soll er sein, dieser elende Schweinehund!«, wisperte Dys.

»Eure Befehle, Herr?«, fragte Gera.

»Schick Verstärkung in die Stadt. Sofort!«

Doch in seinem Inneren wusste Dys, es würde bereits zu spät sein.

Die Söldner standen kurz davor, überrannt zu werden, und beide Seiten wussten dies. Die Söldner kämpften nur noch wie Maschinen. Lediglich ihre Erfahrung und ihre außerordentliche Disziplin verhinderte ihren endgültigen Zusammenbruch.

Mehrere der Söldnerformationen zeigten schon Anzeichen von Überforderung. Ein Punkt war erreicht, an dem die Verluste zu zahlreich wurden, um die Schildtrons so einfach aufrechtzuerhalten. Zu viele Leichen lagen den noch Kämpfenden im Weg und es war kaum noch jemand zur Stelle, um sie beiseitezuräumen.

Kilian zog einem Moyri das Schwert über das Gesicht. Der Krieger heulte vor Schmerz, griff aber trotzdem weiter an, bis der Söldner ihm die Klinge ins Herz trieb.

Er sah über die Schulter. In der Formation zu seiner Linken kämpften Quan und Ekart. Kilian erhaschte nur hin und wieder einen Blick auf die beiden. Zumindest lebten sie noch.

Arianna stolperte und wäre beinahe gestürzt, doch Kilian fing sie mit einer Hand auf und hielt sie, bis sie ihr Gleichgewicht wiederfand.

Unvermittelt überwand ein Moyri die Linie aus Speerträgern, indem er sich den Weg frei hackte. Arianna schnitt ihm die Kehle durch. Ein weiterer folgte, dem Ciran Talbert den Garaus machte.

Ist es das?, fragte sich Kilian. *Ist das das Ende?*

Er erinnerte sich, wie die Moyri genau auf diese Weise eine Söldnerformation aufgerieben hatten. War das erst vor einer Stunde gewesen? Es kam ihm länger vor.

Ein Moyri mit einer bösartig aussehenden Narbe auf der Stirn näherte sich ihm. Das fanatische Glitzern seiner Augen drang bis in Kilians Seele. Er wappnete sich für den unvermeidlichen Angriff.

Plötzlich zuckte der Kopf des Moyri zur Seite. Seine Augen wurden glasig und er fiel vor Kilians Füße – mit einem Pfeil im Hals. Weitere Pfeile senkten sich über die angreifenden Moyri. Dutzende fielen. Erst allmählich wurde den kämpfenden Parteien klar, dass der neue Angriff von anderer Seite ausging.

Die hinteren Reihen der Moyri wandten sich dem neuen Feind zu und wurden niedergeritten. Hornstöße erklangen. Moyri zu Pferde ritten mitten unter die angreifenden Horden. Sie wurden von Hunderten in Rüstungen gehüllter Krieger angeführt, die eine blutige Schneise in die Reihen der Feinde schlugen.

Allein der Ansturm der Reiter genügte, um einen Keil in die feindliche Armee zu schlagen und den Söldnern eine dringend benötigte Atempause zu verschaffen. Dieser Ansturm war zu viel für die seit Stunden kämpfende Armee. Einzelne Krieger verließen die Schlachtreihe und rannten davon. Aus einzelnen wurden Dutzende, dann immer mehr, bis sich die Moyri-Armee vor Kilians Augen in einen panisch fliehenden Mob auflöste.

Die Krieger zu Pferd setzten ihnen nach und schlugen so viele wie möglich nieder, während die gerüsteten Kämpfer von ihren Pferden abstiegen, um einen Mann mit zwei Schwertern zu beschützen. Ein Herold stieg ab und pflanzte ein Banner mit einem Bären neben ihn in den Boden.

Der Mann setzte seinen Helm ab und ein grinsender Logan stand Kilian gegenüber.

»Da sind wir ja gerade noch einmal rechtzeitig gekommen.«

26

Das Innere des Turms war überraschend kühl. Aus irgendeinem Grund wirkte sich das Klima nicht auf dieses Bauwerk aus, und das, obwohl der Turm bereits seit Jahrhunderten der Wüstenhitze ausgesetzt war.

Ciran Talbert und Galledor beäugten Logan misstrauisch, der mit Beliak den Söldnern abwartend gegenüberstand. Kilian hingegen befand sich zwischen den beiden Gruppen. Ihm fiel die undankbare Aufgabe zu, dafür zu sorgen, dass sie sich nicht gleich gegenseitig an die Kehlen gingen.

Nach dem Ende der Kämpfe gegen Dys' Truppen hatte es einen kritischen Moment gegeben. Sowohl Logans Krieger als auch die Söldner schienen mehr als bereit, die Schlacht gleich weiterzuführen. Nur die Anwesenheit Dys' vor den Toren von Kirantal und der Umstand, dass dieser noch über eine große Anzahl abtrünniger Moyri-Truppen verfügte, verhinderte Blutvergießen zwischen den ungleichen Verbündeten.

Die Lage hatte sich inzwischen ein wenig entspannt, aber nur gerade so weit, dass beide Gruppen zusammenarbeiten konnten, ohne sich ein Messer in den Rücken zu stoßen. Logans Truppen sicherten nun die Umgebung des Turms, während sich die Söldner daranmachten, die Spuren der Schlacht zu beseitigen und die Verwundeten zu versorgen, wo es möglich war, und von ihren Leiden zu erlösen, wo es nötig wurde.

Die Akolythen von Logans Schamanin hatten währenddessen Wasser und Lebensmittel an die völlig erschöpften Söldner verteilt, die beides dankbar annahmen.

Logan hatte mit einiger Verwunderung festgestellt, dass sich eine Moyri unter den Söldnern aufhielt, und Kilian hatte ihm daraufhin berichtet, wie es dazu kam. Dass es sich dabei um eine Angehörige seines eigenen Clans handelte, kam dabei ebenfalls zur Sprache und Logans Augenbraue war überrascht in die Höhe gewandert, er sagte jedoch nicht viel dazu.

Kilian rieb sich nervös die Hände, als er Moyri und Söldner musterte. »Nun, ich glaube, da haben wir noch einiges an Arbeit vor uns.«

»Du hast uns eine Moyri-Armee versprochen, Kilian«, bemerkte Galledor mit unheilvoller Stimme.

»Da spricht er einen wichtigen Punkt an«, gab Ciran ihm recht. »Wo ist diese Armee?«

»Sie steht draußen«, erwiderte Logan, von den unausgesprochenen Anschuldigungen unberührt.

»Wie viele sind es? Fünftausend?«

»Etwas mehr als sechs.«

»Von meinen Söldnern sind noch gerade mal zweitausend übrig. Kannst du mir mal verraten, wie wir mit achttausend Kämpfern gegen das Heer antreten sollen, das dein Freund Dys versammelt hat?«

»Er ist nicht mein Freund.« In Logans Stimme schlich sich ein gereizter Tonfall.

»Einerlei.« Ciran winkte ab. »Wir sind hier, weil du uns versprochen hast, du würdest uns raushauen. Ich hätte nie auf dich hören sollen.«

»Hättest du nicht auf mich gehört, wärt ihr alle schon längst tot.«

Ciran fuhr herum. »Ist das eine Drohung?«

»Eine Tatsache.«

»Es spielt doch keine Rolle, wie viel Krieger er mitgebracht hat«, mischte sich Kilian ein, um zu vermitteln. »Er ist jetzt hier, nur das zählt.«

»Ein wahres Wort«, meldete sich Crea zu Wort, die den Turm betrat, von ihren Akolythen begleitet. »Wir sind alle dort, wo wir zu sein haben in der kommenden Schlacht. Es ist das Einzige, was zählt.«

»Und wer bist du, alte Frau?«, fragte Galledor herablassend.

Ein Akolyth, Kilian glaubte sich an den Namen Giled zu erinnern, trat vor. »Du redest gefälligst respektvoll mit ihr.«

»Oder was?«

»Oder ...«

»Das reicht jetzt!«, fuhr Crea mit überraschend starker Stimme dazwischen. Selbst Galledor fuhr angesichts ihrer Zurechtweisung zusammen. »Wir haben keine Zeit für derlei Geplänkel.« Ohne um Erlaubnis zu fragen, steuerte sie eine Wendeltreppe im hinteren Teil der Eingangshalle an und begann, die Stufen zu erklimmen. Sie hielt nur einmal inne, um den Männern, die sie mit offenem Mund anstarrten, zuzurufen: »Kommt ihr jetzt mit oder nicht?«

Ciran brach in schallendes Gelächter aus. »Ich mag die Alte.«

»Du hast ja keine Ahnung«, meinte Logan lediglich schmunzelnd.

»Das ist es?«, fragte Logan zweifelnd.

»Das ist es«, bestätigte Crea.

Der Aufstieg in den höchsten Raum des Turms dauerte eine halbe Stunde. Der Raum war hoch und kreisrund. In die Decke war eine Kuppel eingelassen, durch die man den Himmel betrachten konnte. Die Wände waren mit kunstvollen Bildern verziert.

Kilian betrachtete sie interessiert. Die meisten Bilder handelten von einem Volk, das entfernt menschlich aussah, jedoch weit größer war als jeder Mensch. Sie wirkten hager mit langen Armen. Auf einigen Bildern gewann man den Eindruck, als thronten sie über Völker, die ganz eindeutig menschlich waren. Auf anderen bekämpften sie ein Volk, das aus einem Albtraum entkommen schien. Die Wesen hatten fratzenhafte Gesichter mit langen Reißzähnen und Krallen an den Händen. Kilian kratzte sich am Kinn. Waren das die Kronoi und die Wesen, die letztendlich das Imperium der Kronoi zu Fall gebracht hatten? Er fragte sich, ob er das je erfahren würde.

Das wirklich Interessante an diesem Raum war jedoch ein Spiegel von der doppelten Größe eines durchschnittlichen Mannes.

Er sah eigentlich wie ein ganz gewöhnlicher Spiegel aus. Mit einem Unterschied – er warf kein Spiegelbild. Nacheinander stellten sich Ciran und Logan vor das Möbelstück, doch die gläserne Fläche blieb schwarz.

Unheimlich, befand Kilian in Gedanken.

»Wenn das alles ist, worum es geht, dann zerstören wir ihn doch und verschwinden«, meinte Ciran und zog sein Schwert. Er holte aus, doch bevor er den entscheidenden Schlag landen konnte, stellte sich Crea zwischen ihn und sein Ziel.

»Geh beiseite, alte Frau.«

»Ganz so einfach, wie du dir das vorstellst, ist es nicht. Es ist wichtig, dass der Spiegel zum jetzigen Zeitpunkt nicht zerstört wird.«

»Was? Wieso?«, fragten Ciran und Logan gleichzeitig.

»Er ist noch wichtig. Im Moment.« Sie schüttelte bedauernd den

Kopf. »Versteht mich richtig, nichts würde mich glücklicher machen, als ihn zu zerstören, aber noch müssen wir ihn ganz lassen.«

»Sagst du uns auch, aus welchem Grund?«, fragte Logan.

»Wenn wir ihn zerstören, wird Ephraim einen anderen Weg in unsere Welt finden.«

»Und wie willst du das verhindern?«

»Wir benutzen den Spiegel als Köder, um ihn endgültig zu vernichten.«

»Klingt ein wenig vage für mich«, meinte Logan zweifelnd.

»Es ist unsere einzige Chance. Wenn wir den Spiegel jetzt zerstören, fängt alles bald von vorne an und alle Menschen, die ihr Leben lassen mussten, sind umsonst gestorben.«

»Und was schlägst du also vor?«

»Dys wird bald wieder angreifen. Er ist besessen von seinem Vorhaben, den Spiegel zu erreichen.«

»Und?«

»Lasst es zu.«

»Wie bitte?«, fragte Ciran ungläubig. »Meine Männer sind gestorben, um diesen Turm zu verteidigen, und jetzt willst du allen Ernstes, dass wir ihn Dys auf dem Silbertablett servieren?«

»Ja.«

»Das ist Wahnsinn. Im Prinzip sagst du, es war alles umsonst.«

»Nein, deine Leute haben gut gekämpft und sich geopfert wie Ehrenmänner. Es war wichtig, dass sie Dys lange genug aufhalten, damit ich den Turm erreichen konnte.«

»Was hast du vor, alte Krähe?«, wollte Logan wissen. Seiner Mimik nach gefiel ihm die Vorstellung ebenso wenig wie Ciran.

»Es beenden«, erwiderte sie rätselhaft.

27

Hätte Dys noch Haare besessen, er hätte sie sich wohl in diesem Augenblick ausgerissen. Die Zeit wurde knapp. Nach Logans unerwartetem Auftauchen war Dys' Streitmacht in Auflösung begriffen. Ganze Truppenteile waren in die Wüste geflohen. Es hatte einige Tage gedauert, sie wieder zu sammeln. In einigen Fällen waren extreme Maßnahmen und nicht selten das Statuieren von Exempeln notwendig, um die Männer an ihre Loyalität zu erinnern. Ihm entglitt die Kontrolle und er wusste es.

Die Zeit wurde knapp. Er musste den Turm heute einnehmen, und zwar schnell, falls er noch die geringste Hoffnung haben wollte, seinen Herrn ins Leben zurückzurufen. Heute würde es sich entscheiden, so oder so.

Nach Aussage seiner Späher bestand die kombinierte Moyri- und Söldner-Truppe, die Kirantal verteidigte, aus einem zusammengewürfelten Haufen von vielleicht sieben- bis achttausend Mann. Seine eigene Streitmacht umfasste gut das dreifache. Mehr als genug, um jeden Widerstand hinwegzufegen, der sich innerhalb der Stadt regte. Logan würde heute sein Ende finden, genauso wie Ciran Talbert. Dys hatte die Schnauze gestrichen voll und wollte diesen Kampf nur noch beendet sehen.

»Gib das Signal«, wies er seinen Hornisten an. Drei lange Hornstöße folgten und der letzte Angriff gegen Kirantal begann.

»Es geht los«, meinte Kilian verdrossen, als die Hornstöße über das Land schallten. Er warf Arianna einen beunruhigten Blick zu. »Halt dich immer dicht bei mir.«

Sie nickte und gab vor, tapfer zu sein, doch Kilian bemerkte, wie sie ihre Kiefer aufeinanderpresste.

Ciran Talbert bewegte sich auf sie zu, scherzte mit seinen Söldnern, klopfte hier auf die Schulter, schenkte dort ein aufmunterndes Nicken. Die Moyri ignorierte er weitgehend.

»Habt ihr den Plan verstanden?«, fragte er leise, als er die beiden erreichte.

»Ja, es gibt auch nicht viel, was man daran nicht verstehen kann.«

»Kann man wohl sagen.«

»Glaubst du, es wird funktionieren?«

»Das werden wir sehen«, erwiderte er leichtfertig und klopfte Kilian auf die Schulter. »Das werden wir sehen.«

Der Plan war einfach gehalten, da bei komplizierten Plänen zu viel schiefgehen konnte. Allerdings waren auch einfache Pläne keine Garantie dafür, dass alles gelingen würde. Die Söldner formierten sich vor dem Turm in vier Schildtrons, mit den Moyri in der Mitte einer jeden Formation. Der Plan sah vor, Dys' Truppen eine Weile Widerstand zu leisten und ihnen dann zu gestatten, den Turm zu besetzen. Es schien ohnehin fraglich, ob sie Dys' Truppen auf die Dauer den Zugang zum Turm verwehren konnten.

Trotzdem stellte dies den heiklen Teil des Planes dar. Es durfte den abtrünnigen Moyri nicht zu leichtfallen, ihr Ziel zu erreichen, da sie sonst misstrauisch werden würden.

Kilian verstand diesen Teil immer noch nicht so ganz. Warum den Turm, den sie die ganze Zeit so verbissen verteidigt hatten, dem Feind überlassen? Doch Crea war in diesem Punkt unerbittlich gewesen.

Die Schamanin und ihre Akolythen verbargen sich in einem halb verfallenen Haus etwa vier Querstraßen entfernt des Turms – weitab der Schlacht. Weder hatte sie erwähnt, warum sie sich dort aufhielt, noch, was sie plante. In diesen Punkten des Planes war sie äußerst zurückhaltend gewesen. Sie war sich jedoch sicher, dass die Schlacht entschieden sein würde, sobald sie ihr Vorhaben – was immer das auch war – durchgeführt hatte. Logan hatte mehrmals versucht, ihr mehr zu entlocken, jedoch ohne Erfolg.

Nun stand alles auf des Messers Schneide.

Nach Iro Kalds Tod kommandierte Kelgan die linke Flanke und Kilian die rechte. Ciran selbst übernahm das Zentrum. Galledor und Quan hielten sich dicht bei ihm auf. Ekart hatte sich mit seinen wenigen verbliebenen Bogenschützen zu den Moyri-Bogenschützen gesellt, die

Logan mitgebracht hatte. Die Pferde der Moyri hatte man vorsorglich in einigen Gebäuden weit ab der Kämpfe untergebracht. Diese Schlacht würde nicht zu Pferd entschieden.

Dys hatte ihnen einige Tage Zeit gelassen, ihre Verteidigung aufzubauen. Sie alle konnten nur Mutmaßungen anstellen, wieso er das tat, doch jeder Tag half ihnen. Sie waren nun so bereit wie nur irgend möglich und jeder fieberte der Schlacht und dem baldigen Ende dieses Feldzugs entgegen. Niemand zweifelte daran, dass es bald vorbei sein würde.

»Kilian?«, wisperte Arianna.

Er hob den Kopf und lauschte, schließlich nickte er. »Ja, sie kommen.«

Die Moyri stürmten heran. Kilian schätzte, dass die erste Welle gut und gerne zehntausend Mann umfasste. Dys ging wirklich kein Risiko mehr ein. Er warf in der Waagschale, was er noch hatte. Behielt vermutlich lediglich eine zweite Truppe als Reserve zurück.

Die ersten drei Reihen stoppten schlagartig und brachten ihre Bögen nach oben. Ein Pfeilhagel ging in die Luft. Die Verteidiger folgten der Flugbahn mit den Augen.

»Schilde hoch!«, befahl Ciran.

Wer keinen Schild besaß, versuchte, unter dem Schild eines Nachbarn Zuflucht zu finden. Vielen gelang es jedoch nicht. Wie ein tödlicher Regen gingen die Pfeile auf Moyri und Söldner gleichermaßen nieder. Neben Kilian durchschlug ein Geschoss Wange und Kiefer eines Schwarzbären. Ein Wolfshund ging mit einem Pfeil im Auge und einem in der Stirn zu Boden. Dutzende von Kämpfern wurden gefällt. Die Glücklichen, die über Schilde verfügten, zitterten unter dem Aufprall so vieler Geschosse. Ein Schild brach entzwei und der plötzlich schutzlose Moyri wurde von vier Pfeilen in Brust und Hals getroffen.

Zwei weitere Salven folgten, die weiteren Verteidigern das Leben kostete. Kilians Arm schmerzte vor Anspannung, den Schild über sich und Arianna halten zu müssen. Mehrere Pfeile hatten sich so tief in das Holz gebohrt, dass ihre Spitzen auf der anderen Seite aus dem gesplitterten Material lugten.

Der Beschuss endete so abrupt, wie er begonnen hatten. Die Moyri begannen ihren Ansturm. Die Bogenschützen der Verteidiger nahmen ihre Schilde herunter und ließen ihrerseits einen Hagel los. Angreifende Moyri wurden von den Beinen gerissen, wirbelten durch den Aufprall um die eigene Achse oder wanden sich im Wüstensand in Todesqualen.

Dann trafen beide Seiten aufeinander.

Schilde krachten gegen Schilde. Kilian überkam das Gefühl, sein Trommelfell müsse platzen. Das Klirren der Schwerter mischte sich mit den Schreien Sterbender und den Kriegsrufen von Söldnern und Moyri.

Einige der Moyri wurden auf den Speeren der Söldner aufgespießt, jedoch nicht aus Todesverachtung, sondern weil sie von den nachrückenden Kriegern einfach weitergeschoben wurden. Speere zersplitterten und der Kampf Mann gegen Mann begann.

Die Schwarzbären und Wolfshunde stellten sich ihren Widersachern von den Blauspeeren und deren Verbündeten. Sie hackten rücksichtslos aufeinander ein. Das Blut sammelte sich in großen Lachen zu Füßen der Kämpfenden.

Kilian fällte einen riesigen Moyri-Krieger, der sich seinen Weg durch die Söldner bahnte, indem er ihm ein Bein in Kniehöhe abschlug. Der Krieger versuchte noch im Fallen, seine Axt in Kilian Kopf zu schlagen, verfehlte diesen jedoch und war auch schon zwischen den Kämpfenden verschwunden.

Arianna, flink wie eine Katze, schlitzte und schlug wie eine Berserkerin. Sie vergeudete keine Energie, bei nahezu jeder Bewegung fiel ein Feind.

Die feindlichen Bogenschützen erklommen die Dächer mehrerer Gebäude, um eine erhöhte Position zu besetzen. Sollte ihnen das gelingen, wäre die Schlacht schneller vorbei, als irgendjemand erwartet hätte. Kilian hob einen Moyri-Speer vom Boden auf und schleuderte ihn. Einen der Bogenschützen erwischte er ihm Rücken. Der Speer trat am Bauch wieder aus und der Bogenschütze fiel mit rudernden Armen vom Dach.

Ekart und seine Kameraden hatten die neue Bedrohung indes ebenfalls ausgemacht. Salve um Salve dünnte die Gegner auf den Dächern aus.

Kilian versuchte, Logan auszumachen. Dieser kämpfte irgendwo zu seiner Linken. Als er ihn entdeckte, suchte er dessen Blick und deutete schließlich auf die Dächer ringsum. Logan erkannte die drohende Gefahr augenblicklich.

Logan packte Beliak, der gerade einer Sandnatter die Kehle durchschnitt, und wirbelte ihn zu sich herum. Er musste schreien, um sich Gehör zu verschaffen.

»Die Dächer!«

Er musste dasselbe Wort noch dreimal schreien, bevor Beliak verstand. Mit dem Anführer der Eisernen Schakale und etwa hundert Kriegern im Schlepptau, die er eilig um sich scharte, arbeitete sich Logan auf das nächste Dach vor.

Die Krieger erklommen es, indem sie sich gegenseitig halfen. Kaum hievte Logan seinen massigen Körper über die Dachkante, da sprang ihn auch schon ein Bogenschütze – ein Moyri aus dem Sandmeer – mit einer hässlich aussehenden Klinge an. Logan schlug das Schwert mit seiner eigenen Klinge beiseite, packte den Mann mit seiner freien Hand und drückte zu. Das Genick des Mannes brach wie morsches Holz. Verächtlich warf er den Leichnam vom Dach.

Hinter ihm formierte Beliak die kleine Truppe. Logan zog sein zweites Kurzschwert und gab ein knappes Handsignal. Die Truppe rückte geschlossen gegen die feindlichen Bogenschützen vor.

Kilian beobachtete, wie Logan mehrere Dächer von feindlichen Bogenschützen säuberte, ein Gemetzel unter vielen innerhalb der Schlacht. Die Söldner-Moyri-Bogenschützen säuberten indessen einige andere Dächer auf der gegenüberliegenden Seite der Straße von Gegnern. Ihre Salven fegten Dys' Truppen förmlich herunter. Zeit zum Verschnaufen blieb leider nicht, denn eine zweite Welle traf ein und der Druck auf die verbündeten Kräfte nahm beständig zu.

Es waren viel zu viele, als dass sie sehr viel länger standhalten konnten. Allein schon die erdrückende Übermacht würde sich irgendwann den Weg ins Innere des Turms erzwingen.

Eine Klinge schlug Kilian eine blutige Wunde am Hals. Er presste sofort seine Hand darauf, spürte jedoch warmes Blut zwischen seinen Händen hindurchfließen. Die Welt drehte sich um ihn. Er hatte das Gefühl zu fallen und realisierte erst, dass es der Wahrheit entsprach, als er auf dem Boden aufschlug.

Von irgendwoher – wie durch Zauberhand – erschien plötzlich Silas an seiner Seite, riss ein Stück Stoff aus seinem Gewand und verband damit notdürftig die Wunde. Er hörte dessen Stimme wie aus weiter Ferne.

»Wir müssen ihn hier wegschaffen.«

Zwei Paar Hände ergriffen ihn und zerrten ihn in eine relativ ruhige Ecke. Der Kampflärm schien abzuebben, obwohl er wusste, dass dies unmöglich der Fall sein konnte.

»Mach ein Feuer«, ordnete Silas an, dessen Stimme wie durch einen Schleier Kilians Sinne erreichten. »Ich muss die Blutung stoppen.«

»Du willst die Wunde ausbrennen? Jetzt?« Das war Arianna.

»Keine andere Wahl. Er verblutet uns sonst.«

»Du kannst ihn doch retten, oder?«

»Das werden wir jetzt wohl gemeinsam herausfinden.«

Galledor fiel, als er einen Speer mit seinem Körper abfing, der für Ciran bestimmt war. Der Leibwächter brach ohne einen Laut zusammen und schlug noch im Todeskampf einem Moyri den Schädel ein.

Für den Söldnerhauptmann blieb keine Zeit zum Trauern, denn die Linie der Verbündeten gab langsam, aber sicher nach, weit früher als beabsichtigt. Die Moyri unter Dys' Führung schienen sich nicht an seinen Plan halten zu wollen.

Ciran warf einen Blick nach oben in Richtung Logan, der immer noch die Dächer von Bogenschützen säuberte. Als würde er den Blick des Söldnerhauptmanns im Rücken spüren, drehte er sich in diesem Augenblick um und die beiden Männer – so ungleich sie auch waren – wechselten einen Blick tiefen gegenseitigen Respekts und vor allem Verstehens. Logan nickte unmerklich. Trotz der Entfernung sah Ciran die Geste und wusste, was zu tun war.

»Hornist«, rief er seinen Signalgeber zu sich. Das Gesicht des Jungen war mit Blut besprenkelt, doch er hielt sich wackerer als so mancher Mann, der doppelt so viele Jahre zählte.

»Herr?«

»Gib das Signal.«

Zwei lange und zwei kurze Hornstöße hallten über das Schlachtfeld. Es war ein Signal, das den Wendepunkt der Schlacht einleiten sollte, entweder in die eine oder die andere Richtung.

Sowohl Söldner als auch Logans Moyri begannen damit, den Weg für die Abtrünnigen frei zu machen. Sie ließen es als kämpfenden Rückzug erscheinen, indem sie sich zu beiden Seiten des Turms formierten und für die Abtrünnigen eine Lücke schufen.

Auf genau so einen Augenblick hatte Dys nur gewartet.

»Herr? Der Weg ist frei!«, meldete ein Reiter und salutierte, indem er sich mit der Faust auf die linke Brustseite schlug.

»Ist Logan tot? Sind die Söldner endlich erledigt?«, fragte der Anführer der Blauspeere ungeduldig.

»Noch nicht, Herr. Sie kämpfen noch, aber ein Weg in den Turm wurde frei gekämpft.«

Dys warf einen ungeduldigen Blick gen Himmel. In weniger als zwei Stunden brach die Nacht herein, dann würde es zu spät sein. Entweder jetzt oder nie.

»Also gut«, erwidert er und gab seinem Pferd die Sporen. Gera folgte ihm gehorsam. Den Stammeskönigen Marak Koll von den Blutkobras und Walon Rar von den Moyri von den flüsternden Steinen blieb es überlassen, die Schlacht zu ihrem unvermeidlichen Ende zu führen.

Kilian schubste Silas ungeduldig beiseite. Sein Hals brannte wie Feuer. Der Geruch nach verkohltem Fleisch stieg ihm unangenehm in die Nase.

»Bleib liegen, Kilian«, mahnte Silas unnachgiebig.

»Keine Zeit. Die Schlacht ...«

Seine Beine fühlten sich an, als würde er auf Wolken laufen, und seine Knie zitterten, doch irgendwie hielt er sich dennoch aufrecht.

»Dic wird wohl ohnc dich zurcchtkommen müssen.«

»Wenn wir verlieren, sind wir ohnehin alle tot, also was soll's?«

»Ich wünschte nur, ich könnte etwas gegen deine Logik sagen«, maulte Silas ungehalten.

Kilian spürte hilfreiche Hände an seiner Seite, die ihn stützten. Arianna. Er lächelte ihr zu. Sie erwiderte es, doch in ihren Augen bemerkte er die Sorge um sich.

»Mir geht es gut«, wagte er den halbherzigen Versuch, sie zu beruhigen. Ihr Lächeln wuchs in die Breite. Ihr Versuch, tapfer zu wirken.

Kilian sah hoch und bemerkte mehrere Reiter. Das Heer der Abtrünnigen machte ihnen bereitwillig Platz. Ein hagerer Kerl mit Glatze führte sie an. Gera war bei ihm und Leibwächter umringten sie wie ein schützender Kokon. Am Turm angekommen stiegen sie ab und betraten das Bauwerk.

»Das ist es also«, sagte Kilian mehr zu sich selbst. »Der Anfang vom Ende.«

Crea und ihre Akolythen hielten sich fernab der Schlacht auf, erlebten jedoch jede Wendung, jede Taktik und jeden Schwerthieb mit, indem sie ihre Gaben einsetzten, um mit ihren geistigen Augen über das Schlachtfeld zu fliegen. So bemerkten sie auch Dys' Ankunft am Turm und wie Ciran, Logan und eine Handvoll Krieger ihnen folgten, sich den Weg durch Dys' Kämpfer schlagend.

»Es ist so weit, meine Freunde. Wir sollten beginnen.«

Die Akolythen legten sich auf die Matten, die sie im Kreis um Crea ausgebreitet hatten. Zweihundert Akolythen standen ihr zur Seite, ihre zweihundert besten. Bis auf zehn würden alle sie begleiten. Die zehn, die zurückblieben, würden sicherstellen, dass sie wieder aufwachten – zumindest diejenigen, die überlebten.

»Und vergesst nicht, meine Freunde«, wies Crea sie ein letztes Mal an. »Kümmert euch nicht um die Vorgänge in der wirklichen Welt. Nicht mehr. Deren Aufgabe ist nahezu erfüllt. Logan schlägt seine Schlacht dort draußen, damit wir hier unsere schlagen können.« Sie lächelte jedem Einzelnen zu. »Und nun ... beginnt.«

Die zehn Akolythen knieten sich neben Crea und stimmten den Gesang an. Schon kurz darauf fühlte sie, wie die erwartete Schwere ihrer Glieder einsetzte und sie in die Dimension eintrat, die Ephraim nun seine Heimat nannte.

Ihre Akolythen erwarteten sie bereits, gekleidet in silberner Rüstung und bewehrt mit Schild und Schwert. Giled trat an ihre Seite.

Ihre Rüstung erschien aus dem Nichts und hüllte ihren nackten Körper ein. Schwert und Schild materialisierten in ihren Händen. Sie wusste, die Waffen waren nicht wirklich da, sondern nur Manifestationen ihres Geistes, doch sie fühlten sich echt genug an. Die Kühle ihres Schwertgriffs war beruhigend.

Crea blickte sich um.

Sie kannte diese Gegend. Auf ihrer Suche nach Logan waren sie hier vorbeigekommen. Der Abgrund mit der Brücke befand nicht weit von hier.

»Herrin?«, fragte Giled.

Crea lächelte. »Bringen wir es zu Ende.«

Logan und Ciran stürmten Seite an Seite die Eingangshalle des Turms und wurden bereits von Dys' Leibwache erwartet. Eiserne Schakale und Söldner stellten sich den Blauspeeren in den Weg. Schwert traf auf Axt und Axt auf Speer.

Logan köpfte einen Blauspeer mit einer knappen Bewegung seiner rechten Hand. Die Klinge des Kurzschwerts durchdrang Haut, Sehnen und Knochen gleichermaßen leicht.

Ciran wich einer zweischneidigen Streitaxt aus und schlitzte mit seinem Schwert den Moyri vom Schambein bis zum Adamsapfel auf. Der Moyri versuchte tatsächlich noch, seine Eingeweide mit den Händen festzuhalten, als er zu Boden stürzte.

Logan geriet kurzzeitig in Bedrängnis, als drei von Dys' Leibwächtern auf ihn zustürzten. Beliak eilte ihm jedoch zur Seite, fällte den ersten mit einem Hieb seines Schwertes, schickte den zweiten mit einem Faustschlag gegen den Kehlkopf zu Boden und trieb dem dritten die eigene Stirn ins Gesicht, sodass dessen Nasenbein zerschmettert wurde und er halb blind rücklings stolperte.

»Danke«, sagte Logan atemlos.

»Gern geschehen«, erwiderte Beliak und wehrte einen Speerstoß gegen den Rücken seines Herrn ab.

»Dys ist nach oben. Wir müssen irgendwie da durch.«

»Ihr wollt da durch?«, fragte Beliak entschlossen. »Dann machen wir euch den Weg frei.« Er holte tief Luft. »Eiserne Schakale! Mir nach!«

Erin Tan erreichte die Anhöhe als Erster. Zu beiden Seiten seines Streitrosses formierte sich die Kavallerie der Clans. Die Infanterie folgte etwas langsamer dahinter. Er nahm ein Fernrohr zur Hand und verfolgte den Schlachtverlauf in der Stadt unter ihm. Die Truppen der Söldner und Logans Allianz befanden sich in der Zange und harrten ihrer Vernichtung. Dys' Sieg war nur noch eine Frage der Zeit.

Von seinem Standort aus hatte er keine Probleme die Banner Marak Kolls und Walon Rars zu entdecken, außerdem die eines halben Dutzends anderer Clans, die Dys die Treue geschworen hatten. Auch das Banner Noran Korts von den Wolfshunden entdeckte er in der Nähe des Turms. Jedoch waren Dys' und Logans Banner nirgends auszumachen.

Erin Tan fluchte. Er konnte unmöglich warten, bis er Logan und Dys entdeckte. Er musste sofort eingreifen oder es würde keine Streitmacht mehr geben, die er retten konnte.

Er zog sein Schwert und rief voll Inbrunst: »Angriff!«

Etwas hatte sich in dieser Dimension verändert, etwas Grundlegendes. Es dauerte eine Zeit lang, bis Crea den Finger darauf legen konnte, doch dann erkannte sie es.

Die Kreaturen.

Es waren weit und breit keine Kreaturen zu sehen.

Sie waren schlichtweg verschwunden.

Ein beunruhigender Umstand. Wenn man bedachte, weshalb sie hier waren, sogar enorm beunruhigend. Sie erreichten die Brücke. Sie sah kein bisschen vertrauenerweckender aus als bei ihrem letzten Besuch. Sie hatten jedoch keine Wahl.

Die Akolythen formierten sich mit Crea in der Mitte. Giled übernahm die Spitze. Crea lächelte. Er wusste es nicht, doch Crea hatte ihn als ihren Nachfolger vorgesehen. Aus diesem Grund hatte sie ihn unter ihre Fittiche genommen und lehrte ihn alles, was sie wusste. Er würde für Logan einen hervorragenden Schamanen abgeben eines Tages. Er besaß emotionale und charakterliche Stärke und Führungsqualitäten, alles Zeichen eines guten Anführers.

Über ihnen zog plötzlich ein Schwarm der Flugkreaturen ihre Bahnen. Die Akolythen hoben wachsam ihre Waffen, doch die Kreaturen verschwanden so schnell wieder in den Nebeln, wie sie gekommen waren. Die Gruppe erreichte nur Minuten später die andere Seite der Schlucht.

Crea rümpfte die Nase. »Die sollten uns nur ausspionieren. Er weiß, dass wir da sind.«

»Natürlich weiß ich das, meine Liebe«, sagte Ephraim und trat aus den Nebelschwaden. Er wurde von zweien der Raubkatzen eskortiert, die sich an seine Beine schmiegten, als wären es Haustiere.

Mehrere der Akolythen bewegten sich auf ihn zu, doch Crea rief sie zurück. »Noch nicht.«

»So ist es recht, Crea«, applaudierte Ephraim. »Halte deine Schoßtiere nur im Zaum.«

»Das musst du gerade sagen«, erwiderte sie und deutete auf die Raubkatzen.

»Gefallen dir meine Haustiere nicht?«

Crea erwiderte nichts, sondern verzog ihr Gesicht nur zu einer Grimasse des Abscheus.

»Worauf warten wir noch?«, fragte Giled ungeduldig.

Außer Atem erreichte Dys den Raum mit dem Spiegel. Einer seiner Krieger trug einen Beutel mit verschiedenen Utensilien. Mit vor Erwartung zitternden Fingern begann Dys, mehrere Kerzen zu platzieren und anzuzünden.

»Geht hinaus«, befahl er seinen Wachen. »Tötet jeden, der hier hereinwill.«

Die Männer gehorchten bereitwillig, froh, dieser unheilvollen Präsenz zu entkommen, zu der ihr Herr geworden war.

Dys stimmte einen Gesang an, der ihm von dem untoten Coyle Pollok mühevoll beigebracht worden war. Der Spiegel begann zu leuchten. Sein Schein hüllte Dys vollständig ein.

Dieser verzog die Lippen zu einem erleichterten Lächeln.

Es hatte begonnen.

»Darauf«, erwiderte Crea und deutete auf einen kreisrunden Lichtschein mit etwa zwei Meter im Durchmesser, der unvermittelt nur wenige Meter neben dem Abgrund erschien. Die Akolythen sahen sich verwirrt um. Die Lichtquelle war nicht auszumachen.

Ephraim lächelte grausam. »Nun, Crea. Es hat Spaß gemacht, aber nun muss ich mich verabschieden. Ich habe eine Verabredung, die ich nicht verpassen darf.« Sein Lächeln schwand schlagartig, während er in den Lichtkegel trat. »Tötet sie!«

Aus den Nebeln ringsum brachen mit einem Mal Dutzende Raubkatzen und aus dem Himmel stürzten unzählige Flugkreaturen.

»Bringt mich zu Ephraim«, befahl Crea mit emotionsloser Stimme.

»Bringt sie um!«, schrie Giled entschlossen und die Akolythen stürzten sich den Kreaturen entgegen.

Das Banner der Blutkobras fiel, nur Sekunden nachdem Erin Tan ihren Anführer Marak Koll aus dem Sattel geschlagen hatte.

Der eigene Schwung hatte die Moyri-Armee tief in die Reihen der Abtrünnigen getrieben und ihre Front praktisch zweigeteilt.

Im Verlauf der letzten dreißig Minuten waren ein halbes Dutzend Banner unter dem unbarmherzigen Ansturm der Reiter unter Erin Tans Führung gefallen. Das Banner Walon Rars und der Moyri von den flüsternden Steinen war zu seiner Rechten eingekesselt. Die Moyri aus dem Sandmeer hatten sich bereits seinen Truppen ergeben und ihre Waffen niedergelegt.

Die Leibwache Erin Tans schlug sich einen Weg durch zwei Kompanien Sandnattern und mehrere Lanzenträger der Vipern und mähte sie reihenweise nieder.

Die Infanterie der vereinigten Moyri-Armee war inzwischen durch mehrere Straßen in die Stadt eingedrungen und hatte Logans Streitmacht und deren Söldnerverbündete verstärkt und dabei drei weitere mit Dys verbündete Clans zerschlagen.

Der Sieg war nahe.

Seine Reiter begruben die letzte feindliche Schlachtreihe vor den Stellungen der Söldner unter ihren Hufen. Erin Tan zügelte sein Schlachtross, damit es nicht aus Versehen in die Speere der Söldner trabte.

Erin Tan nahm seinen Helm ab. Die Söldner boten einen mitleiderregenden Eindruck. Sie waren zerschunden, verdreckt, so gut wie keiner war unverletzt und sie wirkten über alle Maßen erschöpft – aber auch stolz und siegreich.

Einer der Söldner trat nach vorne. Seine Kameraden machten ihm bereitwillig und voller Respekt Platz. Um den Hals trug er einen Verband, unter dem mehrere Brandwunden hervorlugten. Überraschenderweise wurde er von einer Moyri-Kriegerin gestützt. Ein Söldner, der aussah wie ein Barde, folgte ihm dichtauf. Erin Tans Hochachtung vor diesen Männern wuchs. Es mochten zwar Söldner und Halsabschneider sein, doch sie hatten ihr Versprechen gegenüber Logan eingelöst und die Stellung gehalten.

Der Söldner mit dem Verband neigte begrüßend den Kopf. Rings um ihre Stellung ebbten die Kämpfe langsam ab, als den Clans, die Dys in die Irre geleitet hatte, langsam klar wurde, dass es vorbei war. Als eines der letzten Banner fiel das von Walon Rar.

»Ihr habt lange gebraucht«, eröffnete der Söldner das Gespräch, jedoch ohne das geringste Anzeichen von Klage oder Vorwurf in seiner Stimme.

»Wir wollten euch nicht den ganzen Spaß alleine überlassen«, erwiderte Erin Tan. »Wo ist Logan?«

Der Krieger deutete auf den Eingang des Turms.

Beliak erkämpfte für Logan den Zugang zur Wendeltreppe, indem er sich förmlich auf den Gegner warf und sie mit weit ausholenden Hieben seines Schwerts zur Seite trieb. Er tötete zwei von Dys' Wachen und verwundete einen weiteren tödlich, bevor die Blauspeere vor der Furie, die sich ihnen stellte, zurückwichen.

Logan beachtete die Blauspeere nicht weiter und hetzte die Wendeltreppe hinauf. Einer der Blauspeere hob einen Speer, doch Beliaks Schwert setzte ihm ein schnelles Ende.

Der Eiserne Schakal lächelte grimmig, als sein Herr die Treppe erklomm. Er stellte sich breitbeinig vor die Wendeltreppe, das Schwert zum Kampf erhoben. Sollte es doch einer der Blauspeere nur wagen, seinem Herrn folgen zu wollen.

Dys' Krieger ließen sich diese Herausforderung nicht entgehen.

Ciran parierte einen wilden Schwerthieb Geras, ging in die Knie und schleuderte seinen Widersacher gegen die nächste Wand. Gera hatte alle Mühe, auf den Beinen zu bleiben.

Ciran nutzte die Gelegenheit, einen Blick über die Schulter zu werfen. Logan hetzte die Treppe hinauf, die von Beliak gegen mehrere Blauspeere verteidigt wurde.

Er lächelte grimmig. Verdammt zäh, diese Schwarzbären. Der Söldnerhauptmann wandte sich wieder seinem eigentlichen Ziel zu.

»Hattest wohl nicht erwartet, mich wiederzusehen?«

»Du nimmst das alles viel zu persönlich«, meinte Gera. »Es ging nur ums Geschäft.«

»Die meisten meiner Leute sind in dieser Wüste verreckt, und für dich ging es nur ums Geschäft?«

»Allerdings. Falls es dich tröstet, ich habe dich ausgewählt, gerade weil du so gut bist. Ich wusste, du würdest lange genug durchhalten, damit mein Herr seine Pläne umsetzen konnte.«

Ciran spuckte angewidert aus. »Ich war wohl ein wenig besser, als du erwartet hattest.«

»In der Tat. Das nächste Mal werde ich jemanden auswählen, der vielleicht nicht ganz so gut ist.«

»Das nächste Mal?«, wetterte Ciran. »Für dich gibt es kein nächstes Mal.«

Der Söldnerhauptmann ließ sein Schwert niederfahren, wurde jedoch von Gera abgelenkt. Ciran ließ sich davon nicht beeindrucken und nutzte den Schwung, um erst eine Finte und schließlich einen Angriff in die Gegenrichtung auszuführen, der Gera um ein Haar seinen Kopf kostete.

Gera taumelte. Ciran sah seine Chance gekommen, um diesen Kampf ein für alle Mal zu entscheiden. Beliak benötigte sicher seine Hilfe an der Treppe.

Gera lag halb am Boden. Ciran ließ sein Schwert erneut niederfahren. Beide Klingen prallten klirrend aufeinander. Ciran befand sich in der günstigeren Position. Er drückte Geras Klinge langsam Richtung Boden.

Ein Schmerz ließ ihn aufkeuchen. Seine Knie wurden weich. Er sah nach unten und bemerkte einen Dolch, der bis zum Heft in seinem Bauch steckte. Gera lächelte triumphierend.

»Ein Dolch kann manchmal tödlicher sein als ein Schwert«, meinte Gera siegessicher. »Bei all deiner Erfahrung hast du diese Lektion nie gelernt.«

Ciran taumelte einen Schritt zurück. Sein Schwert entglitt seinen kraftlosen Fingern. Gera richtete sich auf und sah Ciran beim Sterben zu.

»Dafür ... habe ich eine andere gelernt«, erklärte der Söldnerhauptmann mit letzter Kraft.

»Und die wäre?«

»Ein Gegner ... ist erst tot ... wenn er tot ist.« Mit diesen Worten riss sich Ciran den Dolch aus dem Leib und warf ihn. Die Klinge landete treffsicher in Geras Hals. Dieser sank mit vor Überraschung geweiteten Augen vor Ciran auf die Knie.

»Das ist für ... meine ... Männer, du verdammter Drecksack.«

Gera kippte tot vornüber und blieb vor Cirans Füßen liegen. Dessen Augen wurden langsam trübe und seine Welt versank in Dunkelheit.

Dys sang leise vor sich hin, während sein Körper rhythmisch vor und zurück wippte. Der Augenblick war nahe, er konnte das deutlich spüren. Die Präsenz seines Herrn erfüllte den ganzen Raum.

Der Spiegel leuchtete plötzlich auf, nur leicht zuerst, doch dann gewann das Licht an Intensität. Dys öffnete die Augen. Eine Gestalt erschien im Spiegel. Das Gesicht war jedoch noch nicht zu erkennen. Dys' Bemühungen verdoppelten sich. Der Lohn für seine Anstrengungen, seine Intrigen und all seine Entbehrungen war zum Greifen nahe. Die Gestalt im Spiegel kam näher. Das Gesicht wurde deutlicher.

Dys riss überrascht die Augen auf.

»Ephraim ...?«

Der Schamane lächelte bösartig. Sein Geist griff nach dem Körper des Clanführers. Und Dys schrie in plötzlicher Agonie auf.

Die Zahl ihrer Akolythen schmolz mit alarmierender Geschwindigkeit dahin. Die Kreaturen griffen, von Ephraims düsterem Willen gelenkt, beinahe taktisch an, etwas, wozu sie alleine niemals fähig gewesen wären. Der Wille des untoten Schamanen verlieh ihnen entfernt so etwas wie analytisches Denken. Sie führten Scheinangriffe, nur um anderswo tatsächlich zuzuschlagen.

Ein Akolyth ging mit zerfetzter Kehle zu Boden, ein weiterer wurde von einer der Flugkreaturen in die Luft gehoben und dort in Stücke gerissen. Seine blutigen Fetzen regneten zur Oberfläche hinab.

Giled kämpfte mit großem Geschick. Unter seiner Führung gelang es einer kleinen Gruppe Akolythen, sich einen Weg durch die Reihen der Kreaturen zu bahnen. Sein Schild wehrte den Angriff einer Raubkatze ab und zerteilte eine weitere in zwei Hälften.

Giled wandte das Gesicht ab, um nicht den giftigen Dampf einzuatmen, der von dem Kadaver ausging. Einer seiner Kameraden hatte weniger Glück, ging zu Boden und wand sich in Todesqualen.

Ephraim stand inzwischen mit weit ausgebreiteten Armen inmitten des Lichtkreises. Dass es sich dabei nicht wirklich um einen Lichtkreis handelte, war Crea absolut klar. Wie bei allem hier handelte es sich lediglich um eine Manifestation. Der menschliche Geist war nicht in der Lage, dies anders zu interpretieren.

Eine Flugkreatur stürzte auf sie herab, doch ein Akolyth trat beschützend vor sie und die Kreatur prallte auf dessen Schild. Ein Streich seines Schwertes köpfte sie.

Ihre Schützlinge hatten es geschafft und eine Schneise durch die Reihen der Kreaturen geschlagen. Es war nur eine kleine Bresche, doch sie musste genügen. Die Kreaturen würden sich schon bald neu formieren und die Bresche schließen.

Mehr als einhundert ihrer Akolythen lagen inzwischen tot oder sterbend am Boden. Falls sie etwas unternehmen wollte, musste es jetzt geschehen.

Sie sprintete los – vorbei am überraschten Giled. Eine Raubkatze sprang sie an, doch sie schwang ihr Schwert und zerteilte den Körper der Kreatur, ohne langsamer zu werden.

Sie hatte den Lichtkreis fast erreicht. Sie warf Schild und Schwert beiseite. Gegen Ephraim würde beides nutzlos sein, das wusste sie. Er war zu mächtig. Es gab nur eine Chance, ihn aufzuhalten.

Sie stürmte in den Lichtkreis und rammte Ephraim mit der Schulter. Der Schamane stolperte und wäre um ein Haar gestürzt, doch er fand sein Gleichgewicht wieder. Sie ließ jedoch nicht zu, dass er sich zu einem Gegenangriff sammeln konnte.

Sie klammerte sich an ihn und zerrte ihn aus dem Lichtkreis. Doch damit nicht genug, sie zerrte ihn auf den Abgrund zu.

»Was tust du?«, schrie Ephraim verzweifelt.

»Was ich tun muss.« Crea hatte von Anfang an gewusst, dass diese Mission für sie eine Reise ohne Wiederkehr sein würde. Es gab nur eine Möglichkeit, Ephraim für immer auszuschalten.

»Du bist wahnsinnig. Weißt du denn nicht, was dort unten auf uns lauert?«

»Oh doch, aber du hättest schon vor langer Zeit dort landen sollen.«

»Du vernichtest uns beide.«

»So sei es«, erwiderte sie und zerrte ihn die letzten Zentimeter über den Abgrund. Ephraims Schrei hallte durch die Dimension, zu deren Herrscher er sich aufgeschwungen hatte, und verhallte in den Tiefen des Abgrunds. Während des ganzen Falls, ließ Crea ihn nicht los.

Logan überwand die letzten Stufen, indem er zwei auf einmal nahm. Vor dem Raum mit dem Spiegel warteten zwei Blauspeere. Logan erschlug sie, ohne in seinem Lauf innezuhalten, und stieß die Tür auf.

Gerade rechtzeitig, um mitzuerleben, wie das Abbild Ephraims auf dem Spiegel schlagartig verschwand und Dys erneut vor Qualen aufschrie. Ein eisiger Wind fauchte durch den Raum, löschte die Kerzen und hätte Logan um ein Haar umgeworfen. Der Spiegel zersprang in tausend Scherben. Als er sich erneut dem Raum zuwandte, war der Schein um den Spiegel erloschen. Der Raum lag dunkel vor ihm, nur schwach erleuchtet von einigen Sonnenstrahlen, die durch das Oberlicht hereinfielen.

Und Dys lag wimmernd vor ihm auf dem Boden.

Logan steckte seine Schwerter weg. Von diesem Mann würde nie wieder eine Bedrohung ausgehen.

Epilog

Logan und Erin Tan musterten den immer noch am Boden liegenden Dys. Was immer während des Rituals geschehen war, es hatte Dys seinen Verstand gekostet.

Der ehemalige Stammeskönig der Blauspeere wimmerte und kreischte abwechselnd, wälzte sich auf dem Boden und schlug um sich.

Erin Tan schüttelte den Kopf. »Wie tief doch die Mächtigen fallen können.«

»Er könnte einem beinahe leidtun«, stimmte Logan zu.

Erin Tan zog sein Schwert. »Ich erlöse ihn von seinem Elend.«

Logans Hand hielt ihn zurück. »Nein. Sein Leben soll ihm geschenkt werden. Ich sorge dafür, dass man sich für den Rest seines Lebens gut um ihn kümmert.«

»Für diesen Abschaum? Der Tod wäre die richtige Strafe für ihn nach allem, was er getan hat. Die Wüste wurde rot gefärbt mit dem Blut seines eigenen Volkes.«

»Trotzdem. Es wurde genug getötet. Es reicht.«

Erin Tan steckte widerstrebend sein Schwert weg. »Es wird viele geben, die das nicht verstehen werden. Sie wollen die Blauspeere und ihre Verbündeten bluten sehen.«

»Sie haben genug geblutet. So wie alle anderen auch. Falls wir wieder zu einem Volk werden wollen, müssen wir verzeihen.«

»Wie du meinst«, erwiderte Erin Tan wenig überzeugt.

»Wann werden deine Truppen zum Abmarsch bereitstehen?«

»Innerhalb eines Tages.«

»Gut«, antwortete Logan erleichtert. »Ich möchte diese Stadt hinter mir lassen und zu meiner Frau zurückkehren. Es kommt mir vor, als wären Jahre vergangen, seit ich sie zurückließ.«

Erin Tan schmunzelte. »Eine tapfere Frau hast du da. Ohne sie wären wir nicht in den Krieg gezogen, um dir zu helfen.«

Logan erinnerte sich daran, wie Erin Tan ihm von dem Auftritt Jesys vor dem Konzil berichtete, und lachte bellend auf. »Das hätte ich zu gern gesehen, wie Jesy ganz allein ein Zelt voller Clanführer in Schach hält.«

»Ich bin sicher, die Geschichte wirst du in den nächsten Jahren noch oft hören.«

Logan nickte und drehte sich um. »Lass Dys von einigen Kriegern nach unten helfen. Er soll freundlich und mit Respekt behandelt werden.«

»Wie du wünschst«, bestätigte Erin Tan. »Logan? Ich verstehe es immer noch nicht. Warum gewährst du ihm Gnade?«

Logan blieb noch für einen Moment stehen und sah sich über die Schulter nach Erin Tan um. Ein rätselhaftes Lächeln auf den Lippen. »Weil ich es kann.«

Als Logan ins Freie trat, waren Krieger der einzelnen Clans dabei, gefallene Clanführer in Tücher gewickelt über die Sättel ihrer Pferde zu legen. Sie sollten in ihren angestammten Gebieten bestattet werden. Die einfachen Krieger wurden abseits der Stadt in einfachen Zeremonien verbrannt.

Eine der Gestalten fiel Logan sogleich ins Auge. Die in Tüchern gewickelte Gestalt gehörte Noran Kort. Der Anführer der Wolfshunde war in den letzten Stunden der Schlacht gefallen – noch vor dem Eintreffen der Armee unter Erin Tan.

Der Tod seines alten Freundes versetzte Logan einen tiefen Stich. Sein Freund hatte bis zuletzt zu ihm gehalten und seinen Freundschaftsschwur gegenüber den Schwarzbären erfüllt.

Abseits des Aufbruchs waren Angehörige der besiegten Clans dabei, die letzten Reste der Schlacht zu beseitigen oder bei den Bestattungsfeuern zu helfen – unbewaffnet und unter Aufsicht. Es war jedoch fraglich, ob sie weitere Feindseligkeiten planten. Sie waren geschlagen. Der Bürgerkrieg war vorbei.

Ein Trio Söldner kam auf ihn zu. Logan blinzelte gegen die aufsteigende Sonne. Als er erkannte, wer da auf ihn zukam, lächelte er.

Kilian, Silas und Arianna.

Er begrüßte alle drei nacheinander mit freundlichem Nicken.

»Nun?«, fragte Kilian. »Hat der siegreiche Clanführer inzwischen entschieden, was mit der Söldnerarmee geschehen soll.«

Silas deutete über die Schulter. »Einige von ihnen sind ziemlich nervös. Sie glauben, die Moyri würden Rache üben.«

»Warum sollten wir?«, beschwichtigte Logan. »Das Blutvergießen hat ein Ende und niemand hier hegt besonderes Interesse an einer Fortsetzung.«

»Das heißt, wir dürfen abziehen?«

»Sobald ihr könnt oder wollt.«

Kilian klatschte in die Hände. »Ausgezeichnet.« Der Söldner wurde jedoch mit einem Mal ernst. »Und was wirst du tun?«

»Ich werde mein Volk aus der Wüste führen, zurück in die Steppe. Wir werden unsere Wunden lecken, die Toten betrauern und unser Leben weiterleben, so, wie es das Steppenvolk von jeher getan hat.«

»Einen solchen Krieg möchte ich nie wieder erleben«, meinte Kilian.

»Da sind wir schon zwei«, nickte Logan. »Ich bezweifle jedoch, dass die Machtgier kleiner Männer sich an den Wünschen einfacher Krieger orientieren wird. Es wird immer Kriege geben.«

»Ich befürchte, da hast du recht, mein Freund.«

Logan reichte Kilian zum Abschied die Hand im Kriegergruß, indem er dessen Unterarm umfasste. »Ich hoffe, wir sehen uns wieder, aber das nächste Mal nicht auf dem Schlachtfeld.«

Kilian lächelte. »Das wäre mir sehr recht.«

Logan wandte sich Arianna zu. »Und du bist fest entschlossen?«

»Ja, ich werde mit den Söldnern gehen.«

»Dein Volk könnte deine Hilfe beim Wiederaufbau gut gebrauchen.«

»Mein Dorf ist zerstört, meine Familie tot. Ich habe hier nichts mehr.«

»Und du willst trotzdem mit denen gehen, die dafür verantwortlich sind?«

Arianna warf Kilian ein scheues Lächeln zu. »Es sind nicht alle von ihnen schlecht.«

Logan neigte ergeben den Kopf. »Ganz, wie du willst, aber du wirst immer bei uns willkommen sein. Das gilt für euch alle drei.« Ein breites Schmunzeln verzog plötzlich seine Miene. »Und du, Silas, hältst mir bitte Kilian zukünftig aus Ärger raus.«

»Ach, das habe ich längst aufgegeben«, wiegelte Silas in gespieltem Ärger ab.

Logan verabschiedete sich mit einem Nicken ein letztes Mal und schlenderte zu Beliak, der ihre beiden Pferde am Zügel hielt.

Kilian beobachtete Logan noch einige Minuten, während dieser Befehle brüllte und die Moyri auf den Abmarsch vorbereitete, bevor er sich mit Silas und Arianna umdrehte und sich zu den wartenden Söldnern gesellte.

Kelgan, Quan und Ekart erwarteten ihn bereits ungeduldig.

»Und?«, platzte es aus Kelgan heraus. »Was sagt er?«

»Wir dürfen gehen. Sofort, wenn wir wollen.«

Kelgan stieß prustend die Luft aus. »Na, ein Glück!«

»Du warst dir wohl nicht sicher?«, spottete Silas.

»Na ja, nach allem, was gewesen ist ...« Kelgan ließ den Satz vielsagend ausklingen.

»Auch wieder wahr«, lächelte Silas.

»Habt ihr durchgezählt?«, wollte Kilian wissen.

Ekart nickte. »Es sind noch knapp tausend Mann übrig.«

»Ciran Talbert ist tot«, sinnierte Kilian. »Ich nehme an, die Armee wird sich nach unserer Rückkehr zerstreuen.«

Noch während er dies sagte, bemerkte er verstohlene Blicke, die zwischen Ekart, Kelgan und Quan gewechselt wurden. Er blickte von einem zum anderen.

»Was?«

»Wir haben uns darüber eine ganze Weile unterhalten«, meinte Kelgan beinahe verlegen.

»Und?«

»Wir wollen zusammenbleiben«, fuhr Ekart fort. »Und du sollst uns anführen.«

»Wie bitte?« Kilian war wie vor den Kopf gestoßen.

»Wir wollen, dass du uns führst.«

Silas brach augenblicklich in schallendes Gelächter aus.

»Ich habe keine Ahnung, wie man eine Söldnerarmee führt.«

»Das ist auch nicht so viel anders als bei einer kleinen Truppe«, meinte Ekart. »Nur in etwas größerem Maßstab.«

»Aber ... aber«, stammelte Kilian.

»Vergiss es«, meinte Kelgan gelassen. »Sie werden keine andere Antwort als *Ja* akzeptieren.«

»Also?«, fragte Ekart. »Wie lauten eure Befehle, *Hauptmann*?«

Kilian blickte in die Gesichter der Anwesenden und bemerkte nicht nur deren Zustimmung, sondern in Silas' Fall auch noch eine gehörige Portion Amüsement. Geschlagen seufzte er.

»Fertig machen zum Aufbruch«, befahl er.

»Ja, Hauptmann«, bestätigte Ekart und drehte sich um, damit er die entsprechenden Befehle geben konnte.

»Vom kleinen Söldner zum Hauptmann einer eigenen Armee«, bemerkte Silas. »Das nenn ich eine Karriere.«

»Fang bloß nicht damit an«, erwiderte Kilian. An Quan gewandt, sagte er: »Und was wird jetzt aus dir? Du hast nicht die große Beute gemacht, die du dir erhofft hattest. Bleibst du bei uns oder verlässt du uns?«

Quan überlegte einen Augenblick und kicherte schließlich. »Ich bleibe. In eurer Gesellschaft gefällt es mir irgendwie. Bei euch ist es aufregend.«

Stefan Burban
DAS VERMÄCHTNIS
DES KÖNIGS
Die Chronik des großen
Dämonenkrieges 1
Fantasy-Roman
Erhältlich ab Frühjahr 2015 als Hardcover direkt beim Verlag und als Paperback und eBook überall im Handel.

Paul Kearney
HAWKWOODS REISE
Die Königreiche Gottes 1
Fantasy-Roman
Erhältlich ab Frühjahr 2015 als Hardcover direkt beim Verlag und als Paperback und eBook überall im Handel.

Joseph Nassise
DAS BLUT DER HELDEN
Alternativwelt-Roman
Lieferbar als Hardcover direkt beim Verlag und als Paperback und eBook überall im Handel.

Dirk van den Boom
STÜRMISCHE HIMMEL
Kaiserkrieger 8
Alternativwelt-Roman
Erhältlich ab Frühjahr 2015 als Hardcover direkt beim Verlag und als Paperback und eBook überall im Handel.